【 함경도의 문화적 특성과 관곡 김기홍의 문학 】

조지형 지음

보고사

책을 펴내며

이 책은 필자의 박사학위논문을 보충하여 단행본으로 엮은 결과물이다. 아울러 학계에 낯선 '김기홍(金起泓)'이라는 함경도 지역의 새로운 작가를 연구한 결과물인 만큼 그가 남긴 시가작품 시조, 가사, 한시를 모두 정리하여 후속 연구의 기반을 마련하고자 하였다.

그간 시가문학 연구에서는 조선후기 향촌사족 계층의 삶과 문학에 대한 탐구가 활발히 진행되었고 나름의 일정한 성과를 거두었다. 하지만 이러한 성과는 대체로 영·호남을 중심으로 한 남한 지역 향촌사족에 국한되어 있었다. 주지하듯이 과거 우리나라는 한반도 지역을 중심으로 동일한 언어 환경에 기반하여 삶을 영위해 왔던 바, 이제는 남북한 전 지역을 대상으로 하여 '화이부동(和而不同)'의 화합과 공존을 위한 문학 연구 시야의 확대가 요청되는 시점이라 생각된다. 이에 필자가 주목한 사람이 바로 17세기 함경도 지역에서 개체적 삶의 문제를 고민하며 살아간 문학행위자 김기홍이다.

김기홍은 함경도 지역 유품(儒品)·향반(鄕班)으로서 평생토록 척박한 환경과 개인적 불우함에서 밀려오는 불안한 실존의 문제를 깊이 고민하기도 하고, 자신의 신분적 위상을 유지하기 위해 함경도 지역 수령들과 사승관계를 형성하는 한편 지역 인사들과도 적극적으로 교유하며 협력 관계를 유지하기도 하였다. 나아가 함경도 지역민으로서의 정체성 및 자부심을 바탕으로 관련 저술을 남기기도 하였다. 이러한 과정에서 김기홍은 자신의 처세관 및 세계 인식을 시조, 가사, 한시에 담아 표현하였다. 김기홍이 지녔던 문제의식은 단지 개인에게만 국한된 것이 아니었다. 이는 17세기 이후 함경도 지역 유품·향반이 지니고 있었던 공통의 문제이기도 하였다. 예컨대 18세기 후반 <갑민가>에 등장하는 갑산민이 자술하고 있는 자신 신분적 위상과 절박한 호소 내용은 한 세기 이전 김기홍의 경우와 매우 흡사하다. 따라서 이 책은 김기홍에 대한 연구에 집중하고 있으나, 동시에 조선후기 함경도 지역 문학의 특성을 보여주는 한 사례가 되기도 할 것이다.

필자는 기왕에 함경도 지역 문학 연구를 시작하였던 바, 박사학위 논문 집필 이후에 내심 관련 연구의 폭을 넓히고자 하는 의욕이 있었다. 때마침 2014년 한국연구재단 박사후국내연수에 '『관북시선(關北詩選)』의 편찬 의식과 함경도지역 시가문학의 특질'(2년형) 연수과제가 선정되었다. 『관북시선』에는 16세기 후반부터 17세기 초반까지 활동한 함경도지역 문인 62명의 한시 및 한역시 300여 수가 수록되어 있어, 향후 연수 결과물에 의해 16~17세기 함경도지역 문인들의 실질 및 특성은 물론 다른 지역과 변별되는 함경도지역 시가문학의 고유한 미적 특질이 규명될 수 있으리라 생각한다. 이처럼 필자가 떠안고 있는 학문적 임무가 막중한 반면 나아가야 할 길은 아직 멀기에 앞으로 '임중이도원(任重而道遠)'이라는 말을 가슴에 안은 채 넓고도 의연한 자세로 공부에 매진하리라 다짐해본다.

돌이켜 생각해보니, 본격적인 공부의 길로 접어든 후 주변에 감당할 수 없을 만큼의 '학문적·인간적 빚'을 졌다. 특히 학위논문을 완성하는 과정에서는 여러 선생님들의 크나큰 학은을 입었다. 대학원 과정 내내 제자의 노둔함을 감내해주신 지도교수 이형대 선생님, 늘 고

견으로 우매함을 일깨워주신 김홍규 선생님, 그리고 학위논문을 심사해주신 정우봉, 김석회, 최재남 선생님께 큰절을 올리고 싶다. 학부 은사이신 김석회, 김영 선생님은 18년째 한결같은 사랑을 베풀어 주시면서도 학위논문 심사는 물론 Post Doc. 지도교수까지 맡아주셔서 늘 마음속의 친아버지처럼 우러르는 마음 가득하다. 태동고전연구소(芝谷書堂) 교수님들과 주변의 여러 동학들, 그리고 항상 격려와 기도를 아끼지 않으셨던 인천교구사제연대 황창희, 박요환, 송태일 신부님께도 감사의 말씀을 올린다. 또한 돌아가신 아버지, 홀몸으로 자식들을 키우신 어머니, 함께해 온 가족들, 내가 사랑하는 사람을 생각하노라면 그간의 고마움과 미안함을 이루 다 말로 표현하기 어렵다. 끝으로 단행본 출간을 흔쾌히 수락해주신 보고사 김홍국 사장님과 거친 원고를 깔끔하게 다듬어주신 이순민님께도 감사드린다.

2015년 8월
동락재(同樂齋)에서 조지형 씀

차례

Ⅲ. 김기홍의 시가 작품 세계

【부록】

I. 서론

1. 문제의 소재와 기존 연구의 동향

본고는 17세기 중·후반 함경도(咸鏡道) 지역의 문인인 관곡(寬谷) 김기홍(金起泓, 1634~1701)의 생애와 시가문학의 특질을 구명하는 것을 목적으로 한다. 특히 17세기라는 시기적 특성과 함경도라는 지역적 특성에 기반하여 향반(鄕班)이자 유자(儒者)로서 생활한 김기홍의 삶을 탐색하고 그의 시가문학에 작용한 여러 동인들을 살핌으로써 그가 산출한 작품들의 특성을 파악하고자 한다.

문학 연구에서 기존에 널리 알려진 작가와 작품을 바르게 평가하여 자리매김하는 작업과 아울러, 새로운 작가 또는 상대적으로 덜 알려진 작가에 주목하여 그 작품세계의 실질을 밝혀내는 작업은 문학사의 지형도(地形圖)를 풍부하게 해주는 일이 될 것이다. 그렇지만 새로운 작가와 작품이 그동안 주목되지 않았다는 이유만으로 그 가치와 의의를 획득할 수 있는 것은 아니다. 이를 위해서는 작가와 작품에 대한 깊이 있는 분석과 이에 따른 합당한 평가가 수반되어야 한다. 본고에서 다루고자 하는 관곡 김기홍과 그의 작품들의 경우도 예외일 수는 없다.

본고에서 김기홍과 그의 작품에 주목하고자 이유는 크게 세 가지이다. 첫째, 지금까지 김기홍과 그의 작품에 대한 관심과 연구는 매우 미진한 상태였다고 할 수 있다. 일찍이 임영정[1]에 의해 김기홍의 문집과 국문시가 작품이 소개되었지만, 이는 어디까지나 소개 수준에 불과하였고, 그마저도 작가의 생애와 관련해서 곳곳에서 오류가 산견된다. 이후 약 20여 년이 지나 김기홍 가사작품 중 <농부사(農夫詞)>만이 농부가류 가사의 범주에서 논의가 이루어졌을 뿐이다.[2] 그의 시조작품 21수와 또 다른 가사작품인 <채미가(採薇歌)>는 전혀 논의가 이루어지지 않았다. 이와 함께 그의 문집『관곡집(寬谷集)』에 남아 있는 100여 수의 한시(漢詩)도 상황은 마찬가지이다. 기실 특정 작가의 시가문학의 특질을 구명하기 위해서는 그가 남긴 시조, 가사, 한시 등 모든 작품을 연구대상으로 삼아 균형 있는 논의를 이어가는 것이 바람직하다. 특정 갈래나 작품에만 집중하다 보면 필연적으로 편협하고 치우친 결론에 도달하기 쉽다. 이에 본고는 그간 선행연구가 지니고 있었던 문제점들을 극복하고자 김기홍의 시조, 가사, 한시에 대한 종합적인 연구를 지향한다.

김기홍의 시가작품에 대한 연구뿐만 아니라, 작가 연구의 일환으로 김기홍에 대한 생애 탐색이 미진하였다. 그의 문집에는 행장(行狀)

---

1) 임영정, 「寬谷先生文集과 諺文歌詞・時調」, 『도서관』 27-3, 국립중앙도서관, 1974.
2) 길진숙, 「朝鮮後期 農夫歌類 歌辭 研究」, 이화여자대학교 석사학위논문, 1990; 조해숙, 「농부가에 나타난 후기가사의 창작의식과 장르적 성격 변화」, 서울대학교 석사학위논문, 1991; 김창원, 「朝鮮後期 士族創作 農夫歌類 歌辭의 作家意識 研究」, 고려대학교 석사학위논문, 1993; 류속영, 「김기홍 <농부사>의 창작배경과 작가의식」, 『문창어문논집』 38, 문창어문학회, 2001.

이나 묘지명(墓誌銘) 등이 남아 있지 않아서 생애나 가족사를 온전히 파악하기 어렵다. 선행연구에서는 대체로 생애의 특정 국면에만 집중하여 작품해석의 준거로 삼는 우를 범하고 있다. 이에 본고에서는 그가 남긴 문집 및 주변 자료들을 모으고, 여기에 수록된 여러 글들을 통해 김기홍의 생애, 가족사, 및 사승관계, 교유범위, 활동 내역 등 가능한 모든 내용을 파악하여 그의 삶을 연보(年譜) 수준으로 재구하고자 한다. 이러한 기반 위에서 그의 인간적인 면모가 온전히 드러날 수 있을 것이며, 그래야만 이후 작품 해석의 깊이를 더할 수 있을 것이다. 이러한 접근 방법은 그간 김기홍의 생애와 작품 연구에 있어 반복되어 온 특정 작품에 대한 쏠림현상과 연구 불균형을 극복하는 방편이 될 수 있으리라 기대한다.

둘째, 종래 시가문학 연구의 지역적 기형성을 극복하고, 각 지역문학 연구의 균형성을 확보하기 위해서이다. 그간 고전문학, 특히 시가문학 연구에서 영남지역과 호남지역에만 관심이 집중되어 왔음은 주지의 사실이다.3) 이 두 지역 시가문학의 경우, 16~17세기에 걸쳐 작가층의 학문적 계보와 특성, 사승-혈연-교유관계, 작품의 형성·향

---

3) 조윤제에 의해 '영남가단'이 제기되고 이동영에 의해 영남지역에서 산출된 국문시가 전체에 대한 이해를 시도한 이래 수많은 연구 업적들이 뒤를 잇고 있다. 한편 정익섭은 호남지역에서 산출된 국문시가와 관련하여 '호남가단'이라는 용어를 설정하였다. 조동일은 『한국문학통사』에서 '시조의 정착과 성장'이라는 절에서 '영남 가단과 강호가도', '호남가단과 풍류정신'으로 영호남 시가의 특성을 대별하여 설명하고 있다. 이후 시가사에서 영남과 호남의 특성을 대별하는 시도는 학계의 큰 줄기를 형성해왔다. 주요 연구 성과는 다음과 같다. 조윤제, 「퇴계를 중심으로 한 영남 가단」, 『논문집』 8, 청구대학, 1965; 이동영, 『조선조 영남시가의 연구』, 형설출판사, 1984; 정익섭, 『호남가단연구』, 진명문화사, 1975; 정익섭, 「16세기의 호남가단 연구」, 『시조학논총』 34, 1987; 정익섭, 『개고 호남가단연구』, 민문고, 1989; 조동일, 『한국문학통사』 제2판, 지식산업사, 1983.

유 공간, 지역적 차이와 하위 갈래와의 연관 관계4) 등이 집중적으로
조명되었다. 그렇다면 다른 지역의 경우는 어떠한가? 최근 서울지역,
근기지역 등으로 시가문학의 특성에 대한 연구 시야가 확대되는 가
운데, 2011년 한국시가학회 기획학술대회에서는 '한국고전시가의 지
역문학적 탐색과 그 전망'이라는 주제를 가지고, 과거 우리 민족의
생활권과 문화권에 기반하여 영남권·호남권·호서권·영동권·기전
권의 5개 권역으로 나누어 각각 해당 지역의 문화와 문학적 특질에
대해서 살피기도 하였다.5) 그럼에도 불구하고 지역문학 연구는 여전
히 남한 지역에만 국한되고 있다.

　우리나라의 경우 역사적으로 볼 때 한반도 지역을 중심으로 동일한
민족과 언어를 기반으로 삶을 영위해 왔다. 또 지역문학 연구의 목적
은 지역적 특수성에 대한 이해를 통해 궁극적으로 전 지역이 '화이부
동(和而不同)'의 화합과 공존을 이룩하는 데 있다.6) 이를 위해서는 북
한 지역을 포괄하여 남북한 전지역을 대상으로 한 지역문학 연구의
시야 확대가 요청된다. 즉 문학사의 주변 지역에 대해 보다 관심을
기울이고 그 문학적 성취에 대해서도 주목을 할 필요가 있다. 이는
문학사의 지형도를 보다 정확하게 구축하기 위한 방편의 일환이다.
　이와 관련하여 장유승7)의 연구는 지역문학의 연구 범위를 서북지

---

4) 예컨대, 호남지역의 누정시가(樓亭詩歌)나 영남지역의 규방가사(閨房歌詞) 및 각
　지역의 민요 등이 그러한 예이다.
5) 관련 연구 성과는『한국시가연구』32집(한국시가학회, 2012.05.)에 수록되었다.
6) 조동일,『지방문학사』, 서울대학교 출판부, 2004, 6면.
7) 장유승,「寬谷 金起泓 文學 硏究 : 漢詩와 國文詩歌의 교섭 양상을 중심으로」,『한
　문교육연구』29, 한문교육학회, 2007; 장유승,「朝鮮後期 西北地域 文人 硏究」, 서울
　대학교 박사학위논문, 2010.

역까지 확대시키고 있어 주목을 요한다. 논자는 16세기 이래 평안도
와 함경도 지역의 문인층이 형성되는 과정과 이들의 학풍(學風), 지역
사회 문제에 대한 대응 양상 등을 추적하고 지역문학적 특징, 문학적
성과 등을 탐색하였다는 점에서 그 의의가 인정된다. 또한 그간 가사
작품 <농부사>만을 중심으로 이루어지던 김기홍에 대한 연구의 시
각을 한시영역까지 확대하였다는 점에서도 의의가 있다. 다만 장유
승의 연구는 평안도와 함경도 지역 전체를 대상으로 하였기 때문에,
본고에서 다루고자 하는 김기홍의 생애와 작품세계에 대해서는 개략
적으로만 다루었다는 아쉬움이 있다.

　김기홍은 함경도 지역에서 태어나 평생을 이 지역에서 살았고, 게
다가 민정중·이단하·남구만 등 당대를 대표하는 학자들에게 가르
침을 받음으로써, 회령(會寧) 출신의 학암(鶴庵) 최신(崔愼, 1642~1708)
과 함께 17세기 함경도 지역을 대표하는 문인으로 추앙을 받았던 인
물이다.8) 뿐만 아니라 김기홍은 함경도 지역의 향반이자 유자로서
지역정체성에 기반하여 지역 사회의 위상을 확립하고 지역 문화의
발전을 위해 노력하였다. 특히 당대 문인들과 사승-교유 관계를 형
성하고, 지역 사회에서 서원 설립과 선현 배향을 바탕으로 자생적인
학통을 형성하여 결속의 구심점으로 삼았으며, 함경도 지역에 대한
인문지리지를 편찬함으로써 지역의 문화적 위상을 제고하고자 노력

---

8) 이규원(李奎遠)은 『관곡집(寬谷集)』 서문에서 '(선생[김기홍]은) 학암(鶴庵) 최신
　(崔愼)과 더불어 우재(尤齋, 송시열)선생께 어려운 것을 묻고, 노봉(老峯, 민정중)선생
　께 가르침을 받아서, 선생[김기홍]은 북도에서 이름났고, 최신은 남도에서 이름났다.
　그리고 외재(畏齋, 이단하)선생이 거기에 더하여 훈도하시고, 약천(藥泉, 남구만)선생
　이 권장하시니, 당시 사대부들이 모두 현사(賢士) 및 고제(高弟)라 칭하였다.[…與崔
　鶴菴, 問難於尤齋, 親炙於老峯, 先生倡於北, 鶴菴倡於南, 而畏齋從以薰陶之, 藥泉繼
　以勸獎之, 當世士大夫咸稱賢士而高弟也.]'라고 하였다.

하였다. 그만큼 함경 지역 문인으로서의 위상이 남다른 경우에 해당
하므로, 이 지역 문학 연구에 있어서 간과할 수 없다.

한편, 함경도 지역에서 산출된 시가문학의 경우, 예컨대 시조작품으
로는 김종서(金宗瑞, 1390~1453)가 관찰사 재임시절 지은 <호기가(豪氣
歌)>, 박계숙(朴繼叔, 1569~1646)이 회령으로 부임하면서 주고받은『부
북일기(赴北日記)』소재 시조 7수9), 이항복(李恒福, 1556~1618)이 북청
으로 유배가면서 지은 <철령가(鐵嶺歌)>, 윤선도(尹善道, 1587~1671)가
경원으로 유배되어 지내면서 지은 <견회요(遣懷謠)> 5수 등이 있고,
가사작품으로는 조우인(曺友仁, 1561~1625)이 경성판관(鏡城判官)으로
부임하여 지은 <출새곡(出塞曲)>, 송주석(宋疇錫, 1650~1692)이 덕원으
로 귀양 간 할아버지 송시열(宋時烈)을 시봉하면서 지은 <북관곡(北關
曲)>, 이광명(李匡明, 1701~1778)이 갑산으로 유배를 가서 지은 <북찬가
(北竄歌)>, 구강(具康, 1757~1832)이 관북 암행어사로 나가 보고 들은
바를 작품화한 <북새곡(北塞曲)> 등이 있는데,10) 이들 작품은 모두
함경도 지역으로 출사·임직·유배 과정에서 산출된 작품이다. 이들
작품에서는 대체로 출사에 대한 기쁨이나 혹은 유배로 인한 개인적
불우의 심리를 표출하는 것이 일반적이다. 일부 가사작품에서 민중의
피폐상이나 현실 모순의 단서들을 포착하여 부각하고는 있지만, 이는
중앙의 관료로서 이 지역을 지나가면서 바라보는 '가엽고 불쌍히 여기

---

9) 『부북일기』소재 시조 작품은 총 7수가 있는데, 이 가운데 박계숙의 작품이 4수,
   기녀 금춘(今春)의 작품이 2수, 박계숙의 아들 박취문(朴就文)의 작품이 1수가 있다.
   * 신경숙·이상원·권순회·김용찬·박규홍·이형대,『고시조 문헌 해제』, 고려대학
   교 민족문화연구원, 2012, 495~497면, 참조.
10) 이와 관련된 전체적 양상에 대해서는 최재남,「관서·관북 지역의 시가 향유 양상」,
   『한국고전연구』 24, 한국고전연구학회, 2011, 33~50면 참조.

는' 외부 관람자의 시선에 지나지 않는다.

이에 비하여 김기홍이 남긴 시가작품들은 모두 함경도 지역의 실정과 생활에 기반하여 산출된 것이기 때문에, 지역의 삶과 현실문제에 대한 체감도가 남다르다. 지역인으로서 지역의 현실 문제를 해결하고자 노력을 하고 지역민들에 대한 애정 어린 시선들이 감지된다. 본론에서 자세히 언급하겠지만, 가사작품 <농부사(農夫詞)>나 한시 작품 등이 그러하다. 즉 김기홍은 지역민으로서 지역의 현실 문제와 그 안에서 살아가는 자신의 삶의 모습을 작품화하였으며, 게다가 함경 지역 문인들 중에서 양식적으로 시조·가사·한시를 모두 남기고 있는 유일한 작가인 만큼, 함경도 지역 시가문학에 있어서 그 대표성이 특별한 경우라 할 수 있다. 따라서 김기홍의 시가문학은 함경도 지역 문학 연구의 중심부에 놓일 수밖에 없다.

셋째, 김기홍의 시가작품에 대한 연구는 17세기 시조사 및 시가사를 보완하는 성격을 지니게 된다. 선행연구에서 이상원[11]은 17세기 시조를 관료문인 시조와 향촌사족 시조의 두 유형으로 나누어 구체적인 양상과 특징을 서술한 뒤, 16세기 시조와의 대비를 통해 17세기 시조의 시가사적 위상을 검토하였다. 논자는 17세기 시조가 16세기 시조와 본질적으로 구별되는 점으로 새로운 작가층을 주목하고 있는데, 즉 중앙정계에 진출하여 벼슬을 한 경력이 거의 없이 평생을 향촌에 머물러 있으면서 자신의 처지와 생활을 시조로 읊은 '향촌사족'이 그들이다. 향촌사족의 범주에는 김득연(金得硏), 박인로(朴仁老), 강복중(姜復中), 정훈(鄭勳), 이중경(李重慶), 이휘일(李徽逸), 장복겸(張復謙)

---

11) 이상원, 「17世紀 時調 研究」, 고려대학교 박사학위논문, 1999; 이상원, 『17세기 시조 사의 구도』, 월인, 2000.

등을 포함시켰다.

그런데 이상원의 논의 구도 속에 김기홍은 빠져 있다. 논자의 표현을 빌어 말하자면, 김기홍의 시가작품은 지역적 기반을 바탕으로 개체적 삶의 문제, 즉 빈궁한 삶을 살면서 사대부로서의 당위적 삶과 현실적 처지 사이에서 고민하고 갈등하며, 작가 나름의 문제 해결을 도모하는 양상이 드러나는 바, 향촌사족의 시가 범주에 넣어 다룰만한 충분한 자격이 있다. 다만, 역사적으로 볼 때 18세기 중반까지 평안도와 함경도 지역의 경우에는 여타 지역과 대등한 수준에서 '사족'이라 부를 만한 계층이 존재하지는 않았기 때문에, 김기홍의 경우 '사족'이라고까지 지칭하기는 어렵다. 하지만 이들 지역에서 김기홍과 같은 향반(鄕班)·유품(儒品)의 역할이 다른 지역의 향촌사족과 유사한 지점들이 있어 넓은 범주에서는 하나로 묶어 살필 수도 있다. 따라서 지역적 차이와 이에 따른 지역사회 안에서의 신분적 위상의 차이는 분명히 존재하지만, 김기홍 시가작품에 대한 탐구는 17세기 시가사의 구도에서 차지하고 있는 위치를 설정함으로써 이전 시가사의 외연을 확장하고 미비점을 보완하는 역할을 하게 될 것이다.

기실, 모든 사람들의 삶은 특정 시기와 지역이라는 통시적·공시적 좌표축에 위치하게 된다. 김기홍은 17세기 함경도 지역의 향반으로서, 인접 시기와 여타 지역의 향촌사족들의 삶과 문학 양상에 대한 좋은 비교의 대상이 되리라 생각한다. 예컨대 경상도 예안(禮安)에 살면서 일생 동안 벼슬하지 않고 학문과 시작(詩作)에 전념하며 처사적 삶과 안분지족을 표상화한 김득연(金得硏, 1555~1637), 전라도 남원(南原)에서 관직에 나간 바 없이 독학으로 공부하면서 일생을 초야에 묻혀 살았던 정훈(鄭勳, 1563~1640), 충청도 은진(恩津)에서 소요하며 청계망사(淸溪处士)라 자처하였던 강복중(姜復中, 1563~1639), 경상도 청도(淸道)에 은거하여 재지사족으로서 일생을 살아간 이중경(李重慶, 1599~1678) 등이 바로 그러한 경우에 해당한다. 이러한 점은 굳이 17세기에 한정하지 않고 인접시기인 18세기 전라도 장흥지역에 살았던 존재(存齋) 위백규(魏伯珪, 1727~1798)나 고창(高敝)에 살았던 이재(頤齋) 황윤석(黃胤錫, 1729~1791)의 경우에도 마찬가지라 할 수 있다.

김기홍을 포함하여 이들은 모두 '향촌사대부/향촌사족/향반'이면서 '유자(儒者)'라는 사회적 신분이 같으며, 시가 작가로서 시조, 가사, 한시를 모두 남기고 있다. 따라서 비슷한 시기에 유사한 사회적 위상과 학문적 소양을 갖춘 이들의 삶과 문학이 통시적·공시적 좌표축의 변화에 따라 어떠한 이동점(異同點)을 보이는가를 살피는 데 좋은 비교의 축이 되리라 생각한다. 이는 시가문학 연구의 주요 화두인 향촌사족 계층의 삶과 문학의 양상을 살필 수 있는 새로운 기반을 마련함으로써 이후 향촌사족에 대한 연구의 심화에도 기여할 것으로 예상된다.

2. 자료 개관 및 서술의 방향

김기홍의 생애와 시가문학의 특질을 검토하기 위해서는 우선 그가 남긴 자료와 작품의 범주를 확정하는 일이 필요하다. 이는 선행연구에서 김기홍과 관련된 자료의 범주가 충실하게 제시되지 못한 것에 대한 문제제기이기도 하며, 본 연구가 김기홍의 생애와 작품세계에 대한 종합적인 연구를 지향하기 때문이기도 하다. 김기홍은 북한 지역의 함경도 문인이지만, 다행히도 그가 남긴 문집자료가 현재 남한 지역에 온전히 존재한다. 이는 1924년 조선총독부 산하 조선사편수회(朝鮮史編修會)에서 조선사편찬을 위해 전국 각지의 문집 및 고전적 자료를 수집하는 과정에서 자료의 소재가 파악되어 이후 필사되어 전해졌기 때문이다.12) 또 최근에는 목판본 형태의 문집 원전 자료가 공개되기도 하였다. 김기홍과 관계된 자료를 범위를 제시하면 다음과 같다.

> A. 김기홍 저술 자료
> ① 『寬谷先生文集』 5권 2책, 목판본, 연세대학교 도서관 소장.13)
> 『寬谷先生文集』 5권 2책, 필사본, 서울대학교 규장각한국학연구원 소장.14)
> (이하 『寬谷集』이라 칭함.)
> ② 『寬谷先生實紀』 1책, 필사본, 국사편찬위원회 소장.15)
> (이하 『寬谷實紀』라 칭함.)
> ③ 『寬谷野乘』 1책, 필사본, 국사편찬위원회 소장.

---

12) 관련하여 『寬谷集』에는 별다른 표지가 없고, 『寬谷實紀』와 『寬谷野乘』에는 咸北 慶源郡 東源面에 사는 김정좌(金鼎佐)[김기홍의 후손이라 생각됨]가 소장하고 있던 것을 1924년 10월 稻葉岩吉이 채방(採訪)하여 이후 등사・교정・검열을 거쳤음이 표기되어 있다. 추정컨대, 『寬谷集』도 동일한 경로를 통해 전해졌을 것이라 생각된다.

13) 이 자료는 본래 민영규 교수가 개인 소장하고 있던 자료이었는데, 2005년 5월 연세대학교에 기증한 것이다. 현재 전하는 『寬谷集』 자료 중에 가장 선본에 해당한다.

14) 『寬谷集』은 연세대학교 도서관, 서울대학교 규장각한국학연구원 이외에도, ㉠ 성균관대학교 존경각과 ㉡ 중국 랴오닝성 도서관에도 소장되어 있다. 확인 결과 이 중 규장각본과 존경각 소장본은 조선총독부 조선사편수회에서 필사 제작한 동일한 판본이다. 다만, 존경각 소장본은 끝부분에 10페이지 정도가 뜯겨 나갔다. 중국 랴오닝성 도서관 소장본은 확인하지 못하였다.

15) 『寬谷實紀』는 국사편찬위원회 이외에도 연세대학교 도서관 소장 『(今西博士蒐集) 朝鮮史原本コレクション』[마이크로자료] 123 안에도 들어있다.

B. 주변 인물 자료

① 閔鼎重, 『老峯集』: 행장 및 함경도 관련 시문.

② 南九萬, 『藥泉集』:「贈五生 幷小序」 및 함경도 관련 시문.

③ 崔 愼, 『鶴庵集』: 편지 5편, 차운시 2편.

④ 洪柱國, 『泛翁集』:「贈會寧諸生」 및 시문.

⑤ 기타.

위에 제시한 바, 김기홍과 관련된 자료는 두 개의 범주로 나눌 수 있다. 하나는 김기홍이 저술한 자료들로, 본고에서는 이들 자료들이 1차적인 연구 대상이다. 다른 하나는 김기홍과 관계를 맺었던 주요 인물들의 문집에서 발견되는 자료들로, 이들 자료들은 연구의 참고 자료가 된다.

이 가운데 김기홍의 문집 『관곡집(寬谷集)』은 『관곡실기』와 『관곡 야승』까지를 포함하고 있으며 가장 완정된 자료라 할 수 있다. 서울대 규장각 소장의 필사본 『관곡집』에는 이규원(李奎遠, 1833~1901)의 서문 1개만이 있는데, 연세대 도서관 소장의 목판본 『관곡집』에는 4개의 서문과 1개의 발문이 부기되어 있다. 이 서발문을 통해 문집의 간행 과정을 확인할 수 있다.

『관곡집』 서문 가운데 맨 앞에 있는 민치주(閔致周, 1779~?), 박종희(朴宗喜, 1775~?), 이선연(李善淵, ?~?)이 작성한 3개 서문은 1825년 (순조25년) 가을에 작성된 것이다. 서문에 따르면 김기홍의 현손(玄孫)인 김종원(金鍾遠, ?~?)이 도성으로 찾아와 문집을 간행하려는 취지를 설명하고 이들에게 서문을 구하였다고 한다.16) 그러나 위 세 사

---

16) 민치주(閔致周)는 노봉 민정중의 5세손이고, 이선연(李善淵)은 외재 이단하의 6세

람에게 서문까지 받았음에도 불구하고 당시에 문집으로 간행하지는 못하였던 것으로 보인다. 다음으로 이규원의 서문과 맨 뒤의 발문은 1895년(고종32년) 봄에 작성된 것이다. 이규원은 당시 함경도관찰사로 재임하고 있었다. 발문에는 문집 간행과 관련된 내용이 간략하게 수록되어 있는데, '김기홍의 시문과 저술이 계속 건연(巾衍)에만 싸여 있다 보니 후대에 혹여 사라질까 염려되어 길주(吉州)·명천(明川)의 종친들이 함께 돈을 모아 간행하였다'[17]고 한다. 이 기록을 준신하면, 『관곡집』은 이때 와서야 비로소 목판본으로 간행이 되었음을 알 수 있다. 또 김기홍의 후손들이 공동으로 문집을 간행하였기 때문에 맨 뒤의 발문에는 별다른 작자표기를 하지 않은 것으로 보인다. 연세대 도서관 소장본은 1895년 간행된 목판본이며, 서울대 규장각 소장본은 대조 결과 이 목판본을 면, 행간, 글자 배열까지 동일하게 필사하여 전한 것이다. 다만 맨 앞의 서문 3편과 맨 끝의 발문이 누락된 것은, 1920년대 필사할 당시에 저본의 앞뒤가 낙장 상태이었기 때문이었을 것으로 추정된다.

『관곡집』과 『관곡실기』 안에는 김기홍의 시가작품인 시조 21수, 가사 2편, 한시 100수가 전한다. 이들 작품이 연구의 주 대상이다. 한편 그의 문집에는 행장(行狀)이나 묘지명(墓誌銘) 등이 없어서 그의 생애와 행적을 파악하기 위해서는 수록된 모든 산문 자료들도 검토의 대상이 된다. 또한 그가 지닌 현실인식과 지역의식을 살펴보기 위해서는 그가 편찬한 지리서 『관곡실기』 소재 「북관기(北關記)」가 검토될

손이었다.

17) 『寬谷集』, 「跋」 詩文若干卷, 尙在巾衍, 恐因而散佚未行於世, 乃告吉·明諸宗, 會議鳩財, 亟付剞劂, 以壽其傳.

것이다.

아울러 김기홍과 교유했던 당대 인사들의 문집도 주변 자료가 된다. 이러한 자료들은 그들이 함경 지역으로 부임 및 유배를 와서 김기홍과 교유한 정황과 행한 여러 일들을 정확하게 파악하기 위함이다. 또 김기홍의 작품 분석을 위해서도 필요한데, 김기홍이 남긴 한시 작품의 상당수가 차운시 형태로 지어졌기 때문에 그의 한시작품을 온전히 이해하기 위해서는 확인 가능한 범위에서 교유 인사들의 문집에서 원작을 찾아 확인하는 일이 중요할 터이다. 한편, 김기홍과 같은 지역의 후배 사이인 최신(崔愼)의 경우, 그의 문집에 김기홍과 주고받은 편지글이 남아있어서 둘 사이의 교분을 추적할 수 있기도 하다.

이상의 자료들을 통해 본고에서는 ㉠ 김기홍이 남긴 시가 작품의 범주를 확정하고, ㉡ 김기홍의 생애와 주요 활동 양상을 재구하며, 주변 인물들의 문집자료를 검토하여 가능한 범위 내에서 ㉢ 김기홍의 작품과 행적에 대한 보완을 하고자 한다. 이러한 기반 위에서 그의 작품세계의 특질에 접근할 수 있으리라 생각한다.

논의를 위한 접근 방법과 관련하여 본고는 다음과 같은 점에 유의하고자 한다. 문학 연구의 궁극적 귀착점은 작품의 특질을 밝혀내는 데로 모아져야 하지만, 그렇다고 해서 작가의 현실적 삶의 연관성이 간과되어서는 곤란하다. 따라서 작품을 분석하기에 앞서 작가가 기반하고 있는 현실적 삶의 조건들이 충분히 고려되어야 할 것이다.

무엇보다 김기홍의 생애와 관련하여 그가 지닌 사회 신분적 위상을 명확히 규정해야 할 필요성을 느낀다. 선행연구에서는 17세기 이후 사족층의 분화에 주목하면서 이들을 '경화사족'과 '향촌사족'으로 대별하였다. 이들 연구에서는 향촌사족의 개념에 대해서 대체로 세 가지 측면을 고려하여 범주를 설정하고 있다. 즉, ㉠ 관직에 진출하지 않았거나 혹 진출했더라도 크게 현달하지는 못해 중앙정권과 정치적으로 단절된 상태라는 사회적 측면,18) ㉡ 이에 따라 중소지주로서의 경제적 기반 또한 무너져 자영농적(自營農的) 처지로 기울어간다는 경제적 측면,19) ㉢ 중앙·서울이라는 공간과는 대비되는 향촌에 거주기반을 둔 지역적 측면20)이 그것이다.

  그렇지만 김기홍의 경우에는 위에서 언급한 '향촌사족'의 개념과 범주에 정확히 들어맞는다고 하기 어려운 측면이 있다. 사학계의 연구를 참고하면, 조선시대 평안도와 함경도 지역의 경우 17~18세기까지는 엄밀히 말해 사족(士族) 계층이 존재하지 않았기 때문이다.21) 이 지역의 문인들은 삼남(三南) 지역의 사족들과 엄연히 구분된다. 이들 지역 사람들은 과거를 통해 관인(官人)으로 진출하는 데 제한을 받았는데, 문과 급제자들에게 승문원(承文院) 분관(分館)을 막고, 무과 급제자들도 선전관천(宣傳官薦)을 허락하지 않아 청요직(淸要職)을 거쳐 고위직으로 나갈 수 있는 길이 차단되어 있었다. 이 지역 문인들은 관직에

---

18) 최현재, 「박인로 시가의 현실적 기반과 문학적 지향 연구」, 서울대학교 박사학위논문, 2004. 참조.

19) 김석회, 『존재 위백규 문학 연구』, 이회문화사, 1995, 24~25면. 참조.

20) 유정선은 '당시의 거주기반은 관직진출 여부의 정치적 의미뿐만 아니라 문화적 함의를 지니며 작자의 성향 및 의식을 규정짓는 주요한 근거가 되고 있음'을 들어, 거주기반을 기준으로 향촌사족과 경화사족을 구분하고 있다. * 유정선, 「18·19세기 기행가사의 작품 세계와 시대적 변모 양상」, 이화여자대학교 박사학위논문, 1999, 136면. 참조.

21) 오수창, 「17, 18세기 平安道 儒生·武士層 성장의 사회경제적 배경」, 『규장각』 18, 1995, 1~4면; 오수창, 『조선후기 평안도 사회발전 연구』, 일조각, 2002, 12~16면; 강석화, 『조선후기 함경도와 북방영토의식』, 경세원, 2000, 19~22면.

진출하기도 어려웠고, 진출하더라도 고위직으로는 올라갈 수 없었던 것이다. 또한 이들은 무늬상 양반 신분이기는 하였으나 일반 향인들과의 계층적 차이도 크지 않았다. 이들은 현달한 선조들이 없었기 때문에 가문의 권위나 명성도 보잘 것 없었으며, 이에 따라 향촌에 대한 지배적인 영향력도 미미하였다. 특히 함경도 지역의 경우, 일반인들과 동일하게 군역과 요역 같은 의무도 지니고 있었다. 말하자면 애초부터 두 지역의 양반들은 재지적·경제적 기반이 매우 취약하였다. 따라서 이들을 여타 지역의 경우처럼 '향촌사족'이라고 범칭하는 것은 그리 간단한 문제가 아니다. 하지만 이러한 지역적 특수성을 감안하더라도, 어떻게든 이들의 사회적 신분적 성격을 규정해야만 이후 다른 지역의 사족들과의 비교 층위가 형성될 수 있을 것이다.

이와 관련하여, 한창훈[22]은 17세기 시가 창작층을 세 부류로 구분하였다. ① 비교적 정치적으로 현달했지만, 한편으로 그로 인해 출(出)과 처(處)를 반복했던 이들[신흠, 윤선도 등], ② 벼슬을 하지 않았거나 아주 미미한 벼슬에 머물렀으며 이에 따라 경제적으로도 넉넉하지 못했던 일군의 이들[박인로, 정훈, 강복중 등], ③ 벼슬을 하지 않았거나 아예 관심을 가지지 않았지만 경제적으로는 비교적 여유를 누렸다고 생각되는 일군의 이들[김득연, 권섭 등]의 부류인데, 여기서 두 번째 작가군을 '향반(鄕班)'이라는 용어를 통해 개념화하자고 제안하였다. 사학계의 연구에서도 "대체로 16~17세기의 사족 지배체제에 참여할 수 없었던 하층 양반, 또는 과환(科宦)과 혼벌(婚閥)을 잃음과 동시에 경제적으로 몰락해가고 있던 양반 가문"을 향반이라고 지칭하고 있다.[23] 이러한 점들

---

22) 한창훈, 「강복중의 가사와 향반의식」, 『한국가사문학연구』, 태학사, 1996, 302면.
23) 한국사연구회 저, 『조선은 지방을 어떻게 지배했는가』, 아카넷, 2003, 291면.

을 참조한다면 함경도라는 지역적 특수성을 고려하더라도 김기홍의 사회적 위상은 위에서 언급한 '향반'에 가깝다. 이러한 신분적 층위에 서 동시대 여타 지역의 문인들과의 비교가 가능하리라 생각한다.

함경도 지역의 실정을 고려하여 좀 더 명확하게 김기홍의 신분과 위상을 파악해보기로 한다. 『관곡집』 권1에는 김기홍이 조정과 관청 을 상대로 작성한 소(疏)·장(狀)이 7편이 수록되어 있다. 이 글에서 김기홍이 자신과 동류들의 신분을 지칭하는 용어는 '화민(化民)'과 '유 품(儒品)'이다. 이 두 어휘가 김기홍의 신분과 사회적 위상을 명확하게 추적할 수 있는 단서가 된다. 먼저 '화민(化民)'은 오로지 양반신분의 사람들만이 사용할 수 있는 일종의 표지어로 자기고을의 수령에 대하 여 스스로를 낮추어 부르는 겸칭24)이다. 김기홍이 수령에게 올리는 청원서에 스스로를 '화민'이라 지칭하였다는 것은, 함경도라는 지역적 요소를 고려하더라도 어쨌든 그가 양반이라고 부를 수 있는 신분에 속하고 있었음을 짐작케 한다. 주목할 부분은 '유품(儒品)'인데, 이는 '유생품관(儒生品官)'의 줄임말로 유생(儒生)으로서 유향소에 소속되어 여러 향임(鄕任)을 담당하던 사람들을 말한다. 이는 대체로 지방의 사 류(士類)를 지칭하며 좌수(座首)·별감(別監)을 뜻하는 말이다.25) 다만 김기홍이 실제 유품으로서 어떠한 역할을 수행하였는지의 여부는 알 기 어려우나, 그가 수령으로부터 특별히 교임(校任)을 받은 적이 있기 는 하다.26) 이것 이외에는 별다른 내용은 확인되지 않는다. 하지만

---

24) 전경목, 「朝鮮後期 所志類에 나타나는 '化民'에 대하여」, 『고문서연구』 6, 한국고문 서학회, 1994. 참조.

25) 전경목, 「조선후기 品官과 그들의 생활상」, 『인문콘텐츠』 창간호, 인문콘텐츠학회, 2003, 245~254. 참조.

26) 김기홍이 관곡으로의 이주(1678년 3월) 직전인 1678년 1월에 관에 올린 <길제전사

이는 김기홍이 지역사회에서 유품의 역할을 수행할 수 있는 신분적 요건을 분명하게 갖추고 있었음을 알 수 있다.27)

　이와 동시에 고려되어야 할 중요한 점은 '유생'이라는 신분이다. 17세기 중반부터 함경도 지역에는 송시열(宋時烈), 민정중(閔鼎重), 이단하(李端夏), 남구만(南九萬), 김창협(金昌協)28) 등 서인 계열 인사들의 노력에 의해 학풍이 형성되어감에 따라 주자성리학을 업으로 삼는 유생들이 점차 늘어갔던 바,29) 김기홍도 이러한 흐름에 편승하여 민정중, 이단하, 남구만을 스승으로 섬기며 학문에 매진하는 한편, 지역사회의 교화에도 관심을 기울였다. 그가 남긴 글 가운데 <학령서(學令序)>, <향교선생안서(鄕校先生案序)>, <선악적서(善惡籍序)> 등의 산문은 이러한 점을 반영하는 것이라 할 수 있다. 김기홍이 학문을 통해 출사까지를 염두에 두었는지 여부는 명확히 알 수 없으나, 학문적으로는 분명하게 유자(儒者)로서의 길을 택하였다.

　　면교임장(吉祭前辭免校任狀)>에 보면 자신은 '지난 12월에 특별히 교임(校任)을 부여 받았는데, 그 때는 (모친의) 담사(禫祀)를 겨우 마치고 아직 길제(吉祭)를 거행하지 못했고 …… 뜻밖에도 외가에는 두역(痘疫)이 크게 창궐하여 연이어 아이들이 쓰러지는 상황'임을 들어 교임에서 물러나기를 청원하는 글을 올린다.

27) 선행연구에서는 김기홍의 신분을 대체로 '향촌사족'으로 규정한 반면, '품관'으로 규정한 것은 장유승으로 그 의의가 인정된다. 그러나 장유승은 "김기홍이 품관의 신분에서 향촌사족의 신분으로 발돋움하기를 갈망하였다."고 하였는데, 이 대목은 명확하게 입증하기 어렵다. * 장유승, 「寬谷 金起泓 文學 硏究 : 漢詩와 國文詩歌의 교섭 양상을 중심으로」, 『한문교육연구』 29, 한문교육학회, 2007, 378면. 참조.

28) 김창협(金昌協) : 조선 후기 문신·학자로 자는 중화(仲和), 호는 농암(農巖)·삼주(三洲)이다. 김수항의 아들로 1682년 문과에 장원급제하여 병조좌랑·사헌부지평 등을 거쳐 1685년 3월 함경북도병마평사(咸鏡北道兵馬評事)로 부임하였다.

29) 정해득, 「朝鮮後期 咸鏡道 儒林의 形成과 動向」, 단국대학교 석사학위논문, 1996, 5~15면; 장유승, 「朝鮮後期 西北地域 文人 硏究」, 서울대학교 박사학위논문, 2010, 56~69면.

　이상의 논의를 통해 김기홍의 신분은 '향반'으로, 지역사회에서의 위상과 역할은 '유생품관'으로 규정할 수 있다. 이러한 김기홍의 신분적 요소는 자신과 비슷한 처지의 주변 유자들과 협력하는 관계 속에서 보증이 되며, 아울러 함경 지역으로 부임해오는 수령들에게 인정을 받음으로서 유지가 된다. 김기홍이 학문의 길을 걷고, 지역의 유자들과 함께 어울리고, 함경 지역으로 부임해오는 수령들과도 일정한 교유–사승 관계를 형성하는 데 적극적이었던 이유는 그의 신분적 위상을 지키고 이어가기 위한 목적이 강하였기 때문이다.

　이러한 점을 염두에 두면서, 본고는 다음과 같은 순서로 논의를 진행하기로 한다. 먼저 Ⅱ장에서는 작가 연구의 층위에서 김기홍의 생애와 주요 활동 양상에 대해 살펴보기로 한다. 작가에 대한 이해가 선행되어야 이후 작품에 대한 깊이 있는 이해가 가능하기 때문이다. 먼저 생애와 관련하여서는 선대에서의 함경도 이주 과정과 김기홍의 생평(生平), 지역 사회에서의 역할 및 위상 등을 검토하여, 개인사적 처지와 문제의식 및 처세관을 알아볼 것이다. 또한 그의 사승 및 교유 관계를 탐색하여 당대 문인들 중 어떤 인물들과 사승관계를 형성하였는지, 이에 따라 그의 학문적 기반과 성향은 어떠한 특징을 보이는지, 또 지역 사회에서 교유한 인물들의 범위는 어느 정도였는지 등을 알아볼 것이다. 김기홍의 주요 활동 양상은 두 가지 측면을 위주로 살펴볼 것이다. 첫째, 시가작품을 분석하기 위한 전제로 국문시가 창작·향유의 계기는 무엇이었는지, 국문시가에 대한 인식과 시가관은 어떠하였는지를 검토할 것이다. 이와 관련하여서는 함경도 지역으로의 국문시가 전파·수용의 양상이 탐색될 것이다. 둘째, 김기홍이 편찬한 지리서인『관곡실기』소재「북관기(北關記)」분석을 통해 그가 지닌 현실인식과 지역의식의 일단을 확인해보기로 한다.

Ⅲ장에서는 작품론의 층위에서 김기홍의 시조, 가사, 한시를 분석하여 그가 지은 시가작품이 지닌 주제적 특성을 추적할 것이다. 1절에서는 시조작품 <관곡팔경(寬谷八景)>, <격양보(擊壤譜)>, 일실작품 등 모두 21수에 대한 분석을 통해, 중년기 관곡 일대로의 성공적인 이주 이후 보여준 삶의 모습과 내면 지향이 작품에 투영된 양상을 살펴볼 것이다. <격양보>의 경우, 한역시가만 존재하기 때문에 이를 국문시가 형태로 번역하고 작품분석을 시도할 것이다. 2절에서는 가사작품 <채미가(採薇歌)>, <농부사(農夫詞)>에 대한 분석을 통해 산림생활을 영위해 나가면서 보여준 처사로서의 모습과, 그와 동시에 외면할 수 없는 지역 현실의 문제에 대한 대응 양상이 작품에 어떠한 양상으로 나타나는지 살펴볼 것이다. 3절 한시에서는 그가 남긴 100여 수의 한시를 주제적 경향에 따라 분류하고, 그의 현실적 삶의 모습 속에 드러나는 세계인식 및 심미의식을 차례로 살펴볼 것이다. 이를 통해 그의 시가문학 전반에 드러나는 내면 의식과 미적 지향을 확인할 수 있을 것이다.

Ⅳ장에서는 앞 장의 생애적 탐색과 작품세계에 대한 분석을 바탕으로 17세기 시가사의 구도 속에서 김기홍이 차지하고 있는 문학적 좌표와 위상을 살펴볼 것이다. 여기에는 시가 작가로서 동시대와 함경도 지역 안에서의 위상은 물론, 작품들이 갖는 의의와 이후 시가문학과의 연관성 등을 짚어볼 것이다.

Ⅴ장은 결론으로서 이상의 논의를 요약·정리하고 남은 과제들을 제시하면서 마무리 지을 것이다.

Ⅱ. 김기홍의 생애와 주요 활동 양상

1. 함경 지역 유품(儒品)으로서의 삶과 처세관

1) 선대의 함경도 이주와 향반(鄕班)으로서의 생활

　　김기홍(金起泓, 1634~1701)의 자는 원잠(元潛), 호는 관곡(寬谷)이다. 그는 평생 벼슬에 나아가지 않았기 때문에1) 『실록(實錄)』등의 공식 기록에서는 그의 행적을 찾아볼 수 없다. 그의 생애와 관련된 기록은 그의 문집인 『관곡집(寬谷集)』과 『관곡실기(寬谷實紀)』, 『관곡야승(寬谷野乘)』 및 그와 교유했던 인물들의 문집에 있는 관련 시문들을 통해 재구해 볼 수 있을 따름이다. 김기홍의 선대가 함경도에 정착하게 된 과정과 그의 삶의 일면에 대해서는 그가 지은 <족보서(族譜序)>와 <관곡기(寬谷記)>에 그 개략이 잘 드러나 있다.2) 이를 중심으로

---

1) 임영정은 '김기홍이 도조(度祖)의 능침인 의릉참봉(義陵參奉) 벼슬을 지냈고, 죽은 지 201년이 지난 융희(隆熙) 4년(1910년)에 이르러 규장각부제학을 제수받았다.'고 하였으나, 현재로서는 어느 곳에서도 이와 관련 논거를 발견할 수 없다. * 임영정, 「寬谷先生文集과 諺文歌詞・時調」, 『도서관』 27-3, 국립중앙도서관, 1974, 76~78면. 참조.

2) 『寬谷集』上 卷1 「族譜序」, 『寬谷實紀』 「寬谷記」 참조.

먼저 그의 생애를 짚어 보기로 한다.[3]

  김기홍의 집안은 본래 전라도 전주(全州)에 살고 있었는데, 성화(成化) 연간[세조11년~성종18년]에 6대조[4]인 김경(金敬)이 아들 김수산(金秀山)과 함께 함경도 경원부(慶源府) 용당성(龍塘城) 아래의 마을로 이주하면서 함경 지역과 인연을 맺게 되었다.[5] 함경도로 이주하기 전에 김경은 승의부위(承義副尉)의 직책을 지냈는데, 이는 정8품 무관(武官)의 품계에 해당한다. 아울러 『성종실록(成宗實錄)』 5년(1474년)에는 유배되어 충군되었던 김경을 방면한다는 기록[6]이 보이는데, 이는 당시 김경이 어떤 문제로 인해 징계 및 처벌을 받았음을 의미한다. 또 『성종실록』 17년(1486년)에는 김수산의 아우 김석산(金碩山)의 직첩을 다시 돌려준다는 기록이 있어서 김석산에게도 뭔가 문제가 있었음을 짐작하게 한다. 성화연간이 시기적으로 1465년~1487년[23년

---

3) 김기홍에 대한 생애적 탐색은 임영정, 김창원, 장유승의 선행연구에서 이루어졌다. 본고에서는 선행연구를 참고하여 생애 여러 측면을 보다 충실히 재구하고자 한다. * 임영정, 「寬谷先生文集과 諺文歌詞・時調」, 『도서관』 27-3, 국립중앙도서관, 1974; 김창원, 「朝鮮後期 士族創作 農夫歌類 歌辭의 作家意識 硏究」, 고려대학교 석사학위 논문, 1993; 장유승, 「寬谷 金起泓 文學 硏究: 漢詩와 國文詩歌의 교섭 양상을 중심으로」, 『한문교육연구』 29, 한문교육학회, 2007. 참조.

4) 김기홍의 문집 몇몇 곳에서 '6대조 경 할아버지[六代祖諱敬]'이라는 표현이 등장하지만, 김기홍이 쓴 <일지서(日誌序)>에는 '나의 7대조 경 할아버지[余之七代祖諱敬]'이라는 표현이 보인다. 현재로서는 김기홍의 가계도를 정확히 살필 수 있는 문헌이 없기 때문에, 김경이 6대조인가 7대조인가 하는 점을 명확히 확인할 수 없으나, 성종~광해군의 시간적 편차와 문집 소재 많은 표현을 준신하여 6대조로 비정한다.

5) 『寬谷集』上 卷1 「日誌序」 成宗朝成化年間, 余之七代祖諱敬, 自全州謫居于本府之南東林.

6) 성종(成宗) 5년 왕이 형조(刑曹)에 명하여 각 관청에 정역・충군되거나 지방에 유배된 자들을 방면하게 하였는데, 이 가운데 정포(井浦)에 충군되었던 김경(金敬)을 방면한다는 내용이 확인된다. * 『成宗實錄』 5年(1474, 甲午)4月17日(辛未) 傳旨刑曹: "放典獄廳直定役李仁春 …… 井浦充軍北間・白山・金敬…….

갠이고, 또 위의『실록』소재 기록들을 참고하여 생각해본다면, 김기홍의 선조 김경과 그의 아들 김수산, 그리고 김석산이 함경도 지역으로 이주한 것은 분명 1486년~1487년[성종17~18년]경이었을 것이다.

그의 집안이 함경도 경원으로 이주하던 때, 김수산의 아우 김석산(金碩山)[7]도 함경도 명천(明川)으로 함께 이주하였다.[8] 즉, 이는 가문 전체가 함경도 지역으로 이주한 것이다. 앞서『실록』의 기록을 본다면 김기홍의 선조가 자발적으로 이주했다고는 보기 어려울 듯하다. 자세한 내막은 알 수 없으나, 추정컨대 그의 집안은 '전가사변(全家徙邊)'[9]에 의해 이주된 것으로 보인다. 이는 세종(世宗) 때부터 북변 개척을 위한 정책으로 실시되었던 형벌의 일종으로 비교적 죄가 가벼운 자들에 한하여 죄인과 그의 모든 가족을 함경도, 평안도 등의 국경지방으로 강제 이주(移住)시키는 것을 가리킨다.

김경과 김수산이 이주한 경원부 지역의 사람들은 가축을 방목하여 기르며 비교적 부요한 생활을 하고 있었다. 김기홍의 선조들은 이

---

7) 성종(成宗) 17년 왕이 이조(吏曹)에 명하여 임사홍 등 112명의 직첩(職牒)을 돌려주게 하였는데, 여기에 김석산(金碩山)의 이름이 확인된다. *『成宗實錄』17年(1486, 丙午)3月6日(辛亥) 傳旨吏曹, 還給任士洪・朴孝元 …… 金碩山・金輅 …… 金淑元 職牒.

8)『寬谷集』上 卷1「族譜序」成化年間, 六大祖承義副尉諱敬, 與其子秀山, 同遷于北[季氏碩山遷于明川, 今其子孫蕃盛而居鄕, 亦有堂上金衘南者.], 卜居于慶源府南龍塘城下.

9) 전가사변에 대해서는 김지수,「朝鮮朝 全家徙邊律에 관한 硏究」, 서울대학교 석사학위논문, 1987; 김지수,「朝鮮朝 全家徙邊律의 歷史와 法的 成格」,『법사학연구』32, 한국법사학회, 2006. 참고. * 위 연구에서 김지수는 전가사변율의 시행 시기를 크게 4시기로 구분하였는데, 그 중 '세종-세조-성종'에 해당하는 시기를 1기로 규정, 이 시기는 북변 개척 후 '입거(入居)'의 개념을 띤 사민정책(徙民政策)의 일환으로 시행되었음을 말하고 있다.

러한 지역적 특성에 잘 적응하면서 비교적 빠르게 이 지역에 안착하
였고, 나름대로 넉넉한 생활을 영위하였던 것으로 보인다. 다만 김수
산 이후에 그의 가계는 연이어 독자(獨子)로 이어지면서 의지하고 협
력할 만한 일가친척들이 없었던 것이 어려움이라면 어려움이었다.

   김기홍 개인의 삶을 살펴보면, 그는 어린 시절 힘겨운 시기를 살아
갔다. 그는 유년시절인 3~4살 때 병자호란(丙子胡亂)이라는 국난을
겪게 된다. 여진(女眞)과 국경을 마주하고 있는 평안도와 함경도 지역
은 그 피해가 상대적으로 더 클 수밖에 없었다. 아울러 김기홍의 나이
15세 때인 1648년 봄 지역에 염병[癘氣]이 크게 창궐하여 아버지와 조
부모가 수개월 내에 연이어 죽는 흉사를 겪게 되면서 가세가 급격히
기울기 시작하였다. 연이어 상을 치르느라 가산이 탕진되었을 뿐만
아니라, 김기홍은 상주로서 수차례 상을 치르다 보니 몸이 여위고 병
에 걸려 오랫동안 심한 고생을 하였다. 이어 1652년과 1653년에는 잇
달아 큰 홍수가 발생하여 농사를 망치게 되어 굶주림에까지 시달려야
했다. 이에 1654년에 공수평(公須坪)으로 이주하여 10년 동안 살다가,
다시 판교(板橋)로 이주하여 10년 동안 살았다. 그러다가 그의 나이
45세 때인 1678년 3월에 관곡(寬谷)으로 이주하게 되었다.10) 그가 이
렇게 여러 차례 이주를 거듭할 수밖에 없었던 이유는 '먹고 사는 어려
움[衣食之艱難]' 때문이었다.

   뿐만 아니라 김기홍 자신의 결혼 생활도 순탄치 않았다. 그는 18세
에 김씨(金氏)와 결혼하였으나 가난한 생활의 여파에 조강지처를 잃
고 말았다. 39세에 다시 방씨(方氏)와 결혼하였으나 또 부인을 먼저

---

10)『寬谷集』上 卷5「寬谷記」, 崇禎後戊午三月初吉, 余將卜居于玆, 乃挈家累齎三斗
  糧駄一農牛, 稅駕于草岸, 結廬于坪中, 距邑治百有七十里. 四無烟間, 草木暢茂.

떠나보내야 했다. 이어 48세에 이씨(李氏)와 결혼하였으나 그의 나이 60세에 다시 부인의 죽음을 맞이해야만 했다. 부인을 연이어 잃게 된 연유도 따지고 보면 모두 가난하고 궁핍한 생활이 근본 원인이었다.

① 「제망실김씨문(祭亡室金氏文)」

평생 온갖 고생만 하고 함께 한 20여 년 동안 먹을 것이 부족하여 조금도 편안한 적이 없었구려. 내가 재주도 부족하고 일정한 일거리도 없었기에 집안의 여러 일들은 모두 당신에게 맡겼는데, 당신이 스스로 살림을 꾸려나가 내가 살아갈 수 있었고 당신의 내조에 힘입어 내가 배움에 전념할 수 있었소.11)

② 「제소실방씨문(祭小室方氏文)」

내가 당신을 잃으면서부터 집안 살림이 점점 궁색해져 두 아들과 세 딸은 모두 아직 어린데 누더기 옷을 걸치고 다니고 끼니도 잇기 어려워졌으며, 집안에 살림할 사람이 없어 생활이 거의 파탄이 나게 되었소.12)

위 인용문은 김기홍이 직접 쓴 부인들의 제문(祭文)이다. 첫째 부인 김씨는 가난 속에서 온갖 어려움을 겪으면서도 경제적으로 무능했던 남편을 대신하여 이 일 저 일 가리지 않고 집안 살림을 도맡아 수행하였다. 이러한 부인의 내조에 힘입어 가족들이 근근이 살아갈 수 있었고, 김기홍도 벽지에서 배움의 끈을 놓지 않을 수 있었다. '집안이 가난하면 어진 아내를 생각하게 된다[家貧思賢妻]'는 말처럼, 가

---

11) 『寬谷集』上 卷2 「祭亡室金氏文 壬子十一月」辛苦平生, 食貧廿載, 少不安寧. 伊我疎漏, 行役無常, 家中凡百, 悉委於內, 君自綢繆, 能幹生理, 賴其內助, 專意講劘.

12) 『寬谷集』上 卷2 「祭小室方氏文 癸亥正月」自我喪室, 家事零替, 二男三女, 俱在童稚, 破綻懸鶉, 朝哺難繼, 家無主饋, 幾敗生活.

족들의 입장에서는 아내와 엄마의 역할이 절대적으로 중요하였겠으나, 그렇지만 이런 고단하고 힘겨운 삶으로 인해 부인은 일찍 저세상으로 떠날 수밖에 없었다. 둘째 부인이 죽었을 때 김기홍의 상황은 더욱 나락으로 빠져들었다. 집안일을 주관할 부인을 잃자, 누더기 옷에 끼니도 제대로 이을 수 없는 그야말로 생활이 파탄 일보직전까지 이르게 되었다. 그간 일가식솔들이 그럭저럭 목숨을 연명하며 살아갈 수 있었던 것이 모두 부인의 내조에 힘입은 것이었으므로, 부인의 죽음은 온가족에게는 절망적인 상황일 수밖에 없었던 것이다. 이렇듯 김기홍은 젊은 시절 스스로 일생동안 '세 차례나 거처를 옮겨 다니고 세 차례나 홀아비 신세가 되었다[三爲遷移, 三爲鰥夫.]'고 토로할 만큼 경제적인 문제로 인해 지극히 고단한 삶을 노정하고 있었다.

김기홍이 가족들을 데리고 관곡(寬谷)으로 이주할 당시, 그의 전 재산은 곡식 서 말과 소 한 마리가 전부였다. 그는 읍치(邑治)에서 170여 리 떨어진 곳에 집을 짓고 정착하였다. 주변에는 인가도 전혀 없었고 초목만 무성한 그런 곳이었다. 김기홍은 풀을 베어내고 땅을 개간하였으나 뜻을 이루지 못하고 그 해 9월에 다시 부근으로 거주지를 옮기고 마침내 정착을 하게 된다.[13] 김기홍은 비록 향반의 신분이었지만, 이렇듯 굶주림과 가난에 시달리며 스스로 삶의 터전을 개척하고 궁경가색(躬耕稼穡)할 수밖에 없는 처지였다. 그가 지은 한시 작품에는 이러한 삶의 일단을 보여주는 작품이 여러 곳에서 산견된다. 그 가운데 한 수를 살펴보기로 한다.

---

13) 『寬谷集』上 卷5 「寬谷記」, 是歲秋九月, 更遷次于谷之南嶺之下, 背負三阜, 前臨一溪, 左右顯敞, 坐地爽塏, 因築室治園而居.

防山松栢鄕   방산(防山)은 송백(松栢)의 마을
茅屋石田庄   떳집에서 돌밭을 일구며 산다네.
地僻客來罕   후미진 지역이라 찾는 손님도 드물고
林深溪水冷   깊은 숲속이라 시냇물은 차갑기만 하구나.
鷄鳴綠樹裏   푸른 숲속에서는 닭이 울고
犬吠白雲崗   흰 구름 떠가는 산에서는 개가 짖네.
老少務畊種   노소(老少)가 밭 갈고 씨 뿌리는 데 힘쓰니
生涯不暫閑   생애가 잠시도 한가할 틈이 없구나.[14]

위 작품은 관곡에 정착한 김기홍과 식솔들의 생활 모습을 드러내고 있다. 그의 거처는 주변이 모두 산으로 둘러싸여 주변에 인가도 없는 외딴 곳이었다. 그래서 집 주변에 인적은 없고 오직 닭 울고 개 짖는 소리만 들릴 뿐이었다. 그에게는 소식을 전하며 의지할 만한 일가친척도 없었다. 따라서 당면한 모든 문제를 주변의 도움 없이 자신이 직접 해결해야만 하는 상황이었다. 당시 그에게는 먹고 사는 문제가 가장 절실한 문제였으므로 거처 주변에 직접 밭을 개간하고, 그 개간한 밭에서 남녀노소 할 것 없이 모든 식솔들이 농사일에 몰두할 수밖에 없었다. 이렇듯 인생의 전반기를 온가족이 생존을 위한 농사일에 모든 시간과 노력을 경주하며 살아가고 있었던 것이다.

2) 지역의 현안 문제와 유품(儒品)으로서의 역할

한편, 김기홍은 양반 신분이기는 하였으나 군역(軍役)의 의무를 지니고 있었다. 이는 조선시대 압록강과 두만강 연안의 평안도와 함경도 지역 고을 양반들이 공통적으로 가지고 있던 의무였다. 그만큼 이

---

14) 『寬谷集』上 卷3 「題防山農家壁上」.

지역 양반층의 신분적 위상이 다른 지역에 비해 낮았으며, 일반 평민
들과의 차이도 크지 않았음을 보여주는 사례에 해당한다.

　실제로 김기홍은 부친의 상을 치르고 있는 도중에 성첩(城堞)을 보
수하는 일에 동원되자 수령에게 글을 올려 친상(親喪)을 잘 마칠 수
있도록 부역에 대한 면제를 요청하기도 하였다. 이에 당시 수령이었
던 이유(李秞, 1618~?)는 청원을 들어주는 한편 향후 유품(儒品)으로
서 상을 당한 자는 성첩의 부역에 동원하지 않게 하는 규례(規例)를
정하기도 하였다.15) 이어 그의 나이 52세 때인 1785년에는 향인 김
정창(金鼎昌) 등과 함께 <청부계서원사액소(請涪溪書院賜額疏)>를 올
려, 자신을 비롯한 일부 사람들의 경우 이름이 유적(儒籍)에 올라 있
으나 동시에 성정(城丁)에 편제되어 있어서 유사시에는 군대에 징집
되어야 하는 현실을 언급하며 서원(書院)에 대한 사액을 통해 유자(儒
者)로서 시(詩)·서(書)를 익히는 데 전념할 수 있게 해 달라는 청원을
하였고,16) 이에 숙종(肅宗)은 서원에 대해 사액을 허락하였다.17)

　당시 함경도에서는 양천(良賤)을 막론하고 모두 군대에 편제시켜
훈련을 받게 하였다. 다만 서원이나 향교에 소속된 유생들은 이에 대
한 면제를 받고 있었다. 그러나 이 유생들도 일정 기간마다 고강(考
講)을 실시하여 통과하지 못하면, 이들의 지위를 도태시켜 군역을 부

---

15) 『寬谷集』上 卷1「喪中呈城主狀」是以背喪而卽戎, 春秋深譏之, 民德歸厚, 曾子嘗
　　言之云云. -城主李秞見書頓悟, 自今以後儒品喪人, 勿赴城堞, 遂定規例.

16) 『寬谷集』上 卷1「請涪溪書院賜額疏 乙丑十月日」況臣等雖在儒籍, 亦編城丁, 平
　　居則粗習詩書, 有事則悉就行伍, 今玆之請, 實非爲托儒院, 自便身圖也.

17) 『肅宗實錄』11年(1685, 乙丑)10月15日(壬寅) 咸鏡北道幼學金鼎昌等上疏以爲: "爲
　　文獻公鄭汝昌·應敎奇遵·文節公柳希春·文肅公鄭曄, 忠貞公鄭弘翼·大提學趙錫胤·
　　參判兪棨等, 設書院于鍾城涪溪請賜額." 上答: "以令該曺稟處." 後該曺覆啓依施.

과하였는데 이를 '태정(汰定)'·'강정(降定)'이라 하였다. 유생들에 대한 고강은 2년, 1년을 주기로 실시되다가, 김기홍 생존 당시에는 1년에 2차례 봄·가을로 실시되어 점차 강화되었다. 그런데 유독 함경도에서는 이 고강이 엄격하게 실시되어 한 번이라도 불통(不通)을 받으면 곧바로 태정되었다. 이에 김기홍은 그의 나이 62세 때인 1695년에는 지역 유생들을 대표하여 조정에 <육진유생삼불정군소(六鎭儒生三不定軍疏)>를 올려 인근 평안도(平安道) 지역 고을의 경우처럼 고강에서 3차례 불통을 받은 뒤에 태정·강정되게 하는 법을 시행해 줄 것을 아뢰기도 하였다.18) 실제로 이 문제는 조정에서도 공론화가 이루어지게 된다.

　　지경연(知經筵) 박태상(朴泰尙)이 아뢰기를, "육진(六鎭)의 교생(校生)은 다른 도의 교생들과 달라 모두 그 지방의 유품(儒品)이므로, 절대로 복역하는 것을 피하기 위하여 편한 곳으로 투속하는 일이 없습니다. 또 이 무리들을 모두 성정군(城丁軍)에 충당하고 있어, 성에서 조련을 할 때에는 전복(戰服)을 입고 대열에 서기 때문에 비록 군정으로 태정(汰定)·강정(降定)하지 않더라도 바로 이것이 군정입니다. 그들 중에 시강(試講)에서 낙제하여 도태되어 태정된 자 또한 베를 납부하거나 번을 서는 일이 없는데, 도사(都事)가 기어코 강정시키려고 하므로, 교생의 인원이 날로 줄어들어 장차 성묘(聖廟)를 수호할 사람이 없게 될 것입니다. 들자오니 관서(關西) 강변(江邊) 고을의 교생은 모두 서책과 칼을 싸 두는 보따리가 있고, 번(番)을 들고 날 때에 으레 시사(試射)하는 일

---

18) 『寬谷集』上 卷1「六鎭儒生三不定軍疏 乙亥四月」, 臣竊伏聞關西江界等七邑, 考講三不然後, 乃是降定, 此實由於邊土之民與內地有異, 施聖上懷保之仁, 而有別樣寬大之典也.

이 있으므로 3차를 통과하지 못할 때에 비로소 군정으로 강정한다고 합니다. 청컨대 관서의 강변 고을과 꼭 같이 법식을 정하소서." 하니, 임금이 그대로 좇았다.[19]

위의 인용문에서 경연관이었던 박태상(朴泰尙, 1636~1696)은 숙종(肅宗)에게 육진(六鎭)의 교생들을 위해 태정·강정의 기준을 고강에서 3차례 불통을 받았을 경우로 조정해야 한다고 아뢰었고, 이에 대한 승락을 받았음을 확인할 수 있다. 박태상이 주청한 내용은 김기홍 등 관북의 유생들이 올린 내용과 정확하게 일치한다. 다만 김기홍에게는 이러한 규정이 자신과 주변 유생들에게는 직접 해당되는 문제였기 때문에 그만큼 절실함이 더했으리라 생각된다. 이러한 일들은 자신과 동류들이 지역 사회에서 유자·유품으로서의 신분적 위상을 확립하고 공고하게 유지하는 데 직결되는 문제였으므로, 이처럼 적극적으로 나서서 대처한 것이라 하겠다.

이상에서 살펴본 것처럼 김기홍은 향반으로서의 명맥과 지위는 유지하였으나 자신의 대에 이르러 여러 재앙이 겹치면서 가세가 급격히 기울었고, 이에 따라 온 가족이 함께 궁경가색(躬耕稼穡)하며 살아갔다. 그의 신분은 분명 향반이었으나 그의 처지는 가난과 굶주림 속에서 생존을 위해 무슨 일이든지 해야 하는 일반 평민들과 다름이 없는 상황이었다. 그러나 그는 자신이 향반이자 유자(儒者)라는 것을

---

19) 李肯翊,『燃藜室記述』別集 卷12「國朝典故」, 知經筵朴泰尙曰：六鎭校生, 異於他道, 皆其地儒品, 故絶無避役投屬之事. 且此輩皆充城丁軍, 城操時, 則戰服擺立, 雖非汰降, 便是軍丁. 其落講汰定者, 亦無納布立番之事, 而都事必欲降定, 故校額日縮, 聖廟將無守護之人. 聞關西江邊校生, 皆有書劍齋之名, 出入番時, 例有試射之事, 故三次不通, 然後始爲降定云. 請與西邊, 一體定式. 上從之. ※ 관련 내용은『肅宗實錄』21年(1695, 乙亥)3月26日(丁亥) 1번째 기사에서도 확인된다.

잊지 않았고, 지역사회에서 오히려 그의 위상을 적극적으로 확립하려고 애썼다. 향반으로서 상중에 군역의 의무를 빼달라고 요청을 하고, 유자로서 학문에 전념하기 위해 서원에 대한 사액을 청하기도 하고, 지역 유생들을 대표하여 고강(考講)의 규정을 조정해달라고 청원을 하는 등, 자신의 신분적 지위와 위상을 지키고자 적극 노력하였음을 알 수 있다. 이렇듯 김기홍은 함경 지역의 향반으로서 생존의 문제와 사회적 위상의 문제를 동시에 고민하며 살아갈 수밖에 없는 처지였던 것이다.

2. 당대 문인 및 지역 인사들과의 사승·교유 관계

1) 함경 지역 수령들과의 사승관계(師承關係) 형성

김기홍은 비록 조선의 북쪽 끝 함경도 육진(六鎭) 지역에 살고 있었으나, 유자로서 배움의 길을 저버리지 않았다. 가세가 기울어 지극히 궁핍한 생활 속에서도 집안 살림은 아내에게 부탁하고 그는 학문에 정진하고 있었다. 당장 먹고 사는 일이 시급하였음에도 김기홍이 이렇듯 공부에 매진할 수밖에 없었던 이유는 공부만이 자신의 신분과 지위를 확인시켜 주는 동시에 기회가 주어진다면 입신출세의 길로 나아가 집안을 다시 일으킬 수 있는 유일한 방도였기 때문이다. 학문의 길을 걷지 않는다는 것은 그의 신분이 곧바로 일반 평민과 다름없는 처지로 전락하는 것을 의미했다.

그렇지만 이처럼 배움에 뜻을 두어도 그가 살았던 함경도 지역에는 높은 식견을 가지고 후학을 양성할 수 있는 수준 있는 학자들이 드물었던 까닭에 김기홍은 중앙에서 함경도 지역으로 부임해 오는 관찰사나 수령 등에게 나아가 배움을 청하는 방법을 택하였다.

　김기홍과 제일 먼저 사승관계를 맺었을 것으로 추정되는 인물은 화곡(華谷) 서원리(徐元履, 1596~1663)[20]다. 1662년 9월 서원리가 함경도관찰사로 부임해 오자,[21] 김기홍은 서원리에게 나아가 배움을 청하고 그를 스승으로 섬긴 것으로 보인다. 이때 그의 나이는 29세였다. 관련 시문을 살펴보기로 한다.

> 沐浴菁莪今幾年　　가르침의 세례를 입은 것이 올해가 몇 년째인가
> 詩書莫學祗堪憐　　시(詩)·서(書)를 배우지 못한 게 참으로 안타깝네.
> 山南竹括是誰力　　산의 남쪽에 대나무 모인 것이 누구의 힘이었던가
> 教化由來若自然　　교화의 유래가 자연스러운 듯하다네.[22]

　위 작품은 감사(監司) 서원리가 북유(北儒)에게 준 시를 김기홍이 차운하여 지은 것이다. 구체적으로 '북유'가 누구를 지칭하는 것인지는 확인할 수 없으나, 김기홍의 다른 한시 중에 '북유'를 칭한 작품[23]을 참조할 때, 서원리에게 함께 가르침을 청했던 함경 지역의 여러 유생들을 가리키는 것으로 생각된다. 본문의 '청아(菁莪)'는 스승이 가르침을 베풀어 젊은 인재를 기르는 것을 의미한다. 김기홍은 스스로 배움에 입문하던 과정을 생각하고 있다. 자신은 지금껏 여러 해 동안 배움의 길에 매진해왔으나, 그럼에도 불구하고 함경도 지역에는 자신을

---

20) 서원리는 몽어정(夢漁亭) 서문중(徐文重, 1634~1709)의 양부이다.
21) 『顯宗實錄』 3年(1662, 壬寅) 9月26日(丙申) 2번째 기사. 以徐元履爲咸鏡監司.
22) 『華谷集』上 卷3 「次徐監司元履贈北儒韻」.
23) 『華谷集』上 卷3 「次洪評事柱國贈北儒韻」.

이끌어줄 만한 높은 식견의 스승이 부재하여 시(詩)·서(書) 같은 과목
은 배울 수 없었고 이에 늘 이런 점을 한스럽게 여기며 살아왔다. 이
는 주변의 동류들도 마찬가지였을 것이다. 하지만 서원리가 관찰사
부임 이후에 기꺼이 가르침을 베풀자 배움에 뜻을 둔 유생들이 차츰
모여들기 시작하였던 것이다. 참고로 함경도 지역의 식생 환경으로
보면 '대나무'는 생존이 불가능하다. 따라서 3구의 '산남에 모여든 대
나무'는 실제의 지시 대상이 아니라, 대나무로 표상되는 학문에 확고
한 뜻을 둔 유생들을 빗댄 의상(意象)인 셈이다. 이는 대나무가 자랄
수 없는 환경 속에서도 대밭을 일구어낸 경이감을 드러내는 표현으로
유생들을 배출할 수 없었던 환경에서 수많은 유생들을 배출해낸 것에
대한 존숭의 태도를 드러내는 것이라 할 수 있다. 마지막 구에서는
서원리의 갖은 노력으로 인해 함경 지역에서 몇몇의 제자들이 양성되
고 풍속의 교화가 진행되었지만 그것은 마치 예전부터 계속 이어져
왔던 것처럼 자연스러운 일이었다고 하면서, 서원리의 공적을 칭송하
고 있다.

　이 같은 작품에 드러나는 정황으로 볼 때 김기홍이 서원리와 충분
히 사승관계를 형성하였을 것이라 추정된다. 다만 이를 단정할 수는
없다. 한편, 서원리는 부임 후 채 1년도 지나지 않아서 이듬해 임지
에서 1663년 4월에 병에 걸려 죽고 만다. 따라서 서원리와 김기홍의
사승관계가 형성되었다 하더라도 그 관계가 그리 오래가지 못하였을
것이다.

　김기홍과의 분명한 사승관계가 확인되는 인물은 다음부터이다.
1664년 6월 노봉(老峯) 민정중(閔鼎重, 1628~1692)이 함경도관찰사로 부
임해 오자, 김기홍은 그에게로 나아가 직접 가르침을 받게 된다. 또

2개월 뒤인 8월에는 외재(畏齋) 이단하(李端夏, 1625~1689)가 함경북도 병마평사(咸鏡北道兵馬評事)로 부임해 오자, 그에게서도 가르침을 받게 된다.24) 이로써 본격적인 학문의 길로 매진하게 된다. 아울러 그 해 8월 당시 우참찬(右參贊)이었던 김수항(金壽恒, 1629~1689)이 함경북도 시관(試官)으로 차임(差任)되어 내려오자25) 민정중과 이단하는 김수항을 맞이하여 길주(吉州)에서 개장(開場)하고 함께 모여 시를 수창(酬唱)하였는데, 이 자리에 김기홍을 비롯한 지역의 유생들이 함께하였다. 따라서 김기홍은 자연스레 이들과 학문 및 교유 관계를 형성하게 되었다.

한편, 함경도관찰사로 부임한 민정중은 외적의 방비 및 양전(量田), 조세 등에 대한 여러 정책들을 의욕적으로 추진하였다. 이 가운데는 풍속을 개량하고 백성들을 교화하려는 목적으로 향교를 설립하고 유학을 진흥시키고자 하는 일들이 포함되어 있었다. 이에 현종(顯宗)에게 다음과 같은 청원을 올리게 된다.

①
함경감사 민정중이 치계하기를, "『용비어천가(龍飛御天歌)』·『오례의(五禮儀)』·『대명률(大明律)』·『경국대전(經國大典)』 등의 책과 『사서(四

---

24) 선행연구에서 임영정은 김기홍이 민정중에게 『예기(禮記)』를, 이단하에게는 『주역(周易)』을 배웠다고 구체적으로 적시하였으나, 김기홍의 문집 어느 곳에서도 이에 대한 구체적인 논거는 발견할 수 없다. * 임영정, 「寬谷先生文集과 諺文歌詞·時調」, 『도서관』 27-3, 국립중앙도서관, 1974, 77면, 참조.

25) 김수항이 시관으로 내려올 때, 그의 아들인 포음(圃陰) 김창즙(金昌緝)도 함께 배종하여 왔다. 김기홍의 문집에는 김창즙의 시에 차운한 작품이 있는데, 두 사람이 실제로 만나 시를 주고받았음을 알 수 있다. * 『寬谷集』上 卷3 「次金圃陰淸心樓韻」 樓前樓後繞長江, 天近滄浪浪入窓. 玲瓏色象浩無限, 蕭灑元龍景不雙.

書)』·『삼경(三經)』·『주자대전(朱子大全)』·『성리대전(性理大全)』·『통
감(通鑑)』, 선유(先儒)의 문집(文集)을 다수 인출하여 보내 주시면 이를
본도에 반포하여 본도의 선비들로 하여금 국조(國朝)의 고실(故實)과 전
례(典禮)를 익혀 알게 하는 것은 물론 경전(經傳)을 읽어 본받을 줄 알게
함으로써 흥기시킬 발판을 마련하겠습니다." 하니, 상이 따랐다.26)

②

함경감사 민정중이 계문하기를, 회령(會寧)·경원(慶源) 두 진(鎭)에 교
양관(教養官)을 두어 북도의 유생을 가르치소서." 하니, 상이 따랐다.27)

위 인용문 ①에서 민정중은 『경국대전』·『오례의』 등 조선의 전례
에 관한 서적과 『사서』·『삼경』을 비롯한 여러 유학의 서적들을 인출
하여 보내 달라고 청원하였다. 이는 이들 서적들을 도내에 반포하여
함경 지역의 유생들을 가르치고자 하는 의도에서였다. 인용문 ②에서
는 회령(會寧)과 경원(慶源), 두 곳에 교양관(教養官)을 두어 유생들을
가르치게 해달라고 하였다. 교양관은 지방의 유생들을 교육하기 위한
관리로 평안도와 함경도 지역에 한하여 설치되었던 관직이다. 이렇듯
관찰사 민정중은 의욕적으로 함경도 지역에 유학을 진흥시키고 유생
들에 대한 교육을 강화하고자 많은 노력을 기울이고 있었다. 기실 조
선시대 수령이 지방을 통치함에 있어서 힘써야 할 일곱 가지 사항[守

---

26) 『顯宗實錄』 6年(1665, 乙巳)10月5日(丁巳) 咸鏡監司閔鼎重馳啓: "請以『龍飛御天
歌』·『五禮儀』·『大明律』·『大典』等書及『四書』·『三經』·『朱子大全』·『性理大全』·
『通鑑』先儒文集, 多數印送, 頒布本道, 使本道士子, 習知國朝故實及典禮, 且知誦法
經傳, 以爲興起之地." 從之.

27) 『顯宗實錄』 7年(1666, 丙午)5月5日(乙酉) 咸鏡監司閔鼎重啓聞: "請於會寧·慶源
兩鎭, 設教養官, 以教北道儒生." 從之.

令七事] 가운데 '학교를 일으키고 교육을 진흥시키는[學校興]' 임무가
포함되어 있지만, 관찰사로서 민정중의 이러한 행보는 매우 각별한
것이었다. 이러한 분위기 속에서 그의 문하에 있었던 김기홍은 배움
에 깊이 매진할 수 있었다. 김기홍은 자신의 스승이었던 민정중에 대
해 다음과 같이 회고를 하였다.

> 내가 갑진년(甲辰年, 1664년)에 선생의 문하에 들어가 고명한 가르침
> 을 받고 큰 교시를 받았으니, 그 은혜는 부모-자식과 같았고 의리상으로
> 는 스승-학생의 관계였다.28)

배움에 목말라하고 있었던 김기홍에게 관찰사 민정중은 단비와도
같은 존재였다. 관찰사로서 유학진흥책을 펼침으로써 지역의 유생들
이 학문에 매진할 수 있는 토양을 만들어주었을 뿐만 아니라, 자신이
직접 지역의 유생들을 모아 가르침을 베풀었기 때문이다. 이로써 민
정중과 김기홍은 의리상 스승-제자 관계를 넘어, 은혜상으로는 부모
-자식 관계와도 같은 돈독한 유대를 형성하게 된다.

같은 시기에 외재 이단하는 함경북도병마평사로 경성(鏡城)에 부
임해 있었다. 이단하는 우암(尤庵) 송시열(宋時烈, 1607~1689)의 문하
에서 수학한 조선 후기 경학을 대표할 만한 학자 가운데 하나였다.29)
김기홍은 이단하에게도 나아가 공부를 계속 이어갔다. 다만 사제관
계를 형성한 것은 분명한데, 구체적으로 어떤 과목이나 내용을 배웠

---

28) 『寬谷集』上 卷2 「碧潼留別閔先生文」 竊惟歲在甲辰, 摳衣門下, 親炙高明, 受教洪
　太, 恩同父子, 義爲師生.
29) 이단하의 문학적 경향에 대해서는 구본현, 「畏齋 李端夏의 文學觀과 漢詩」, 『漢詩
　作家研究』12, 한국한시학회, 2008. 참조.

는가 하는 점은 분명치 않다. 이단하가 예학(禮學)에 밝았으며 성리
서(性理書) 연구에 몰두하였음을 감안하다면 관련 내용을 배웠으리라
추정할 수 있다.

　이단하는 부임 후 이듬해인 1665년 종성(鍾城) 등 북병영(北兵營)을
순시하고『북관지(北關誌)』30)를 편찬하였다. 본래 이 책은 부친이었던
택당(澤堂) 이식(李植, 1584~1647)이 광해군 때 함경도 평사로 있으면서
북로(北路)의 사실과 형요(形要)를 모아『북관지』라 이름하고 기술하였
으나 미처 다 완성하지 못하였던 것을, 이단하가 북평사로 재직하면서
완성한 것이다. 내용 구성은 함경도 읍지를 개괄한 것으로, 경성(鏡
城)·길주(吉州)·명천(明川)·부령(富寧)·회령(會寧)·무산(茂山)·종성
(鍾城)·온성(穩城)·경원(慶源)·경흥(慶興)의 10개 고을의 건치연혁, 군
명(郡名), 관원, 강계(疆界), 산천, 관방(關防), 고적, 인물, 풍속, 제영(題
詠) 등이 차례로 기록되어 있다. 책의 전체적인 구성은 부친에 의해
체계가 잡혀있었다 하더라도, 세부적인 내용을 기술하여 완성하는 데
있어서는 지역적인 특성을 잘 알고 있는 주변 인사들의 도움이 절실했
을 터이기에, 이단하가 이 책을 완성하는 데 지역 인사이자 자신의
문하에 있었던 김기홍의 도움이 있었으리라 추정된다. 한편, 김기홍의
문집과 실기에는 그가 저술한「북관기(北關記)」가 실려 있는데, 이는
이단하의『북관지』편찬을 도우면서 수집한 여러 자료들을 바탕으로,
자신만의 함경 지역 인문지리지를 편찬하고자 한 결과물로 생각된다.
김기홍의「북관기」에 대한 자세한 내용은 Ⅱ-4에서 다루기로 한다.
　마지막으로 김기홍과 사승관계를 형성한 인물은 약천(藥泉) 남구

---

30) 이 책은 현재 서울대학교 규장각한국학연구원에 소장되어 있다. [청구기호 奎1261-
　　v.1-2]

만(南九萬, 1629~1711)이다. 남구만은 1671년 7월 함경도관찰사가 되어 부임하자 북변을 순행(巡行)하며 변방의 형세를 시찰하여 수만언(數萬言)에 달하는 상소를 올릴 정도로 함경도 지역이 처한 여러 문제를 해결하고자 많은 노력을 기울였다. 특히 재임기간 4년 동안 유학과 무술을 장려하였을 뿐만 아니라, 함흥성(咸興城)을 개축하였으며, 무산부(茂山府)와 자성(慈城)을 신설하고, 갑산(甲山)과 길주(吉州) 사이에 도로를 개통하는 등 관찰사로서 많은 치적을 남겼다. 이러한 과정 속에서 함경도 곳곳을 순시하며 지역의 명소를 대상으로 100여 수의 한시를 짓기도 하였다.

유학을 장려하는 기조 속에서 김기홍은 남구만에게도 나아가 계속 가르침을 받게 된다. 남구만은 송준길(宋浚吉, 1606~1672) 문하에서 수학을 하며 경사(經史)에 밝았기 때문에 김기홍은 관련 내용을 배웠으리라 생각한다. 그러나 김기홍은 남구만이 관찰사로 부임하던 해에 첫 번째 부인 김씨(金氏)의 상을 당하는 등의 배움에 매진하는 과정에서의 어려움도 있었다. 한편 김기홍은 남구만에게 가르침만 받은 것이 아니라 관찰사 신분이었던 남구만을 배종하여 함경 지역을 둘러보기도 하였다.

〈登童巾山城次南監司韻 甲寅正月〉

一點靑山自作城　한 줄기 푸른 산이 절로 성을 이루고
兩淵錯石綠苔成　두 연못에 돌이 섞여 푸른 이끼 가득하네.
當年遺跡今猶在　당시의 유적이 지금도 남아있는가
慢向江流憶遠情　느긋하게 흐르는 강물에서 옛 생각에 잠기네.

위 작품은 1674년 1월에 함경도 종성에 있는 동건산성(童巾山城)에 올라 남구만의 시를 차운하여 지은 것이다. 동건산성은 고려 후기에 쌓은 산성으로 지역의 방어를 위한 요충지이기도 하다. 남구만은 관찰사로 재임하던 시기 함경도의 무비(武備)에 각별한 노력을 기울였던 바, 추정컨대 이와 관련하여 남구만이 군사적인 목적에서 직접 동건산성을 순행하였고, 지역의 지리 환경을 잘 아는 김기홍이 남구만을 따라서 함께 산성에 올랐던 것으로 보인다.31)

　1674년 여름 현종(顯宗)이 승하하고 숙종(肅宗)이 즉위하자, 남구만은 중앙 정계로 복귀하였다. 당시 김기홍의 나이는 41살로 그가 스승 아래서 학문적인 가르침을 입은 것은 여기까지로 생각된다. 김기홍은 3년 뒤 자신의 거처를 관곡으로 옮기면서 사실상 본격적인 산림생활을 시작하여 현실적인 입신출세와는 거리가 있었다. 중앙으로 복귀한 남구만은 연이어 이조참판, 한성좌윤, 대사간, 병조판서 등의 요직을 두루 거치면서 우의정, 좌의정에 올랐다. 그러나 숙종대 치열한 당쟁의 여파 속에서 정치적 부침을 겪기도 하였다. 1679년에는 상소하여 윤휴(尹鑴, 1617~1680)와 허견(許堅, ?~1680)의 죄를 조사할 것을 청하다가 도리어 공격을 받아 거제(巨濟)와 남해(南海)에서 유배생활을 하였고, 급기야 1688년에는 동당의 박세채(朴世采, 1631~1695)를 변호하다가 함경도 경흥(慶興)에 위리안치(圍籬安置) 되었다. 남구만은 경흥에서 유배생활을 하면서 재차 김기홍과 만나게 된다.

　김기홍은 스승인 남구만이 경흥으로 유배를 오자, 배소(配所)에 직접 나아가 유배 기간 내내 남구만을 시종하였다. 이로써 비록 짧은 기간이기는 하였으나 오랫동안 끊어졌던 남구만과 김기홍의 사승관

---

31) 남구만의 문집인 『약천집(藥泉集)』에는 길주, 경원, 경흥, 회령, 명천, 함흥 등 함경도 여러 지역을 둘러보고 쓴 시문이 다수 존재한다.

계가 다시금 이어지게 되었다. 그러나 약 4개월 뒤에 남구만은 해배되었고, 고향으로 돌아가게 되었다. 해배되어 돌아갈 때 남구만은 당시의 정황을 글로 기록해 두었을 뿐만 아니라, 자신을 시종하던 제자들에게 시를 한 수씩 써주면서 다시 헤어져야 하는 애틋한 마음을 달래 주었다. 관련 기록을 살펴보기로 한다.

　내가 무진년(戊辰年, 1688년) 8월 8일 유배지인 경흥(慶興)에 갔다가 12월 3일 방면되어 돌아왔다. 그 사이에 위리안치 된 가운데 처음부터 끝까지 따르던 자가 다섯 사람이 있었으니, 경원(慶源)의 김기홍(金起泓)·채우주(蔡宇柱), 종성(鍾城)의 주익(朱榏), 온성(穩城)의 최보국(崔輔國), 경원(慶源)의 동자(童子) 황정길(黃廷吉)이 그들이다. 나는 이별에 임하여 각각 절구(絶句) 한 수를 지어 주면서 그들의 행동거지를 기록하여 훗날 서로 생각하는 뜻을 붙이는 바이다.[32]

寬谷先生好隱淪　관곡선생은 은둔을 좋아하니
茅齋瀟洒絶風塵　띳집이 깨끗하여 풍진의 모습 전혀 없다네.
閒中眞樂無人識　한가로운 가운데 참된 즐거움을 아는 이 없거늘
一曲高歌薇蕨春　한 곡조로 고사리 뜯는 봄을 소리 높여 노래하였네.[33]

---

32) 南九萬, 『藥泉集』, 「贈五生 幷小序」, 한국문집총간 131, 450면. 余戊辰八月八日到慶興, 十二月三日放還, 其間相守圍棘中, 終始者有五人, 慶源金生起泓·蔡生宇柱, 鍾城朱生榏, 穩城崔生輔國, 慶源黃童子廷吉也. 臨別各贈一絶句, 記其居止, 以寓他日相念之意云爾.

33) 남구만의 시에 대해 김기홍이 차운한 작품이 있다. *『寬谷集』上 卷3 「次南藥泉先生韻」 어리석고 우매함이 부끄러워 숨어 지낸 지 오랜데, 밝은 세상에 누가 늙어 풍진객이 되리오. 낚시터로 향하는 것이 이미 내 습성이 되었으니, 낚싯대에 오히려 태평시절의 봄기운이 감도네.[自愧愚蒙久隱淪, 明時誰作老風塵. 回首漁磯性已癖, 一竿猶帶太平春.]

위 기록을 보면, 유배기간 중에 남구만을 시종일관 시종하던 사람은 모두 다섯 사람이 있었는데, 그 중 김기홍을 첫 번째로 언급할 만큼 남구만과 김기홍의 관계는 각별하였음을 짐작할 수 있다. 특히 남구만이 김기홍에게 준 시를 살펴보면, 김기홍이 번잡하고 시끄러운 속세에서 벗어나 은둔생활을 좋아하며 한중진락(閒中眞樂)을 아는 인물이었다고 언급하며, 김기홍의 삶의 모습을 인상적으로 그려내고 있다. 이에 김기홍도 해배되어 고향으로 돌아가는 스승을 위해 시를 짓고 짧은 기록을 남겼다.

> 내가 가난하고 한미한 자질로 초야에 묻혀 살고 있었는데, 갑인년(甲寅年, 1674년)에 선생의 문하에 나아가 기대 이상의 은혜를 받고 기쁘게 선생의 가르침을 받았다. 그러던 중 어머니의 병환 때문에 선생님의 곁을 떠나 이천여 리 먼 거리를 15년간 헤어져 있었다. 그런데 누가 (선생이) 밝은 시대에 쫓겨나 귀양살이를 하리라 생각했겠는가. (선생은) 처한 상황을 순리대로 받아들이고 곤궁함에 처하여도 태평하였다. 그리하여 내가 백수 여생으로 다시 봄바람 같은 가르침의 자리에 앉을 수 있었다. 지금 멀리 떠나가심에 암담하게 혼을 녹여 내니 이에 시구를 읊어 가시는 길 앞에 바친다.[34]

김기홍은 한미하고 보잘 것 없는 자신이 남구만에게 나아가 가르침을 받는 동안 기대 이상의 과람한 은혜를 받았다고 하였다. 그러나 그런 사제관계는 김기홍 모친의 병환 때문에 오래 지속될 수 없었고,

---

34) 『寬谷集』上 卷3 「別南先生幷序 戊辰十二月」 余以白屋寒姿, 蟄伏草野, 歲在甲寅, 摳衣門下, 受恩過望, 喜得親炙. 適以親癠, 拜違敎席, 二千餘里, 十五年別. 誰意明時, 奄見竄逐. 素位而行, 處困猶亨, 白首餘生, 更坐春風. 今當遠離, 黯然銷魂, 遂吟拙句, 仰呈行軒.

또 남구만의 관찰사 임기가 종료되어 중앙정계로 복귀하면서는 오랫동안 직접 마주할 수도 없었다. 둘의 관계는 그렇게 끝날 것이라고 생각을 했을 것이다. 그런데 뜻하지 않게 남구만이 경흥으로 유배되어 오자 다시 예전의 사제관계를 회복할 수 있었으나, 이 또한 길게 가지 못하고 다시금 헤어지게 되었다. 김기홍은 스승 남구만과 재차 이별하는 아픔을 맛보게 된 것이다.

이상에서 살펴본 대로, 김기홍은 함경 지역으로 부임해오는 수령들 가운데 서원리, 민정중, 이단하, 남구만 등과 사제관계를 형성하며 학문의 길로 들어섰다. 함경 지역의 교육 여건이 그다지 좋지 않은 상황에서, 게다가 개인적으로는 가족들이 지극히 곤궁한 생활을 하고 있던 중이었음에도, 학문의 길만이 자신의 신분적 위상을 유지할 수 있는 유일한 방도이었기 때문에 김기홍은 결코 유자로서 학문의 길을 포기하지 않았던 것이다.

2) 지역 인사들과의 교유 협력 관계

앞서 김기홍은 지역의 수령들과 사승관계를 형성하면서 배움의 길로 나아갔다. 동시에 자신과 비슷한 신분의 함경 지역 인사들과도 교유관계를 형성하였다. 김기홍의 교유 인물 범위를 실증할 수 있는 근거 자료는 한시 작품들이다. 김기홍이 남긴 한시 가운데 상당수가 차운시(次韻詩) 형태로 창작되었기 때문이다. 그와 시를 주고받은 인물들은 거개가 관찰사, 수령, 평사(評事), 도사(都事) 등 함경도 지역의 지방관으로 부임한 인물들이었다. 아울러 그가 남긴 한시 중에 함경 지역의 인사들과도 시를 주고받으며 교유한 정황이 포착된다. 이들과는 지역의 현안 문제를 해결하기 위해 협력한 사례도 보인다. 다만 모든 차운시가 교유의 현장에서 증답(贈答)의 형식으로 이루어진 것이라 단정할 수는 없다. 차운시 중에는 김기홍의 생몰연대와 무관한 인물의 작품을 차운한 것들도 보인다. 하지만 김기홍과 생몰연대가 일치하며 함경 지역으로 출사·임직·유배를 와서 일정기간 동안 머물렀던 문인들의 경우에는 교유를 바탕으로 한 증답시의 성격이 짙다고 하겠다. 본고에서는 이러한 작품들을 중심으로 교유관계를 살펴보고자 한다.

먼저 지역의 유자 가운데 김기홍과 가장 긴밀한 관계를 형성한 사람은 참봉(參奉)을 지낸 김정창(金鼎昌, 1627~?)이다. 앞서 언급하였듯이 1785년 김기홍은 김정창과 함께 부계서원에 대한 사액을 청하는 소를 올린 적이 있다. 이는 지역의 현안 문제를 해결하기 위해 지역의 유자들끼리 힘을 합친 사례라 할 수 있다. 개인적으로는 김기홍이 가사작품 <채미가>와 <농부사>를 지었을 때 작품을 가장 먼저 읽고 화답시를 지어준 것도 김정창이었다. 그 정도로 이 두 사람의 관계는 긴밀하였음을 짐작할 수 있다.

김기홍은 젊은 시절부터 지역의 유자들과 교유 협력을 이어갔다. 그는 1667년 1월 당시 관찰사 민정중이 교양관 유하(柳賀)에게 명하여 지역의 여론을 모아 '학령(學令)'을 제정하라고 하였을 때, 장의(掌議) 이극배(李克培)와 훈장 황여즙(黃汝楫)과 함께 이에 대한 서문인 <학령서(學令序)>를 쓰기도 하였다.35) 김기홍이 지역의 유자들과 교유했던

---

35) 『寬谷集』上 卷1「學令序 丁未」, 右學令, 何爲而作也. 閔相國先生鼎重爲監司時, 憂其敎化之不行. 歲丙午冬, 乃命敎官柳賀, 採摭鄕論, 作此學令, 刻懸于倫堂, 以爲久遠遵行之地, 造士之法, 揖讓之方, 一出于此, 則豈不美且幸哉. 非特一時之規模, 實

정황은 다음의 작품들을 통해서도 잘 드러난다.

①

山中寥落夢相牽　　산 중의 쓸쓸함에도 꿈이 서로를 당기니
窓外雲烟隔世情　　창밖의 구름 안개 세대를 넘은 정이로다.
靑眼重逢寒日暮　　추운 날 해질녘에 반갑게 다시 만나
論文不覺到天明　　글을 논하다 보니 날이 새는 것도 몰랐네.36)

②

數椽草屋自淸閑　　서까래 몇 개의 초가집이 깨끗하고 한가하며
十里長江開戶間　　열린 대문 사이로 십리의 긴 강이 흐르네.
野水黃雲望不極　　들판의 물과 누런 들녘은 아득히 보이는데
氤氳香氣自來還　　은은한 향기가 저절로 맴도는구나.37)

위 작품 가운데 ①은 훈장 주시량(朱時亮)의 시를 차운한 것이다. 주시량에 대해서는 훈장이라는 점 이외에 구체적인 관계나 주거 지역 등 다른 정보는 확인할 수 없다. 다만 작품의 정황으로 보아 서로 교유하며 평소 학문을 논하던 사이였을 것으로 보이는데, 특히 2구의 분위기로는 같은 지역에서 거처하며 세교(世交)가 있었던 사이로 추정된다. 두 사람은 일찍부터 서로 친하게 지내던 막역한 사이였는데 거처도 떨어져 있고 또 각자 세상살이에 바삐 쫓기다 보니 오랫동안 만나지 못했다. 그렇지만 서로에 대한 그리움은 꿈에서라도 만나고픈 매우 각별한 것이었다. 그러다가 일이 한가해진 추운 겨울 어

是百世之觀感, 北俗丕變, 士氣振作, 庶乎自今日始矣. 故記于卷末幷誌其歲月云. 丁未正月日, 掌議李克培·訓長黃汝楫與余敦其事, 仍爲之序焉.

36) 『寬谷集』上 卷3「次朱訓長時亮韻」.
37) 『寬谷集』上 卷3「題蔡訓長東龜農家壁上」.

느 날 서로 반갑게 다시 만나서 날이 새는 줄도 모를 정도로 정담을 나누고 서로의 학문에 대해서도 논하였다. 이 작품은 이러한 상황에서 서로 시를 주고받는 가운데 지어진 것이다.

②는 훈장 채동귀(蔡東龜)의 농가(農家)를 방문하여 쓴 작품이다. 채동귀에 대해서도 구체적인 정보는 확인할 수 없다. 김기홍은 평소 친분이 있던 채동귀의 농가를 몸소 찾아갔다. 그의 집은 몇 칸 안 되는 작은 초가집이었으나 청한한 분위기가 가득하였고, 또 집 밖으로는 강이 흐르는데 들판을 가로질러 하늘의 구름과 어울려 매우 운치있는 곳이었다. 김기홍은 이처럼 자신의 처지와 비슷한 지역의 훈장들과도 교유하며 서로 학문을 논하기도 하고 정분을 쌓기도 하였다.

한편, 김기홍이 교유한 인물 가운데는 승려도 있었던 것으로 보인다. 김기홍의 한시 가운데 <증안상인(贈岸上人)> 5수가 전한다. 승려의 이름은 알 수 없으나, '岸上人'이라고 지칭한 것으로 보아 산 속의 암자에서 참선수행을 하고 있는 승려였을 것으로 생각된다. 김기홍이 지은 「북관기(北關記)」 <산천(山川)>조에 백악산(白岳山) 항목을 보면, '무오년(戊午年, 1678년)에 용문(龍門)의 승려가 낭떠러지 바위[岸巖]의 동쪽에 올라 옛터를 이용하여 띳집암자를 엮고 거처하였다.'[38]는 기록이 보인다. 여기에도 승려의 이름은 보이지 않지만, 정황상 김기홍과 교유했던 승려가 비로 이 사람이었을 것으로 생각된다. 뿐만 아니라, 위 기록에 이어서 농암(農巖) 김창협(金昌協)이 이 암자에 올라 승려에게 지어준 시문[39]을 수록하고 있다. 김창협은 1685년 3월 함

---

38) 『寬谷實紀』 「北關記」 <山川> [白岳山] 戊午歲, 龍門僧超岸巖之東畔, 仍舊基結草菴而居之.

39) 金評事昌協登臨草菴而臨詩曰：'無限胡山裏, 危峰獨建標, 松柏自古今, 風雲不祟

경북도병마평사로 부임하여 경성(鏡城)에 있었다. 그런데 김기홍의
문집에는 위 김창협의 시를 차운한 작품이 수록되어 있다.40) 게다가
이 작품에는 '을축양월(乙丑陽月)' 즉 1685년 10월이라고 창작 시기를
명확하게 밝혀 놓고 있기까지 하다. 따라서 이 이름 모를 승려와 김
창협과 김기홍이 한 자리에 모여서 교유한 정황도 읽을 수 있다.

一

簷日遲遲下短墻	처마 끝의 해가 뉘엿뉘엿 짧은 담 아래로 내려오고
晚來寒籟入虛堂	저물녘 찬바람 불 적에 빈 집으로 찾아왔네.
逢僧却話前生說	중을 만나 문득 전생설(前生說)을 이야기하니
隔案烟消一炷香	책상을 사이에 두고 한 줄기 향에 인연이 사라지네.

四

仙蹤曾逐白雲閑	백운 사이에서 신선의 자취를 따랐기에
東國風烟指顧間	동국의 풍연은 잠깐 사이라.
同榻數霄還告別	같은 책상에서 여러 날 함께하다 다시 이별을 알리니
月明飛錫宿何山	달 밝은 밤 지팡이 날려 어느 산에서 묵으려는가.

五

風雲護擁神仙窟	바람과 구름이 신선의 동굴을 에워싸고
洞裏春深日月長	골짜기에 봄이 깊으니 해와 달이 길구나.
盡日逢僧談妙緖	하루 종일 중을 만나 묘(妙)의 실마리를 이야기하니
茫茫塵劫若爲忙	길고 긴 기간이 급히 지나간 듯하구나.41)

朝. 客路攀躋倦, 仙臺眺望遙. 虛菴一僧住, 憐爾絶寥寥.' ＊ 김창협의 문집 『농암집(農
嚴集)』에는 이 작품이 수록되어 있지 않다.

40) 『寬谷集』上 卷3 「次金評事昌協白岳詩韻 乙丑陽月」 積翠芙蓉裏, 貞貞立一標. 天
低星落落, 海近雲朝朝. 風前金井動, 雪後玉臺遙. 飛錫仙何在, 虛巖長寂寥.

41) 『寬谷集』上 卷3 「贈岸上人 五首」.

이 작품은 전체 5수로 이루어져 있으나 각 작품마다 운자가 모두 다르고 작품의 배경이 일정치 않은 것으로 보아, 시간적 간격을 두고 지어진 개별 작품을 같은 제목 아래 모아놓은 것으로 판단된다. 첫째 수는 해가 뉘엿뉘엿 넘어가고 찬바람 나던 어느 저녁에 승려가 김기홍의 집으로 찾아왔고, 둘은 밤새도록 불가에서 말하는 인연과 전생설(前生說)을 이야기하며 밤을 지새웠다. 넷째 수는 승려가 김기홍의 집으로 찾아왔고 며칠간 머무르며 책상을 사이에 두고 이야기를 했는데 다시 돌아가리라고 하였다. 그의 신분은 승려이나 거처는 신선처럼 사는지라 속세에서 더불어 길게 머물지 못함을 아쉬워하고 있다. 다섯째 수는 거꾸로 추운 겨울이 지나고 따뜻함이 감도는 봄이 되자 김기홍은 승려가 머물고 있는 동굴로 찾아갔다. 승려를 만나 하루 종일 많은 이야기를 나누었음에도 매우 짧은 시간이 지난 듯하였다. 이렇듯 김기홍과 이름 모를 승려는 오랜 기간 서로의 거처를 오가면서 교분을 쌓고 수많은 이야기들을 나누었다. 그렇지만 김기홍이 사상적으로 불교에 지향이 있었다거나 관련 교리에 심취하였는지 여부는 알 수 없다. 그의 문집에서는 불교 관련 내용의 글을 전혀 발견할 수 없다. 아울러 그는 생애 전반에서 스스로 유자임을 표방하고 유자로서의 역할을 수행하였기 때문이다. 하지만 한편으로는 젊은 시절 ─본격적인 학문의 길로 접어들기 이전─ 연이은 흉사와 힘겨운 나날들을 보내면서 불교에 관심을 보였을 가능성도 전혀 배제할 수는 없을 듯하다.

김기홍과 가장 뚜렷한 교유의 흔적을 보이는 인물은 함경도 회령(會寧) 출신의 학암(鶴庵) 최신(崔愼, 1642~1708)이다. 최신은 김기홍보다 7살 아래였는데, 두 사람의 글을 보면 서로가 형─동생으로 대하였음을 알 수 있다. 최신은 함경도관찰사 민정중의 주선으로 우암(尤菴) 송시열(宋時烈)의 문하에 들어가 10년 동안 배우고 마침내 고제(高弟) 가 된 인물로, 당대에 함경북도 출신의 인물 중에서는 중앙에서 가장 현달한 인물이다. 이후 송시열과 정치적 부침을 함께 하다가, 음직(蔭職)으로 준원전참봉·사옹원봉사·사옹원직장 등을 거쳐, 1686년 회인(懷仁) 현감으로 나아갔으며 사후에는 이조판서에 추증되었다. 김기홍과 최신의 인연은 지역적 연고를 바탕으로 민정중에게 수학하는 과정에서 형성된 것으로 보인다. 다만 김기홍이 관직으로 나아가지 못하고 지역의 유생으로 지냈던 반면, 최신은 도성으로 가서 송시열의 문하에서도 수학을 하고 이후 관직에도 올라 출세가도를 달렸다. 그렇지만 두 사람의 친분 관계는 끊어지지 않고 끝까지 이어졌다.

최신의 문집인『학암집(鶴庵集)』에는 김기홍과 주고받은 편지 5통과 김기홍의 시에 차운한 시 2편이 남아 있다. 최신이 편지를 보낸 시기를 살펴보면 丙申(1656년/15세), 丙午(1666년/25세), 戊申(1668년/27세), 丙寅(1686년/45세), 丁丑(1697년/56세)로 젊은 시절부터 노년까지 전 생애에 걸쳐 두루 걸쳐 있다.[42] 그 가운데 일부를 살펴보기로 한다.

① 丙申(1656년) 四月十八日
저는 요즘『근사록(近思錄)』을 배우고 있는데 거친 상태나마 또한 붙들고 있어서 매우 다행스럽습니다. 배움이 전에 하신 말씀에 아직 반에도 못 미치고 돌아갈 길도 묘연하여 행할 수 있는 때가 언제일지 모르겠으니 어쩌면 좋습니까. 생각건대 여러 형님들은 모두 능실(陵室)을 맡고

---

42) 현재『학암집』에 남아 있는 편지는 모두 5통뿐이나 편지를 주고받은 시기가 거의 일생에 걸쳐 있는 만큼, 실제 두 사람이 주고받은 편지는 이보다 훨씬 더 많았을 것으로 추정된다. 반면 김기홍의 문집에는 최신에게 보낸 서신이 한통도 남아 있지 않다.

있어 필시 배운 것이 많았을 것입니다. 저는 선생님을 좇아 산속에서 나
오느라 발병이 나고 통증이 심해져 글공부를 많이 빼먹었으니 민망하고
또 민망합니다.43)

② 丙午(1666년) 臘十七日
(편지를 보고) 근래 배움의 상황은 비록 길함을 알았으나 눈앞의 참혹
한 우환이 이와 같으니 슬픈 마음을 이기지 못하겠습니다. 9월 29일에
감영(監營)의 인편을 통해 형님의 슬픈 마음을 조금이나마 위로해드리
고자 하였는데 제대로 전달이 되었는지 모르겠습니다.44)

김기홍과 최신은 젊은 시절 한때 같은 스승 밑에서 공부를 하였으
나, 최신은 민정중의 천거로 도성으로 가서 송시열의 문하에서 공부
를 계속하였다. 이렇게 이 두 사람은 오랜 기간 먼 거리를 떨어져 지
냈으나, 서신을 주고받으며 자신들의 학습 과정이나 서로의 안부를
묻고 확인하였다. 이는 조선시대 선비들 사이에서는 일반적인 현상
이다. 위 인용문 ①에서는 최신이 근래 『근사록(近思錄)』을 배우기 시
작하여 내용에 대한 이해는 아직 거친 상태이나 배움의 끈을 놓지
않고 있다는 이야기를 하고 있다. 또 다리에 병이 나고 통증이 심해
져서 공부를 많이 빼먹고 있음을 알리고 있다. ②는 김기홍의 편지에
대한 답장이다. 당시 김기홍은 민정중과 이단하에게 수학을 하면서

---

43) 崔愼, 『鶴庵集』, 「與金寬谷起泓書字元潛 丙申四月十八日」, 한국문집총간 151,
212면. 時學近思錄, 頑狀亦保, 可幸可幸. 學未半前要語, 歸路沓然, 不知所爲之時,
奈何奈何. 遙想僉兄, 俱直陵室, 必學已多, 弟則從師出山中, 病脚益痛, 學文多闕,
可悶可悶.

44) 崔愼, 『鶴庵集』, 「答金寬谷書 丙午臘十七日」, 한국문집총간 151, 212면. 但審近來
學況雖吉, 目前慘怛之患如此, 不勝卽令怛然, 九月卄九日, 因監營便, 少慰兄惻然之
懷, 未知傳達否.

학문적으로 큰 진전을 보이고 있었다. 그러나 동시에 김기홍은 홍수 피해를 겪고 거처를 공수평(公須坪)으로 옮겼다가 상황이 여의치 않아 다시 판교(板橋)로 옮긴 직후라서 집안의 형편은 이루 다 말할 수 없는 곤궁함을 겪고 있던 상황이었다. 이런 내용의 편지를 받고 최신은 편지로나마 김기홍을 위로하고자 하였다.

家三千里遠	집은 삼천리나 떨어져 있고
水億萬重深	물은 억만중이나 깊다네.
情札從何至	정겨운 편지는 어디에서 왔는가
看來倒我心	읽고 나니 내 마음이 쏠리는구나.
書非眞面目	편지는 진면목이 아닌데도
忻聳正無分	기쁨이 솟구쳐 뵈온 거나 다름없네.
兼有瓊琚贈	아울러 귀한 선물까지 보내주시니
在情不在文	정에 있지 글에 있는 것이 아니네.45)

위 두 편의 한시는 최신이 김기홍의 시를 차운하여 지은 것이다. 작성된 시기는 1668년 4월 24일이다. 그런데 시만 지은 것이 아니다. 최신의 편지 가운데는 같은 날 작성된 편지도 전한다.46) 이는 김기홍이 최신에게 먼저 편지를 쓰고 거기에 더하여 시까지 지어 보냈고, 이에 대해 최신이 답시를 짓고 편지를 작성한 것이다. 하지만 김기홍의 원시는 그의 문집에 남아있지 않다.

시의 내용을 살펴보자. 첫째 수에서는 최신은 도성과 육진(六鎭) 사이의 물리적 거리를 무색하게 만드는 정겨운 편지를 받고서 김기

---

45) 崔愼, 『鶴庵集』, 「次金寬谷韻 戊申孟夏念四日 二首」, 한국문집총간 151, 201면.
46) 崔愼, 『鶴庵集』, 「答金寬谷書 戊申孟夏念四日」, 한국문집총간 151, 213면.

홍에 대한 강한 그리움의 정서를 드러내고 있다. 편지를 읽고 나자 그리움은 더욱 배가되었다. 둘째 수에서는 비록 직접 얼굴을 보고 목소리를 들은 것은 아니지만 편지를 받고 소식을 들은 것만으로도 기쁨이 가득하여 직접 뵌 것이나 다름없다고 말하고 있다. 게다가 귀한 선물까지 보내주어 서로를 생각하고 그리워하는 정이 매우 각별하였음을 알 수 있다. 김기홍이 보내준 선물은 무엇일까. 이는 김기홍의 형편을 고려했을 때 실물이 아니라 최신에 대한 그리움이 가득 담긴 편지와 한시를 지칭하는 것으로 생각된다. 시를 귀한 선물[瓊琚]로 표현한 것이 매우 인상적이다. 그만큼 서로 간에 정(情)이 깊음을 알 수 있다. 이렇듯 김기홍과 최신은 함경 지역의 선후배로서 비록 멀리 떨어져 있었지만, 편지와 시문을 통해 서로의 안부를 전함은 물론 학문의 과정을 일러주며 서로 책선(責善)하는 사이였다. 이러한 두 사람의 돈독한 관계는 후대 유자들에게도 함경도를 대표하는 학자로 인정받게 하는 중요한 요소였다.[47]

이상에서 살펴본 바, 김기홍은 함경 지역의 여러 인물들과도 폭 넓게 교유하였음을 확인활 수 있다. 기실 지역 유자들과의 이러한 교유는 개인적인 친분 관계를 넘어 지역 안에서 동류들 안에서 자신이 유자의 신분을 지니고 있음을 분명하게 천명하는 행위이기도 하였

---

47) 이규원(李奎遠)은 『관곡집(寛谷集)』 서문에서 '(선생[김기홍]은) 학암(鶴庵) 최신(崔愼)과 더불어 우재(尤齋, 송시열)선생께 어려운 것을 묻고, 노봉(老峯, 민정중)선생께 가르침을 받아서, 선생[김기홍]은 북도에서 이름났고, 최신은 남도에서 이름났다. 그리고 외재(齋從, 이단하)선생이 거기에 더하여 훈도하시고, 약천(藥泉, 남구만)선생이 권장하시니, 당시 사대부들이 모두 현사(賢士) 및 고제(高弟)라 칭하였다.[…與崔鶴菴, 問難於尤齋, 親炙於老峯, 先生倡於北, 鶴菴倡於南, 而畏齋從以薰陶之, 藥泉繼以勸獎之, 當世士大夫咸稱賢士而高弟也.]'라고 하였다.

다. 이에 김기홍은 김정창과 함께 힘을 모아 지역의 현안을 해결하기
도 하고 자신이 지은 국문시가 작품을 보여주기도 하였으며, 훈장이
었던 주시량·채동귀와는 서로 왕래하며 학문을 논하였으며, 무명의
승려와도 교분을 쌓았다. 특히 최신과는 비록 멀리 떨어져 있었으나
서신과 시문을 주고받으며 학문의 과정을 책선하는 등 막역한 관계
를 지속하였다.

3. 국문시가(國文詩歌)에 대한 인식과 실천

1) 국문시가 창작·향유의 계기

과거 한문이 보편 문자로서 기능하고 있던 시기에 한문 소양을 갖
춘 지식인들이 국문시가에 대해 관심을 갖고 나아가 국문시가(國文詩
歌) 작품을 창작·향유하는 행위는 국문에 대한 자각에서부터 시작된
다고 할 수 있다. 한문이 중심언어의 지위를 지니고 있는 상황에서
국문이 비록 보조적인 수단에 불과하였다 하더라도 그 소용가치는
간과할 수 없는 것이었다. 무엇보다 가창에 대한 요구와 서민 일반의
문학적 요구는 국문문학의 존재에 중요한 이유였다.[48]

김기홍의 경우, 국문에 대한 관심의 흔적이 이미 「북관기(北關記)」
를 편찬하는 과정에서 엿보인다. 그가 편찬한 「북관기」〈산천(山川)〉
항목에 보면 '阿木洞옹회', '隨州슈주', '董巾퉁건', '回叱家횟가', '豆漫
투만', '斡東오동', '關城횟잣' 등의 지명이 등장한다. 함경 지역의 산

---

48) 임형택, 「민족문학의 개념과 그 사적 전개」, 『민족문학사 강좌』 上, 창작과비평사, 1995, 20~22면.

천과 지명을 표기하면서 지역 사람들에게는 익숙하지만 외부 사람들에게는 낯선 지명에 대해 한자와 국문을 병기함으로써 정확한 표기와 발음을 제공해주고 있는 것이다. 이러한 사례는 김기홍이 국문에 대해서도 일정 정도 소양을 지녔음을 짐작케 하는 대목이다.

그렇다면 함경도 육진 지역이라는 국토의 끝자락에서 김기홍은 어떻게 국문을 접하고 익힐 수 있었을까? 앞서 민정중이 관찰사로 재임하던 시기에 중앙에 요청하여 '『용비어천가』·『사서』·『삼경』' 등의 책을 인출하여 보내달라는 기록을 언급하였다. 주지하듯이, 『용비어천가』는 국문과 한문의 병기 형태로 이루어져 있다. 또 『사서』·『삼경』 등에는 언해(諺解)가 부기되어 있을 뿐만 아니라, 실제로 경서를 익히고 의미를 파악하는 데 언해의 도움은 무시할 수 없는 것이다. 따라서 김기홍은 학문에 매진하는 과정에서 위에 언급한 여러 서적들을 접하게 되었고, 자연스레 국문을 익히게 되어 한문과 국문을 동시에 구사하게 된 것으로 보인다.

그렇다면 김기홍이 시조와 가사 등의 국문시가를 창작할 수 있었던 계기는 무엇일까? 기실 경기체가 및 시조·가사 등 국문시가의 유행은 16세기로 접어들면서 이미 전국적인 현상이었다. 김기홍이 살았던 17세기 중·후반은 시가사적으로 볼 때 국문시가의 작자층이 확대되고 그에 따라 주제적 경향, 형식적 특성, 미의식이 다양화되는 추세를 보인 시기였다. 따라서 그가 이러한 시가사적 흐름에 편승하여 국문시가 작품을 창작하였으리라는 것을 충분히 추정 가능한 일이다. 다만 이와 관련된 좀 더 직·간접적인 영향 관계를 탐색하는 일이 필요하리라 본다. 이에 대한 탐색은 함경도 지역으로의 국문시가의 전파 과정을 추정하는 단서를 제공할 수 있을 것이다.

김기홍의 『관곡실기(寬谷實紀)』와 『관곡집(寬谷集)』에는 그가 지은 국문시가 작품이 수록되어 있다. 시조작품으로 국문과 한역가가 모두 전하는 <관곡팔경(寬谷八景)> 8수, 국문은 전하지 않고 한역가만 전하는 <격양보(擊壤譜)> 10수, 작품은 전하지 않고 제목만 전하는 <행로난(行路難)>·<마천령(磨天嶺)>·<과송림(過松林)> 3수까지 모두 21수가 전한다. 가사작품으로는 <채미가(採薇歌)>와 <농부사(農夫詞)> 2편이 전한다.

먼저 김기홍의 스승인 남구만은 직접 시조를 창작한 것으로 유명하다.49) 또 그의 문집 『약천집(藥泉集)』에는 「번방곡(飜方曲)」이라는 제명 아래 11수의 한역시조가 실려 있기도 하다.50) 이 중에는 자신의 작품인 '東窓이 불갓느냐~'를 한역한 것도 포함되어 있다. 남구만과 동시대 인물인 병와(瓶窩) 이형상(李衡祥, 1653~1733)은 이 작품을 한역하면서 <독농과(督農課)>라는 제목을 곁들여놓았다.51) 이 작품의 주제를 농사일을 감독하고 재촉하는 것으로 파악한 것이다.

여기서 주목할 점은 김기홍이 국문시가를 창작하고 향유한 방식

---

49) 『고시조대전』에는 남구만(南九萬)의 작품 2수가 수록되어 있다.
　<1430.1> 東窓이 불갓느냐 노고지리 우지진다 / 쇼 칠 아히는 여태 아니 니런느냐 / 재 너머 스래 긴 밧츨 언제 갈려 ᄒ느니.
　<2101.1> 蜉蝣 갓탄 人生이 朝露갓치 싀여지면 / 世上을 下直ᄒ고 北邙山으로 드러갈 제 / 丹旌이 압뮈 셔고 薤歌一聲에 안니 울 리 뉘 이시리.
　＊본고에서 사용하는 고시조작품 유형과 번호는 모두 김흥규·이형대·이상원·김용찬·권순회·신경숙·박규홍 편저 『고시조대전』(고려대학교 민족문화연구원, 2012.)에 따랐다.
50) 南九萬, 『藥泉集』, 「飜方曲」, 한국문집총간 131, 430~431면.
51) 李衡祥, 『瓶窩集』, 「浩瀚謳」, 한국문집총간 164, 253면.
　<督農課> 東方欲曙未, 鶴庚已先鳴, 可憎牧豎輩, 尙耽短長更, 上平田畝長, 恐未赴日耕.

이다. 국문시가 작품을 짓고, 이에 대한 한역을 행하고, 일부 작품의 경우 권농의식을 담은 주제적 경향에 이르기까지 남구만의 경우와 퍽 닮아 있다. 따라서 김기홍이 국문시가를 창작하고 향유하는 계기에 있어서 스승인 남구만의 영향이 매우 컸으리라는 것을 미루어 짐작할 수 있다.

김기홍의 국문시가에 대한 영향 관계를 추정할 수 있는 또 다른 인물이 있는데, 그것은 다름 아닌 지호(芝湖) 이선(李選, 1631~1692)이다. 주지하듯이, 이선은 송강(松江) 정철(鄭澈, 1536~1593)의 가사와 시조를 모아 책으로 간행하고 자신이 직접 발문을 작성하기도 하였다.[52] 이선이 직접 국문시가를 창작하지는 않았으나 송강의 작품을 위시하여 그의 국문시가에 대한 관심과 심미안은 특별한 것이었다. 이선은 송시열의 문하에서 수학하고 1664년 과거에 급제하여 1669년부터 이듬해인 1670년까지 함경북도병마평사를 지내며 경성(鏡城)에 있었다. 김기홍의 한시 가운데는 이선의 시를 차운한 작품이 있어서,[53] 두 사람이 실제 교유했음을 추정케 한다. 또한 학맥상으로 이선이 송시열의 문인이었으며 민정중·이단하와 교분이 깊었음을 감안한다면, 김기홍과 이선 두 사람은 분명 교유가 있었을 것이다. 따라서 김기홍이 이선과 교유하면서 자연스레 정철의 국문시가 작품을 접하였을 가능성도 매우 크며, 이것이 그의 시조와 가사를 창작하는데 일정 부분 영향을 끼쳤으리라 생각된다.

---

52) 이선이 발문을 쓴 해는 경오년(1690, 숙종16)으로, 현재 전하는 『松江歌辭 李選本』도 같은 시기 간행된 것으로 추정된다. * 신경숙·이상원·권순회·김용찬·박규홍·이형대, 『고시조 문헌 해제』, 고려대학교 민족문화연구원, 2012, 459면. 참조.

53) 『寬谷集』上 卷3 「次李評事選贈崔萬戶挺元韻」.

김기홍의 국문시가 창작과 관련하여 영향관계를 추정할 수 있는
또 다른 인물은 만휴(萬休) 임유후(任有後, 1601~1673)이다. 두루 알려
져 있듯이, 임유후는 시조 2수를 지었으며,54) 만년에는 가사 <목동
가(牧童歌)>를 지었다. 그는 1658년 종성부사(鍾城府使)가 되어 수항
루(受降樓)를 세우고 학사(學舍)를 짓는 등 변경에서 많은 치적을 쌓
았다. 특히 그가 지은 시조 2수 중에 '기러기 다 느라드니~'는 그가
종성부사로 재임하던 시절에 창작된 작품이다. 김기홍의 『관곡실기』
에는 임유후가 종성부사로 재임하던 당시 지은 한시가 실려 있어 두
사람이 실제 교유했음을 알 수 있다. 따라서 김기홍의 국문시가 창작
과 향유에 임유후의 영향도 배제할 수 없다.

이처럼 김기홍이 국문시가를 창작·향유하는 데는 남구만, 이선, 임
유후 등 17세기 중반 국문시가와 관련된 인물들의 직·간접적인 영향
을 받았으리라 짐작할 수 있다.55) 실제로 함경 지역으로의 국문시가
전파에 있어서, 중앙으로부터 파견된, 중앙의 높은 문화적 수준을 지

---

54) 『고시조대전』에 임유후(任有後)의 작품 2수가 수록되어 있다.
　<0558.1> 기러기 다 느라드니 消息을 뉘 전흐리 / 萬里邊城의 둘빗만 벗을 삼아
／受降樓 三更 鼓角의 줌 못 들어 흐노라.
　<3577.1> 우리의 노던 자최 어너덧에 陳迹 되익 / 柏翁溪老난 속절업시 간딕업다
／어즈버 聚散存亡을 못니 슬허 흐노라.

55) 직접적인 영향관계까지 거론할 수준은 아니지만, 김기홍이 교유를 하였던 인물 중
묵졸재(默拙齋) 이화진(李華鎭, 1626~1696)도 시조 2수를 지었다. 이화진은 1688년
경흥부사(慶興府使)로 부임하였으며 김기홍과 시를 주고받기도 하였다. 『고시조대
전』에 이화진의 작품 2수가 수록되어 있다.
　<1980.1> 壁上에 도든 柯枝 孤竹君의 二子ㅣ로다 / 首陽山 어듸 두고 半壁의와
걸녀는다 / 이제는 周武王 업스니 흐마 난들 엇더리.
　<4864.1> 草堂에 깁피 든 줌을 새소리에 놀나 끼니 / 梅花雨 ㅈ 씐 柯枝에 夕陽이
거의로다 / 아희야 낙대 내여라 고기잡이 져무럿다.

니고 있던, 아울러 시가사에서 중요한 위치를 점하고 있는 이들의 역
할이 절대적이었다고 할 수 있다.

2) 국문시가에 대한 인식과 시가관(詩歌觀)

한편, 『관곡실기』에 수록되어 있는 가사작품 <채미가>·<농부사>
말미에는 발문 형식의 글이 부기되어 있어, 김기홍의 시가관(詩歌觀)과
국문시가 창작과 향유의 배경을 살필 수 있다. 그 전문을 인용하면
다음과 같다.

> 시는 뜻을 말한 것이요, 노래는 말을 길게 한 것이다. 시가 아니면 그
> 뜻을 드러낼 수 없고, 노래가 아니면 그 말을 펼쳐놓을 수 없다. 그러나
> 뜻을 드러내는 것은 시에 뛰어난 사람만이 할 수 있으며, 말을 늘어놓는
> 것은 음률에 맞출 수 있는 사람만이 할 수 있다. 나는 음률에 어두우니,
> 어찌 나의 뜻을 드러내고 나의 말을 펼쳐서 길고 짧고 느리고 빠른 노래
> 를 읊조리는 데 조금이나마 맞출 수 있겠는가.
> 다만 나는 빈 골짜기에서 이웃이 없기에 사슴을 쫓아 벗으로 삼고, 나무
> 나 바위와 함께 거처하여 고송(孤松)을 어루만지며 방황한다. 산에서 먹
> 을 만한 나물을 뜯지만 누구와 더불어 고사리를 먹을 것이며, 밭을 갈아
> 배를 채우지만 누구와 더불어 씨 뿌리고 거둘 것인가. 나물을 뜯어 광주리
> 에 담을 적에 흐뭇한 즐거움이 뭉클뭉클 일어나고, 한가로이 쟁기를 놓고
> 쉴 적에 자족하는 마음이 절로 솟아난다. 이에 비리(鄙俚)한 말을 모아
> 두어 곡의 노래를 만들었다. 한번 읊조리고 노래함에 또한 그윽한 회포를
> 펼칠 수 있었으니 어찌 음악이라 하는 것과 나란히 놓을 수 있겠는가.
> 태평한 이 세상에서 나는 비록 변변치 못한 사람이지만 애오라지 소를
> 타고 읊조려본다. 이어서 스스로 시를 읊어 본다.

草草人間歲已晩 인세에서 허둥지둥하느라 나이는 이미 많고
紅顔虛老落花時 젊던 얼굴 헛되이 늙어 꽃 질 때라네.
耕田且復採香蕨 밭 갈고 또 향긋한 고사리 꺾건만
浩浩歌聲誰得知56) 드높은 노랫소리 누가 알겠는가.

위 발문에서 김기홍은 '시는 뜻을 말한 것이요, 노래는 말을 길게 한 것이다.'라는 『서경(書經)』의 내용을 인용하여57) 시(詩)와 가(歌)의 관계를 정의한다. 기실 이 내용은 18~19세기 가집(歌集) 소재 서발문에서는 매우 일반적인 설명 방법이지만, 18세기 이전 시조-가사 관련 서발문에서 이런 내용을 언급하면서 자신의 시가관을 드러내고 있는 글은 찾아보기 어렵다. 이는 그가 유학적 소양을 갖춘 인물로서 나름의 학식을 엿보게 하는 대목이다. 이어 김기홍은 시가 아니면 사람이 가지고 있는 내면의 뜻을 표현할 수 없으며, 노래가 아니면 사람이 하려는 말을 효과적으로 펼쳐놓을 수 없다고 말한다. 일련의 맥락이 『서경』에서 말하는 시와 음악이 지닌 효용성 위에서 이루어지고 있다. 다만 시의 효용성을 인지하고 있으면서도 한시가 아닌 국문 시가를 선택한 것은, 이황의 <도산십이곡발(陶山十二曲跋)>에서도 언급하였듯이,58) 역시 가창에 대한 요구와 필요 때문이었을 것이다. 이

---

56) 『寬谷實紀』盖詩言志, 歌永言, 非詩則無以發其志, 非歌則無以泄其言. 然發其志, 惟長於詩者能之, 泄其言, 惟和於律者得之. 顧余膚末昧於音律, 何足以發吾志舒吾言, 以補諷咏長短疎數之萬一乎. 第以空谷無鄰, 而追麋鹿爲友, 木石與居, 而撫孤松盤桓, 採於山美可茹者, 孰與乎薇蕨, 耕于田腹果然者, 孰與乎稼穡. 朶朶傾筐之餘, 陶陶之樂, 油然感發, 于于釋耒之暇, 囂囂之心, 㓗然而自出. 乃蒐輯鄙俚之辭, 製爲數譜之関, 一吟一咏, 亦足以暢舒幽懷, 寧可與樂云者比竝乎. 太平斯世, 雖甚不武, 聊將騎牛而誦之, 仍自浪吟曰, 草草人間歲已晩, 紅顔虛老落花時, 耕田且復採香蕨, 浩浩歌聲誰得知.

57) 『書經』 「舜典」 詩言志, 歌永言, 聲依永, 律和聲, 八音克諧, 無相奪倫, 神人以和.

를 통해 김기홍이 국문시가를 짓고 노래한 것이 시를 통해 자신이
지니고 있는 내면의 뜻을 표출하고 노래를 통해 자신의 말을 효과적
으로 펼쳐놓기 위한 행위의 일환이었음을 알 수 있는 바, 이는 그의
작품들이 시가가 지니고 있는 효용성을 분명하게 인식하는 가운데
이를 적절하게 활용한 행위의 산물이었음을 추정케 한다.

무엇보다도 그는 45세 때 관곡으로 이주하여 주변에 이웃도 없이
홀로 거처하면서 때때로 주변의 산천을 유람하기도 하고 나물도 뜯
고 궁경가색하면서 소일하고 있었는데, 이런 과정에서 문득문득 솟
아오르는 흥취와 소소한 기쁨을 표현할 수 있는 가장 좋은 방법이
바로 노래였던 것이다. 그가 스스로 '한번 읊조리고 노래함에 또한
그윽한 회포를 펼칠 수 있었다'고 말한 것처럼 그의 시가 작품들은
자족적인 흥취를 표현하려는 의도가 다분하였다. 이렇듯 김기홍에게
있어 국문시가는 관곡 생활에서 오는 흥취를 드러내고 나아가 이를
노래함으로써 한가함을 달래는 동시에 마음의 여유를 확립하려는 나
름의 노래에 대한 철학이 담겨 있었다. 이는 이전 시기 16세기부터
이어오던 '음란하고 방탕하여 부를 만한 가곡이 없다'59)는 인식이나

---

58) 李滉, 「陶山十二曲跋」 그러나 지금의 시는 옛날의 시와 달라서 읊조릴 수는 있으나
    노래 부를 수는 없다. 만일 노래로 부르고자 한다면 반드시 시속의 말로 엮어야 하니,
    이는 나라 풍속의 음절상 그렇게 하지 않을 수 없기 때문이다.[然今之詩 異於古之詩,
    可詠而不可歌也. 如欲歌之, 必綴以俚俗之語, 蓋國俗音節, 所不得不然也.]
59) 李滉, 「陶山十二曲跋」 우리나라의 가곡(歌曲)은 대체로 음탕한 것이 많아 말할 것
    이 못된다. 예컨대, <한림별곡(翰林別曲)> 같은 것은 문인들의 입에서 나왔으나 호
    사스럽고 방탕하며 아울러 무례하고 거만하며 버릇없이 굴기까지 하니 전혀 군자가
    숭상할 만한 바가 아니다.[吾東方歌曲, 大抵多淫哇不足言. 如翰林別曲之類, 出於文
    人之口, 而矜豪放蕩, 兼以褻慢戲狎, 尤非君子所宜尙.]
      李衡祥, 「城皇九曲序」 또 한림별곡(翰林別曲)·상화점(霜花店)·정과정(鄭瓜亭)
    따위는 각기 문인들에게서 나왔으나 호방하니 어찌 금곡(琴曲)에 알맞겠는가?[如翰

'사람의 성정(性情)을 바르게 이끌려는'[60] 교화적인 목적과는 일정한 거리감이 느껴진다.

정확한 시기를 단정할 수 없지만, 김기홍이 국문시가 작품을 창작한 것은 관곡 생활을 시작한 45세 이후로, 짐작건대 60세를 전후한 인생의 말년에 해당할 것으로 생각된다. 그 단서는 앞에 인용한 발문의 끝에 붙어있는 한시에 '바쁜 인간 세상에서 나이는 이미 많고 젊던 얼굴 헛되이 늙어 꽃 질 때라네.[草草人間歲已晚, 紅顔虛老落花時.]'라고 한 데서 찾을 수 있다. 이를 참조한다면, 그의 국문시가는 인생의 늘그막에 산출된 것들이라 하겠다. 또 '드높은 노랫소리 누가 알겠는가.[浩浩歌聲誰得知]'라고 하였듯이, 주변의 시선을 의식하거나 남에게 보이기 위해 지은 것도 아니다. 스스로 산림에 거처하는 흥취를 드러내고 이를 노래하면서 소일하고자 하는 자족적 의도에서 지었을 뿐인 것이다. 이러한 시가의 향유의 방식은 농암(聾巖) 이현보(李賢輔, 1467~1555)의 <어부가발(漁父歌跋)>에서도 엿볼 수 있다.

林別曲·霜花店·鄭瓜亭之屬, 各出於文人, 自放, 何足以荌?]

(60) 李滉, 「陶山十二曲跋」 또한 아이들로 하여금 스스로 노래 부르고 스스로 춤추게 하여 비루하고 인색한 마음을 씻어버리고 감발하고 융통하게 할 수 있었으니 노래 부르는 자와 듣는 자가 서로 유익함이 없을 수 없었다.[亦令兒輩自歌而自舞蹈之, 庶幾可以蕩滌鄙吝, 感發融通, 而歌者與聽者, 不能無交有益焉.]

張經世, 「江湖戀君歌跋」 그 뜻이 진실되고 음조가 맑고 빼어나 사람들로 하여금 그 노래를 듣게 하면 선의 단서를 흥기시키고 사특함과 더러움을 씻어내게 하였다. [意思眞實, 音調淸絶, 使人聽之, 足以興起其善端, 蕩滌其邪穢.]

李叔樑, 「汾川講好歌」 이에 스스로를 꾸짖는 노래를 지었는데 한결같이 효제충신(孝悌忠信)을 주로 하였으니, 그것을 듣는 자로 하여금 선한 마음을 감발하고 안일한 뜻을 징계하게 하고자 한다.[乃作自責之歌, 一以孝悌忠信爲主, 欲使聽者, 庶幾感發其善心而徵創其逸志也.]

내가 늘그막에 전원으로 물러나서 마음이 한가롭고 일이 없어 옛 사람들이 술자리에서 읊조리던 것 가운데 노래할 만한 시문 약간을 모아서 비복에게 가르쳐 때때로 그것을 들으며 소일하였다.[61]

주지하듯이 이현보는 온갖 정치 역정을 겪고 76세의 나이에 향촌에 은거하여 <어부가>를 지었다. 위 발문에서 이현보가 언급하였듯이, 인생의 늘그막에 전원으로 물러나서 한가롭고 일이 없는 상황에서 하루하루를 소일하는 데 유효적절한 것은 역시 노래를 짓고 부르고 감상하는 등등의 일이었다. 한시도 사대부의 일상 문학 행위 가운데 하나였으나, 한시는 일정 부분 자신의 문학적 소양을 여실히 드러낼 뿐만 아니라 시를 통해 주변사람들과 교유해야 하며 과거에도 소용되는 공식적인 성격이 농후한 갈래였다. 작시 과정의 어려움도 무시할 수 없다. 게다가 한시는 읊조릴 수는 있으나 노래할 수는 없음에랴. 이에 비해 국문시가는 비공식적인 개인적인 일상의 여유를 즐기기에 더 없이 좋은 갈래였던 것이다. 따라서 김기홍에게도 국문시가는 인생의 말년에 산림에서 생활하며 느끼는 흥취를 드러내고 하루하루를 소일하는 데 더 없이 좋은 대상이었던 것이다. 이것이 그가 시조와 가사를 직접 짓고 부른 이유였던 것이다.

이상에서 살펴본 바, 김기홍은 국토의 끝자락에 살고 있었으나 학문에 매진하는 과정에서 국문을 익히고, 17세기 시가사의 흐름 속에서 남구만, 이선, 임유후의 영향을 받아 시조와 가사를 창작하고 향유하였으며, 특히 인생의 말년 산림에서 유유자적 생활하는 흥취를

---

61) 李賢輔, 「漁父歌跋」, 余自退老田間, 心閒無事. 裒集古人觴詠間, 可歌詩文若干首, 教閱婢僕, 時時聽而消遣.

드러내고 이를 노래하며 개인적인 소일거리로 삼으려 하였음을 알
수 있다.

4. 「북관기(北關記)」의 편찬과 지역의식

1) 「북관기(北關記)」 편찬의 배경

일반적으로 모든 인간은 자신이 거처하는 지역과 장소에 각별한
애착을 가지며 공간성을 추구하는데, 이처럼 모든 인간이 내면에 가
지고 있는 지역과 장소에 대한 강렬한 애착과 정서를 '토포필리아
(Topophilia)'라 한다. 이 말은 지역·장소를 뜻하는 'topos'와 애호를
뜻하는 'philia'의 합성어로 '지역애' 또는 '장소애'의 의미를 함축하고
있으며, 대체로 인간과 장소 사이의 정서적인 유대 및 결속을 포함하
는 개념으로 정의될 수 있다.62) 이러한 토포필리아가 문학텍스트에
투영되었을 때 그것은 단순히 표면적인 소재나 주제, 모티프의 수용
의 차원을 넘어 작가의 글쓰기를 추동하고 가속시키는 일반적인 힘
으로 작용하게 된다.63) 특히 이러한 토포필리아의 원천으로는 자연
환경의 특성, 사회적 매개자로서의 주변 환경, 사람들과의 문화적 정
체성 등이 영향을 주게 된다.

본고에서 논의하는 김기홍은 함경북도 지역에서 태어나서 평생을

---

62) 토포필리아[지역애]의 개념에 대해서는 에드워드 렐프, 김덕현·김현주·심승희 옮
김, 『장소와 장소상실』, 논형, 2005; 이푸 투안, 구동회·심승희 옮김, 『공간과 장소』,
도서출판 대윤, 2011. 참고.

63) 신재은, 「토포필리아로서의 글쓰기」, 『한국문학이론과 비평』 20, 한국문학이론과
비평학회, 2003, 118면.

이 지역에서 생활하며 삶을 마쳤다. 그만큼 함경 지역의 자연 환경이나 주변 환경은 그에게 지역 의식을 형성하게 하고 함경 지역의 문화지리적 특성64)은 그의 삶의 태도를 결정하게 하는 중요한 요소로 작용하였을 것이다. 이에 김기홍이 지은 「북관기(北關記)」는 함경 지역민으로서 정체성 및 지역에 대한 자부심을 잘 드러내 주는 저작물이라 할 수 있다.

두루 알려져 있듯이, 조선시대 인문지리서의 표준은 성종(成宗) 12년(1481년)에 편찬된 『동국여지승람(東國輿地勝覽)』과 이를 증보하여 중종(中宗) 25년(1530년)에 편찬된 『신증동국여지승람(新增東國輿地勝覽)』이라 할 수 있다. 이 책에는 조선 8도의 행정구역별로 건치연혁, 관원, 군명(郡名), 산천, 토산, 성곽, 봉수, 역참, 누정, 학교, 명환(名宦), 제영(題詠) 등의 항목으로 나누어 각각의 내용을 서술하고 있다. 함경도에 대해서는 모두 22개의 부(府)·군(郡)·현(縣)에 관한 정보를 담고 있다.

그런데 이로부터 약 80여 년이 지난 시점인 광해군(光海君) 때 택당(澤堂) 이식(李植, 1584~1647)이 함경북도병마평사로 부임하여 있으면서[1616년~1617년] 함경북도 10개 고을에 대한 북로(北路)의 사실과 형요(形要)를 모아 『북관지(北關誌)』라 이름하여 서술하였다. 그렇지만 이식은 이런저런 이유로 이 책을 미처 다 완성하지 못하였다. 이후 그의 아들인 이단하(李端夏)가 함경북도병마평사로 부임하면서 마침내 이 책을 완성하게 되었다. 김기홍은 당시 이단하에게 나아가 그의 문하에서 가르침을 받고 있던 상황이었고, 또 그가 함경도 지역의

---

64) 문화지리학적 방법론에 대해서는 임덕순, 『문화지리학』, 법문사, 1996. 참고. 이 방법론을 활용한 연구로는 박수진, 「長興地域 歌辭文學의 文化地理學的 研究」, 한양대학교 박사학위논문, 2010. 참고.

상황에 누구보다도 밝았기 때문에, 이단하가 『북관지』를 완성하는 과정에서 일정한 도움의 역할을 하지 않았을까 추정된다.

이 『북관지』는 함경북도 10개 지역, 즉 경성(鏡城), 길주(吉州), 명천(明川), 부령(富寧), 회령(會寧), 무산(茂山), 종성(鍾城), 온성(穩城), 경원(慶源), 경흥(慶興)에 관한 모든 사실을 기술하고 있다. 각 지역의 하위 항목에는 건치연혁, 군명(郡名), 관원, 강계(疆界), 산천, 관방(關防), 해진(海津), 성곽, 봉수, 관우(館宇), 학교, 이사(里社), 역원, 사묘(祠廟), 불우, 고적, 성씨, 인물, 토산, 풍속, 관안(官案), 호액(戶額), 전안(田案), 재곡(財穀), 공안(貢案), 진상(進上), 약재, 병안(兵案), 이안(吏案), 천안(賤案), 제영, 잡기 등으로 나누어 상세한 내역이 기재되었다. 따라서 이 『북관지』는 함경북도 일대 각 지역의 사정을 일목요연하게 살필 수 있는 자료라 하겠다.

『북관지』의 수록 내용을 살펴보면, 이전 시기 『신증동국여지승람』의 내용을 대체로 참고하면서 세월이 지나 바뀐 상황들을 새롭게 수정하고 부실한 내용은 충실하게 보완하고 있음을 알 수 있다. 무엇보다도 함경북도 지역은 두만강을 경계로 여진(女眞)과 경계를 마주하고 하고 있는 군사적 요충지인 데다가, 특히 이 책을 편찬하던 당시 이식과 이단하의 관직이 모두 북평사였기 때문에, 이 『북관지』에서는 <관방>, <해진>, <성곽>, <봉수> 등 변경방비책에 관한 항목이 다른 항목보다 상세한 내용을 담고 있다. 아울러 <관안>, <호액>, <전안>, <병안>, <이안>, <천안> 등의 항목은 『신증동국여지승람』에서는 없던 항목을 새롭게 신설한 것으로서, 지역 행정의 상황을 상세하게 파악할 수 있도록 하였다. 이 가운데 <관안> 항목에서는 이 지역을 거쳐간 절제사(節制使)·방어사(防禦使)·목사(牧使)·부사(府使)·도사(都事)·

판관(判官) 등의 이름과 재임시기를 모두 정리해 놓았으며, <병안> 항목에서는 각 지역의 갑사(甲士)·보병(步兵)·봉군(烽軍)·나장(羅將)· 속오군(束伍軍)·위군(衛軍)·병영군(兵營軍) 등에 대해 그 내력과 숫자까지 상세하게 기록해 놓았다. <인물> 항목에서는 그 지방에서 나온 효자·열녀·충신·유생·문과·무과 등으로 세분하여 명단을 정리하고 간략하게 관련 내용을 기재하였다. 따라서 『북관지』는 현종(顯宗) 당시까지의 함경북도 상황을 총망라한 가장 방대하고 상세한 인문지리서였던 것이다.

그렇지만 『신증동국여지승람』과 이식-이단하가 편찬한 『북관지』는 기본적으로 수취, 군사, 행정 등 지역의 상황 파악과 통치를 원활하게 하고자 하는 목적의 소산이었다. 아울러 이 책이 지니고 있는 함경도에 관한 시선은 공히 '여진과 접경을 마주한' '척박하고' '인심 사나운' 지역에 지나지 않았다. 기실 조선시대에 함경도 지역이 지니고 있는 지리적 원격성(遠隔性)과 지세의 험준성은 중앙의 조정으로 하여금 이 지방에 대하여 큰 관심을 가지게 하지 못하였다. 조정에서는 군사문제를 제외한 다른 문제에 관해서는 함경도 지역을 극히 등한시해 왔다. 실제로 조선 후기까지 함경도는 정치·경제·문화·교육적으로 가장 소외되고 뒤떨어진 곳이었다. 함경도를 가리켜 '북새(北塞)', '변새(邊塞)', '하원지지(遐遠之地)', '하토(遐土)', '하추(遐陬)'라는 표현이 흔히 쓰이는데, 이것은 단순히 함경 지역이 중앙에서 멀리 떨어져 있기 때문만이 아니었고, 중앙의 문화나 교화가 미치지 못하는 낙후된 곳이라는 의미를 포함하는 것이었다.[65] 게다가 조선 전기 세조(世祖)

---

65) 강석화, 『조선후기 함경도와 북방영토의식』, 경세원, 2000, 19~20면.

때 발생한 '이징옥(李澄玉)의 난'(1453년)과 '이시애(李施愛)의 난'(1467년)
은 함경 지역에 대한 거부감을 촉발·강화하는 결정적 계기가 되었으
며, 이로 인해 함경 지역 출신 인사의 관직 진출의 길마저 막히게 되
었다.66) 아울러 함경도 지역은 성리학(性理學)의 보급이 삼남(三南) 지
역에 비해 상당히 늦었으며,67) 교육체계도 미비하여 향유(鄕儒)가 성
장하지 못하고 관학(官學)의 영향에 의존하는 상태가 18세기 초반 숙
종(肅宗) 때까지 이어졌다. 17세기까지 관북지역의 인물로서 중앙정계
에서 출세한 인물이 없다는 당대의 지적68)은 이러한 현실을 단적으로
보여준다.

김기홍도 이러한 함경 지역의 상황이나 지역인에 대한 차별적 시선
에서 자유로울 수가 없었다. 지역의 유자로서 누구보다도 이런 문제
를 절감하고 있었을 것이다. 따라서 김기홍은 함경도에 지역에 대한
부정적인 인식을 불식시킬 수 있는 방법을 찾고 적극 대처하고자 하
였던 바, 그가 지은 「북관기」는 이러한 노력의 소산이라 할 수 있다.

2) 「북관기(北關記)」의 서술 구도와 내용적 특성

김기홍이 편찬한 「북관기」는 사찬서(私撰書)이기 때문에, 이전 시

---

66) 姜大敏, 「朝鮮朝 咸鏡道地方의 養士廳에 관한 考察」, 『釜大史學』 17, 부산대 사학
회, 1993, 341~374면; 강석화, 「英·正祖代의 咸鏡道 地域開發과 位相强化」, 『奎章
閣』 18, 규장각한국학연구원, 1995, 27~67면.
67) 조선시대 삼남지역에서 성리학 관련 서적의 보급과 재인출이 대체로 16세기 초·중
반부터 시작되는 반면, 함경도 지역은 이로부터 100여 년이나 늦은 17세기 중반에
와서야 이루어지게 되며, 함경도 지역에 대한 성리학 서적의 보급과 학문에 결정적인
역할을 한 인물이 바로 민정중(閔鼎重)이다.
68) 李重煥, 『擇里志』, 「八道總論」, <咸鏡道> 平安·咸鏡兩道, 三百年來, 無顯官. 或
有登科第者, 官不過縣令, 間有通臺侍者, 然亦罕.

기 공식적인 성격의 『신증동국여지승람』이나 『북관지』와 그 편차와
내용의 구성이 사뭇 다르다. 위의 책들이 수취, 통치의 효율성을 추
구하려는 목적의 책이었다면, 김기홍의 「북관기」는 함경도 지역의
현실을 정확하게 알리고, 함경도가 지닌 특징적인 점들을 적극 부각
시키려고 하였다.

　김기홍의 「북관기」는 ① 북관, 즉 함경북도 지역의 10개 고을의 건
치연혁, ② 이점(李蔵, 1579~1627)의 시문인 <육진음(六鎭吟)>, ③ 산천
(山川), ④ 성루(城樓), ⑤ 묘원(廟院), ⑥ 창혁(創革), ⑦ 풍화(風化), ⑧ 고
적(古迹), ⑨ 적객(謫客), ⑩ 효열(孝烈), 문관(文官), 무변(武弁)의 인물,
⑪ 잡기(雜記)로 구성되어 있다.

　먼저 건치연혁에서는 본래 여진의 땅이었던 북관지역이 고려 말
기부터 조선 초기에 이르기까지 영토 개척을 통해 자국의 강역으로
편입이 되고 이후 행정 구역을 분할하여 현재의 10개 고을로 확정된
내력을 기록하고 있다. 이어 10개 고을에 대해 각각 건치 시기와 호
구(戶口)수를 간략하게 적고 있다. 이점은 지역의 상황을 정확하게
드러내려는 의도로 보인다. 한편 「북관기」의 내용 중에 눈여겨보고
의미를 부여해서 읽어야 할 부분은 아래의 부분들이다.

　③ 산천(山川)조에서는 함경도 지역의 주요 산천강하 및 명소를 설
명하였다. 기실 함경도는 태조 이성계의 선대 목(穆)·익(翼)·도(度)·
환(桓) 4조(四祖)의 유적을 간직한 조선 건국의 성지와도 같은 곳으로
'풍패지향(豊沛之鄕)'으로 불리던 곳이었다. 이에 김기홍은 산천 항목
에서 4조 관련 유적지에 대해서는 특별히 상세한 해설을 덧붙이고
있는데, ㉠'능평(陵坪)', ㉡'적도(赤島)', ㉢'적지(赤池)'가 바로 그곳이
다. ㉠능평은 경흥부에 있는 목조의 무덤 덕릉(德陵)과 목조의 부인

효공왕후(孝恭王后)의 무덤 안릉(安陵)이 있던 자리이다. 그런데 육진
지역은 여진의 침입이 잦아, 태종(太宗) 10년(1410년)에 상대적으로 안
전한 마천령산맥 이남의 함흥(咸興)으로 이장하였다.[69] 그렇지만 원
래 무덤이 있던 경원부의 터는 그대로 보존이 되어 있었던 것이다.
김기홍은 능평 항목의 후반부에 『용비어천가(龍飛御天歌)』 3장의 한
역가사 '今我始祖, 慶興是宅, 慶興是宅, 肇開鴻業.'[70]를 인용하고, 남
구만이 관찰사 재임시절 이곳을 둘러보고 쓴 시문[71]까지를 덧붙여
놓았다. ㉡ 적도(赤島)는 경흥부에 있는 섬으로, 익조(翼祖)가 젊은 시
절 야인들이 자신을 해치려는 것을 알고서 온 가족들과 함께 배를
타고 두만강을 따라 내려가서 이곳으로 피신하였고, 그 안에서 다시
움집을 만들어 생활한 곳이다. 김기홍은 적도 항목에서 관련 고사를
인용하고 끝에 『용비어천가』 5장의 한역가사 '赤島陶穴, 今人猶視, 王
業艱難, 允也如此.'[72]를 덧붙여놓았다. 특히 김기홍은 직접 적도를 둘
러보았을 뿐만 아니라, 그가 지은 시조 <관곡팔경>에서 적도를 작
품화하였다. ㉢ 적지(赤池)는 경흥부에 있는 연못으로, 도조(度祖)가 꿈
에 백룡(白龍)이 자신과 다투는 흑룡(黑龍)을 활로 쏘아 달라는 부탁
을 받고 흑룡을 활로 쏘아 맞춰 죽였다는 고사가 전하는 연못이다.
김기홍은 적지 항목 끝부분에 『용비어천가』 22장의 한역가사 '黑龍

---

69) 『太宗實錄』 10年(1410, 庚寅)10月28日(辛酉) 遷德·安二陵, 合葬于咸州驒岨洞之
原. 洞在咸州北五十里. 葬用灰隔. 德陵在西, 安陵在東. 啓陵以八月庚申, 卽日發引,
九月到咸州, 安于殯殿, 至是乃葬.

70) 『龍飛御天歌』 제3장. 우리 始祖ㅣ 慶興에 사르샤 王業을 여르시니

71) 南九萬, 『藥泉集』, 「慶興撫夷堡」, 한국문집총간 131, 430면. 撫夷城壓萬江邊, 杖節
登臨思渺然. 慘淡千峯三丈雪, 微茫五色八池蓮. 金龍遠想埋山日, 白馬猶傳渡水年.
王迹舊基爲異域, 欲傾東海洗腥膻.

72) 『龍飛御天歌』 제3장. 赤島 안행 움흘 至今에 보숩ㄴ니 王業 艱難이 이러ᄒ시니

卽殪, 白龍使活, 子孫之慶, 神物復止.'73)를 인용하고, 이곳에 유배를 와
있던 조근(趙根, 1631~1690)의 시문74)을 덧붙여놓았다. 이렇듯 김기홍
은 능평, 적도, 적지를 ③ 산천조의 가장 앞부분에 수록하여 비중 있
게 설명하고 있으며, 여기에『용비어천가』를 함께 수록함으로써 함
경 지역이 지니고 있는 특별한 위상을 드러내고자 하였다. 이는 그가
지니고 있던 지역적 자긍심을 엿볼 수 있게 하는 대목이기도 하다.

한편, 이 산천조의 하위 항목 끝에는 해당 지역을 읊은 여러 문인들
의 시를 수록해 놓았다. 앞서 능평 항목에서는 남구만의 시를, 적지
항목에서는 조근의 시를 각각 수록해 놓았다. 뿐만 아니라 증산(甑山)
항목에서는 유계(兪棨, 1607~1664)의 시75)와 임유후(任有後, 1601~1673)
의 시76)를, 백악산(白岳山) 항목에서는 김창협(金昌協, 1651~1708)의 시77)
를, 장좌연(長佐淵) 항목에서는 박홍종(朴興宗, 1600~1687)78)의 시를 수
록해 놓았다. 이처럼 김기홍이『북관지』를 편찬하면서 함경 지역 산
천을 배경으로 한 당대 여러 문인들의 시를 함께 수록해 놓은 것은
함경 지역의 문화적 자긍심을 높이고 열악한 이미지를 불식시키는

---

73)『龍飛御天歌』제22장. 黑龍이 흔 사래 주거 白龍올 살아내시니 子孫之慶을 神物이
    술볏니
74) 趙根,『損菴集』,「赤池」, 한국문집총간 속집 40, 215면. 赤池千頃潤, 靑海一邊開.
    未覺湘潭迥, 渾疑漢水回. 射龍遺跡遠, 賦鵬幾人來. 尺鯉如能得, 鄕書試欲裁.
75) 兪棨,『市南集』,「登甑山上峯」, 한국문집총간 117, 30면. 大嶺滄溟北, 孤峯黑水南.
    胡山遠不極, 塞日近將含. 發興三杯酒, 題名百丈巖. 超然便忘返, 咫尺是雲菴.
76) 任有後. 日月懸宸北, 風雲繞漠南. 地窮江自湧, 天闊海遙含. 引手挽垂蔓, 騰身陟峻
    巖. 壯懷殊未已, 長嘯謝仙菴.
77) 金評事昌協登臨草菴而贈詩曰 : '無限胡山裏, 危峰獨建標, 松柏自古今, 風雲不崇
    朝. 客路攀躋倦, 仙臺眺望遙. 虛菴一僧住, 憐爾絶寥寥.'
78) 박홍종은 함경도 경성 출신의 문인이다. 지역의 인재로 추앙을 받아 경성의 도북서
    원(道北書院), 화곡서원(禾谷書院) 등에 배향되었다.

한편 중앙 문사들과의 교류를 적극적으로 부각시키고자 한 의도가
반영되었기 때문이다. 이들은 모두 김기홍과 동시대 인물들로, 함경
지역으로 출사 혹은 유배를 왔거나 또는 함경 지역 출신 인물로 김기
홍과 교유했던 인물들이다. 이들은 학맥상 모두 서인(西人) 계열의 인
사들이다. 앞서 김기홍과 사승관계를 형성했던 서원리, 민정중, 이단
하, 남구만의 경우도 모두 같다. 따라서 김기홍은 정치적으로나 학문
적으로나 이들의 영향관계에 놓여 있었다 할 것이다.

⑤ 묘원(廟院)조에서는 경원부에 있는 용당(龍堂)을 가장 앞에 수록
하였는데, 이곳은 목조(穆祖)의 구택(舊宅)이 있던 옛터이다. 이렇듯
곳곳에 산재되어 있는 4조의 행적은 빼놓지 않고 모두 아우르고 있
다. 용당 항목 아래에는 관북지역의 서원(書院)과 사우(祠宇)를 기록
하여, 함경북도 지역도 유가적 교화의 손길이 이르고 학문의 맥이 이
어지고 있음을 드러내고 있다.

김기홍이 「북관기」를 편찬하면서, 가장 공을 들인 부분은 다름 아
닌 ⑦ '풍화(風化)'조라 생각되는데, 이는 첫머리에서 그가 지닌 문제
의식의 일단이 발견되기 때문이다. 다음의 인용문을 보자.

> 『승람(勝覽)』에 기록된 바, "(함경도는) 풍기(風氣)가 혹독하게 추우
> 며 소박·검소하고 강용(强勇)하여 다니는 사람들이 양식을 지니지 못하
> 는 실정이니 5진(五鎭)의 풍속이 모두 이와 비슷하다."고 하였다. 그러나
> (이단하가 편찬한) 『북관지(北關誌)』에서는 "번호(藩胡)가 쫓겨나고부
> 터 버려진 땅을 지킨 이후로 이름난 적객(謫客)과 현명한 관원들이 선비
> 들을 가르쳤기 때문에 예속(禮俗)이 자못 행해지고 있다."고 하였다.[79]

---

79) 『寬谷實紀』<風化> 勝覽所載云, 風氣苦寒, 儉素强勇, 行者不齎糧, 五鎭俗皆類此

위 인용문은 풍속 항목의 첫 부분이다. 김기홍은 함경도에 대한 인식을 보여주는 대표적인 두 책의 내용을 대비시키고 있다. 16세기 중반에 편찬된 『신증동국여지승람』에서는 함경도가 날씨도 지나치게 춥고 인심도 거칠며 물자도 부족하여 살기에 부적합한 곳이라는 점을 명시하고 있었다. 이는 기실 조선시대 전체를 관류하던 함경도에 대한 보편적인 인식이었다.[80] 그러나 100여 년 뒤 17세기 중반 이단하가 편찬한 『북관지』에서는 이름난 유배객이나 현명한 관원들이 함경도 지역에서 가르침을 베풀면서 풍속이 교화되고 예속이 행해지고 있다는 점을 언급하였다. 이 두 기록을 대비시켜 놓은 것은 '이제는 함경도 지역이 교화를 입어 풍속이 제법 변화되었다'는 점을 말하고 싶은 김기홍의 바람 때문이었을 것이며, 나아가 이 책을 접하는 사람들로 하여금 함경도 지역에 대한 부정적 인식의 변화를 유도하고자 했던 것이라 할 수 있다. 이 풍속 항목의 다음에는 향약(鄕約), 공도회(公都會), 도과(道科), 학궁(學宮), 향규학령(鄕規學令) 등의 항목을 배치하여 실제로 풍속의 변화가 일어나고 있는 여러 실증적 근거들을 제시하고 있다.

⑧ 고적(古迹)조에서는 3편의 고사를 기록하고 있다. 첫째는 익조(翼祖)의 꿈에 한 승려가 나타나 귀한 아들을 낳을 터이니 아이의 이

云. 北關誌云, 一自藩胡撤去, 防守廢弛之後, 謫客名人, 及官員之賢者, 敎誨士子, 故禮俗頗行.

80) 이중환(李重煥)의 『택리지(擇里志)』에서도 "함흥 이북은 산천이 험악하고 풍속이 사나우며 날씨가 춥고 땅이 메마르다. 곡식은 조와 보리뿐이며 벼는 적고 면화는 없다. 그 지방 사람들은 개가죽을 입고 추위를 막는데, 굶주림과 추위를 견디는 것이 여진족과 똑같다.[咸興以北, 山川巏險, 風俗勁悍, 土寒地瘠, 穀惟粟麥, 少秔稻, 無綿絮, 土人衣狗皮禦冬, 耐飢寒, 一如女眞矣.]"라고 하였다.

름을 선래(善來)라 하라고 하여 도조(度祖)의 아명을 선래라고 하였다
는 고사, 둘째는 도조가 병영에 있을 때 큰 나무에 학 두 마리가 앉
았는데 백보나 되는 먼 거리에서 두 마리를 활로 쏘아 맞추자 큰 뱀
이 나타나 죽은 학을 나무 위에 올려두었다는 고사, 셋째는 태조(太
祖)가 잠저시에 꿈에 신인(神人)이 나타나 금척(金尺)을 주었다는 고
사가 바로 그것이다. 이 고사는 4조의 기이한 행적이 모두 조선의 건
국으로 이어졌음을 말하는 것으로 지역적인 자부심을 드러내는 것이
라 할 수 있다. 특히 이 고적조의 끝부분에서 김기홍은 "경원과 경흥
은 실로 우리 성왕(聖王)께서 나라의 기틀을 여신 터전이다. 그러므
로 이를 기록하여 풍패적자(豊沛赤子)들로 하여금 우러르고 칭송하는
바가 생기도록 하고자 하노라."[81]라고 하여 함경 지역민들에게도 풍
패적자(豊沛赤子)라는 자긍심을 지닐 수 있도록 하였음을 알 수 있다.

⑨ 적객(謫客)조에서는 함경 지역으로 유배를 왔던 정여창(鄭汝昌),
기준(奇遵), 유희춘(柳希春), 유계(兪棨), 김시양(金時讓), 남구만(南九萬),
남용익(南龍翼) 등 10명의 문신들에 대한 유배지역, 유배기간을 기록
하고, 유배 중의 행적을 기록하였다. 특별히 함경도 지역을 거쳐 간
유배객들까지 기록해 놓은 것은 이들의 역할 때문이다. 주지하듯이
함경도 지역은 영·호남의 도서지역과 함께 유배지로서 많은 인물들
이 정배(定配)에 처해진 곳이다. 그런데 함경도는 중앙의 관심으로부
터 소원했던 지역이라 학술을 비롯한 중앙의 문화가 전파되는데 큰
기여를 한 것이 바로 이 지역으로 유배를 온 인물들이었다.[82] 실제

---

81) 蓋源·興, 實我聖王肇基之地, 故錄之, 使豊沛赤子, 有所欽仰稱頌焉
82) 이와 관련된 내용은 정해득, 「朝鮮後期 咸鏡道 儒林의 形成과 動向」, 단국대학교
   석사학위논문, 1996. 참조

로 이들은 유배기간 중에 인근의 유자들을 모아 가르치기도 하고, 지역의 인사들과 향사례·향음주례를 벌이기도 하였다. 따라서 김기홍을 비롯한 함경 지역의 유자들로서는 이들이 곧 학문적 갈증을 해소해주던 단비와도 같은 존재들이었다. 위에 언급한 인물들은 비록 유배객의 신분이었으나 거개가 사후에 함경 지역 여러 서원에 배향될 정도로 지역의 유자들에게 추앙을 받았다.

⑩ 인물조에서는 함경 지역 출신의 효자, 열녀, 문관, 무변(武弁)에 대해 기록하였다. 이어 끝부분에는 김기홍이 직접 <남병사김오륜전(南兵使金五倫傳)>[83], <판관이응복전(判官李應福傳)>[84], 온성(穩城) 출신으로 이괄(李适)의 난 때 도원수 장만(張晩)의 막하에서 적을 물리치는 데 공훈을 세운 <해성군오박전(海城君吳泊傳)>, 경원 출신으로 만주어를 구사할 줄 알았던 박인범이 병자호란 때 최명길(崔鳴吉)을 도와 적장 용골대(龍骨大)와의 강화(講和)를 이끌어내었다는 <첨사박인범전(僉使朴仁範傳)>, 경원의 부리(府吏) 이송(李松)이 부모 생전에는 양구(養口)·양지(養志)를 잘하고 부모 사후에는 삼년상을 애훼(哀毀)의 예로 잘 치렀다는 <효자이송전(孝子李松傳)>, 경원의 역인(驛人) 방계령의 부친이 장작을 패고 있었는데 느닷없이 호랑이가 나타나 부친을 물자 계령 형제와 모친이 함께 힘을 모아 호랑이를 때려잡았

---

83) 경원(慶源) 출신의 김오륜은 본래 고향에서 통인(通引)을 지냈는데, 이후 과거에 급제하여 회령부사, 남병사(南兵使)에 오르며 출세가도를 달렸음에도 자신의 고향인 경원의 성문을 들어올 때는 옛날의 신분을 생각하여 반드시 말에서 내려 걸어 들어오는 겸양(謙讓)을 보였다는 내용이다.

84) 경흥(慶興) 출신의 이응복이 허름한 행색으로 서울로 과거를 보러가다가 길주에 머무를 때 관기(官妓) 종랑(終娘)이 그의 행색을 보고 비웃었으나 당당히 과거에 급제하고 돌아오는 길에 다시 길주에 들러 종랑의 치마에 시를 한 수 지어 써주는 대인의 풍모를 보였다는 내용이다.

다는 <효자방계령전(孝子方戒令傳)>, 종성의 품관 남두엽(南斗燁)의 아내 허씨가 시집와서 1남 3녀를 낳았는데, 자녀들이 자라기도 전에 남편이 일찍 죽고 이어 아들마저 연이어 죽자 남편을 위해 삼년상을 정성으로 마치고 삼년상이 끝난 다음날 스스로 목을 매 자결한 <열녀허씨전(烈女許氏傳)>[85], 종성의 품관 김광석(金光奭)의 아내가 19살에 시집을 와서 슬하에 자녀도 없는데 남편이 객사(客死)하자 남편의 상을 정성으로 마치고 첫 기일 제사까지 지낸 후 약을 먹고 자결한 <절부허씨전(節婦許氏傳)>, 이상 8편의 전(傳)을 지어 덧붙여 놓았다. 이들은 모두 유가에서의 충(忠)·효(孝)·열(烈) 이념에 부합되는 행동을 한 인물들로 함경 지역에 유학적 교화가 잘 실현되고 있음을 적극적으로 드러내고자 하려는 의도에서 이루어졌다.

　이상에서 살펴본 바, 김기홍의 「북관기」는 사찬(私撰)이기는 하지만 함경북도 지역에 대한 인문지리서로서의 특성을 지니고 있다. 이런 저작을 통해 지역에 산재한 4조의 행적 및 고사를 적극 부각시킴으로서 지역적 위상을 높이고 지역민들에게는 '풍패적자'로서의 자긍심을 고취하게 하였을 뿐만 아니라, 17세기 이래 유학의 교화를 입어 풍속이 개량되고 예속이 행해지는 살 만한 지역임을 드러내고자 하였다. 이는 함경도 지역에 대한 부정적 인식을 불식시키려는 노력의 일환이었다. 그만큼 김기홍은 함경도에 대한 지역의식이 투철하였음을 알 수 있다. 이러한 점은 그의 문학세계의 기반으로 작용하고 있다.

---

85) <열부허씨전(烈婦許氏傳)>은 비록 사실에 바탕을 둔 짧은 이야기 구조로 되어있지만, 이야기의 모티프 측면에서 연암 박지원의 <열녀함양박씨전>과 유사한 지점이 발견된다.

III. 김기홍의 시가 작품 세계

　이 장에서는 앞서 살펴 본 김기홍의 생애와 주요 활동 양상을 바탕으로, 그가 지은 시가 작품의 주제적 경향 및 특질을 살펴보기로 한다. 김기홍의 시가 작품은 시조가 총 21수, 가사가 2편, 한시가 82제하(題下)에 100수가 있는데, 본고에서는 이를 망라하여 김기홍의 작품 세계 전반을 검토하고자 한다. 기실 특정 작가의 시가문학의 특질을 구명하기 위해서는 그가 남긴 시조, 가사, 한시 등 모든 작품을 연구대상으로 삼아 균형 있는 논의를 이어가는 것이 바람직하다. 특정 갈래나 작품에만 집중하다 보면 필연적으로 편협하고 치우친 결론에 도달하기 쉽기 때문이다.

　아울러 이처럼 김기홍의 시가 전반을 두루 검토해야 하는 이유는 그의 시가작품이 갈래에 따라서 상이한 양상을 보이고 있기 때문이다. 무엇보다 국문시가인 시조·가사와 한시 사이에는 형식적인 규격과 정서 등 일반적인 특성 및 경향성이라 지칭될 수 있는 장르 관습과 향유 방식의 차이가 엄연히 존재한다. 또한 이들 갈래는 모두 서정(敍情)의 범주 안에서 시적화자의 정서 표현이 주요한 기능의 하나이지만, 작품 형상화의 방식이나 시적대상과 화자의 관계 측면에서도 차이를 보인다. 이에 대해 정운채[1]는 시조의 경우 시적화자를 출발점으로 하여 발화의 상대를 귀착점으로 하고 있는 대화의 어법을 지향하고 있으며, 한시의 경우 시적 대상을 출발점으로 하여 시적화자를 귀착점으로 하는 독백의 어법을 지향하고 있는 양식적 특성의 차이가 존재함을 역설하였다. 결국 국문시가와 한시를 모두 창작하고 향유한 작가에 대한 연구에 있어서는 국문시가와 한시를 함께 검토하여야 작품을 통해 드러나는 공식적/비공식적, 내면/외면, 성/속 등의 차이를 아우르면서 개별 작가로서의 총체적인 면모를 온전히 읽어낼 수 있으리라 생각한다.

　김기홍의 경우 시조에서는 산림생활에 기반한 개인적인 삶과 처세관 등 내면의 문제를 주로 다루고 있는 데 비하여, 한시에서는 현실생활에 기반한 지역의 문제나 교유 관계 등 외부적 관계의 측면을 더 고려하고 있다. 가사에서는 이 양자의 문제를 함께 다루고 있는 경향이 있다. 따라서 김기홍이 남긴 시조, 가사, 한시에 대한 종합적인 검토는 김기홍의 작품세계 뿐만 아니라 그의 삶 전체와도 온전하게 조응할 수 있을 것이다.

---

1) 정운채, 「윤선도의 시조와 한시-그 인물 형상화에 나타난 시적 자아의 분화에 대하여」, 『先淸語文』 20, 서울대학교 국어교육과, 1992; 정운채, 「瀟湘八景을 노래한 시조와 한시에서의 景의 성격」, 『국어교육』 79, 한국국어교육연구회, 1992; 정운채, 「尹善道의 한시와 시조에 나타난 '興'의 성격」, 『고시가연구』 1, 한국고시가문학회, 1993.

1. 시조(時調), 복거와 관곡 생활의 낙관적 흥취

1) 관곡(寬谷) 생활에 기반한 삶과 형승(形勝)의 묘사 : 〈관곡팔경(寬谷八景)〉[2]

종래 자연 경관을 수량적 틀로 정형화하여 작품화하는 사례는 '팔경(八景)'과 '구곡(九曲)'이 대표적이라 할 수 있다. 팔경과 구곡의 형식은 각각 중국의 소상팔경(瀟湘八景)과 무이구곡(武夷九曲)을 전범으로 삼으면서 후대에도 동아시아의 여러 문인들에 의해 지속적으로 창작·향유되었던 갈래이다. 우리나라의 경우를 살펴보면, 이 중 팔경시가는 고려 중기(12세기)에 〈소상팔경시(瀟湘八景詩)〉가 유입·전래되었고, 문인들에 의해 시문을 창작하는 규범으로 애용되면서 하나의 시체(詩體)를 형성하였다. 특히 한문으로 지어진 팔경시는 여말선초부터 조선후기에 이르기까지 큰 흐름을 형성하였으며,[3] 이러한 경향은 국문시가에서도 면면히 이어졌다.[4]

시조작품 중에 팔경을 작품화한 사례는 16세기 이후백(李後白, 1520~1578)의 〈소상팔경(瀟湘八景)〉과 17세기 김기홍의 〈관곡팔경(寬谷八景)〉이 있다. 하지만 이후백의 〈소상팔경가〉는 중국의 소상강 유역에 대한 추체험적 서정의 필치로 심상공간을 형상화해 낸 작품[5]

---

2) 김기홍의 시조 〈관곡팔경(寬谷八景)〉은 『관곡실기』에 국문 시조와 한역시가가 함께 수록되어 있다. 『관곡집』에는 국문 시조는 생략되고 한역시가만 실려 있다. 아울러 제목도 '寬谷八景歌'라고 되어 있다.

3) 관련 논의는 안장리, 「韓國八景詩 硏究」, 한국정신문화연구원 박사학위논문, 1996; 권석환 외, 『한중 팔경구곡과 산수문화』, 이회, 2004; 趙志衡, 「17~18世紀 九曲歌系列 詩歌文學의 展開 樣相」, 고려대학교 석사학위논문, 2008. 참조.

4) 경기체가 작품인 안축(安軸)의 〈관동별곡(關東別曲)〉, 가사작품인 정철(鄭澈)의 〈관동별곡〉 등이 팔경을 작품화한 대표적인 사례에 해당한다.

5) 이후백의 문집 『청련집(靑蓮集)』 「연보(年譜)」에 작품 창작과 관련된 기록이 전한

인데 비하여, 김기홍의 <관곡팔경>은 실제 자신이 거처하는 함경도 경흥부 관곡 일대의 지역에 대한 실경을 바탕으로 산출된 작품이라는 점에서 차별화된다. 현재로서는 시조작품 중에 한국의 실경을 팔경으로 작품화 한 사례는 김기홍의 <관곡팔경>이 유일하다고 할 수 있다. 따라서 김기홍의 <관곡팔경>은 팔경시가의 사적 맥락에서도 중요한 위치를 차지한다고 할 수 있다.

　함경도 경흥부 관곡 일대에 팔경을 설정하여 노래한 것은 김기홍이 최초는 아니다. 김기홍 이전 시기에도 관곡 일대의 풍경을 노래한 한시 작품이 이미 존재한다. 이처럼 이미 관곡 일대에 '팔경'이 설정되어 있었던 것은 이 지역이 주변 산세와 두만강 하구와 동해바다가 절묘하게 어우러진 승경처였기 때문이다. 벽오(碧梧) 이시발(李時發, 1569~1626)의 문집에는 <관곡팔영(寬谷八詠)> 제목의 한시가 실려 있다.6) 또 양

다. "갑오년(1534년, 선생15세)에 선생이 소상팔경을 노래한 시 8편을 지었다. 선생의 백부 참봉공이 화개(花開)와 악양(岳陽) 사이에 배를 띄우니 선생이 이를 따랐다. 참봉공이 멀리 바라보니 지리산(智異山)의 구름과 이내가 자욱하게 덮이고 두치강(斗治江)의 내 낀 물결은 맑고 푸르렀다. 이에 참봉공이 선생에게 명하여 소상팔경가사(瀟湘八景歌詞)를 짓게 하자 즉석에서 지어 올리니 당대에 회자(膾炙)되고 악부(樂府)에 실렸다.[甲午(先生十五歲), 作瀟湘八景歌詩八篇, 先生之伯父參奉公, 泛舟於花開岳陽(花開岳陽皆地名)之間, 先生從焉. 參奉公望見, 智異山雲嵐掩靄, 斗治江烟波澄碧, 命先生賦瀟湘八景歌詞, 卽席立就, 膾炙一時, 騰諸樂府.]" 위 기록을 준신할 때, 이후백의 작품은 지리산을 배경으로 섬진강 일대 구례-하동 간의 풍류공간에서 창작되고 불린 것이라 할 수 있으나, 작품의 내용과 구성은 모두 한시 <소상팔경(瀟湘八景)>의 관습적 성격을 수용하고 있다. * 김기현, 「李後白과 그의 時調」, 『시조학논총』 2, 한국시조학회, 1986; 김신중, 「瀟湘八景歌의 관습시적 성격」, 『고시가연구』 5, 한국고시가문학회, 1998. 참조.

6) 李時發, 『碧梧遺稿』, 「寬谷八詠」, 한국문집총간 74, 415면.
　蜿蜒山骨露溪中, 一蟄千秋氣像雄. 巖畔草廬春睡足, 未分人石孰猶龍. 右臥龍巖.
　身居藻梲恥藏文, 尾曳泥淦笑漆園. 來爲仙翁擂臥榻, 一生鐕灼定無冤. 右伏龜臺.
　一間茅屋與雲分, 虛白生簷獨掩門. 朝出暝歸如赴約, 無心雲做有心雲. 右宿雲寮.

서(濛西) 이광윤(李光胤, 1564~1637)의 문집에도 <관곡팔경(寬谷八景)> 제목의 한시가 실려 있다.[7] 이시발은 1605년 함경도관찰사로 부임하여 3년간 재임하였고, 이광윤은 1605년 12월 함경도 도사(都事)가 되어 이듬해까지 북관(北關) 지역에 있었다. 이 두 사람은 같은 시기에 함경도에 있으면서 관곡 일대의 승경을 한시로 노래한 것이다. 이 때 설정된 팔경은 와룡암(臥龍巖), 복귀대(伏龜臺), 숙운료(宿雲寮), 요월헌(邀月軒), 양파계(兩派溪), 삼첩산(三疊山), 백련지(白蓮池), 취죽오(翠竹塢)이다. 이광윤의 작품에서는 끝의 두 곳이 천총국(千叢菊), 만주송(萬株松)으로 다르지만, 나머지 6곳은 같다. 이는 관곡 일대에 이미 17세기 초부터, 또는 이전 시기부터 팔경이 형성되어 있었음을 의미한다.

이와 비교하여, 김기홍이 설정한 팔경은 전혀 다르다. 앞의 한시에서는 관곡 일대의 승경처를 설정하여 눈에 보이는 풍경을 작품화한 것이다. 이들 한시에 설정된 팔경은 외부 화자가 둘러보고 거쳐 지나가는 단선적인 유람의 코스일 뿐이다. 반면에 김기홍의 경우는 기존에 설정

淸宵風露小軒東, 坐待氷輪碾碧空. 最是十分圓滿夜, 到天心處意無窮. 右邀月軒.
兩道飛泉注一溪, 蒼苔白石自東西. 漁郞定是尋源誤, 雙泛桃花路轉迷. 右兩派溪.
山後山前更一山, 重重蒼翠簇螺鬟. 他時分華吾老老, 乞與雲端第幾巒. 右三疊山.
半畝方塘簇萬花, 天香玉色壓朱華. 自從契企濂溪後, 霽月氷壺學得麼. 右白蓮池.
此君高節最堪憐, 辛苦移栽爲似賢. 試看萬山霜雪後, 數叢寒玉一溪煙. 右翠竹塢.

7) 李光胤, 『濛西集』, 「寬谷八景」, 한국문집총간 속집 13, 220면.

天矯奇形宛在淵, 休將神物視頑然. 南山昨夜雷聲隱, 卻訝乘雲上九天. 右臥龍巖.
藏六多年伏水湄, 文明嘉瑞世誰知. 雨餘斑蘚羅成點, 宛爾神疇出洛時. 右伏龜臺.
林杪輕盈抹翠微, 細和風褪入柴扉. 一床相伴琴書宿, 還向天衢自在飛. 右宿雲寮.
碧落雲收桂影淸, 一軒吟弄到三更. 都無纖滓來相翳, 方寸氷輪較執明. 右邀月軒.
同生天一各西東, 晝夜滔滔自不窮. 流到山南終合派, 沛然千里好朝宗. 右兩派溪.
疊巘高低一樣靑, 重遮勢若畫屛形. 坤靈恐洩山家景, 收護風烟鎖作局. 右三疊山.
霜後金英滿砌香, 幽居契活富侯王. 貪看爲有凌寒節, 不獨坤裳正色黃. 右千叢菊.
彌山蒼翠勢昂霄, 甲老龍鱗歲月遙. 人世亭亭知有幾, 喜看俯輮十千饒. 右萬株松.

되어 있던 장소가 아니라 거주와 실생활에 기반하여 새로 자신 주변과 지역의 명소를 대상 장소로 설정하고 여기에 자신이 생활하는 모습, 즉 소소한 아름다움을 발견·인식하고 그 위에서 내면의 소회를 담아서 표출하였다는 점에서 차이가 있다. 작품의 구조는 1수·2수·3수[3]는 삶의 공간인 근경(近景)에 집중하고 있고, 4수·5수·6수[3]는 지역의 명소인 원경(遠景)에 초점을 맞추고 있으며, 7수·8수[2]는 다시 삶의 터전이 되는 근경으로 돌아오는 원점회귀구조를 택하고 있다.

(1) 복거(卜居)와 삶에 대한 희망적 전망

김기홍은 젊은 시절 여러 어려움을 겪으면서 먹고 사는 문제를 해결하기 위해 부근으로 여러 차례 이주를 하였다. 그는 45세 때인 1678년 관곡 지역으로 이주를 했는데, 이는 김기홍의 입장에서 볼 때 대체로 성공적이었으며, 이후에는 이주 없이 같은 곳에서 생활하며 생애를 마감한 것으로 보아, 점차 먹고사는 형편도 상대적으로 좀 나아진 것이 아닌가 한다. 이러한 개인적 상황에서 김기홍이 중년 이후 생활한 관곡 부근의 주요 유적지 및 승경을 둘러보고 또 자신의 생활 모습을 여덟 수로 작품화 한 것이 <관곡팔경>이다. 작품을 한 수씩 살펴보기로 한다.

<寬谷八景 1>
寬谷 너븐 뜰히 北海룰 벼여 이셔
天地 삼긴 후에 몃 사룸 둔녀간고
이제 와 卜居焉ᄒ니 百年 사가 ᄒ노라.　　　右 寬谷卜居
寬谷平郊枕湖水, 自天地開闢了, 有幾人更跔躅, 伊今卜地, 庶幾乎百年可居.

    <관곡팔경>의 첫수는 김기홍이 관곡 지역에 삶의 터전을 마련할 때의 상황을 드러낸다. 함경북도 지역은 온통 산으로 둘러싸여 있지만, 그 중에서도 관곡은 분지지형 형태의 비교적 평탄한 지대로 김기홍이 판단하기에 농업이 가능해 보이는 지대였던 것이다. 또 이곳은 두만강 하구에 인접해 있고 멀리 동해바다가 보이는 곳이었다. 처음 이곳을 둘러보았을 때 이곳은 '천지개벽 이래로 몇 사람이나 다녀갔을까' 싶을 정도로 매우 궁벽하고 인적도 드문 곳이었다.

    그렇지만 '복거(卜居)'란 본래 임시거처를 마련하는 것이 아니라, 자신은 물론이요 후손들에 이르기까지 오래도록 머물러 살 만한 장소를 정하는 행위이다. 이중환(李重煥, 1690~1756)의 『택리지(擇里志)』「복거총론」에 따르면, 사람이 살 곳을 정함에 있어 고려해야 할 사항을 크게 네 가지로 들고 있다. 즉 지리(地理)가 좋고, 생리(生利 : 그 땅에서 생산되는 이익)가 좋아야 하고, 인심이 착해야 하고, 아름다운 산과 물이 있어야 한다는 것이다.[8] 이러한 요소들을 종합적으로 고려해서 복거를 행하는 것이다.

    김기홍도 마찬가지였을 것이다. 비록 그가 집자리를 정하기 전까지 관곡 일대는 궁벽하고 인적도 없는 곳이었다 하더라도, 복거를 결심하는 과정 속에서는 여러 요소들을 종합적으로 고려하여 오래토록 살 만한 곳인가를 꼼꼼하게 따져서 신중하게 결정하였을 것이다. 이렇게 관곡 일대에 복거를 확정하고 난 후인지라, 앞으로 이곳에서 '백년을 살겠다' 혹은 '백년을 살았으면 좋겠다'는 내면의 의지와 소망을 피력하고 있다.

---

8) 李重煥, 『擇里志』「卜居總論」, 大抵卜居之地, 地理爲上, 生利次之, 次則人心, 次則山水, 四者缺一, 非樂土也.

<寬谷八景 2>
巖上 松栢들히 草木과 섯거디여
饕風虐雪의 속절업시 늙거 간다
우리도 太平烟月의 늙는 주롤 모르리라.　　右 巖上松栢
巖上松柏長, 草木雜生長, 饕風虐雪空自老, 今余太平烟月, 不知老將至.

관곡에 복거를 택한 김기홍은 스스로 좀 더 나은 삶에 대한 기대
감이 부풀고 있었고, 이곳에서 생활하면서 이는 점차 현실화되어 가
고 있었다. 생활이 차츰 안정되어감에 따라 그의 시선은 거처 주변의
풍경인 바위 위에 홀로 자라는 송백(松柏)으로 옮겨간다.

주지하듯이 함경 지역은 한반도에서 위도가 가장 높은데다가 산
맥으로 막히고 동해를 인접해 있어 혹독한 추위와 많은 강설량을 보
이는 기후적 특성을 보이는 곳이다. 이러한 기후적 환경 때문에 소나
무와 잣나무는 함경도 대부분의 식생을 이루고 있다. 이와 같은 공간
적 배경 하에서 김기홍의 시선에 들어온 것이 거처 주변의 바위 위
에서 홀로 자라고 있는 송백이었다.

기실 이 '암상송백'의 생장 환경은 김기홍 자신의 삶의 조건과 크
게 다르지 않다. 그런 의미에서 송백과 김기홍은 동일시될 여지가 있
다. 그렇지만 이 두 개체 사이에 살아가는 방식을 놓고 보면, 사정은
전혀 달라진다. 바위 위에서 자라는 소나무와 잣나무의 경우 매서운
바람과 거센 눈발[饕風虐雪], 즉 외부에서 밀려오는 시련에는 일반 초
목들과 다를 바 없이 속절없이 늙어갈 수밖에 없는 처지인 반면에,
김기홍은 아무런 외부의 역경이나 고난을 겪지 않고 지내며, 설령 그
런 요소가 있다 하더라도 그 영향을 거의 받지 않으면서 살아가는
존재였던 것이다. 이에 자신이 살고 있는 시대를 태평연월(太平烟月)

로 규정하고 자신은 이런 시대에 아무런 역경이나 고난이 없이 지내면서 늙어가는 줄도 모르겠다고 말한다. 이는 주변의 초목이 외부적 악조건으로 인해 피할 수 없는 시듦-죽음 등의 변화를 겪어야만 하는 운명과는 무관하게, 화자는 이러한 외부의 영향을 전혀 받지 않은 채 세월이 가는지 마는지 자신이 늙어 가는지 마는지도 잊은 채 살아가고 있음을 의미한다. 일찍이 공자(孔子)가 "즐거우면 근심을 잊어 늙어가는 줄도 모른다"[9]고 하였듯이, 작품에 드러나는 김기홍의 위와 같은 발언은 관곡 이주 후에 성공적으로 연착륙을 하였고, 이에 따른 희망적인 삶의 전망을 드러낸 것이라 하겠다.

<寬谷八景 3>
杜鵑花 어제 디고 躑躅이 오늘 피니
山中繁華ㅣ야 이 밧긔 쏘 이실가
힝호나 流水에 흘러 消息 알가 ᄒ노라.　　右 山頭躑躅
杜鵑花已開落, 躑躅了繼發, 山中春色, 孰與汝比, 祇恐浮流水傳消息.

　성공적인 이주와 정착, 이에 따른 희망적인 전망은 이내 밝은 의경(意境)으로 이어진다. 2연의 혹독한 추위를 동반하는 매서운 바람과 거센 눈발의 이미지는 3연으로 이어지면서 모두 사라지고, 대신 눈앞에는 완연한 봄의 풍경이 펼쳐진다. 계절이 바뀌면서 삭막했던 침엽수림 사이로 울긋불긋한 진달래와 철쭉이 연이어 피고 주변은 봄의 생동감이 넘치는 곳으로 변화하였다. 문면에 드러나는 이러한 계절의 변화상은 그의 삶의 변화상과도 일치한다. 젊은 시절 연이은 악

---

9) 『論語』「述而」 子曰 : 女奚不曰, 其爲人也, 發憤忘食, 樂以忘憂, 不知老之將至云爾.

재를 당하여 생존의 문제를 고민하며 살아갈 수밖에 없었던 절박한
상황에서, 관곡 이주 후에는 조금씩 형편이 나아지기 시작하였던 것
이다. 이러한 봄의 생동감과 진달래·철쭉이 뿜어내는 붉은 빛은 그
의 내면에 가득한 장밋빛 삶의 전망과 포개지면서, 급기야 '산중번화
(山中繁華)'로 인식하게 만들었다.

또 처음 복거를 할 때 '천지개벽 이래로 몇 사람이나 다녀갔을까'
싶을 정도로 궁벽했던 곳에서, 이제는 사람이 살만한 땅으로 거듭났
고 나아가 아름다운 풍경을 간직하였다는 소식이 외부에 알려지지
않기를 바라는 개인적인 별천지로 거듭나기에 이르렀다.

(2) 승경(勝景)의 유람(遊覽)과 시적 형상화

앞의 세 수가 거처 주변의 풍경을 노래하였다면, 이어지는 세 수는
상대적으로 좀 더 먼 곳의 지역의 승경지로 시야를 넓혀간다. 이는
그만큼 세계를 넓게 멀리 바라볼 수 있는 마음의 여유가 생겼기 때
문일 것이다. 시적 대상은 고을의 승경지인 백악산(白岳山), 적도(赤
島), 난도(卵島)이다.

> <寬谷八景 4>
> 白岳의 올나 안자 蒼海롤 도라보니
> 구롬이 노피 개고 漁舟만 졈겨 잇다
> 두어라 落霞孤鶩을 닐러 무슴 흐리오. 右 白岳玩景
> 登白岳, 回看蒼海, 雲高捲, 漁舟沉, 誰知道落霞孤鶩比並此了.

위 작품에서 김기홍은 백악산에 올랐다. 백악산은 경흥부의 서남
쪽 57리에 있는데, 정상 부위에 암석이 우뚝 솟아있어서 그 이름이

연유하였다. 기이한 것은 정상에 돌 틈에서 물이 솟아올라 생긴 돌우
물[石井]이 있는데, 가물 때에도 마르지 않고 비가 와도 넘치지 않았
으며, 특히 가물 적에 비가 오게 해달라고 빌면 효과가 있다고 할 정
도로 지역의 명소였다.10) 또 앞서 언급했듯이 김기홍이 시문을 주고
받으면서 교유한 승려가 떳집암자를 짓고 거처하며 수행을 하던 곳
도 바로 이 백악산이었다.

작품에서 김기홍은 백악산 정상에 올라 멀리 동해바다를 바라보며
경치를 완상하고 있다. 시절은 가을이라 하늘은 구름 한 점 없이 맑고
높기 그지없으며, 이러한 풍광 속에서 바다 위의 고깃배들은 고기를
잡느라 여념이 없다. 종장에서는 당나라 왕발(王勃, 650~676)의 <등왕
각서(滕王閣序)>의 구절을 인용하여 작품을 마무리 하고 있다. 이는
김기홍의 문학적 교양을 엿볼 수 있게 하는 대목이다. 즉, '지는 노을
은 외로운 따오기와 가지런히 날고, 가을 물은 끝없는 하늘과 한 빛이
로다.[落霞與孤鶩齊飛, 秋水共長天一色.]'를 인용하여, 이토록 아름다운
풍경을 말로 표현해 무엇하겠느냐며, 또 이러한 풍경을 누가 알겠느
냐며, 산과 바다와 하늘이 어우러진 한 폭의 산수화와도 같은 풍경을
완상하는데 푹 빠져 있다. 종장의 시구 '落霞'는 그의 풍경 완상이 오
랜 시간 이어져 해질녘까지 계속되고 있음을 보여준다.

　　<寬谷八景 5>
　　赤島에 비롤 믜고 陶穴을 츠자 보니
　　當時 遺跡이 完然도 흔뎌이고

---

10) 관련 기록은 『新增東國輿地勝覽』「咸鏡道」<慶興都護府>와 김기홍의 「北關記」
　　<山川>[白岳山]에 보인다

　　우리도 豊沛赤子로 沒世不忘ᄒ리.　　　右 赤島懷古

　　艤舟乎赤島, 探討其陶穴, 當時遺跡尙完然, 我亦豊沛遺民, 自謂沒世不忘.

　　위 작품의 배경인 '적도(赤島)'와 '도혈(陶穴)'은 조선을 건국한 태조 이성계의 증조부 익조(翼祖)와 관련이 있는 장소들이다. 『용비어천가 (龍飛御天歌)』에는 이와 관련된 노래와 익조의 행적이 실려 있다.

　　漆沮 ᄀᆞ쇄 움홀 後聖이 니ᄅᆞ시니 帝業憂勤이 뎌러ᄒ시니
　　赤島 안행 움홀 至今에 보ᅀᆞᆸᄂᆞ니 王業艱難이 이러ᄒ시니.11)

　　위 인용 부분은 익조가 젊은 시절 야인(野人,女眞)들이 자신을 해치려는 것을 알고서 온 가족들과 함께 배를 타고 두만강을 따라 내려가서 적도로 피신하였고, 그 안에서 다시 움집을 만들어 생활한 사실을 작품화한 것이다.12) 이 장은 왕업(王業)이라는 것이 쉽게 이루어지는 것이 아니라 선조들이 온갖 어려움을 겪으면서 이루어진 것이라는 점을 강조하는 대목이다.

　　김기홍 당대에도 경흥부에는 이와 관련된 유적이 여전히 남아 있었

---

11) 『龍飛御天歌』 제5장.

12) 『龍飛御天歌』 제4장. 後翼祖德漸盛, 諸千戶手下之人, 皆歸心. 諸千戶忌而謀害之, 乃謬告曰："吾等將獵北地而來, 請停會二十日." 翼祖許之. 過期不來, 翼祖親往奚關城. 道見一老嫗戴水桶, 手持一椀而來, 翼祖渴欲飮, 老嫗洗椀盛水以進, 因言曰："公不知乎? 此處之人, 實因請兵而去. 貴官威德可惜, 吾不敢不告." 翼祖惶遽而返, 使家人乘舟, 順豆漫江而下, 期會赤島. 自與孫夫人, 至慶興後峴, 望見斡東之野, 賊騎彌滿, 先鋒三百餘人, 幾及之. …(中略)… 翼祖與夫人, 共騎一白馬而涉, 從者畢涉, 而水復大至, 賊至, 不得渡而去. 北方之民, 至今稱之曰："天之所造, 非人力也." 翼祖遂陶穴而居. 其基至今存焉. 斡東之人聞翼祖在赤島, 皆歸焉. 翼祖還居德源府, 慶興之民, 從之者如歸市.

는데, '적도'와 '도혈'은 지역의 명소일 뿐만 아니라 조선 건국의 성지
와도 같은 신성한 곳이었다. 이에 김기홍은 직접 배를 타고 적도에
들어가서 도혈을 찾아보니, 익조가 굴을 파고 생활하던 당시의 자취
들이 완연히 남아 있었던 것이다. 기실 함경 지역은 태조와 사조(四祖)
의 지역적 기반이자 조선왕실의 발원지로서, 한나라 고조 유방(劉邦)
의 고향인 풍패(豊沛)와 같은 위상을 지니는 곳이었다. 이 점은 함경
지역 사람들에게 지역적 자긍심을 갖게 하는 요소였다. 김기홍은 스
스로를 '풍패적자(豊沛赤子)'·'풍패유민(豊沛遺民)'이라 지칭하면서 이
러한 지역적 정체성을 길이길이 잊지 않겠다고 다짐하고 있다.

> <寬谷八景 6>
> 卵島에 올나 안자 蒼海롤 구버보니
> 믈결이 자잔노더 넘노ᄂ니 白鷗ㅣ로다
> 뉘라셔 네 알을 줏관더 몯내 슬허ᄒᄂ라.   右 卵島取卵
> 登卵島, 俯視蒼海, 水波粼粼, 白鷗兮翩翩飛, 不知何人取那卵, 哀哀鳥聲悲.

　　김기홍이 다음으로 향한 곳은 또 다른 지역의 명소인 '난도(卵島)'
이다. 이곳은 경흥부의 남쪽 70리 되는 바다에 있는 둘레가 13리 정
도 되는 작은 섬이다.[13] 난도는 사면으로 석벽이 깎아 서고 서쪽의
한 길만이 바닷가로 통하며 그 물가에는 겨우 고깃배 하나 정도만을
댈 수 있는 지형적 특성을 지니고 있었다. 해마다 3, 4월이 되면 바다
의 새들이 떼를 지어 모여들어 알을 부화하고 기르기 때문에 이렇게
이름한 것이다. 작품에서 김기홍은 난도에 올라 넓게 펼쳐져 있는 동

---

13) 『新增東國輿地勝覽』「咸鏡道」 <慶興都護府> '山川'條 참조.

해바다를 바라보았는데, 잔잔한 물결이 일렁이는 가운데 펄럭이며 날아다니는 갈매기들이 끼룩끼룩하는 애처로운 울음소리를 내고 있다. 화자가 자신들을 해치러 온 것도 아니요, 또 자신들이 낳은 알을 훔쳐가려 한 것도 아닌데, 단지 주변 풍광을 만끽하고 나아가 백구와 더불어 노닐고 싶은 마음이 가득할 뿐인데, 백구는 오히려 화자에 대한 경계의 울음소리를 내고 있었던 것이다.

이 같은 백악산(白岳山), 적도(赤島), 난도(卵島)로의 유람은 김기홍의 공간인식이 거처 주변 즉, 생존 본위의 터전에서 자신의 삶과 생활 기반인 지역 전체로 확장되는 계기로 작용하고 있는데, 이는 지역의 승경을 살피며 아름다움을 확인함으로써 지역적 애착을 갖게 하는 동시에 함경도민으로서의 정체성 및 자긍심을 확인하게 하는 행위였다.

(3) 산림처사(山林處士)로서의 자족적 흥취

<관곡팔경>의 초반~중반 부분에서는 거처 주변의 모습과 지역의 명소를 돌아다니며 작품화하고 있는데 비하여, 작품의 말미에서는 다시 자신의 생활 터전으로 돌아와 이런 공간을 배경으로 살아가는 자신의 삶의 모습과 지향을 드러내고 있다. 이러한 원점회귀구조의 작품 구성은 앞으로 자신이 살아가야 할 곳이 바로 '이곳'임을 자각한 행위에 다름 아니다.

<寬谷八景 7>
松山裏 碧溪邊의 절로 즈란 고사리를
일 업시 노닐며셔 것고 것고 다시 것거

朝夕에 비브로 먹으니 주릴 주리 이시랴.   右 採蕨療飢
松山裏碧溪邊, 和露生軟蕨香, 采采又采采, 供朝夕腹, 果然奈何餓死了.

　위 작품에서는 김기홍이 관곡에서 고사리를 뜯어 요기하며 생활
하는 모습을 엿볼 수 있다. 이러한 삶의 모습은 그가 지은 가사작품
<채미가(採薇歌)>에서 더욱 자세하게 드러난다. 일반적으로 '고사리
를 꺾는[採蕨]' 형상은 백이·숙제의 고사에서 비롯되어 절의(節義)를
지키기 위해 속세와 단절한 은자의 모습으로 표출된다. 그러나 위 작
품에서는 이러한 형상을 발견하기 어렵다. 화자는 소나무 숲속의 푸
른 시냇물 주변에서 이슬을 맞고 자란 연하고 향기로운 고사리를 소
일거리로 삼아 틈틈이 꺾어다가 아침저녁으로 배불리 먹는다. 이 때
문에 굶어죽을 염려는 전혀 없다고 했다.

　기실 현실에서 온전히 벗어난 산림에서의 삶은 대체로 배고픔과
굶주림을 수반할 가능성이 농후하다. 백이·숙제의 경우에도 절의를
지키고자 수양산에 은거하여 고사리를 뜯으며 생활하였으나 결국에
는 굶어죽고 말았다. 그렇지만 김기홍의 경우에는 비록 산림 속에서
고사리를 뜯으며 생활할지언정, 그것으로 요기를 하면서 굶어죽을
염려는 없는, 나름대로 빈궁하지만 안온한 삶을 영위하고 있었던 것
이다. 따라서 작품에 드러난 '채궐(採蕨)' 행위는 먹고사는 생존문제
를 초월하여, 산림에서 자연의 풍광을 감상하며 소소한 즐거움을 만
끽하는 행위의 일부라고 보아야 하며, 앞으로도 이러한 삶을 지속하
겠다는 의지의 행위이기도 하다.

<寬谷八景 8>

낫대롤 두러메고 夕陽을 씌여 가니

釣臺 노픈 고디 白鷗만 모다 잇다

白鷗야 놀나디 마라 네 벗 되려 ᄒᆞ노라.　　右 釣臺盟鷗

荷釣竿, 帶夕陽, 臨釣臺高處, 白鷗集, 鷗兮鷗兮不復驚, 與汝盟有期.

마지막 수에 이르러 김기홍은 해질녘 낚싯대를 둘러메고 바닷가 주변의 낚시터[釣臺]로 길을 나섰다. 주지하듯이 생존에 기반한 직업적 어부가 아니라, 이러한 강호에서 유유자적하며 물고기를 낚는 어부의 형상은 무욕(無慾)과 자연 친화, 세속에서 벗어난 염결성(廉潔性) 등의 속성을 지닌다. 또 강호에서 물아일여(物我一如)의 경지에 호젓하게 자족하며 '독조(獨釣)'한다.14)

위 작품에서도 이러한 모습은 여실히 나타난다. 김기홍의 낚시 행위는 산림에서 유유자적 살아가는 삶의 일부분이며, 유자(儒者)로서 자연을 벗삼아 노니는 행위에 다름 아니다. 이는 선초 불우헌(不憂軒) 정극인(丁克仁, 1401~1481)의 <상춘곡(賞春曲)>에 나타나는 여유로운 삶의 모습, 특히 아침에는 산에 올라 나물을 뜯고 해질녘에는 강가로 나가 물고기를 낚는 '채산조수(採山釣水)'의 모습과도 매우 흡사하다. 나아가 백구(白鷗)와 벗하려는 '압구(狎鷗)' 의지는 분명 물아일여(物我一如)의 경지에서 자족하는 행위이다.

작품을 통해 보여주는 김기홍의 인식의 측면은 그가 지은 다음 글을 통해서도 확인할 수 있다.

---

14) 김흥규, 「강호시가와 서구 목가시의 유형론적 비교」, 『민족문화연구』 43, 고려대학교 민족문화연구원, 2005, 26~30면; 어부형상의 역사적 전개 양상에 대해서는 이형대, 『한국 고전시가와 인물형상의 동아시아적 변전』, 소명출판, 2002. 참고.

어떤 객이 산옹(山翁)에게 물었다. "산에서 사는 것이 즐거우세요?" 답하기를 "즐겁지."라고 하였다. "무슨 즐거움이 있는지요?" "마음이 한가하고 몸이 편안한 것이라네." 객이 다시 물었다. "그 마음이 한가하고 몸이 편안한 것을 좀 상세히 들을 수 있을까요?" "영달과 이익을 추구하지 않으니 마음이 한가한 것이 아니고 무엇이겠나? 성명(性命)을 잘 보전하니 몸이 편안한 것이 아니고 무엇이겠나? 게다가 굽이굽이 청산은 늙지 않고 쭉 뻗은 푸른 물은 길이 흐르며, 밝은 바람과 밝은 달은 써도 써도 다하지 않고 자지(紫芝)·황정(黃精)은 뜯어도 뜯어도 금하지 않으니, 비록 마음을 한가로이 하고 몸을 편안하게 하지 않으려 하더라도 그것이 가능하겠나?" 객이 "네네." 하고 물러갔다.[15]

윗글에서 김기홍은 관곡에서 산림생활을 하고 있는 자신의 기쁨을 '마음이 한가하고 몸이 편안하다[心閒而身逸]'는 것으로 제시하고 있다. 이곳에서의 삶은 영달과 이익을 추구할 필요도 없고 그로 인해 성명(性命)을 잘 보존할 수 있는 최적의 장소임을 천명한다. 게다가 주변은 푸른 산과 맑은 물로 둘러있어 운치를 즐기고 굶주림을 면할 수 있는 나물들이 가득한 곳이었다.

이처럼 관곡에 복거를 하고 그곳에서의 생활을 작품화한 <관곡팔경>의 기저에는 김기홍의 인생 후반기 삶에 대한 낙관적 전망과 즐거움이 관류하고 있었던 것이다. 그가 스스로 자신의 호를 '관곡'이라 지칭한 것도 이와 무관하지 않을 터, 관곡 일대 환경과 자신의 삶을 일치시키려는 의식의 소산으로 이해하여야 할 것이다.

---

15) 『寬谷實紀』「山翁問答」, 客問山翁曰 : "山居樂乎." 曰 : "樂." 曰 : "何樂之有." 曰 : "心閒而身逸." 客曰 : "其爲閒逸, 可得聞其詳歟." 曰 : "不謀榮利, 非閒而何. 保全性命, 非逸而何. 況數朶青山不老, 一帶綠水長存, 清風明月, 用之不竭, 紫芝黃精, 取之無禁, 雖欲不閒逸, 其可得乎." 客曰 : "唯唯."

2) 은자(隱者) 형상을 통한 유한(幽閑)과 자연과의 교융(交融)
: 〈격양보(擊壤譜)〉

　　김기홍의 『관곡집』과 『관곡실기』에는 시조 〈관곡팔경〉 8수와 그
에 대한 한역시에 이어서 〈격양보(擊壤譜)〉라는 제명(題名)으로 모두
10수의 시문이 실려 있다. 이 작품들은 글자수도 일정하지 않고 압운
(押韻)도 사용하지 않았으며, 제목에 보이는 '보(譜)'가 악보·악곡의
의미를 지니기도 하므로, 모두 시조작품의 한역으로 생각된다.16) 민
요(民謠)일 가능성도 배제할 수는 없으나 작품의 형식이나 구조로 볼
때 민요와는 약간 거리가 있다고 생각한다. 이에 본고에서는 한역가
의 의미를 충실히 살리면서 작품을 시조 형태로 복원하고 이에 대한
분석을 시도하고자 한다.

　　주지하듯이, '격양(擊壤)'은 '땅을 치며 노래한다'는 뜻으로 태평세월
을 구가한 노래를 가리킨다. 또 '보(譜)'는 자료의 모음집이라는 의미도
있으므로, 격양보라는 말의 뜻을 추정해보면, '태평성대를 구가한 노래
모음'이라는 의미를 갖는다. 〈격양보〉에는 김기홍이 스스로 자신이
살던 시대를 태평세월이라 인식하고 그러한 시대를 살아가는 자신의
모습을 과거 여러 은자(隱者)들의 형상에 빗대어 노래한 작품이다.17)

---

16) 선행연구에서도 모두 〈격양보(擊壤譜)〉가 시조의 한역일 것이라고 추정하였다. 류
　　속영, 「김기홍 〈농부사〉의 창작배경과 작가의식」, 『문창어문논집』 38, 문창어문학
　　회, 2001; 장유승, 「寬谷 金起泓 文學 硏究 : 漢詩와 國文詩歌의 교섭 양상을 중심으
　　로」, 『한문교육연구』 29, 한문교육학회, 2007. 참조.
17) 이상원은 17세기 시가의 주제사적 변모 양상과 관련하여 태고(太古)에 대한 동경과
　　자신들의 삶의 전범으로 은자 형상을 제시하고 있음을 특징으로 언급한 바 있다. 김
　　기홍의 작품 사례도 이러한 17세기 시가사의 주제사적 경향에서 이해할 수 있으리라
　　생각한다. * 이상원, 「17세기 시가사의 시각」, 『조선시대 시가사의 구도와 시각』, 보
　　고사, 2004, 67~70면. 참조.

(1) 산림 생활과 유한(幽閑)의 풍취(風趣)

앞서 살펴본 <관곡팔경>과 마찬가지로 <격양보> 작품들도 기본적으로 김기홍의 관곡 생활에 기반을 두고 있다. <관곡팔경>이 거처 주변과 지역 승경에 대한 사실적 필치가 강한 반면, 이제 살펴볼 <격양보> 작품들은 여러 은자들의 형상을 활용하여 작품화를 하고 있기 때문에, 진정성 있는 절실한 자기 체험으로 연계되지는 못하고 곳곳에서 추체험적 서정의 필치로 은자들의 형상과 자신의 삶의 모습을 연계시키고 있다. 다음의 작품을 살펴보자.

> <擊壤譜 1>
> 朝出耕數畝田, 暮歸讀古人書, 誰知道山人無事, 虛度山中歲月了.
> 아침에 들에 나가 몇 이랑의 밭을 갈고
> 저녁에 들어와서 古人의 책을 읽네
> 뉘라서 아무 일 없이 세월 보냄을 알리오.

<격양보> 첫째 수에서 화자는 아침이 되면 들판에 나아가 열심히 밭을 갈고, 저녁이 되면 집으로 돌아와 고인의 책을 읽는다. 말 그대로 '주경야독(晝耕夜讀)'의 삶이다. 본래 주경야독은 어려운 환경 속에서도 학업을 게을리 하지 않는 모습을 나타낸 것이지만, 작품 안에서는 화자의 하루하루 소일하는 평범한 일상이며 자연스러운 일과에 지나지 않는다.

작품의 분위기 상 화자의 독서 행위는 과거나 입신출세를 위한 구체적인 목적성을 띤 행위가 아니다. 그보다는 오히려 산림에 은거하며 살아가는 유자(儒者)로서의 품위를 유지시키고 확인시켜 주는 고상한 행위이며, 더 나아가 도가(道家)에서 말하는 '도를 추구하며 날

로 스스로의 헛된 욕망을 비워내는 행위[爲道日損]'18)에 가깝다. 화자
는 이렇게 아무런 변고나 염려 없이 산중에서 하루하루를 소일하며
지내고 있다. 이는 관곡에 처하여 생활하는 김기홍의 삶의 모습과 정
확하게 일치한다.

<擊壤譜 2>
日出攬衣作, 日入就枕息, 耕田得栗, 鑿井飮,
不知今日太平否, 帝力於我何有哉.
해 뜨면 일어나고 해 지면 잠을 자며
밭 갈아 곡식 얻고 우물 파서 물 마시니
지금이 太平이런가 帝力이 무슨 소용이랴.

둘째 수는 요(堯)임금 때 길거리의 노인이 불렀다는 <격양가(擊壤
歌)>를 참조하여 지었음을 알 수 있다. 요임금이 천하를 다스린 지
50년이 되었을 때, 과연 천하가 잘 다스려지고 백성들이 즐거운 생활
을 하고 있는지 직접 확인하고자 평민 차림으로 거리에 나섰다. 이때
한 노인이 길가에 두 다리를 쭉 뻗고 앉아 한 손으로는 배를 두들기
고 또 한 손으로는 땅바닥을 치며 장단에 맞추어 노래를 부르고 있
었다. "해가 뜨면 일하고, 해가 지면 쉬고, 우물 파서 마시고, 밭을
갈아 먹으니, 임금의 덕이 내게 무슨 소용이 있으랴.[日出而作, 日入而
息, 鑿井而飮, 耕田而食, 帝力于我何有哉.]" 이는 정치의 고마움을 알게 하
는 정치보다는 그것을 전혀 느끼기조차 못하게 하는 정치가 진실로
위대한 정치라는 것을 뜻하는 것으로 태평성대를 비유하는 전고로
통용된다.

---

18) 『老子』 48장 爲學日益, 爲道日損, 損之又損, 以至於無爲, 無爲而無不爲.

　　김기홍의 이 작품은 고대 <격양가>의 내용과 분위기를 거의 그대로 활용하여, 자신을 마치 —전설 속에 등장하는— 태평성대를 구가하는 길거리 노인으로 환치시키고 있다. 이를 통해 자신이 살고 있는 시대와 지역이 진정 여유롭고 안온한 것 같은 분위기를 연출해내고 있다.

> <擊壤譜 3>
> 水國春廻, 山間一番新了, 鬱鬱佳氣, 翠浮田中, 對牧童逍遙風景裏.
> 水國에 봄이 드니 山間이 새로워라
> 鬱鬱한 佳氣는 田中에 떠 있거늘
> 저 멀리 牧童을 대하니 풍경 속에 노닐도다.

　　셋째 수에서는 아름다운 봄의 풍경이 드러난다. 화자는 자신이 생활하고 있는 공간을 '수국(水國)'이라 지칭하고 있다. 이는 김기홍의 생활터전인 경흥부 관곡 일대가 두만강 하구와 동해바다를 인접한 지리적 특성을 갖춘 곳이기 때문이다. 여기에 주변은 산으로 둘러져 있으니, 그야말로 산·강·바다가 어우러진 아름다운 풍광을 자랑하는 곳이다.

　　지역상 북쪽 끝이자 산간지역인 이곳에도 기나긴 겨울과 혹독한 추위가 물러가고 바야흐로 봄의 기운이 가득해지자, 주변에는 겨울 내내 쌓였던 눈도 녹고 얼었던 냇물도 풀리고 새로 푸른 잎이 피어나는 등 계절의 변화가 분명하게 감지된다. 이러한 계절의 변화가 자신의 삶의 변화상과 포개지면서 주변의 풍광에는 여유롭고 호젓함이 가득하다. 저 멀리 보이는 들과 밭에는 아지랑이도 피어오르고 파릇파릇한 풀들이 돋아난다. 그 사이로 목동은 소에게 풀을 뜯기며 평화로운 봄의 풍경 속을 거닐고 있다. 작품에 드러나는 풍경은 마치 여유, 낭만, 평화, 순수 등이 조화를 이루는 '아카디아(Arcadia)'와도 방불하다. 화자는 이처럼 완연한 봄의 풍경을 목가적인 필치로 그려내고 있다.

(2) 은자적(隱者的) 삶에 대한 동경과 추구

이어지는 작품에서 김기홍은 현실에서 초일하여 은거를 실현한 중국 고사(高士)들의 형상과 전고를 가져와 자신의 모습과 견주면서 앞으로의 삶에 대한 의지를 피력한다.

> <擊壤譜 4>
> 泉石之癖, 烟霞之痼, 人間萬事於吾何, 洗耳遺風,
> 今如許要求, 紅塵消息奈若何.
> 泉石의 흥겨움과 烟霞의 고질병에
> 人間 萬事를 내 어찌 관계하리
> 이제는 許由처럼 紅塵 소식 잊으리.

위 작품에서 화자는 스스로 천석(泉石)과 연하(烟霞)에 대한 끊을 수 없는 애착을 지니고 있음을 말한다. 이에 앞으로 산림 속에서 즐거운 생활을 추구할 뿐, 인간 세상에서 벌어지는 모든 일에 대해서는 일절 관심을 끊겠다고 선언한다. 특히 종장에서는 허유(許由)의 고사를 차용하고 있다. 전고에 의하면, 요임금이 허유에게 천하의 주인 자리를 물려주려 하자 그는 영수(潁水)에 귀를 씻고 산속에 은거해 버렸으며, 결국 산속에서 여생을 보내고 기산(箕山) 꼭대기에 묻혔다고 한다. 화자는 허유가 '세상에 대한 욕심을 버리고 귀를 씻은 사례처럼[洗耳遺風]' 자신도 앞으로 세상 돌아가는 소식에 대해 초탈한 채

산림에서 유유자적한 삶을 살겠노라고 재차 역설한다. 즉 현실과 일
정한 심리적·물리적 거리를 유지한 채 생활하려는 처세관을 드러낸
것이라 할 수 있다.

<擊壤譜 5>
入山採芝, 曄曄可療飢, 臨水釣魚, 鱗鱗養吾口, 鼎鼎百年能幾何,
仰不愧俯不怍, 要學善歸造化.
採芝하여 療飢하고 고기 낚아 養口하니
덧없는 백 년 인생 그 얼마나 되느뇨
仰不愧 俯不怍하니 善歸造化 배우리라.

위 작품에서 김기홍은 진(秦)나라 말기 난세를 피해 은거한 상산사
호(商山四皓) 형상과 그들이 불렀다는 <자지가(紫芝歌)>를 차용하였
다.19) 화자는 지초를 뜯어 요기를 하고 물고기를 낚아 입을 기르는
[養口] 생활이 나름의 운치를 지닌 것임을 은연중에 드러낸다. 중장
부분은 주희(朱熹)의 시구20)를 차용하여, 부질없는 꿈을 이루기 위해
애쓰는 짓의 허망함을 지적하며, 인생의 유한함을 일깨우고 있다. 이
에 화자는 스스로 하늘을 우러러 한 점 부끄럼도 없고 사람들에게

---

19) 「紫芝歌」 예쁘고 무성한 지초로 허기를 면할 수 있다네.[曄曄紫芝, 可以療飢.]
20) 주희가 젊은 시절에 일찍이 운당포(篔簹鋪)에서 쉬다가 그 벽간(壁間)에 "빛나는
영지는 일 년에 꽃이 세 번이나 피는데, 나는 유독 어찌하여 뜻만 있고 그것을 이루지
못하는고[煌煌靈芝, 一年三秀, 予獨何爲, 有志不就.]"라는 글이 씌어 있는 것을 보
고는 마음속으로 무척 동감(同感)했는데, 그로부터 40여 년이 지난 뒤에 우연히 그곳
을 다시 둘러보니 그 글은 이미 없어졌으나, 지난 일에 감회가 일어나므로, 장난삼아
절구(絶句) 한 수를 지어 "언뜻 지나는 백년 세월 그것이 얼마나 되랴. 세 번 꽃피는
영지는 무엇을 하려는고. 나이 늦도록 금단을 이룬 소식이 없으니, 운당포 벽 위의
시가 거듭 한탄스럽네.[鼎鼎百年能幾時 靈芝三秀欲何爲 金丹歲晚無消息 重歎篔簹
壁上詩]"라고 읊었다고 한다. *『朱熹集』 卷84「題袁機仲所校參同契後」 참고.

거리낌도 없으니 자연의 조화로움을 따라 살아가는 법을 배우겠다고
다짐한다.

  김기홍이 이처럼 작품 속에서 은거를 실현한 고사의 형상을 차용
하고 이를 적극적으로 자신의 산림생활과 연결지어 형상화한 까닭
은, 그가 비록 현실적인 이유에서 산림생활을 선택하였지만, 자신의
산림생활을 은자들의 모습에 견주면서 적어도 명분상으로는 자신이
이런 생활을 통해 유자로서의 고상함을 견지하고 있음을 드러내 보
이려는 의도가 강하다. 결국 자신의 산림생활이 생존을 위한 불가피
한 선택과는 엄연히 다르다는 것을 표방하는 일종의 수사적 장치로
도 기능하고 있는 셈이다.

  (3) 내면의 고독과 교유를 통한 동락(同樂)

  김기홍의 시조작품 전체를 관류하는 특징적인 요소가 있으니, 그
것은 다름 아닌 '고독감'이다. 특히 그의 국문시가 작품에서는 타자
가 잘 등장하지 않으며 대체로 독백의 어조로 일관한다. 일반적으로
독백의 어조가 긍정적인 맥락에서는 자족이나 자락의 형태로 나타나
지만, 반대로 부정적인 맥락에서는 울분이나 고독의 형태로 나타나
기도 한다. 다음의 작품을 보자.

    <擊壤譜 6>
    靑山高白雲深, 生不逢唐與虞, 弊衣蔬食老已至,
    抱犢養鷄從幽谷, 谷裏陽春何時發.
    산 높고 구름 깊어 唐虞를 못 만나고
    弊衣蔬食으로 어느덧 늙었도다
    幽谷에 抱犢養鷄하니 陽春 언제 오리오.

<격양보> 앞의 작품에서 내내 밝은 분위기를 유지하다가, 위 작품에 이르면 내면의 고독에 살짝 잠기면서 앞서 어어 온 자락(自樂)에 대한 약간의 균열이 발생한다. 그것은 자신의 처지에 대한 자각에서 비롯된다. 작품에서 화자는 높은 산 깊은 골짝에서 생활하느라 살아생전 요·순 같은 훌륭한 성군의 다스림과 교화를 입지 못했다. 이는 김기홍 당시까지 지속되던 함경도 지역에 대한 차별적 분위기에 대한 불만을 완곡하게 표출하고 있는 것이라 볼 수도 있는 대목이다. 게다가 척박한 함경도 지역의 농업 현실과 젊은 시절의 잇단 개인사적 불행으로 인해 평생을 궁핍함 속에서 생존의 문제를 고심하며 살아왔다. 이렇게 누더기 옷을 입고 거친 밥을 먹으며 아등바등 살다보니 어느덧 헛되이 늙음에 이르렀다. 그간의 힘겨웠던 삶에 대한 회한을 드러내고 있는 것이다.

그렇지만 화자의 인식은 여기에서 더이상 부정적으로 나아가지 않는다. 이제 관곡에 다시금 복거를 하였고, 성공적인 안착으로 인해 삶이 조금씩 나아지고 있었기 때문이다. 이러한 인식의 단초는 종장에 드러나는 '포독(抱犢)·양계(養鷄)'에 근거한다. 이 시어들은 당나라 왕유(王維, 699~761)의 시구 가운데 '구름 속에 들어가 닭을 기르고, 산꼭대기에 올라 송아지를 끌어안도다.[入雲中兮養鷄, 上山頭兮抱犢.]'21)에서 온 말이다. 이는 근심과 걱정이 없는 좋은 땅[福地]에서 생활함을 가리키는 말이다.22) 이에 근거하여 종장의 의미를 해석하

---

21) 『全唐詩』卷125 「送友人歸山歌」 山寂寂兮無人, 又蒼蒼兮多木. 群龍兮滿朝, 君何爲兮空谷. 文寡和兮思深, 道難知兮行獨. 悅石上兮流泉, 與松間兮草屋. 入雲中兮養鷄, 上山頭兮抱犢. 神與棗兮如瓜, 虎賣杏兮收谷. 愧不才兮妨賢, 嫌旣老兮貪祿. 誓解印兮相從, 何詹尹兮何卜.

22) 제 환공(齊桓公)이 한 번은 사슴을 쫓아 산골짜기에 들어갔다가 한 노인에게 지명

면, '과거 젊은 시절 힘들게 살아왔지만 이제는 깊은 산골이지만 좋
은 곳에서 생활하고 있으니 나에게도 좋은 시절[陽春]이 오겠지?' 하
는 앞으로의 삶에 대한 기대감을 나타내는 표현인 것이다. 작품 안에
서 약간의 정서적인 흔들림이 감지되지만, 종장에 이르면 이내 긍정
적 삶에 대한 기대와 소망으로 바뀌고 있다.

<擊壤譜 7>
窓外種菊, 菊下釀酒, 酒方醱菊將開, 酒已醱菊已開,
有朋自遠方來, 其樂奈何可掬.
창밖에 국화 심고 꽃으로 술을 빚어
익거니 피거니 술 익고 국화 폈네
벗들이 멀리서 오니 즐거움이 어떠한가.

이어지는 작품에서 화자는 집 주변에 국화를 심고 그 꽃을 따서
술을 빚고 있다. 이러한 양화(養花)·주흥(酒興)은 삶의 여유를 수반하
는 행위이다. 주지하듯이, '국화'는 은일의 상징이다. 또한 국화는 관
습적으로 진(晉)나라 때의 은사 도연명(陶淵明)의 형상을 환기시킨다.
<귀거래사(歸去來辭)>의 모습처럼 번잡한 속세에서 초연히 벗어나 강
호로 돌아오고, <음주(飮酒)>의 한 구절처럼 '동쪽 울타리 아래서 국
화를 따는데, 멀리 남산이 눈에 들어오네.[採菊東籬下, 悠然見南山.]'[23]로
표상되는 은거생활의 흥취를 만끽하고자 하는 소망은 동아시아 거개

을 물으니 우공(愚公)의 골짜기라 하였다. 그 산마루에 평탄한 분지(盆地)가 있어
난리 때에 피란민이 송아지를 안고 올라가 화를 모면했으므로 포독복지(抱犢福地)라
하였다. *『太平御覽』참조.

23)『陶淵明集』卷3「飮酒」結廬在人境, 而無車馬喧. 問君何能爾, 心遠地自偏. 采菊東
籬下, 悠然見南山. 山氣日夕佳, 飛鳥相與還. 此中有眞意, 欲辯已忘言.

사대부들의 내면에 잠재되어 있다고 해도 과언이 아니다. 그렇지만 실제로 모든 사대부들이 도연명처럼 현실에서 벗어나 유유히 은거생활을 할 수는 없기에, 이러한 표현들은 대체로 관념적이고 추체험적인 서정의 형태로 드러난다. 하지만 위 작품에서 화자는 직접 국화를 심고 가꾸어 그렇게 핀 꽃으로 술을 빚었고, 그 술이 익어가기 시작할 무렵 때마침 국화꽃도 꽃봉오리가 오르기 시작하였고, 술이 알맞게 다 익자 국화꽃도 만개하였다. 이때를 기다리기라도 한 듯이 멀리서 벗들이 찾아와 화자와 함께 정담도 나누고 술잔도 기울이면서 노니는 즐거움이란 이루다 말할 수 없을 것이다. 벗들의 등장으로 인해 자락에서 동락으로 즐거운 분위기가 확장되고 있다.

(4) 자연과 교융(交融)하려는 삶의 태도

<격양보> 후반부는 실제 은자처럼 산림에서 자연물과 더불어 살아가고자 하는 삶의 태도를 보여준다. 나아가 산림생활을 통해 정신적으로 외물과 합일에 이르고자 하는 지향을 엿볼 수 있다.

> <擊壤譜 8>
> 江湖有約十年, 未契白鷺盟不寒, 西湖舊主人, 爾不負人, 人何負爾,
> 鷺兮鷺兮, 如此偕老不相離.
> 강호에 살자하고 白鷺와 맹약하니
> 네 아니 잊는다면 西湖主人 널 잊으랴
> 백로야 偕老하며 헤어지지 마로리.

위 작품에서 화자는 강호에서 백로와 더불어 노닐면서 살겠다는 의지를 피력한다. 강호에서 백로나 갈매기와 더불어 노니는 모습은 일반적인 비유이다. 그런데 작품에서 화자는 스스로를 서호주인(西湖主人)에 비기고 있다. 현재 남아 있는 시조작품 중에 작중 화자를 서호주인에 빗대어 자신의 심회를 표현한 작품은 발견할 수 없다.[24] 주지하듯이 서호주인은 북송(北宋) 때 항주 서호 주변의 고산(孤山)에 은거하여 매처학자(梅妻鶴子)로 생활한 임포(林逋, 967~1028)를 가리킨다. 작품에서 화자는 자신을 고고한 형상의 서호주인에 비기며 백로를 향해 더불어 평생을 함께 하며 헤어지지 말자고 당부한다. 이는 화자 스스로 자연 속에서 외물과 하나가 되고자 하는 것으로, 서복관(徐復觀)의 말을 빌자면, 일종의 심중에서 물화(物化)를 일으키면서 대상 사물과의 거리감을 느끼지 않고 주객합일의 상태에 이르는[25] 인식의 면모라 할 수 있다. 그만큼 자연과 교융(交融)하려는 내면 지향이 강하게 작용하고 있음을 알 수 있다.

　　<擊壤譜 9>
　　屋上靑山在, 鹿豕與之爲群, 庭前楊柳新, 烏鵲參其盡情,
　　瞻前顧後物吾與, 誰謂吾廬幽.
　　집 뒤의 靑山에서 鹿豕와 무리 짓고
　　뜰 앞의 楊柳에는 烏鵲이 지저귀네
　　만물이 나와 더부니 뉘 적막타 하리오.

---

24)『고시조대전』에 수록된 시조 중에 西湖主人, 林逋, 林和靖 등의 시어를 포함한 시조는 한 수도 발견되지 않는다. 아울러 17세기까지의 국문시가 중에 서호주인 임포와 관련된 내용을 수록하고 있는 작품은 정철(鄭澈)의 <관동별곡(關東別曲)>이다. 앞서 김기홍의 생애에서 이선(李選)과 교유하며 송강의 국문시가 작품을 접했을 가능성을 언급하였는데, 이러한 시적 표현의 사용이 그러한 방증이 될 터이다.

25) 서복관, 권덕주 외 옮김,『중국예술정신』, 동문선, 2000, 121~123면.

자연물과 어울려 함께 살아가겠다는 화자의 심적 태세는 다음의 작품에서도 계속된다. 위 작품에서는 먼저 거처 주변의 경관을 드러내고 있다. 집 주변에는 울창한 푸른 산이 둘러 있어 고요하고 아늑한 분위기가 가득한데, 화자는 그곳에서 사슴과 멧돼지와 어울려 노닐고 있다. 뜰 앞에는 버드나무에 파릇파릇한 잎이 돋아나 싱그러운 정감이 넘쳐흐르는데, 그 위에서는 까막까치가 날아들어 봄기운을 타고 지저귄다. 이렇듯 주변으로 조금만 시선을 돌리면 자신을 둘러싸고 있는 모든 자연 속의 동식물들이 자신과 함께 어우러져 있어서, 자신은 비록 깊은 산속에서 이웃이 없이 홀로 생활하고 있으나 조금도 쓸쓸하거나 외롭지 않다고 말한다.

> <擊壤譜 10>
> 山中犬吠山村深, 人孰至樹陰, 婆娑春鳥聲兮, 童子候門否,
> 逍遙俗客如問我, 白雲深處探藥去.
> 깊은 산속 개 짖으니 그 누가 찾아오리
> 春鳥도 婆娑한데 童子야 게 있느냐
> 俗客이 날 찾거든 採藥 갔다 하거라.

마지막 작품에서는 산 깊은 곳 거처 주변의 고요함과 적막함이 감돈다. 주변에서 느껴지는 기척이라고는 개 짖는 소리와 요란한 새소리뿐이다. 이것도 누군가 외부인이 찾아와서 그런 것이 아니라 산림 공간 안에서 계절과 날씨에 감응하여 저절로 그런 것이다. 즉, 지극히 평범한 산중 일상의 모습인 것이다. 작품의 끝부분에서는 당나라 시인 가도(賈島, 779~843)의 시구26)를 이용하여 표현하고 있다. 따라서 중장에서 불러내는 '동자(童子)'는 관습적 표현일 뿐 실제로 노복

(奴僕) 아이를 부른 것이 아니다. 이어 화자는 종장에서 혹시 속세의
객이 나를 만나러 찾아오거든 깊은 산속에 약초를 캐러 갔다고만 전
하라고 말한다. 기실 찾아올 손님도 없거니와, 화자가 지향하는 삶의
공간은 세속이 아니라 산림임을 분명히 밝힌 것이다.

3) 일실(逸失) 작품들 : 〈행로난(行路難)〉·〈마천령(磨天嶺)〉·〈과송림 (過松林)〉

　김기홍의 시조작품은 앞서 언급한 〈관곡팔경〉과 〈격양보〉 뿐만이
아니다. 그의 문집인 『관곡집(寬谷集)』에 보면 작품은 남아있지 않지만,
제목만 남아 전하는 것이 3수가 더 있다. 〈행로난(行路難)〉·〈마천령
(磨天嶺)〉·〈과송림(過松林)〉이 바로 그것이다. 기실 김기홍의 국문시
가 작품은 『관곡실기(寬谷實記)』에만 수록되어 있고, 그의 문집인 『관
곡집』에는 수록되어 있지 않다. 그의 문집에는 시조작품 〈관곡팔경〉
도 국문은 제외된 채 한역가 형태로만 실려 있으며, 가사작품인 〈채미
가〉와 〈농부사〉도 빠져 있다. 이 세 작품은 『관곡집』 권3에 한시와
섞여서 제목만 기록되어 있고, 또 가사작품은 『관곡실기』에만 별도로
수록되어 있기 때문에, 이 작품들은 가사가 아니라 분명 시조였을 것으
로 추정된다. 그와 관련된 기록을 보면 다음과 같다.

　①
　　〈행로난(行路難)〉·〈마천령(磨天嶺)〉·〈과송림(過松林)〉 세 노래

---

26) 賈島, 「訪道者不遇」, 소나무 아래에서 동자에게 물었더니, "스승님은 약초 캐러 가
　　셨어요. 다만 이 산속 어딘 가에 있을 뿐, 구름이 깊어 있는 곳을 알지는 못해요"[松
　　下問童子, 言師採藥去, 只在此山中, 雲深不知處.]

는 언문으로 쓰여 있다. 그러므로 빼버렸다.27)

②

<채미가>·<농부사> 2편은 모두 언문(諺文)으로 되어 있다. 그러므
로 빼버렸다.28)

위의 두 기록을 고려한다면, 후손들이 김기홍의 문집을 편찬할 당
시 가지고 있었던 산삭(刪削)의 기준을 짐작할 수 있다. 즉 시조든 가
사든 모두 국문이라는 이유로 제외시킨 것이다. 그러나 문집에서 국
문으로 된 작품은 빼버리면서도, <관곡팔경>과 <격양보>의 한역가
는 수록하고 있는 것으로 보아, 이 두 작품의 경우 국문시가의 창작
과 한역이 모두 김기홍에 의해 이루어진 것으로 보인다. 그렇기 때문
에 국문시가는 제외하면서도 한역가는 문집에 남겨둔 것이다.

일반적으로 국문시가의 한역은 작품의 산출 당시 작가 본인에 의
해 함께 이루어지는 경우와 후대에 후손이나 문인들에 의해 한역이
이루어지는 경우를 상정할 수 있는데,29) 김기홍의 경우에 만약 시조
작품의 한역이 후손들에 의해 이루어진 것이라면 이 세 작품만 한역
에서 제외하지는 않았을 것이다. 따라서 <행로난>·<마천령>·<과
송림>의 경우는 국문시가로만 창작이 되고, 이에 대한 한역은 이루
어지지 않은 것으로 보인다. 이에 문집의 편찬과정에서 국문시가 본

---

27) 『寬谷集』上 卷3. 行路難·磨天嶺·過松林三歌, 諺書, 故闕.

28) 『寬谷集』下. 採薇歌·農夫詞二篇, 并眞諺, 故闕之.

29) 김문기·김명순, 「朝鮮朝 漢譯詩歌의 類型的 特徵과 展開樣相 研究(1) - 유형적
특징을 중심으로」, 『대동한문학』 7, 대동한문학회, 1995; 김문기·김명순, 「朝鮮朝 漢
譯詩歌의 類型的 特徵과 展開樣相 研究(2) - 漢譯技法과 展開樣相을 中心으로」, 『어
문학』 58, 한국어문학회, 1996. 참조.

문은 제외하고, 작품 제목만을 남겨둔 것이다.

세 작품의 내용은 자세히 파악할 길이 없다. 단지 제목을 통해서만 대강 그 내용을 짐작할 수 있을 따름이다.

<행로난(行路難)>은 본래 세상길이 험난함을 읊으면서 이별의 슬픔을 노래한 악부가사(樂府歌辭)의 제목이다. 진(晉)나라 때 포조(鮑照, 414~466)가 처음 지은 뒤로 같은 제목으로 수많은 작품이 나왔는데, 그중에서도 당나라 때 시선 이백(李白, 701~762)의 <행로난>이 가장 유명하다. 우리나라에서도 일찍이 고려시대 이첨(李詹, 1345~1405), 이숭인(李崇仁, 1347~1392)을 비롯하여 조선시대에도 성현(成俔), 임제(林悌), 권필(權韠), 정두경(鄭斗卿)[30] 등 수많은 문인들이 작품을 창작하였다. 이러한 작품의 제목이 지닌 전고성을 고려할 때, 작품의 내용도 이와 관련이 있을 것으로 생각할 수 있다. 이와 관련하여 다음 작품은 좋은 참고가 된다.

<5371.1>
行路難 行路難 보라보니 ㄱ이 업다
二千里 거의 오니 ㅉ또 압픠 千里 나믜
忠心 已許國ᄒ니 먼 줄 몰나 가노라.

이 작품은 박계숙(朴繼叔, 1569~1646)이 임진왜란 후 병마우후(兵馬虞候)의 직임을 띠고 함경도 회령(會寧)으로 부임하여 기록한 『부북일기(赴北日記)』 소재 시조작품이다. 『부북일기』에는 모두 7수의 시

---

30) 정두경의 작품에 대해서는 이남면, 「정두경의 <行路難 19首> 연구」, 『한국어문학 국제학술포럼 제5차 국제학술대회 자료집』, 고려대학교 BK21 한국어문학교육연구단, 2008; 이남면, 「鄭斗卿 漢詩 硏究」, 고려대학교 박사학위논문, 2012. 참조.

조가 실려 있는데, 그 가운데 하나이다. 초장에서 화자는 함경도 지역으로 부임하면서 '험난한 여정을 생각은 했지만 실제 가 보니 정말로 험난하구나' 하는 심정을 토로한다. 첫머리에서 연거푸 '行路難 行路難'을 반복하고 있음에서 이러한 심정을 읽어낼 수 있다. 단순히 길만 험한 게 아니라 그 여정이 보고 또 보고 가도 또 가도 끝이 없음을 말한다. 이러한 심리가 중장에서 '이미 2천리를 지나 왔는데 아직도 앞으로 가야할 길은 천리나 더 남았구나' 하는 한숨을 내쉬는 목소리로 이어지고 있다.

앞서 언급한 제목의 전고성과 위 시조작품의 내용을 참고한다면, 김기홍의 <행로난>도 함경도 지역의 험난한 지세를 읊으면서 주변의 지인들과 떨어져 지내야 하는 아쉬움을 토로한 작품일 것으로 생각된다. 특히 이러한 정서는 그의 한시(漢詩)에 드러나는 주된 경향 가운데 하나이기도 하다. 이에 대해서는 3절에서 자세히 논의하기로 한다.

<마천령(磨天嶺)>은 김기홍이 함경 지역의 명소를 찾아서 유람하는 과정에서, 혹은 이곳을 지나가다가 느낀 소회를 작품화한 것으로 보인다. 주지하듯이 '마천령'은 마천령산맥으로 가로막힌 함경도의 남북 지역을 이어주는 핵심적인 교통의 요지로, 함경남도 단천(端川)과 함경북도 성진(城津)을 연결해주는 길목이다. 시조작품 중에 마천령과 관련된 작품이 있어서 좋은 참조가 된다.

<1529.1>
摩天嶺 올나 안자 東海를 구버보니
믈 밧긔 구름이오 구름 밧긔 하날이라
아마도 平生 壯觀은 이거신가 ᄒᆞ노라.

이 작품은 『고금가곡(古今歌曲)』 및 기타 문헌에 수록된 작품31)으로,
『고금가곡』의 편찬자인 '송계연월옹(松桂烟月翁)'32)의 자작 시조이다.
송계연월옹은 누구인지 분명치 않으나, 작가는 북방지역을 유람하다가
마천령에 올라 동해바다를 굽어보면서 산과 바다와 하늘이 함께 어우
러져 눈앞에 펼쳐진 일망무제(一望無際)의 풍경을 작품화하고 있다. 김
기홍의 <마천령>도 이와 유사한 분위기의 작품이 아니었을까 한다.

마지막 <과송림(過松林)>은 솔숲을 지나면서 자신의 소회를 드러
낸 작품으로 추정된다. 김기홍의 한시 작품 가운데는 작품의 공간적
배경으로서 '솔숲'을 형상화한 것이 많다. 해당 작품을 예시하면 다
음과 같다.

① 防山松栢鄕　　산으로 둘러싸인 송백(松栢)의 마을
　　茅屋石田庄　　띠집에서 돌밭을 일구며 산다네.33)

② 鶯語閑中戱　　꾀꼬리 지저귐은 한가함 속의 놀이요,
　　松聲屋上音　　솔바람 소리는 집 밖의 노랫소리라네.34)

③ 蕭然松栢裏　　호젓한 소나무·잣나무 속에
　　獨有禮雲僧　　홀로 예불하는 구름 속 승려가 있구나.35)

---

31) 『고금』#293, 『교주』#1526, 『가평』#50.
32) 송계연월옹 : 생몰년 미상. 『고금가곡(古今歌曲)』의 편찬자로 본명은 미상이다. 『고
　　금가곡』의 권말에 '갑신춘 송계연월옹(甲申春松桂烟月翁)'이란 편찬기와 아울러 이
　　책에 수록된 노래 속에 숙종(肅宗) 때 가인인 김유기(金裕器)의 작품이 실린 것으로
　　미루어 1704년 이후의 인물로 추측될 뿐이다. 『고금가곡』에 자작 시조 14수가 수록되
　　어 있다.
33) 『寬谷集』上 卷3 「題防山農家壁上」.
34) 『寬谷集』上 卷3 「次尤菴宋先生韻 二首」.
35) 『寬谷集』上 卷3 「題白岳菴」.

④ 竹牖松扉透逈開　대 창문 솔 사립이 반쯤 열렸는데
　風光月色共徘徊　바람과 달이 함께 배회하는구나.36)

⑤ 風塵元不入　　　속세의 먼지는 원래부터 들지 않았고
　松栢暮年華　　　소나무・잣나무 속에서 한 해가 저무네.37)

⑥ 松窓半夜獨無寐　솔창에서 한밤중에 홀로 잠을 이루지 못하고
　緬憶音容愁緖多　목소리와 얼굴을 떠올리니 시름 많아지네.38)

⑦ 庭前松栢參天碧　뜰 앞에 소나무・잣나무 푸른 하늘과 어우러져
　對此都忘宋玉悲　이를 마주하니 송옥(宋玉)의 슬픔 모두 잊혀지네.39)

위 작품들을 살펴보면, 공간적 배경으로서 거처주변에 소나무와 잣나무가 어우러진 풍경을 드러내고 있다. 이는 실제로 함경 지역의 약 80%가 산간지대인 점과 침엽수종 중심의 식생(植生) 구조가 작품화에 반영된 것이라 하겠다. 따라서 <과송림>은 거처 주변의 소나무・잣나무 숲을 거닐면서 떠오르는 소회를 표출한 작품일 것으로 추정된다.

이상 제목만 전하는 <행로난>・<마천령>・<과송림>은 함경도 지역의 지리적 특성, 명승지, 지역 환경 등을 바탕으로 하여 산출된 작품이었을 것으로 추정할 수 있다. 다만 그 본문이 전하지 않아 작품의 실질을 접할 수 없는 것이 아쉬움으로 남을 뿐이다.

---

36) 『寬谷集』上 卷3「次朱文公觀書韻 二首」.
37) 『寬谷集』上 卷3「到茂溪村」.
38) 『寬谷集』上 卷3「寄友人」.
39) 『寬谷集』上 卷3「對秋風口苦」.

2. 가사(歌辭), 산림 생활과 지역 현실 사이의 거리

1) 산림생활과 처사적(處士的) 일지(逸志)의 발양 : 〈채미가(採薇歌)〉

그간 몇몇 연구에서 김기홍의 가사작품에 주목을 하면서도 오로지 〈농부사〉에만 관심을 가질 뿐, 〈채미가〉에 대해서는 주목을 하지 않았다. 따라서 지금까지 〈채미가〉에 대한 작품론을 비롯한 관련 연구 성과는 제출되지 않았다. 임기중은『한국역대가사문학집성』해제에서 〈채미가〉에 대해 '자연을 벗삼고 시서를 즐기면서 산중경물을 구경하며 화조월석에 싫도록 노니는 생활로 청풍명월과 백년해로하겠다는 은일가사'40)라는 간단한 해설을 하고 있을 뿐이다. 그마저도 이러한 해제가 작품의 실질을 정확하게 꿰뚫고 있는가 하는 점에 대해서는 쉽사리 수긍하기 어렵다. 따라서 본고에서는 우선 〈채미가〉에 대한 분석을 통해 작품의 온전한 이해에 도달하고, 나아가 김기홍의 가사작품에 대한 균형 있는 접근과 이해의 시각을 확보하고자 한다.

〈채미가〉의 구체적인 창작 시기는 확인할 수가 없다. 다만 김기홍이 45세에 관곡으로 이주하여 궁경가색하며 생활을 하였고, 또 작품의 내용상 세속적인 삶과 일정한 거리를 유지한 채 자연과 더불어 생활하는 정황을 드러내고 있는 것으로 추정해보건대 관곡 이주 이후의 생애 후반부에 창작된 것이 아닌가 한다. 좀 더 실증적으로 추정해보면, 1688년 남구만이 해배되어 돌아가면서 김기홍에게 지어준 시의 일부에 '한 곡조로 고사리 뜯는 봄을 소리 높여 노래하였네.[一曲高歌薇蕨春]'41)라고 한 구절이 있다. 이어 남구만은 작품 끝에 작은

---

40) 임기중,『한국역대가사문학집성』, 누리미디어, 2005.

글씨로 '김생이 <채미가>를 지어 한가한 홍취를 나타내었으므로 이
렇게 말한 것이다.[金生作採薇歌, 以道閒興故云.]'라는 부가기록을 덧붙
여 놓았다. 이는 <채미가>가 1688년 남구만의 유배[8월]를 즈음한 시
기에 창작되었고, 김기홍이 이를 남구만의 유배 기간 중에 올렸던 것
으로 추정된다. 이에 따라 남구만이 해배[12월]될 때 <채미가>를 언
급하며 시를 지어준 것이 아닌가 한다. 이때 김기홍의 나이는 55세였
으므로 <채미가>는 남구만의 유배 즈음에, 혹은 유배 직전에 창작
되었다고 보는 것이 타당할 듯하다.

  이 작품은 38구로 이루어진 비교적 짧은 작품이다. 작품은 내용의
흐름에 따라 크게 6부분으로 나눌 수 있다. 각 부분은 대체로 자연과
더불어 살아가는 홍취를 노래하고 있는 것처럼 읽히기 쉬우나, 중간
중간 재고를 요하는 부분들이 있어서 면밀한 독법이 요구된다. 작품
을 살펴가면서, 문면에 드러난 김기홍의 처사적 생활 모습과 그 과정
에서 드러나는 내면의식을 살펴보기로 한다.

  ### (1) 연하고질(烟霞痼疾)과 고절(孤絶)한 생활 모습

  16~17세기 강호시가를 창작한 사대부들의 경우, 강호자연에서의
삶과 세속적 삶을 바라보는 세계상, 세속에 대한 태도, 자연관 등에
서 개별적 편차를 드러낸다.[42] 그렇다면 김기홍의 경우는 어떠한가?
<채미가>는 김기홍이 지닌 이러한 인식의 일단을 발견할 수 있는

---

41) 南九萬, 『藥泉集』, 「贈五生 幷小序」, 한국문집총간 131, 450면. 寬谷先生好隱淪,
   茅齋瀟洒絶風塵, 閒中眞樂無人識, 一曲高歌薇蕨春.

42) 관련 내용은 김흥규, 「16, 17세기 江湖時調의 변모와 田家時調의 형성」, 『욕망과
   형식의 시학』, 태학사, 1999, 171~176면. 참조.

작품이라 하겠다. 작품을 살펴보자.

①
烟霞의 올안 病이 泉石을 벋으 삼아
芳草 小溪邊의 數椽茅屋 지어 두고
朝暮의 듣는 솔이 새울음쑨이로다
詩書롤 지혀 누워 柴門을 다다시니
溪山이 새로온디 雲烟만 줌겨 잇다
落落혼 플솔은 늘글 주룰 몰ᄋ거늘
涓涓혼 시냇믈은 晝夜룰 흘너간다
靑蘿 기픈 고디 초ᄌ 리 뉘 이시며
風雨 人間의 聞達을 내 몰내라

　작품의 첫머리에서 화자는 자신이 자연과 더불어 살아가는 이유를 '烟霞의 올안 病' 즉 '연하고질(烟霞痼疾)' 때문이라고 하였다. 자신은 본래 '천석고황(泉石膏肓)'의 기질을 지녔고, 이 때문에 자연을 벗삼아 방초가 가득한 시냇가 주변에 자그마한 초가집을 지어 생활하고 있다는 것이다. 초가집 주위의 풍경은 사시사철 푸른 낙락장송이 둘러서 있고 시냇물이 졸졸졸 쉬지 않고 흘러가며 새들의 울음소리가 가득한, 그야말로 별천지에 다름 아닌 곳으로 서술하고 있다. 바로 김기홍이 이주하여 생활하고 있는 관곡의 거처 주변 풍경이다. 화자는 이처럼 아름답고 고요한 풍광을 갖춘 곳에서 홀로 유유자적하며 지내고 있다.

　집안에 쌓여 있는 책들도 열심히 공부를 하기 위한 용도라고는 보이지 않는다. 책 안에 담겨 있는 내용과는 무방하게 작품의 문면에서는 그저 베고 눕는 용도일 뿐이다. 추정컨대 그가 베고 있는 책은 유자로서의 고상함을 표방하는 대상물일 뿐이며, 실제 독서를 위해 소용되는 것이라 하더라도 이따금 심심함을 달래기 위한 파적(破寂)·파수(破睡)의 목적서일 것이다. 또 책을 열심히 공부해 보았자 무엇 하리오? 사립문을 굳게 닫아걸고 지내는 것에서 알 수 있듯이, 그의 마음은 이미 현실로 나아가는 것과는 상당한 심리적 거리감을 유지하고 있다. 오직 구름과 이내가 가득한 계산(溪山)이 그의 안온한 거처이자 그에게 무한한 즐거움을 주는 공간이었다.

그렇지만 한편으로 화자의 산림생활은 흥청거림이나 흐트러짐, 지나친 몰입이 없는 절제되고 소박한 모습을 보인다. 일반적으로 산림에 거처하여 풍류를 즐기는 경우, 시문(詩文)과 음악[樂]과 술[酒] 등으로 노닐면서 자오(自娛)하는 것이 일반적이다. 그러나 <채미가> 작품 전면에서는 화자의 이러한 모습을 전혀 찾아볼 수 없다. 화자에게는 자연과 벗하여 살아가는 생활 자체가 큰 기쁨이요 즐거움이기 때문에, 음악이나 술과 같이 흥을 돋우는 것도 필요치 않은 것이다.

위 인용문 끝부분에서 화자는 스스로 "靑蘿 기픈 고더 츳ㅈ 리 뉘 이시며 / 風雨 人間의 聞達을 내 몰내라" 라고 하여 깊은 산림에서 생활하고 있는 자신을 찾아올 사람도 없을 것이며, 자신도 어지러운 속세에서의 입신출세 및 영달에 대해서는 이제 초월하였다고 말하고 있다. 사실 입신출세에 뜻을 둔다 하더라도, 자신에게 함경도 출신이라는 꼬리표가 붙어 있는 이상, 과거(科擧)·음서(蔭敍)·천거(薦擧)를 통해 현실정치판으로 나아갈 수도 없었다. 이에 스스로 헛된 욕심을 버리고 산림처사로 살아가는 즐거움을 찾으려고 한 것이다. 이러한 인식의 측면은 김기홍이 강호와 세속적 삶을 단절적으로 보는 이분

법적 세계상 위에서 세속적인 가치에 대한 일정한 거부의식을 지닌
채 산림에서의 삶을 긍정하면서 그 안에서 절제된 즐거움을 추구하
려는 자세를 지니고 있었음을 엿보게 한다.

(2) 춘경(春景)의 완상과 산유(山遊)

앞 장에서 살펴보았듯이, 김기홍의 시조작품 <관곡팔경>과 <격양
보>에서는 삶에 대한 낙관적 흥취를 표현하기 위한 문학적 장치로
겨울에서 봄으로의 계절의 변화를 선택하여 봄의 생동감 넘치는 모습
을 작품화하였다. 이러한 기법은 <채미가>에서도 그대로 이어진다.

②
和風이 건득 불어 山中의 봄이 드니
온갓 곳 盛히 픠고 蝴蝶이 넘놀 저긔
景物이 無窮ᄒ야 눈아픠 벌어시니
허다히 듣ᄂ 솔이 반가이 보ᄂ 비츨
닐온들 다 닐으며 뉘라셔 글여내리

③
壺中天地여 逸興을 몯 이긔여
白雲 기픈 고ᄃ 幽蘭을 헤혀 가니
郁郁ᄒᆫ 향긔ᄂ 골골이 줌겨 잇다
靑松을 盤桓ᄒ니 麋鹿의 버디런가
江海여 ᄂ려가면 白鷗의 무리로다
莫莢이 몃 니퓌며 旬朔이 언제런고
甲子ᄅᆞᆯ 모ᄅᆞ거든 古今을 엇디 알리

　이어지는 부분에서 화자는 잠시 봄을 맞아 주변의 정경을 만끽하고 있다. 주변 산에 온갖 꽃이 가득 피고 그 위에 나비들이 모여들어 너울너울 춤을 춘다. 도처에 바람소리, 냇물소리, 새소리 등 온갖 봄을 알리는 소리들이 가득할 뿐만 아니라 여기저기 아름다운 광경들이 넘쳐난다. 화자는 별천지와도 같은 호중천지에서 봄을 맞이한 흥겨움을 이기지 못하고 곳곳을 거닐며 노닐고 있다. 깊은 계곡을 찾아 유란(幽蘭)의 그윽한 향기를 맡기도 하고, 미록(麋鹿)을 따라 온 산을 뛰놀기도 하며, 집에서 멀리까지 나와 청송(靑松)을 어루만지며 머뭇거리기도 하고, 인근의 두만강 하구와 동해바닷가로 나와 백구와 어울려 함께하는 자연인의 모습을 보이고 있다. 작품에 드러나는 화자의 면모는 다음의 글에서도 유사하게 드러난다.

　　산과 계곡 사이에서 홀로 즐길 수 있는 것은 지초로 요기할 수 있고 물고기로 배를 채울 수 있으며 칡으로 옷감 짜는 재료를 삼고 도토리로 흉년을 대비할 수 있기 때문이다. 맛있는 것은 산나물과 버섯이며 벗 삼은 것은 사슴과 새들이었다. 재목은 공용(功用)의 기반이었고, 송백(松柏)은 놀고 쉬는 곳이었다. 높은 산과 깊은 계곡은 비록 그 움직임은 볼 수 없으나 그 사람에게 미치는 공리(功利)는 이처럼 지대하다.[43)

　위 인용문은 김기홍이 관곡생활의 면면을 기록한 <관곡기(寬谷記)>의 일부이다. 현실적인 관점에서 본다면, 그가 산림생활에서 이토록 스스로 즐거워할 수 있었던 까닭은 최소한의 생계·생존이 보장되었

---

43) 『寬谷實紀』「寬谷記」山溪之間, 唯以自娛者, 芝可以療飢, 魚可以養口, 葛賁織紝, 橡資凶歉. 滋味者, 山蔬石茸, 友于者, 麋鹿鷗鷺. 材木功用之資也, 松栢遊息之所也. 蓋大山長谷, 雖不見其運動, 而功利之及人者, 若是其廣博.

기 때문이었다. 문면에 보이는 그대로 관곡에서의 산림생활은 배고프면 지초로 요기하고 물고기를 낚아 배를 채우고 칡으로 옷감을 마련하고 도토리로 식량을 준비할 수 있는 의(衣)·식(食)의 문제를, 또 산에 가득한 나무들로 주거의 문제를 거뜬히 해결할 수 있었다. 게다가 주변에서 소소하게 즐길만한 거리도 널려 있었기에 공리적(功利的)인 관점에서 보더라도 전혀 부족함이 없는 공간이었던 것이다.

역사적으로 볼 때, 17세기 후반기에는 소빙기(小氷期)의 영향으로 인해 1670년~1671년에는 경신대기근이, 1695년~1699년에는 을병대기근이 발생하여 전국적으로 약 100만명 가량이 목숨을 잃었을 정도로 처참한 상황들이 전개되었다.[44] 함경도 지역도 예외는 아니었을 것이다. 이러한 측면을 감안하여 생각해 보더라도, 김기홍에게는 외부의 처참한 현실보다 관곡에서의 산림생활이 오히려 더 안온함을 보장해주는 곳이었을 가능성이 크다.

이러한 안온함을 보장해주는 생활 속에서 김기홍은 자연의 변화를 통해 시절을 느낄 뿐, 달력이나 책력을 통한 시간과 세월의 흐름은 모두 잊고 있다. 그런데 아무리 산중에 달력이 없다 하더라도 절기나 순삭(旬朔)은 해와 달의 변화를 통해 충분히 파악이 가능한 것인 만큼, "甲子를 모르거든 古今을 엇디 알리"라는 화자의 발언은 그보다는 오히려 '앞으로는 속세의 시간이나 고금의 일들을 잊고 살아가겠다'는 의지의 표명으로 이해하는 것이 합당할 것 같다. 이제 현실과는 거리감을 유지한 채 산림 속에서 살아가겠다는 의지를 굳건히 드러내고 있는 것이다.

---

44) 김덕진, 『대기근, 조선을 뒤덮다』, 푸른역사, 2008. 1장~3장 참조.

(3) 산림 생활과 은자(隱者) 형상의 교직(交織)

앞장의 시조 <격양보>에서 살펴보았듯이, 김기홍은 자신의 산림 생활을 드러내기 위해 중국의 여러 은자들의 형상을 적극적으로 가져와 마치 자신의 모습인 양 사용하고 있다. 다음의 두 인용 부분에서도 이러한 특성이 거듭된다.

③
大山 長谷의 굴에 버슨 몸이 되여
花朝月夕의 슬토록 노니다가
丹崖 굴움 속의 이슬 겨뤄 줄안 고살
일 업시 노닐며셔 아춤 나조 키여다가
丹鼎의 닉긔 술마 朝夕을 療飢ᄒᆞ니
鱸蓴이 흔 마시라 八珍味 아롬곧가

⑤
花開 葉落ᄒᆞ야 歲月이 절로 가니
紅塵 物外여 紫芝歌뿐이로다
富貴ᄅᆞᆯ 다 니즈니 平生의 홀 일 업서
靑藜杖 손의 들고 石逕의 逍遙ᄒᆞ니
楊柳의 ᄇᆞ람 불고 松栢의 둘 비췰 제
心中 淡然ᄒᆞ니 害馬도 간 더 업다

위 부분에 이르면 김기홍은 자신을 '大山 長谷의 굴에 버슨 몸'이라 칭하고 있다. 그러면서 화조월석(花朝月夕)의 좋은 시기에 마음껏 노닐고, 주변 산을 돌아다니며 이슬을 맞고 자라난 때 묻지 않은 신비스럽기까지 한 '고사리'를 캐어다가 아침저녁의 요깃거리로 삼는

데, 이 맛은 '농어회와 순챗국[鱸蓴]'과 같고 팔진미(八珍味)보다도 더
뛰어나다고 하였다. 이를 통해 자신이 세속적인 모든 욕망에서 초탈
하여 자연 속에서 신선처럼 노닐고 있음을 드러내고 있다. '丹崖·丹
鼎' 등의 시어가 이러한 분위기를 드러내고 있다.

김기홍은 스스로 부귀공명 따위는 잊고서 버들 바람이 산들산들
불고 밝은 달이 소나무·잣나무로 비추는 산길에서 유유자적하면서
자신의 모습을 은자(隱者)의 형상으로 표현해내고 있다. 그의 마음속
은 사람의 본성을 해롭게 하는 물욕[害馬]이 없는 맑고 깨끗한 상태
임을 천명한다. 그리고 작품에서 표현하고 있는 것처럼 그의 일상은
순수하게 세속적인 욕망을 떨쳐버린 것으로 이해하게 만드는 몇몇
표현들이 눈에 띈다. 예컨대 '굴에 버슨 몸'은 일반적으로 현실 정치
에 참여하다가 임기를 모두 끝마치고 벼슬에서 물러나거나 혹은 유
배 등으로 벼슬살이에서 쫓겨난 경우에 사용되는 표현이다. 본문에
서는 과거 궁핍하고 고단한 세속적인 삶을 살다가 이제는 그러한 삶
의 양상에서 벗어나 있음을 뜻한다. 화자가 아침저녁으로 뜯어 요깃
거리로 삼는 고사리도 목숨을 연명하기 위해 먹는 것이 아니라, 산림
에서 생활하는 고고한 은자의 형상을 부각시키기 위한 것으로 보인
다. '농어회와 순챗국'의 경우도 그렇다. 이 고사는 진(晉)나라 장한(張
翰)이 가을바람이 불어오는 것을 보고는 고향인 오(吳)땅의 순챗국과
농어회가 생각나서 벼슬을 그만두고 바로 돌아갔다는 고사45)를 사
용하여 표현한 것이다. 이러한 표현들은 김기홍이 세속적 삶이나 현
실정치에 대해 분명 일정 수준의 심리적 거리감을 지니고 있다는 것

---

45) 『晉書』 卷92 「文苑列傳·張翰」 참조.

을 짐작케 한다. 게다가 그가 산중에서 부르고 있는 노래는 다름 아
닌 진나라 말기 상산사호(商山四皓)들이 불렀다는 <자지가(紫芝歌)>
이다. <자지가> 일부를 살펴보자.

> 밝은 하늘은 넓고, 깊은 계곡은 길이 뻗었네.
> 나무들은 무성하고 높은 산은 까마득하네.
> 바위 동굴에 살면서 풀을 엮어 장막과 방석을 삼았네.
> 예쁘고 무성한 지초로 허기를 면할 수 있다네.46)

<자지가> 문면에 드러난 내용만 놓고 보면, <채미가>에 드러난
내용과 크게 다르지 않은 듯하다. 김기홍은 자신의 작품을 상산사호
의 <자지가>에 견주면서, 자신의 산림생활의 모습을 그들의 은거와
동일시하고 있는 것이다.

기실 이 작품의 제목은 <채미가>이다. '고사리를 캐는 노래'라는
의미의 제목만 놓고 본다면, 일반적으로 주(周)나라 무왕(武王)이 은나
라를 멸하자 주나라의 곡식을 먹기를 거부하고 수양산(首陽山)에 들어
가 고사리를 캐어 먹으며 숨어 살다가 죽은 '백이(伯夷)·숙제(叔齊)'를
떠올리는 것이 자연스럽다 하겠다. 그러나 김기홍은 이런 백이·숙제
의 형상을 철저히 배제하고, 그 대신에 '상산사호(商山四皓)'의 형상을
채택하여 자신의 모습을 상산사호의 삶처럼 그려내고 있다.

상산사호는 진(秦)나라 말기에 난리를 피하여 남전산(藍田山)에 은
거해 살던 동원공(東圓公)·하황공(夏黃公)·녹리선생(甪里先生)·기리
계(綺里季) 이상 네 사람을 가리킨다. 이들은 비록 산림에서 은거 생

---

46) 「紫芝歌」, 皓天嗟嗟, 深谷逶迤. 樹木莫莫, 高山崔嵬. 巖居穴處, 以爲幃茵. 曄曄紫
芝, 可以療飢.

활을 하고 있었지만 높은 학식과 덕망을 지니고 있어서, 한고조(漢高祖)가 적실인 여후(呂后)의 아들 혜제(惠帝)를 밀어내고 첩실인 척부인(戚夫人)의 아들로 후계자를 삼으려 할 적에, 여후가 장량(張良)의 계략을 빌려 이들을 등용하여 혜제의 스승으로 삼음으로써 고조의 마음을 돌리게 하였던 전고가 있다.[47]

　주지하듯이 백이·숙제의 경우는 수양산에 은거하면서 동시에 현실 정치에 대해서도 강한 거부감을 드러냈다. 이들은 과거 현실 정치에 참여했으나, 제후가 황제를 시해하는 하극상의 모순과 나라의 멸망이라는 참변을 당하고서 현실로부터 완전히 마음을 돌려 산림 은거를 택하였다. 이러한 백이·숙제의 인물 형상은 김기홍의 개인사와 비추어볼 때 공통분모를 발견해내기 어렵다. 반면 상산사호의 경우는 본래부터 궁벽한 산골에 거처하며 학문적 교양을 쌓았으나, 진나라 멸망과 초(楚)-한(漢)의 대립이라는 역사적 혼란기에 자신들의 성명(性命)을 보존하고자 남전산으로 자발적인 은거를 택한 사람들이었다. 김기홍이 살았던 시기 조선의 현실은 임진왜란과 병자호란이 연이어 휩쓸고 지나간 그야말로 참담한 시대였다. 특히 그의 유년기에 병자호란이 발생하였고, 그가 살았던 함경도 지역은 청(淸)나라 만주족과 국경을 마주한 군사적 긴장감이 높은 지역이었다. 따라서 김기홍의 관곡 이주와 산림생활의 모습은 백이·숙제보다는 상산사호의 모습에 더욱 가까웠다. 따라서 스스로 고사리를 꺾는 노래를 하면서도 상산사호의 형상을 전면에 부각시키면서 더욱 적극적으로 사용하고 있는 것이다.

---

47) 이에 대한 자세한 내용은 『史記』「留侯世家」 참조.

⑥
鳶飛魚躍을 時時로 술펴보니
秋月春風이 가디록 興이로다
簞食瓢飲을 머그나 몯 머그나
冬裘夏葛을 니브나 몯 니브나
빈 업슨 淸風明月과 百年偕老호리라

작품의 마지막 부분에서 김기홍은 자연의 순환 질서에 순응하는
삶의 자세를 견지하며 그 속에서 즐거움을 만끽하며 살아가겠다고
말하고 있다. 의·식·주에 대한 일정정도의 어려움이 있다 하더라도
자연과 더불어 백년해로하겠다는 발언으로 작품을 끝마치고 있다.

(4) '한중진락(閒中眞樂)'의 평어(評語)

김기홍은 자신이 지은 시가 작품들을 그와 교유한 인물들에게도
보여주었고, 한자리에 모여 노래하였던 것으로 생각된다. 가사작품
의 말미에는 작품에 대한 차운시가 붙어 있어서, 이 작품의 주제를
살펴보는 데 좋은 참고가 된다. 다음의 시문들을 살펴보기로 한다.

①
寬谷先生好隱淪   관곡선생은 은둔을 좋아하니
茅齋瀟洒絶風塵   띳집이 깨끗하여 풍진의 모습 전혀 없다네.
閒中眞樂無人識   한가로운 가운데 참된 즐거움을 아는 이 없거늘
一曲高歌薇蕨春   한 곡조로 고사리 뜯는 봄을 소리 높여 노래하였네.[48]

---

48) 南九萬, 『藥泉集』, 「贈五生 幷小序」, 한국문집총간 131, 450면.

②

自愧愚蒙久隱淪	어리석고 우매함이 부끄러워 숨어 지낸 지 오랜데,
明時誰作老風塵	밝은 세상에 누가 늙어 풍진객이 되리오.
回首漁磯性已癖	낚시터로 향하는 것이 이미 내 습성이 되었으니,
一竿猶帶太平春	낚싯대에 오히려 태평시절의 봄기운이 감도네.49)

먼저 위 ①의 작품은 남구만(南九萬)이 경흥으로 유배를 왔다가 해배되어 돌아가면서 기념으로 시를 지어 김기홍에게 준 작품이다. 남구만은 김기홍이 은둔을 좋아하였으며, 그가 사는 띳집이 아주 깨끗하여 속세의 모습은 전혀 없었다고 평하였다. 이어 김기홍이 '한중진락(閒中眞樂)'을 깨닫고 <채미가>를 지어 불렀음을 적시하고 있다. 결국 남구만의 짧은 시구 속에서 김기홍의 성격이나 삶의 모습 아울러 그가 지은 <채미가>의 주제적 경향까지 분명하게 파악하고 있었던 것이다. ②는 남구만의 시를 차운하여 김기홍이 지은 작품이다. 김기홍은 작품에서 좋은 시절이 오더라도 자신이 속세로 나갈 일은 없을 것이라고 하면서 세속적 삶에 대해 선을 긋고 있다. 이 작품을 지을 당시 김기홍의 나이는 55세였다. 이어 자신은 이미 10여 년간의 산림생활을 지내오면서 낚시나 하면서 세월을 보내는 것이 일상이 되었다고 말한다. 남구만과 주고받은 한시를 통해서 <채미가>를 노래한 김기홍의 지향이 분명하게 산림생활에 있다는 것을 파악할 수 있다.

한편, <채미가>의 끝부분에 평소 김기홍과 교유하던 참봉 김정창과 종성부사 김익겸(金益謙)의 한시가 덧붙여 있다.

---

49) 『寬谷集』上 卷3 「次南藥泉先生韻」.

①

幽人贈我採薇歌	유인(幽人)이 나에게 <채미가>를 주었는데
知我無心世媚阿	세상에 아부하려는 마음 없음을 알았네.
已示閒蹤藏靜散	이미 한가한 자취로 고요함을 간직함을 보였고
更誇淸意睹吟哦	다시 맑은 뜻으로 노래 부름을 자랑하였네.
辭中依見拳芽秀	노랫말에서 빼어난 고사리를 보았고
紙上還嘗興味多	지면에서 다시 많은 흥취를 맛보았네.
却憶首陽二飢子	수양산에서 굶주린 백이·숙제를 떠올리니
吾徒肯學詠風波	우리는 단지 풍파(風波) 읊조림만을 배우세.50)

②

二子殷薇一曲歌	은나라 백이·숙제의 채미가
至今淸節首陽阿	수양산의 맑은 절개가 지금까지 이어진다네.
遺芬誰踵千秋義	아름다운 향기로 누가 천추의 의를 따르리오,
餘響兼成七字哦	남은 소리로 겸하여 시를 이루었네.
避粟何須饑自死	곡식을 끊고서 어찌 굶어 죽기까지 했던가
烹香便覺興全多	차를 끓이니 흥겨움이 쏠쏠함을 깨닫노라.
如何商嶺靈芝唱	어찌하여 상산사호는 <자지가>를 불렀던가.
幾陷劉家禍水波	한(漢)나라가 재앙에 거의 빠질 뻔했네.51)

①은 참봉 김정창이 <채미가>에 화답한 작품이다. ②는 종성부사 김익겸이 앞의 김정창의 시를 차운하여 <채미가>에 화답한 작품이다.

①에서 김정창은 <채미가>를 받아 읽고, 산림에 은거하여 생활하는 한가한 자취와 고요한 삶의 모습이 매우 인상 깊었던 듯하며, 무엇보다 이러한 생활 태도를 스스로 작품을 통해 노래까지 한 것을

---

50) 『寬谷實紀』, 「金參奉鼎昌以詩和之」.
51) 『寬谷實紀』, 「愁州伯金益謙和韻」.

높이 평하고 있다. 김정창은 작품을 읽고 김기홍이 세상에 아부하는 마음이 전혀 없음을 알 수 있었다고 하였다. 특히 작품의 제목과 관련하여 고사리를 뜯으며 생활하는 모습, 그 과정에서 많은 흥취가 있음도 언급하고 있다. 이처럼 김정창은 <채미가>가 지니고 있는 주제적 지향이 '처사적 일지(逸志)'에 있음을 분명하게 파악하고 있었던 것이다. 그런데 작품의 끝에서 김정창은 수양산에서 굶주리다 죽은 백이·숙제를 회상하며, 김기홍을 향해 비록 산림 속에서 살아가고 있지만 백이·숙제 같은 부정적인 죽음의 길을 택할 것이 아니라, "우리는 단지 자연의 풍경을 읊조리는 것만을 배우자" 라고 당부의 발언을 하고 있다. 즉 산림에서 생활하며 아름다움을 만끽함과 동시에 때로는 주변의 산, 강, 바다 등을 유람하며 노래도 읊조려 보자는 희망 섞인 이야기를 하고 있는 것이다.

②에서 김익겸은 김기홍의 <채미가>가 백이·숙제가 노래한 <채미가>의 맥을 이어 창작한 것이라는 인식을 보이고 있다. 김기홍의 산림 생활이 백이·숙제의 수양산 은거생활과 같은 고절(孤絶)을 드러내는 행위라고 추켜세우고 있다. 그러나 백이·숙제가 굶주려 죽는 길을 선택한 것에 대해서는 다소 지나친 선택이었다는 부정적 견해를 보이면서, 산림 속에서도 차를 끓여 마시는 등의 얼마든지 흥겹고 즐거운 일들이 있음을 말하고 있다. 마지막에 가서는 상산사호의 고사를 차용하고 있는데, 이들은 처음 한고조가 자신들을 등용하려고 했을 때는 응하지 않고 은거한 채 세상으로 나오지 않았다가, 황실의 후계자를 정하는 문제로 조정이 시끄러워졌을 때 장량의 추천과 여후의 간곡한 부탁을 받고서야 다시 세상에 나와 혜제의 스승이 되었다. 이 때문에 큰 변란 없이 황위가 계승되어 한나라의 통치 기

반이 반석에 놓일 수 있었음을 말하고 있다. 이는 김기홍에게 너무 산림에서 은둔하듯이 생활하지는 말아달라는 당부를 넌지시 건네고 있는 것이다. 결국 위에서 언급한 세 사람의 시문을 통해서도 <채미가>의 주제가 산림 생활에서 느끼는 흥취에 있음을 알 수 있다.

2) 지역의 실정(實情)과 권농의식(勸農意識)의 표출 : 〈농부사(農夫詞)〉

(1) 선행연구의 쟁점과 논의의 방향

그간 학계에서 임·병 양란 이후 17세기 사회 변동과 사대부 계층의 분화 및 생활의 변모와 관련하여 시조와 가사 등 '농부가류(農夫歌類)' 작품군에 대한 주목이 있었고, 김기홍의 <농부사(農夫詞)>는 산출 시기상 이러한 작품군의 단초를 제공하는 작품으로서 일찍부터 주목되었다. 현재까지 전하는 가사 중에 농부가류 작품군으로 묶을 수 있는 작품들 가운데 김기홍의 <농부사>가 가장 빠른 작품이기 때문이다.

선행연구에서 김기홍의 <농부사>에 대한 이해의 시각은 후손에게 농업을 강조하는 '권농가형 작품'이라는 것과 자영농적 처지로 전락한 작가의 내적 갈등을 언표화한 '자기 독백의 작품'이라는 것이었다. 길진숙[52]은 <농부사>가 작가의 안빈낙도 의식과 실제적 삶의 지향에 대한 이중적 의식을 보여주는 작품으로 농부로서의 삶에 타당성을 부여하고 항산(恒産)의 중요성을 강조한 작품이라 하였다. 류속영[53]도 작가가 사대부 삶의 형태 변화에 따른 현실적 가치를 추구하면서,

---

52) 길진숙, 「朝鮮後期 農夫歌類 歌辭 研究」, 이화여자대학교 석사학위논문, 1990.
53) 류속영, 「김기홍 <농부사>의 창작배경과 작가의식」, 『문창어문논집』 38, 문창어문학회, 2001.

후손들에게 과거 성인(聖人)들과 자신의 삶을 전거로 농사를 지어야
하는 이유를 피력한 권농가라고 하였다. 이에 비하여 조해숙54)은 몰
락양반의 처지의 업농자적(業農者的) 상태에 놓여 있던 작가가 자신의
분울한 심정을 토로한 자기 독백성의 노래라고 하였다. 김창원55)은
궁핍한 현실 속에 자영농적 처지로 전락한 작가가 선비이면서 동시에
농부라는 괴리된 처지에 대해 갈등하고 고민한 내적 갈등의 산물이라
하였다. 안혜진56)은 향촌사족층의 작가가 농사에 절대적인 가치를 부
여하고 그 당위를 확고히 함으로써 외부 현실과 자신의 신분과의 괴
리에서 오는 갈등을 무마하고 있는 작품이라고 하였다. 한편 임기
중57)은 <농부사> 해제에서 주경야독과 안빈낙도의 삶을 노래한 은
일가사라고 하였으나, 이는 작품의 실상과는 차이가 크다.

작품 이해에 있어 연구자들 간에 이토록 입장이 상이한 것은, 농부
가류 가사 작품을 언어형식에 따라 '권농가형(勸農歌型)-부농가형(富
農歌型)-중농가형(重農歌型)'으로 구획을 짓기도 하고, 농부가류 가사
작품의 작가층을 '양반토호-몰락양반-하층농민'으로 나누는 등 논의
구도에 따라 작품의 외연을 규정해 놓고 작품을 추단함으로써 작품
의 실상에 온전히 접근하기 어려웠기 때문이다.58) 또 작가 김기홍의

---

54) 조해숙, 「농부가에 나타난 후기가사의 창작의식과 장르적 성격 변화」, 서울대학교
   석사학위논문, 1991.
55) 김창원, 「朝鮮後期 士族創作 農夫歌類 歌辭의 作家意識 硏究」, 고려대학교 석사학
   위논문, 1993.
56) 안혜진, 「18세기 향촌사족 가사 연구」, 이화여자대학교 박사학위논문, 2005.
57) 임기중, 『한국역대가사문학집성』, 누리미디어, 2005.
58) 신성환은 농부가류 가사에 대한 종래의 성과들이 내재적 발전론의 주요한 입론이었
   던 조선후기 농업사 연구에 강하게 긴박되어, 근대라는 필연의 단계를 중심에 놓고
   역사를 이해하는 목적론적 근대주의의 시각이 작품 이해에 작동되고 있었음을 비판

신분과 사회적 위상에 대해 엄밀한 검토가 없이 여타의 농부가류 작품군의 작가, 대체로 지배계급에 속하는 지역 기반의 영향력이 강한 향촌사족 계층과 등치시켜 해석하였기 때문이다.

<농부사>를 분석함에 있어서 무엇보다 김기홍의 신분적 위상이 중요하게 고려되어야 하는데, 김기홍은 선행연구에서 일반적으로 지칭되는 사대부도 향촌사족도 몰락양반도 아니다. 그는 지역적 연고로 인하여 출사에 제한을 받아 벼슬을 하지 못하고 경제적으로도 넉넉하지 못했던, 그래서 궁경가색을 감내해야만 했던 함경도 지역의 '향반'이다. 하지만 동시에 그의 신분은 '유품'에 속하여 지역사회에서 일정한 위상과 영향력은 지니고 있었던 특수 계층이다. 따라서 비록 경제적으로 곤궁한 처지에 있었지만 그러한 조건으로 인해 그의 내면세계가 신변탄식류의 자기 독백이나 한탄, 내적 갈등으로 귀결될 소지는 매우 적다. 이미 앞서 살펴본 국문시가 작품에 드러나는 주제적 경향이 이를 증명한다.

김기홍의 경우에 그보다는 오히려 '유품'이라는 자신의 정체성을 기반으로 하여 —일반 평민들과의 신분적 차이를 분명하게 드러내면서— 지역 사회 안에서는 일정한 위상을 가지고 외부를 향해 상층의 목소리를 낼 수 있는 측면이 있었음을 고려해야 한다. 이에 본고에서는 김기홍이 지닌 특수한 신분적 속성을 고려하면서 동시에 앞서 살

한다. 즉 봉건체제의 모순이나 양반 신분계층의 몰락과 신분 변동 등의 구도가 작품 해석의 준거로 작용하면서 서로 유사한 수준의 도식적 결론으로 귀결됨을 지적한다. 이에 농부가류 가사의 해석에 있어 농촌이라는 공간적 배경, 농촌사회와 구성원들의 실체 등의 문제를 검토하는 것이 보다 본질적인 문제임을 주장한다. * 신성환, 「조선 후기 농촌공동체의 운영과 農夫歌類 歌辭」, 『우리어문연구』 44, 우리어문학회, 2012. 참조.

펴본 김기홍의 생애와 함경도 지역의 특성 등 작자를 둘러싼 외부적
요소를 살펴가면서 작품의 지향과 특성을 논의하고자 한다.

(2) 농업의 본질과 중요성 강조

<농부사>의 경우도 앞의 <채미가>와 마찬가지로 작품의 구체적
인 창작 시기는 확인할 수 없다. 다만 자신이 지은 화운시에서 자신
의 처지에 대해 '홀로 늙어간다[獨老]'고 언급한 부분이 보이고, 세속
적인 이록(利祿)에서 벗어난 면모를 보이기도 하는 것으로 보아 작품
의 전체적인 분위기상 <채미가>보다도 더 늦은 시기, 즉 60세 이후
노년에 창작된 것으로 추정할 뿐이다.

이 작품은 47구로 이루어진 길지 않은 작품으로, 내용상 6개 부분으
로 나눌 수 있다. 문맥을 따라가면서 작품의 내용을 살펴보기로 한다.

> ①
> 乾坤이 열긴 후에 萬物을 다 삼기되
> 百穀이 種子 업서 몃 히룰 몯 시믄고
> 盤古王 나시며셔 燧人氏여 니르도록
> 禽獸의 피 마시고 나모 여룸 머글 제사
> 일홈이 飮食인둘 므슴 마술 알라시리
> 神農氏 님금 되여 받 갈기룰 フ르치니
> 飮食의 됴흔 마술 이제야 처엄 아라
> 時時로 제수흔둘 恩惠룰 다 가풀가

첫 부분에서 화자는 인류 역사의 기원후에 사람들이 살아온 과정
을 언급하고 있다. 즉 반고(盤古)부터 수인씨(燧人氏)에 이르기까지는

사람들이 농사를 짓지 않아서 생존을 위해 나무의 열매를 따먹거나 짐승의 피를 마시며 살아갈 수밖에 없었다. 이 기간 동안에는 비록 명목상으로는 음식이라 칭하였으나 아무런 맛도 느끼지 못하며 그저 생존을 위해 먹을 수밖에 없는 수준이었다. 그러다가 신농씨(神農氏)에 이르러 처음으로 농기구를 만들어서 백성들에게 농사일을 가르치자, 사람들이 비로소 곡식을 수확하여 맛있는 음식을 먹기 시작하였다. 농업의 시작은 이토록 신성한 의미를 지닌 행위인 것이다. 이에 이러한 신농씨의 은덕은 그를 기념하여 때때로 지내는 제사(祭祀) 행위로는 다 갚을 수 없는 것이라고 역설하고 있다. 이러한 화자의 발언은 자연스레 작품을 대하는 독자들로 하여금 '농사를 짓는 일이 사람의 생존과 관련하여 의미 있고 지중(至重)한 행위'임을 인식하게 한다. 따라서 작품 첫머리에 등장하는 화자의 이러한 발언은 <농부사>가 자기 독백의 성격을 지녔다기보다는 외부의 독자들을 향하고 있음을 짐작케 한다.

> ②
> 天下의 살옴들홀 四民에 눈화시니
> 學問을 홀쟉시면 立身揚名ᄒ려니와
> 農事ᄂᆞᆫ 本業이라 仰事俯育ᄒ리로다
> 人命이 지듕ᄒ고 하늘히 삼겨시니
> 天民이 되여 나셔 本業을 아니ᄒ랴

이어지는 부분에서 화자의 발언은 계속 이어진다. 화자는 하늘이 천하 백성들을 사·농·공·상으로 구분하였으니, 각자의 신분 처지에 맞는 역할에 충실하여야 함을 강조하고 있다. 작품에서는 특히 사

(士)와 농(農)의 삶을 대비시키고 있다. 즉 선비[士]가 되었으면 신분에 걸맞도록 응당 학문을 통해 입신양명(立身揚名)을 이루고자 열심히 노력해야 하고, 농민[農]이 되었으면 농사가 자신들의 본업이기 때문에 부지런히 일을 하여 '앙사부육(仰事俯育)'을 이루어야 한다고 강조하고 있다. '앙사부육'은 『맹자(孟子)』에 전거를 둔 말로 '위로는 부모를 잘 봉양할 수 있고, 아래로는 처자(妻子)를 잘 기를 수 있게 한다'[59]는 말이다. 이는 역설적으로 농사에 전력한다 해도 부모 봉양과 처자식 건사를 제대로 감당하기 힘든 지역의 척박한 농업 환경을 염두에 둔 발언으로 여겨진다.

인용문의 마지막 구절에 이르러 화자는 '사람의 목숨은 지극히 중한 것'이며 게다가 그토록 중요한 사람의 목숨은 하늘이 내린 것임을 강조하며, 농업이 신분의 문제를 넘어 사람의 목숨을 좌우하는 지고한 가치를 지닌 행위이므로, 천민(天民)의 범주에 속하는 모든 사람들은 본업인 농업에 힘써야 한다는 강한 당위적 가치를 부여하고 있다.

앞서 생애에서도 살폈듯이, 김기홍은 '먹고 사는 어려움[衣食之艱難]'을 해결하기 위해 세 번이나 거처를 옮기며 온 가족이 바쁘게 농사일에 매달려야만 했던 경험을 가지고 있었다. 그는 궁경가색을 통해 농사일에 대한 어려움을 절실하게 체득하고 있었을 뿐만 아니라, 누구보다도 함경 지역의 현실에 대해 잘 알고 있었다. 따라서 그의 발언은 작품을 대하는 독자들에게 더욱 현실성 있게 다가갔을 것이다. 화자는 짧은 구절 안에서 '농사는 본업'이라는 말을 두 번이나 거듭 사용해가면서, 사람의 목숨은 지극히 중하며 게다가 이는 하늘이

---

59) 『孟子』「梁惠王 上」是故明君制民之産, 必使仰足以事父母, 俯足以畜妻子, 樂歲終身飽, 凶年免於死亡, 然後驅而之善, 故民之從之也輕.

낳은 것이니 하늘 아래 백성으로 태어나서 본업인 농사에 힘쓰지 않아서는 안 됨을 거듭 주장하고 있다. 이처럼 화자의 목소리는 철저하게 외부를 향해 있다. 선행연구에서 작품의 실상을 자기 독백의 노래나 내적 갈등의 산물로 보는 견해는 수정이 불가피해 보인다.

(3) 한해 농사의 과정과 장밋빛 미래 제시

작품의 앞부분에서는 외부 사람들을 향해 농사를 지어야 한다는 당위적 주장을 하였다면, 이어지는 부분에 이르러 화자는 직접 한해 농사를 짓는 일련의 과정을 언급하고 있다. 김기홍은 젊은 시절부터 직접 농사를 지으며 생활했기 때문에 농사일의 과정에 대해 누구보다도 잘 알고 있었다.

③
뜰헤 봄이 들고 和風이 훈덥거든
耒耜롤 손소 들고 黍稷을 굴히 심거
和氣여 숨을 타셔 雨露에 줄아거든
일 닐러 호민 메고 南畝에 도라가셔
잡플을 다 굴히여 渤然히 홍셩커든
秋成을 기드려서 뷔며 이며 지여다가
거두어 싸하 두고 斗斛으로 짐쟉ᄒ야
水碓에 담아 두고 晝夜롤 흘니 셔혀
시내여 조히 시서 浮浮히 실레 뼈셔
淸酒롤 묵괴 빗고 粢盛을 ᄀ촌 후에
先祖의 祭祀ᄒ며 婦子롤 거ᄂ리고
朝夕의 분별업시 비브로 머그리라

위의 인용 부분을 보면, 봄이 되고 온화한 바람이 불기 시작하여 농사일이 시작되면, 직접 쟁기와 보습을 손에 들고 나가 밭을 갈고 '기장[黍稷]'을 심는다. 눈 여겨 보아야 할 점은, 작품에서 선택된 작물이 기장뿐이라는 것이다. 일반적으로 농부가의 경우, 대상 작물로 밀, 보리, 면화, 콩, 벼 등 다양한 농작물들이 등장한다. 예컨대 19세기 경기 지역에서 산출된 정학유(丁學游, 1786~1855)의 <농가월령가(農家月令歌)>60)에 이르면 거의 모든 종류의 농작물이 빠짐없이 등장한다. 그러나 김기홍의 <농부사>에서는 오직 '기장[黍稷]' 뿐으로, 이는 함경도 지역의 농업 현실을 여실히 보여주는 대목이다. 실제로 『신증동국여지승람』의 함경북도 10개 고을의 토산(土産) 항목을 살펴보면 해산물을 제외하고 석이버섯, 송이, 잣, 오미자, 인삼, 구맥(瞿麥), 사향(麝香) 등이 기록되어 있다. 함경남도 지역까지를 통틀어 살펴보아도 사정은 마찬가지다. 함경도 지역의 경우 대부분이 산악지대인 데다가 혹한의 추위가 길게 이어지는 점 등이 농업의 환경으로는 적합하지 않았다. 농업이라고 해봐야 약간의 평지나 산의 일부를 개간하여 밭작물 일부를 심고 가꾸는 것이 고작이었던 것이다. 그중 대표적인 것이 바로 '기장[黍稷]'이었던 것이다.

이렇게 봄이 되어 밭을 갈고 심은 기장은 화기(和氣)에 움이 트고 싹이 돋아 비와 이슬을 맞으며 무럭무럭 자라난다. 그때 농부는 일찍 일어나 호미를 들고 밭으로 가서 잡풀만 조금 매어주면, 기장은 더더

---

60) <농가월령가>와 관련하여서는 김기탁, 「<농가월령가>에 대한 고찰」, 『영남어문학』 2, 한민족어문학회, 1975; 임치균, 「<농가월령가> 일 고찰」, 『한국고전시가작품론』, 集文堂, 1992; 김석회, 「<農家月令歌>와 <月餘農歌>의 대비 고찰」, 『국어국문학』 137, 국어국문학회, 2004; 이승원, 「<농가월령가>에 나타난 자연·인간·사회」, 『국어국문학』 137, 국어국문학회, 2004. 등 참조.

욱 잘 자라게 된다. 그러면 가을이 되어 기장이 익기를 기다려 추수를 하면 된다. 기실 농사일은 해도 해도 끝이 없는 힘겨운 과정의 연속이다. 그러나 화자는 마치 봄에 밭을 갈아 씨앗을 뿌리고 가끔 김만 매어주면 저절로 수확을 기대할 수 있는 것처럼, 농사일을 단순하고 손쉬운 과정인 양 서술하고 있다.

이뿐만이 아니다. 익은 곡식을 타작하여 집으로 옮기는 과정도 녹록하지 않은 과정이겠으나, 이런 과정도 아주 간단하게 기술되어 있다. 이렇게 수확한 곡식은 집에 가득 쌓아두고서 말로 되로 적정량을 짐작하여 물레방아에 담아두기만 하면 밤낮으로 흐르는 물에 의해 저절로 찧어진다. 이 대목에서도 역시 절구질하고 방아 찧는 힘든 과정은 생략되어 있다. 찧어진 곡식은 시냇물에 깨끗하게 씻고 조리질로 잘 건져내어 술을 빚기도 하고 풍성한 제물(祭物)로도 갖추어지게 된다. 이러한 일련의 과정을 통해 얻어진 곡식들은 선조들에게 제사를 지내고 가족들과 함께 배부른 생활을 가능케 하는 삶의 밑천이 될 것임을 확신에 찬 어조로 말하고 있다.

위의 인용 부분은 농사의 과정을 말하고 있으나, <농가월령가>에서 주력하고 있는 '제대로 된 농사법과 시기를 농민들에게 알려주려는 의도나 목적'과는 구별된다. <농부사>에서는 살펴본 바와 같이, 봄이 되어 농사일을 시작하고 가을이 되어 추수할 때까지, 작품 안에서 화자가 말하고 있는 농사의 과정은 필연적으로 기쁨과 즐거움의 결과로 이어질 것임을 예고하면서 신고간난이 없는 온통 희망 가득한 장밋빛으로 그려지고 있다. 여기에 힘든 노동의 모습은 조금도 드러나지 않고 그마저도 별 대수롭지 않은 것처럼 그려져 있다. 이러한 표현 전략은 두 가지 측면에서 이해할 수 있다. 작가의 신분적 측면에서 비록 자신이 농민들의 경우처럼 궁경가색하고 있으며 또 그런 삶의 모습을 작품으로 드러내고 있지만, 그렇다고 해서 자신의 모습이 일반적인 농민들의 모습과 별다른 차이 없이 동일시되는 것은 원치 않는 일이었을 것이다. 즉 윗부분은 궁경가색하고는 있지만 동시에 문면에서 최대한 향반다운 유자다운 풍모가 느껴질 수 있도록 하기 위한 수사적 장치로서 기능하고 있는 것이다. 인용 단락의 끝부분에 보면 한해 농사의 결과가 가족과의 풍족한 삶은 물론이요, 청주(淸酒)를 빚어 풍성하게 자성(粢盛)을 갖추고 조상에게 제사를 올리는 것으로 이어지고 있는데, 화자의 삶이 단순히 후생(厚生)의 문제를 넘어 정덕(正德)의 영역까지 도달하고 있음을 말하는 것이다. 한편 이 작품을 대하는 독자의 측면에서 희망 가득한 농업의 모습은 일반적인 농부가류 작품들의 경우와 마찬가지로 힘든 농업에 적극 참여할 마음을 갖게 하는 회유적 기능도 겸하고 있다고 하겠다.

(4) 개체적 삶의 목표와 지향점

작품의 전반부에서 화자는 농업의 본질과 중요성을 일깨우고, 자신의 궁경가색을 사례로 들어 한해 농사의 과정을 제시하면서 그 결과는 반드시 장밋빛 미래로 귀결될 것임을 확신에 찬 어조로 말하고 있다. 이어지는 부분에서는 농업이 지닌 가치를 개인적·사회적 측면에서 설명하고 있다.

④
내 몸에 辱이 업고 눔의 밥을 아니 빌면
人間의 나왓다가 홀홀이 도라간들

俯仰 天地間의 므슴 恨이 쏘 이시리
녜브터 聖賢너도 農業을 몬져 ᄒ니
大舜은 聖人으로 歷山의 가 바틀 갈고
后稷은 農師ㅣ 되여 耕種을 힘쓰시니
莘野 伊尹이와 南陽 諸葛亮이
한가히 녀롬지여 農桑을 일삼으니
世上의 重ᄒ 일이 이 밧끠 쏘 이실가

이 부분에서 화자는 세상살이에서 남의 밥을 빌지 않고 제 밥벌이를 하는 것이 무엇보다도 중요함을 강조하고 있다. 이에 내 몸에 아무런 욕됨이 없고 제 밥벌이를 잘 할 수 있다면 이 세상에 태어나 살다가 죽어도 아무런 여한이 없을 것이라고 하였다. 동시에 순(舜)-후직(后稷)-이윤(伊尹)-제갈량(諸葛亮) 같은 역대 성인들도 손수 밭을 갈고 씨 뿌리고 누에치는 일들을 하였듯이, 이 세상에서 농사보다 중한 일은 없음을 거듭 강조하고 있다. 이는 농업이 제왕들과 현신(賢臣)까지도 직접 행할 만큼 치국·평천하의 근간이 되는 '천하지대본(天下之大本)'으로 모두가 힘써 행하지 않으면 안 되는 일임을 일깨우는 발언인 것이다.

⑤
金銀이 貴ᄒ야도 飢渴을 몯 살르고
玉帛이 보비라도 凶年에 쓸 디 업다
恒産이 업손 휘면 善心인들 엇디 나리
稼穡의 艱難을 글 마다 닐러시되
周公의 七月詩는 그 듕의 근절ᄒ니
으프며 노래 블러 뉘 아니 감동ᄒ리

화자는 이 부분에 이르러 농업을 통한 식량 생산의 중요성을 직설적으로 말하고 있다. 즉 금은(金銀)·옥백(玉帛)이 비록 값비싸고 귀한 보배이지만 기갈(飢渴)을 해소하거나 흉년을 극복하는 데는 아무런 쓸모없는 것임을 들어, 사람의 생존에 있어서 먹을거리의 확보가 제일 과제임을 천명하고 있다. 아울러 항산(恒産)이 있어야 선심(善心), 곧 항심(恒心)도 생겨난다고 말한다. 『맹자(孟子)』에서는 '항산이 없으면서도 항심을 가지는 것은 오직 선비만이 가능하며, 백성들은 항산이 없으면 항심도 없어진다.'[61]고 하였다. 따라서 본문의 '恒産이 업슨 휘면 善心인들 엇디 나리'라는 표현은 유자(儒者)인 화자 자신의 독백이라고 볼 수 없다. 화자는 항산이 없어도 항심을 견지할 수 있는 신분의 사람이므로, 구태여 이런 독백이 필요치 않다. 이러한 표현은 분명 항산이 없이는 항심을 지니기 어려운 일반 백성들을 향한 발언인 것이다. 이는 자연스레 현실적으로는 생존을 위해서도, 더 나아가 인간답게 살아가기 위한 항심을 지니기 위해서도 농업에 힘쓰지 않을 수 없다는 결론으로 귀결된다.

화자는 농사의 중요성을 일관되게 강조하고 있지만, 동시에 농사일이 지니고 있는 온갖 어려움에 대해 부정하고 있지는 않다. 이와 관련하여 특별히 주공(周公)이 지은 「빈풍(豳風)」<칠월(七月)>을 언급하고 있다. 주지하듯이 「칠월」은 계절별로 백성들이 행하는 농사일과 삶의 고단한 모습을 다양하게 제시하고 있다. 그러나 이 노래는 이러한 백성들의 현실과 실상을 깨닫게 하여 군주[통치자]로 하여금 백성들의 삶을 안정시키고 나라를 태평성대로 이끌어가게 하려는 지

---

61) 『孟子』「梁惠王 上」, 無恒産而有恒心者, 惟士爲能. 若民, 則無恒産, 因無恒心. 苟無恒心, 放辟邪侈, 無不爲已. 及陷於罪, 然後從而刑之, 是罔民也.

향을 담고 있다. 따라서 <칠월>에는 분명 '씨뿌리고 거두는[稼穡]' 농
사일의 어려움을 절실하게 담아내고 있지만, 작품이 지니고 있는 의
도와 지향을 생각하면서 읊조리고 노래하면 감동하지 않을 수 없다
고 한 것이다. 이는 고된 농사일 너머에 있는 농업의 가치, 즉 농업이
백성들의 삶을 안정시키고 나라의 근간을 튼튼히 하여 태평성대를
이루는 근간이 된다는 점을 재차 강조하기 위한 것이다.

(5) 농업의 성패와 공동체의 운명

작품의 마지막 부분에 이르러 김기홍은 자신의 처세관을 드러내
는 동시에, 작품의 첫머리에서부터 진행되어 온 자신의 발언이 향하
고 있는 대상을 분명하게 적시하며 다시 한 번 농업을 강조하면서
작품을 마무리하고 있다.

⑥
어와 아히들하 조셔히 드러스라
聖人도 뎌러하니 긔 아니 어려오냐
愚夫도 다 알거든 긔 아니 쉬올소냐
아춤의 바틀 갈고 밤이어든 그롤 낡어
忠孝롤 本을 삼고 九族이 和睦거든
月朔의 會飮하며 樂歲로 누리다가
功名을 몯 일올디라도 擊壤歌로 늘글이라.

선행연구에서는 마지막 부분의 '아히들하'라는 표현에 주목하여,
<농부사>가 자신의 후손에게 농업의 중요성을 강조하고 있는 작품
이라고 하였다.62) 이 작품의 1차 독자는 <훈가이담(訓家俚談)>63)의

경우처럼 가문 내의 자손(후손)들이라 할 수 있다. 그러나 대상을 굳이 후손들로만 한정할 필요는 없을 듯하다. 일반적으로 시조의 종장부에 보이는 '아희야'·'아희야' 등의 호칭이 불특정 대상을 지칭하는 관습적 성격의 어휘인 것처럼, 좀 더 유추적으로 확대 해석하여 이 작품에서도 단지 후손뿐만 아니라 지역 내의 지인, 이웃 등을 포괄하는 불특정 지칭어로 보는 것도 가능할 듯하다. 교훈적 성격의 목소리는 특정인만을 대상으로 하고 있는 것이 아니라 주변 모든 사람들에게 해당되는 것이기 때문이다. 화자는 역대 성인들도 직접 나서서 행할 정도로 농사일은 어려운 일이며, 어리석은 사람들도 농사의 중요성은 모두 아는 일이라고 하면서 농사에 힘쓸 것을 당부하고 있다. 이토록 재삼 농업을 강조하는 이유는 농업의 성패가 개인의 행복은 물론이요 공동체의 운명과도 직결되기 때문이다. 농업을 통한 생존과 후생(厚生)이 선행되지 않고는 이후 어떠한 다른 일도 잘 되리라 기대하기 어려운 것이 당시의 실정이었다. 따라서 농부가류 가사 작품 중에 김기홍의 <농부사>가 시기적으로 가장 앞설 수 있었던 것은 함경도 지역의 척박한 환경이 강요하는 공동체적 질서와 그 대응 양상에 기인한 것이며, 다른 지역보다 향반층이 신분적으로 지니고 있었던 불안한 실존의 문제가 커서 상대적으로 궁경의 문제에 더 민감할 수밖에 없었기 때문이다.

끝으로 화자는 자신의 처세관을 드러내면서 작품을 마무리하고

---

62) 길진숙, 「朝鮮後期 農夫歌類 歌辭 硏究」, 이화여자대학교 석사학위논문, 1990, 13 면; 류속영, 「김기홍 <농부사>의 창작배경과 작가의식」, 『문창어문논집』 38, 문창어문학회, 2001, 166면.

63) 이에 대한 선행연구로는 김용숙, 「훈가사」, 『청파문학』 10, 숙명여자대학교, 1971; 최강현, 「훈가이담」, 『가사문학록』, 새문사, 1986. 참조.

있다. 자신은 앞으로 아침이 되면 일찍 일어나 농사일을 하고 밤이 되면 글을 읽으며 학문에 매진하는 삶을 살아가겠다고 다짐한다. 일반 백성들의 처지에서 충(忠)·효(孝)의 실천, 가족의 화목, 지역민과의 친화, 편안한 임종 등을 가능하게 하는 기본 전제 조건은 모두 농업을 통한 요족(饒足)한 생활인만큼, 자신은 비록 학문을 통해 공명을 이루지 못할지라도 농업을 통해 <격양가(擊壤歌)>를 부르는 안온한 생활을 영위하겠다고 하였다. 실제 김기홍이 관곡으로 이주한 후의 생활 모습은 이러한 측면이 강하였다.

한편, <농부사>에 드러나는 화자의 의도와 지향은 이 작품의 최초 독자격인 교유 인물들의 화운시를 통해서도 여실히 드러난다.

①

隴頭咏罷農夫詞	밭이랑에서 <농부사> 부르기를 마치니
幽意悠然自激辭	그윽한 뜻 아득히 절로 노랫말에 흐르네.
莘野秋成知逸興	신야(莘野)에서 가을걷이하던 일흥을 알았고,
隆中春夢覺湥思	융중(隆中)에서 봄꿈 꾸던 깊은 생각을 깨달았군.
籍田親未誰能奉	임금님 농사 시범, 뉘 능히 받들리오.
官租民寃我亦悲	관의 세금 백성 원망, 나도 또한 슬퍼하네.
若使敎耕理荒穢	만약 밭가는 걸 가르치고 황무지를 개간하게 한다면
坐看天下一無飢	천하에 한 사람도 굶주리는 사람이 없음을 보리라.[64]

②

淸溪隴上老農詞	맑은 시내 밭이랑에서 늙은이의 <농부사>
語摭豳風七月辭	노랫말은 「빈풍」<칠월>의 가사를 취했네.
靖節耘籽志炎昊	도연명은 김매고 가꾸며 신농·소호에 뜻을 두었고,

---

64) 『寬谷實紀』, 「金參奉鼎昌以詩和之」.

董生耕讀業曾思   동중서는 주경야독하며 증자·자사를 배웠네.
滌場應得豊年樂   마당을 정리하니 응당 풍년의 즐거움을 얻을 것이요,
擊壤寧懷蓽屋悲   격양가를 부르니 어찌 가난한 집의 시름을 지니리오.
賴有此翁勤勸課   이 늙은이가 농사일 권면하는 것을 힘입어
使君同救北民飢   태수도 함께 관북 백성의 굶주림을 구원한다네.[65]

①은 참봉 김정창이 <농부사>에 화답한 작품이다. ②는 종성부사 김익겸이 앞의 김정창의 시를 차운하여 <농부사>에 화답한 작품이다.

①에서 김정창은 김기홍의 <농부사>가 책상머리에서 추체험을 통해 나온 노래가 아니라 직접 농사를 지으면서 부른 노래임을 분명히 밝히고 있다. 김기홍의 작품을 보니, 이윤(伊尹)이 신야에서 직접 농사를 짓던 즐거움을 깨달은 듯하고, 제갈량(諸葛亮)이 융중에 은거하여 세상과 거리를 두고 여유로운 생활을 하려던 의도를 간취한 듯하다고 평을 하며 김기홍을 추켜세우고 있다. 그러나 작품의 후반부에서 이내 자신들의 처지와 지역의 현실문제로 눈을 돌리게 된다. 즉 향반(鄕班)·유품(儒品)의 신분임에도 불구하고 자신들이 직접 농사를 짓지 않을 수 없는 처지, 또 한해 농사를 지어도 관아에 조세를 납부하고 나면 거의 남는 것이 없어 굶주릴 수밖에 없는 백성들의 현실이 바로 그것이다. 시인은 그에 대한 타개책으로 백성들에게 농사짓는 법을 가르치고 적극적으로 황무지를 개간하게 한다면 지역민들이 고질병과도 같은 굶주림의 문제에서 벗어날 수 있을 것이라 하고 있다. 시인의 이러한 화답의 내용은 김기홍의 <농부사>에서 줄곧 강조해온 농업의 중요성을 다시금 강조하는 것이며, 비록 발언의 수위나 강도는 낮을지라도

65) 『寬谷實紀』, 「愁州伯金益謙次韻」.

지역의 현실 문제에 대응하고자 한 것이라 하겠다.

②에서 김익겸은 농사일의 과정과 실상을 드러내고 있다는 점을 들어 김기홍의 <농부사>가 「빈풍」,<칠월>의 노랫말을 취하여 이루어졌다고 평하고 있다. 또 김기홍의 생활 모습을 도연명과 동중서에 비겨, 농사일에도 부지런할 뿐만 아니라 학문과 수양에도 매진함을 드러내었다. 시인은 이러한 김기홍의 생활 방식으로 인해 작물을 수확하여 앞마당에 가득 쌓아두고 타작을 하고 또 이를 기반으로 풍족한 삶을 구가하는 즐거움을 표현하고 있다. 그러면서 시의 결구에서 태수신분인 자신도 '이 늙은이[김기홍]가 농사일을 권면하는 것에 힘입어 함께 관북 지역 백성들의 굶주림을 구원하겠다'는 실천의 목소리를 담고 있다. 부사의 직임을 맡고 있는 고을 수령에 걸맞은 발언이다. 이상의 화답시를 통해 김기홍의 <농부사>가 지역의 현실을 고려하여 농업이 지니고 있는 중요성과 의의를 피력하고자 한 작품임이 자명해졌다.

끝으로 이 둘의 화답시에 김기홍이 다시 화답한 한시를 살펴보기로 한다.

野翁自作農夫詞	야옹(野翁)이 스스로 <농부사>를 지어
牛背長吟審戚辭	소 등에 앉아 영척(甯戚)의 노래 길게 읊조리네.
谷口形容憐獨老	골짜기에 처박혀 살며 홀로 늙어감은 가련하나
人間利祿莫相思	인간세상의 이록(利祿)은 그리워하지 말지어다.
靑門且追邵平業	청문(靑門) 밖에서 소평(邵平)의 일을 따를 뿐이나
白屋誰知處士悲	백옥(白屋)의 처사 슬픔 그 누가 알아주리오.
願與同胞務稼穡	바라건대 동포들과 함께 농사에 힘써
朝晡饘粥不爲飢	아침저녁 죽이라도 먹으며 굶지 않았으면.[66]

　김기홍은 스스로를 '야옹(野翁)'이라 칭하며 자신이 궁경가색하는 처
지임을 드러내고 있다. 그런 그가 부르는 노래는 다름 아닌 '영척(甯戚)
의 노래'이다. 이와 관련된 고사가 전한다. 춘추 시대 위(衛)나라 영척이
제(齊)나라에 가서 빈궁하게 지내며 소에게 꼴을 먹이다가 제 환공(齊
桓公)을 만나 쇠뿔을 치며 자기의 신세를 한탄하는 슬픈 노래를 부르자,
환공이 그를 비범하게 여겨 수레에 태우고 와서 객경(客卿)에 임명한
고사가 있다. 그 노래를 일명 <반우가(飯牛歌)>라고 한다.[67] 후에 이
고사는 통상 곤궁한 선비가 세상에 나가서 벼슬하기를 원하는 전고로
사용된다. 김기홍은 젊은 시절 본격적으로 배움의 길에 나서면서 입신
출세를 열망하고 있었던 흔적이 엿보인다. 그렇지만 그의 꿈은 이루어
지 못했고, 이제 산림에서 몸소 농사를 지으며 살아가는 신세가 되어
인간세상의 부귀영화는 요원한 일처럼 되어 버린 것이다. 따라서 한
(漢)나라 초기 동릉후(東陵侯)를 그만두고 청문(靑門) 밖에서 오이를 가
꾸며 생활한 '소평(邵平)'처럼 김기홍은 출사 등 현실 참여에 대한 미련
을 접고 농사일로 자오하며 살아가고자 결심하였다. 그가 지녔던 마지
막 소망은 다름 아니라 지역 사람들과 함께 농사에 힘을 써서 죽이라도
먹으면서 굶지 않았으면 하는 것이었다. 이렇듯 김기홍이 마지막으로
지은 한시에는 지역의 실정에 비추어 농업의 성패가 자신의 삶은 물론
지역 공동체의 운명과도 일치되는 문제임을 제시하면서 그의 소망이

66) 『寬谷集』上 卷3 「次金參奉鼎昌愁州伯金益謙和農夫詞」; 『寬谷實紀』, 「次金參奉
　　鼎昌愁州伯金益謙和農夫詞」.
67) 『呂氏春秋』 「擧難」 甯戚欲干齊桓公, 窮困無以自進, 於是爲商旅將任車以至齊, 暮
　　宿於郭門之外. 桓公郊迎客, 夜開門, 辟任車, 爝火甚盛, 從者甚衆. 甯戚飯牛居車下,
　　望桓公而悲, 擊牛角疾歌. 桓公聞之, 撫其僕之手曰："異哉! 之歌者非常人也." 命後
　　車載之.

어디에 있었는가를 분명하게 잘 보여준다. 결국 그가 스스로 <농부사>를 지어 부른 데에는, 개인적 처지에 대한 연민도 있고 백옥처사로서의 슬픔도 있었지만, 그보다 더 근본적으로는 지역 공동체의 생존 문제가 강하게 긴박되어 있었음을 알 수 있다.

3. 한시(漢詩), 현실적 삶의 모습과 심미적 표출

김기홍의 문집『관곡집』에는 82개의 제하(題下)에 모두 100수의 한시 작품이 수록되어 있다. 작품 가운데는 시를 창작한 시기를 구체적으로 적시해 놓은 것이 20수 가량 된다. 창작 시기를 확인할 수 있는 작품 중에 가장 이른 시기에 해당하는 작품은 <향석왕사(向釋王寺)>로 '庚戌六月六日'이라고 기록되어 있다.[68] 이 시기는 1670년 김기홍의 나이 37세 되는 때로, 민정중과 이단하에게 가르침을 받은[1664년~1666년] 이후이며, 남구만이 관찰사로 부임[1671년]하기 이전 시기에 해당한다. 이는 김기홍이 한문교양을 습득하여 한시를 지을 수 있었던 것이 민정중과 이단하에게 가르침을 받고 난 이후임을 추정케 한다. 이 시기 이후부터는 김기홍의 생애 전 시기에 걸쳐 시문이 두루 창작된다. 또 그가 지은 산문 가운데서도 창작 시기를 확인할 수 있는 것들이 있는데, 그 가운데 가장 이른 작품인 <학령서(學令序)>[69]가 1667년 1월, <청본부개동문장(請本府改東門狀)>[70]이 1669년 7월임을 고려한

---

68)『寬谷集』上 卷3「向釋王寺 庚戌六月六日」.
69)『寬谷集』上 卷2「學令序 丁未」.
70)『寬谷集』上 卷1「請本府改東門狀 己酉七月」.

다면, 김기홍이 한문을 배우고 이를 통해 시문과 산문을 짓는 데는 역시 민정중과 이단하에게 나아가 배웠던 것이 중요한 계기가 되었을 것임에 틀림없다.

김기홍이 지은 한시가 지닌 형식적 특징은 절반가량이 차운시라는 점이다. 차운한 대상은 대부분 함경 지역으로 부임한 관찰사, 수령, 판관(判官), 평사(評事)71) 및 지역으로 유배를 온 유배객72)과 지역의 유자(儒者)들73)이었다. 이는 김기홍의 한시 작품들이 주변 인물들과 실제 교유하는 과정에서 창작되었음을 의미하며, 당대 문인들과 대등하게 시문을 주고받을 수 있는 정도의 문학적 수준과 교양을 갖추고 있었음을 나타낸다.

이러한 김기홍 한시의 특징적인 점을 통해서 그의 신분과 관련된 의식지향을 읽어낼 수도 있다. 가장 중요한 점은 지역 사회 안에서 유자로서의 명성과 품위를 유지하기 위한 것으로, 이는 자신이 주변의 동류 문인들과 한시를 주고받을 수 있는 대등한 수준의 한문교양을 지니고 있었음을 드러내는 것이다. 이 과정에서 차운시가 유독 많은 것은 김기홍이 교유-사승-친분관계 등 자신을 둘러싼 인적관계망을 부각시킴으로써 자신이 지역 및 중앙 문사들과 폭넓게 교유하고 있음을 과시하기 위한 의도도 내재되어 있는 것으로 보인다. 결국

---

71) 관찰사로는 서원리, 민정중, 남구만이 있고, 수령으로는 종성부사 이동욱(李東郁), 김익겸(金益兼), 경흥부사 이화진(李華鎭), 경원부사 이유(李秞)가 있고, 평사로는 홍주국(洪柱國), 이선(李選), 이단하, 김창협이 있고, 도사(都事)로는 조근(趙根)이 있고, 교양관으로는 유하(柳賀) 등이 있다.

72) 유배객으로는 정상룡(鄭祥龍), 이기주(李箕疇), 홍수주(洪受疇)가 있다.

73) 지역의 유자들 가운데 김정창(金鼎昌), 주시량(朱時亮), 채동귀(蔡東龜), 문효석(文孝錫), 오진렴(吳振濂), 김사업(金嗣業) 등이 있다.

한시 창작은 외적 측면에서 변방 지역의 유자였던 그의 신분적 위상을 공고히 하는 작업의 일환이었다고 해도 과언이 아니다.

한편, 그의 한시 가운데는 함경 지역을 배경으로 창작된 제영시(題詠詩)를 차운한 작품도 보이는데, 정도전(鄭道傳), 남효온(南孝溫), 송익필(宋翼弼), 김시양(金時讓), 송시열(宋時烈), 김수항(金壽恒), 김창즙(金昌緝) 등 이전 시기의 이름난 문인들의 작품을 대상으로 하였다. 이는 김기홍이 지니고 있었던 지역에 대한 관심과 의식의 일단을 엿볼 수 있게 한다. 마지막으로 또 중국 송대 성리학의 비조인 장재(張載)74)와 주희(朱熹)75)의 시를 차운하기도 하였는데, 이는 김기홍의 학문과 독서의 범위를 짐작케 할 뿐만 아니라, 유자라는 신분 의식을 엿볼 수 있게 하는 대목이다. 이처럼 김기홍의 한시는 신분적 특성에 기인하여 교유의 실상과 창작의 의도를 비교적 선명하게 담고 있다.

한편, 한시는 갈래의 특성상 사대부들의 교유와 현실생활의 모습을 잘 반영한다. 따라서 한시 작품을 통해 김기홍의 현실적 삶의 제 양상과 그가 지닌 의식의 특징적인 면모들을 살필 수 있을 것이다.

1) 배움에 대한 열망과 백수공귀(白首空歸)의 회한(悔恨)

(1) 학문적 토양의 성립과 그 기대감

앞에서 살펴보았듯이, 함경도 지역은 17세기까지 중앙으로부터 학문의 전파가 매우 늦었다. 이에 따라 학문의 수준도 낮았고 지역의 유자들은 지적·학문적 갈증에 시달리고 있었다. 이러한 상황에서 그

---

74) 『寬谷集』上 卷3 「次橫渠土牀韻」.
75) 『寬谷集』上 卷3 「次朱文公觀書韻 二首」.

에 대한 단비를 뿌려준 인물이 바로 관찰사 민정중(閔鼎重)이었다. 민
정중은 중앙에 치계하여 여러 서적들을 간출하여 보내달라고 하고
또 교양관을 설치하여 유학을 진흥시키기 위한 방편을 마련하는 한
편, 자신이 직접 지역의 유생들을 가르치기도 하였다. 이러한 학적
토양이 마련되는 가운데 김기홍은 민정중에게 나아가 가르침을 받고
또 학문에 매진하고자 하였다. 다음의 작품은 본격적으로 배움의 길
로 나아가던 시기, 김기홍이 지녔던 의식의 일단을 살펴볼 수 있다.

> 北方丈敎異湖南　　북방 어른들의 가르침은 호남과 달랐으니
> 誰使童蒙日省三　　누가 아이들에게 하루에 세 가지로 반성하라 했던가.
> 稷下遺風今幸見　　직하(稷下)의 유풍을 이제나마 다행히 보게 되니
> 邊城自此庶無慙　　이제부터는 변성에서도 부끄러움이 없으리라.76)

　위 작품은 함경도 경원의 교양관으로 파견된 유하(柳賀, 1624~?)의
시에 차운한 것이다. 함경도 지역에 교양관을 파견하여 지역의 유생
을 가르치게 한 것은 관찰사 민정중의 건의로 1666년 5월에 이루어
졌다.77) 이때 처음으로 교양관으로 임명되어 온 사람이 유하였다. 유
하에 대해서는 자세한 행적을 알 수 없다. 『사마방목(司馬榜目)』에 의
하면,78) 자는 길보(吉甫)로 함흥(咸興)에 거주지를 둔 인사라는 점 정
도만을 파악할 수 있을 뿐이다. 그의 부친 유복선(柳復善)은 함흥지역
에 있는 환조(桓祖)의 능인 정릉(定陵)의 참봉을 지냈다. 추정컨대, 그

---

76) 『寬谷集』上 卷3 「次柳敎官賀韻 二首」.
77) 『顯宗實錄』 7年(1666, 丙午)5月5日(乙酉) 咸鏡監司閔鼎重啓聞："請於會寧·慶源
　　兩鎭, 設敎養官, 以敎北道儒生." 從之.
78) 유하는 숙종(肅宗) 8년(1682년) 임술(壬戌) 증광시(增廣試)에서 진사(進仕) 3등 32
　　위로 입격하였다.

의 집안은 함흥 지역의 사족이었다고 할 수 있다.

유하가 교양관으로 부임하자 김기홍은 학문에 대한 큰 기대감을 드러낸다. 자신이 살고 있는 북방은 '숭무지지(崇武之地)'로서 예로부터 어른들의 가르침이 남쪽과 달랐다며, 아이들에게 날마다 세 가지로 반성하라와 같은 유가적 가르침은 전혀 없었다고 한다. 주지하듯 이 '一日三省'은『논어(論語)』에 전거를 둔 말로,[79] 유가에서 강조하는 충(忠)·신(信)·학(學)의 실천 태도를 일컫는 말이다. 3구의 '직하(稷下)'는 전국시대 제나라 위왕(威王)과 선왕(宣王)이 도성 임치(臨菑)의 직문(稷門) 밖에 학궁(學宮)을 세우고 학사와 유세하는 현자들을 모아 토론과 학문에 전념하게 한 곳으로, 당시에 맹자(孟子) 또한 제선왕을 찾아가 왕도정치를 권한 적이 있다. '직하의 유풍'이란 이렇듯 당시 함경도에 학문과 토론에 전념할 수 있는 토양과 분위기가 형성되었음을 뜻한다. 이에 김기홍은 비록 늦었지만 이제나마 유학의 가르침을 입게 되어 변방에서도 유자로서 예의염치에 입각한 부끄럽지 않은 삶을 살게 될 것이라 말하고 있다. 이처럼 교양관의 파견과 교육의 시행은 함경도 지역에서는 특별한 의미를 지닌 일이었던 것이다.

한편, 관찰사 민정중은 교양관 유하에게 명하여 지역이 여론을 모아 교육에 관한 '학령(學令)'을 제정하라고 명한다. 이에 학령이 완성되자, 김기홍은 학령에 서문을 짓기도 하였다.

이 학령(學令)은 어떻게 만들어진 것인가. 상국(相國) 민정중 선생께서 감사(監司)로 재임하실 적에 교화가 행해지지 않음을 근심하셨다. 이에

---

79)『論語』「學而」曾子曰, 吾日三省吾身, 爲人謀而不忠乎, 與朋友交而不信乎, 傳不習乎.

병오년(1666년) 겨울에 교양관 유하에게 명하여 향론을 모아 학령을 제정
케 하고, 이를 학당[倫堂]에 걸어 오래토록 따르고 행할 기반으로 삼게
하셨다. 그리하여 선비를 가르치는 방법과 읍양하는 방편이 모두 여기에
서 나오게 되었으니 어찌 아름답고 다행스럽지 않겠는가. 이는 단지 한
때의 규범일 뿐만 아니라 실로 백세(百世)의 귀감[觀感]이니, 북관의 풍속
이 크게 변하고 사기(士氣)가 진작됨이 오늘부터 시작될 것이다.80)

김기홍은 <학령서(學令序)>에서 학령의 제정으로 인해 비로소 '선
비를 가르치는 방법과 읍양(揖讓)하는 방편'이 마련되었다고 의미를
부여하며, 이를 통해 앞으로 '북관의 풍속이 크게 변하고 사기(士氣)
가 진작될 것'이라는 기대감을 드러낸다. 이런 기대감은 서문에 함께
이름을 올린 장의(掌議) 이극배(李克培)와 훈장 황여즙(黃汝楫) 등 지
역의 동류 유자들도 마찬가지였을 것이다. 이처럼 함경도 지역에 학
문적 토대가 마련되게 된 것은 지역의 유자로서 매우 감회가 남다른
일이었으며, 학문을 통해 청운의 꿈을 꾸게 하는 시초였다.

(2) 현실적 처지와 학문의 길 사이의 경계

이렇게 김기홍은 큰 기대감을 가지고 학문의 길로 나아갔지만, 곤
궁한 집안 형편은 줄곧 그의 발목을 잡고 있었다. 남구만에게 나아가
가르침을 받을 무렵, 김기홍은 가난의 여파 속에서 첫 번째 부인 청
풍 김씨(淸風金氏)를 떠나보내고 만다. 함경도 지역에 학문적 훈풍이

---

80) 『寬谷集』上 卷1 「學令序 丁未」 右學令, 何爲而作也. 閔相國先生鼎重爲監司時, 憂
其敎化之不行. 歲丙午冬, 乃命敎官柳賀, 採摭鄕論, 作此學令, 刻懸于倫堂, 以爲久
遠遵行之地, 造士之法, 揖讓之方, 一出于此, 則豈不美且幸哉. 非特一時之規模, 實
是百世之觀感, 北俗丕變, 士氣振作, 庶乎自今日始矣. 故記于卷末幷誌其歲月云. 丁
未正月日, 掌議李克培·訓長黃汝楫與余敦其事, 仍爲之序焉.

부는 것은 매우 좋은 일이었으나, 개인적으로는 가난과 집안의 불행이 학문에 전념할 수 없게 만드는 요소였다. 다음의 시에서 이러한 김기홍의 상황을 엿볼 수 있다.

蜉蝣身勢惜流年	하루살이 같은 신세로 세월만 보냄을 애석해하다가
親炙高明思躍淵	고명한 가르침을 받고 출사까지 생각했었지.
自歎計拙無衣食	계책이 못나 의식(衣食)도 없음을 스스로 한탄하니
釋耒何會詠古篇	쟁기를 내려놓고 언제나 옛 글을 읽을까.81)

위 시는 1674년 5월 스승 남구만이 관찰사 임기를 마치고 중앙으로 돌아갈 때 지은 작품이다. 김기홍은 과거 하루하루 근근이 목숨을 연명하며 살아온 자신의 삶을 하루살이[蜉蝣]에 비유한다. 그렇지만 이토록 어려운 여건 속에서도 김기홍은 배움에 대한 의지를 보이며 민정중, 이단하, 남구만에게 나아가 가르침을 받으면서 한 때나마 청운의 꿈도 꾸었다. 2구의 시어 '약연(躍淵)'은 『주역(周易)』에 근거하여,82) 땅을 딛고 하늘로 솟아오르는 형상을 드러내며 그간 자신이 갈고 닦은 실력을 바탕으로 어떤 일에 도전해보는 것을 말한다. 문맥상으로는 학문을 통한 입신·출사로 읽힌다. 즉 김기홍이 본격적인 학문의 길로 접어들었을 때, 기회가 주어지면 출사를 하리라는 목표까지 세웠던 것이다. 그런데 현재 자신의 모습을 돌아보니, 처음 배움의 길에 접어들었을 때의 각오와 의지는 약해질 대로 약해졌고, 또 스승마저 임기를 마치고 돌아간다고 하니 매우 암담한 심정이었을 것이다. 게다가 현재 자신의 처지는 먹고 입을 거리도 제대로 해결하지 못하는 형편이라 직접 궁경

---

81) 『寬谷集』上 卷3「次南監司贐行韻 甲寅五月」.
82) 『周易』「乾」九四, 或躍在淵, 无咎.

가색 해야 하는 처지이니, 공부를 하고 싶어도 거기에 매진할 수 없는 상황이었던 것이다. 배움에 대한 열망은 강하였으나 그가 처한 현실적 처지가 뒷받침을 못해주고 있었던 것이다. 김기홍의 이러한 모습은 여러 시문에서 드러나는데, 다음의 작품에서도 그러하다.

> 平生所願學孔周　평소의 소원이 공자·주공을 배우는 것
> 數墨尋行今幾秋　여러 책을 찾아 읽은 것이 몇 년이런가
> 旅舘今朝奉前後　객관에서 오늘 아침 모셔 선 이후엔
> 不知何處更淹留　어느 곳에 다시 처박혀 있을지 알지 못한다네.83)

위 작품은 권판관(權判官)이 주생(朱生)과 채생(蔡生)에게 준 시를 차운한 것이다. 권판관은 누구인지 분명치 않고, 주생과 채생은 남구만의 경흥 유배 때 김기홍과 함께 나아가 배종했던 경원의 채우주(蔡宇柱)와 종성의 주익(朱棫)일 것으로 생각된다.

작품에서 김기홍은 자신의 평소 소원이 학문을 통해 공자와 주공을 배우는 것이었다고 천명한다. 이에 자신의 소원을 이루기 위해 어려운 처지에서도 여러 책을 찾아 읽고 또 스승에게 나아가 묻기도 하고, 주변의 동학들과 함께 강론을 하기도 하면서 열심히 학문에 매진을 하였다. 작품을 지을 당시에도 동류들과 권판관을 배종하고 아침 내내 한자리에서 이야기를 나누고 있었으나, 김기홍은 가르침에 몰두하지 못하고 마음 한 편으로는 다른 근심 걱정을 하고 있다. 지금 이렇게 함께 강론을 하는 것은 즐겁고 좋은 일이며 평소 자신의 소원을 이루기 위한 행위의 일부이나, 이 자리가 끝나고 나면 자신은

---

83) 『寬谷集』上 卷3 「次權判官贈朱蔡生韻」.

다시 현실적인 문제를 떠안고 고민하면서 살아가야 한다. 즉 생계를 위해 이런저런 일을 하느라 학문과는 자연스레 또 멀어질 수밖에 없는 처지였다. 이는 필연적으로 배움의 과정이 연속되지 못하고 자주 단절을 겪음은 물론, 그 결과 책 속에 담긴 정수(精髓)를 얻지도 못하여 학문적 성취를 기대하기 어려운 상황으로 귀결될 수밖에 없었다. 이런 현실이 바로 김기홍이 지니고 있던 문제의 핵심이라 할 수 있다. 이처럼 처음 학문의 길로 나서면서 지녔던 포부와 실제 학문의 과정은 이토록 큰 차이를 노정하고 있었던 것이다.

(3) 학문의 길에 대한 회고(回顧)와 회한(悔恨)

평탄하지 않은 현실적 처지로 인해 배움의 과정에서 충실할 수 없었던 김기홍의 학문적 성과가 그다지 좋지 못한 결과로 귀결되는 것은 애초부터 예상가능한 일이었다. 김기홍은 말년에 이르러 자신의 삶을 되돌아보면서 배움의 과정을 회고하고 정리하였다.

①

覃被菁莪化	선생님들께 가르침을 입으며
生長北海濱	북해 바닷가에서 생장하였네.
嘐嘐追古訓	떠들썩하게 옛 가르침을 따르고자 노력하였으나
靡靡同今人	보잘 것 없이 지금 사람과 같아지고자 말았네.
謾懷三省志	세 가지로 살피라는 뜻을 품었으나
虛擲百年辰	백년 한 평생을 허투루 보냈구나.
希聖更何望	성인을 바랐으나 어찌 가망이 있으리오
深慚士子身	선비의 몸으로 살아온 게 심히 부끄럽다네.[84]

---

84) 『寬谷集』上 卷3 「次洪評事柱國贈北儒韻」.

②

苟有志于學	만일 배움에 뜻을 두었다면
何嫌遐遠濱	어찌 먼 바닷가에 사는 걸 꺼리는가.
陳良元楚産	진량(陳良)도 본래 초(楚)나라에서 태어났고[85]
趙德是潮人	조덕(趙德)도 조주(潮州) 사람이었다네.[86]
化被遷鴦日	교화를 입어 좋은 날이 올 것이요
名彰附驥辰	이름이 빛나 출세할 때가 있을 것이다.
嗟哉二三子	아, 너희들은
亦可勉諸身	수신에 힘을 쓰는 것이 옳을 것이다.[87]

위 ①의 작품에서 김기홍은 배움의 길로 나아간 이후 늘그막에 이르러 자신의 삶에 대해 회고하며 자평(自評)을 하고 있다. 이 작품은 평사(評事)로 부임해 있던 홍주국(洪柱國, 1623~1680)이 지역의 유생들에게 지어준 시를 차운한 것이다. 차운의 대상이 되었던 원작이 홍주국의 문집인『범옹집(泛翁集)』에 남아있는데, ②의 작품이 바로 그것이다.

논의의 순서상 ②의 작품을 먼저 살펴보는 것이 좋을 듯하다. 홍주국이 평사로 함경도에 부임했던 것은 1668년이었다. 이때는 민정중이 관찰사로 재임하고 떠난 직후로 함경도 유자들에게 학문적으로

---

85)『孟子』「滕文公 上」에 "진량(陳良)은 초(楚)나라에서 태어났지만, 주공(周公)과 중니(仲尼)의 도를 좋아한 나머지, 북쪽으로 중국에 와서 학문을 배웠다.[北學於中國]"라고 하였다.

86) 당나라 때 한유(韓愈)가 조주(潮州)로 귀양을 갔을 적에, 무지한 백성들을 교화시키기 위해 향교를 세우고 진사 조덕(趙德)에게 백성들을 가르치게 하였다. 관련 내용은 소식(蘇軾)이 지은 <조주한문공묘비(潮州韓文公廟碑)>에 보인다. "처음에 조주 사람들은 학문을 몰랐는데 공이 진사 조덕에게 명하여 스승이 되게 하니, 이로부터 조주 선비들이 모두 문행(文行)에 독실하여져서 백성들에게까지 이르렀다.[始潮人未知學, 公命進士趙德, 爲之師, 自是潮之士, 皆篤於文行, 延及齊民.]"

87) 洪柱國,『泛翁集』,「贈會寧諸生」, 한국문집총간 속집 36, 199면.

훈풍이 불던 시기였다. 이러한 분위기와 궤를 같이하여 홍주국은 시를 지어주면서 지역의 유생들에게 희망 가득한 어조로 이야기를 한다. 배움에 뜻을 두고 그것을 잘 실천해 나간다면, 함경도 바닷가 끝에 산다는 지역적인 요소는 아무런 문제가 되지 않을 것이라고 하였다. 또 옛날 중국의 진량(陳良)과 조덕(趙德)의 사례를 들어 배움에 매진하고 노력한다면 중앙으로부터 소외된 변방에서도 어려운 현실을 극복하고 얼마든지 입신양명할 수 있는 기회가 올 것이라고 말하였다. 그러면서 여러 유생들에게 학문적 수양에 매진할 것을 당부한다. 당시 함경도 유자들이 지녔던 기대와 희망은 홍주국의 시문에서 말하였던 것과 다름이 없었을 것이고, 김기홍도 분명 비슷한 생각을 하였을 것이다. 그러나 현실은 달랐다.

①에 드러나는 작품의 어조와 분위기는 원시의 그것과 동문서답식의 배치되는 듯한 내용으로 이루어져 있다. 이 작품은 홍주국이 작품을 지었을 때 증답시(贈答詩)의 형태로 곧바로 차운한 것이 아니라, 상당한 시간적 편폭을 두고 김기홍이 노년에 지은 것으로 생각된다. 작품에서 김기홍은 과거 홍주국이 자신을 비롯한 지역의 유자들에게 말했던 시의 내용을 떠올리며 동시에 자신의 학문적 삶을 회고한다. 자신은 북해 바닷가에서 생장하였지만 여러 선생들의 고명한 가르침을 입으면서 살아왔다. 힘겨운 삶 속에서도 옛 성인들의 가르침을 따르겠노라고 떠들썩하게 학문의 길을 걸었으나, 오랜 세월이 지난 뒤 자신의 삶을 돌이켜 보니 별다른 성과도 없이 주변의 평범한 사람들과 다를 것이 없는 신세가 되고 말았다. 또 개인적으로 유자로서 '일일삼성(一日三省)'하면서 충(忠)·신(信)·학(學)의 면모를 지니고 살려고 노력을 하였으나, 되돌아보니 부질없이 세월만 허비하며 늙어버렸다. 이러한 자

신의 모습을 생각하니 평생을 유자로서 살면서 학문적으로도 인격적
으로도 아무런 성과를 이루지 못한 모습이 부끄럽기만 하였던 것이다.
이처럼 이 작품은 김기홍이 자신의 일생을 되돌아보면서 학문적 삶의
모습을 정리한 작품으로 생각된다. 이와 비슷하게 자신의 삶을 되돌아
보며 학문을 이루지 못함에 대한 회한의 어조를 드러낸 작품들이 더
발견된다.

悔我昧前訓	내가 예전의 가르침에 어두웠음이 후회되니
慚爲伎倆人	기량인(伎倆人)이 되고 만 게 부끄럽구나.
光陰忽已謝	세월만 어느덧 훌쩍 지나버려
虛送百年身	한 평생을 허송한 몸이로구나.[88]

위 작품은 '자탄(自歎)'이라는 제목에서도 알 수 있듯이, 스스로의
삶에 대해 한탄하는 내용이다. 김기홍은 일찍부터 학문에 전념하여
성현과 스승의 말씀을 들었으나 그러한 가르침을 몸소 체득하지 못
함을 후회하고 있다. 나아가 한낱 특정 한두 가지 재주에 기댄 채 '기
량인(伎倆人)'의 처지로 그저 먹고사는 일에 매달린 늙은이로 전락한
자신의 모습을 부끄러워하기까지 하고 있다. 기실 『논어』에는 '君子
不器'의 가르침이 존재하는데, 군자는 그 쓰임이 어느 한 가지에 국
한되지 않고 다재다능하여야 함을 일컫는 말이다. 그렇지만 김기홍
은 이러한 가르침에 견주었을 때 스스로 몹시 부족하다 여겼고, 결국
자신의 학문적 성과에 대해 후회스러움이 남을 수밖에 없었다.

이상에서 살펴보았듯이, 김기홍은 17세기 함경도 지역에 불기 시

---

88) 『寬谷集』上 卷3「自歎」.

작한 학문적 훈풍 속에서 배움에 대한 강한 열의를 가지고 학문의
길로 접어들었으나, 곤궁한 현실적 처지와 개인사적 불행 등으로 인
해 학문에 온전히 매진할 수 없었고, 결국 인생의 아무런 학문적 성
과를 올리지 못한 채 늙어간 '백수공귀(白首空歸)'의 모습을 보였다.
이러한 회한의 정서는 인생의 후반기 그의 심중에 남아있던 감정의
한 축이었던 것으로 생각된다.

2) 함경 지역의 현실과 연대 의식

(1) 농업을 통한 지역 실정의 개선 의지

앞에서 살펴본 가사 <농부사>를 통해 지역의 실정이 어떠하였는
지에 대해 살펴볼 수 있었다. 사람이 살아가는 데는 무엇보다 먹는
것이 가장 중요한 문제이기도 하거니와 삶의 수준을 향상시키기 위
해서는 물질적 토대가 뒷받침되어야 함은 자명한 일이다. 척박한 농
업 환경과 곤궁한 지역의 현실 속에서 김기홍은 개인적으로 이와 관
련하여 여러 가지 일들을 시도해보았던 것으로 생각된다.

> 綿絮元非東土産　솜은 본래 우리나라에서 나던 것이 아니니
> 邊城自古布衣寒　변방 사람들은 예로부터 베옷 입고 떨었다네.
> 我將始播幽閑處　내 장차 그윽한 곳에 씨를 뿌리려 하니
> 須教兒童不怕寒　아이들이 추위에 떨지 않았으면 하네.[89]

위 작품은 창작 연대를 확인할 수 있는데, 1692년 3월 김기홍이 59
세 때 되던 해에 지은 작품이다. 당시 김기홍이 인생의 말년에 지역

---

89) 『寬谷集』上 卷3 「採木花吟 壬申三月」.

의 연장자로서 지역의 실정 문제에 대처하는 한 면모를 보여주는 작
품이다.

한반도 지역에 목화의 전래는 주지하듯이 고려 말 문익점(文益漸)
에게까지 그 연원이 올라간다. 이후 한반도 남부 지역에서부터 목화
가 재배되기 시작하고 점차 북쪽으로 옮겨가 조선 중기에 이르면 전
국적으로 재배가 확산되어가는 추세였으나, 함경도 지역에서는 그렇
지 못했다. 이는 함경도 지역의 경우 산간지대가 많아 농사에 적합하
지도 못했을 뿐만 아니라 기후적 요소도 목화의 생육환경과는 알맞
지 않았기 때문이다. 혹독한 추위에 대처하고자 함경 지역 사람들은
대체로 동물의 가죽을 이용하였다.

이와 관련하여 18세기 중반 이중환의 『택리지』에는 '강원도 영동
에서 북쪽으로 함경도까지는 모두 목화가 종자조차 없으며, 비록 심
는다 하더라도 자라지 않는다.'90)라고 하였다. 이를 통해 18세기 중
반까지도 함경 지역에서는 목화가 재배되지 못했음을 알 수 있는데,
이보다 약 100여 년 앞선 시점에 김기홍은 직접 목화를 가지고 와서
집 주변에 심어보면서 거기에 자신의 소망을 담아 작품화하였음을
알 수 있다. 그 소망은 다름 아닌 이 목화가 잘 자라서 앞으로 지역
의 많은 사람들이 솜옷을 해 입고 추위를 잘 견뎠으면 한다는 것이
다. 김기홍의 마음에는 특히 추위에 떠는 어린아이들이 깊이 자리 잡
고 있었으며, 이들에 대한 섬세한 애정 어린 시선을 감지할 수 있다.
목화를 심는 시도는 작은 일이었을지 모르나 그의 소망은 이처럼 원
대한 것이었다.

---

90) 李重煥, 『擇里志』, 「卜居總論」 木綿則兩南爲最, 無論峽土海土, 皆宜種. 自江原道
　　嶺東, 北至咸鏡道, 俱闕種, 雖種之不成.

일반적으로 목화는 옷감의 재료로 제일 많이 쓰이지만 그 밖에도 실제 쓰임새는 아주 풍부하다. 목화대는 땔감으로도 사용하고, 솜을 이용해 고급 화선지를 만들어 쓰기도 했으며, 솜을 빼고 나오는 씨앗으로는 면실유를 짜서 식용유로 썼고, 찌꺼기는 빨래비누를 만들기도 하고 깻묵은 사료나 비료로 사용하기도 했다. 따라서 목화 재배의 성공 여부는 이러한 부수적인 효용성들을 통해 전체적인 삶의 질 향상으로 이어지는 관건이었던 것이다.

이렇듯 농업을 통해 지역의 현실을 개선하려는 시도는 비단 목화의 재배만이 아니었고, 다양한 작물에 대한 재배 시도로 이어진다.

①
征鞭暫住咸關中　　말을 타고 가다 함관(咸關)에서 잠시 머무를 적에
客裏相逢一小童　　나그네 길에 한 어린아이를 만났네.
遺我初來海島種　　처음 해도로 들어온 품종을 나에게 주니
懃懃此意待秋風　　은근히 이러한 마음으로 가을바람을 기다리네.[91]

②
山中瑣細雜生橡　　산속에서 보잘 것 없이 도토리와 섞여 자라며
浪紫浮紅虛盛衰　　자줏빛과 붉은빛으로 허투루 익고 떨어지는구나.
漑根却怕秋霜早　　뿌리에 물을 주며 가을 서리 이를까 염려하니
園上何年子滿枝　　뜨락에서 어느 해에나 가지에 열매 가득할까.[92]

위 ①은 1692년 1월에 지어진 것으로 앞선 <채목화음(採木花吟)>과 시기가 비슷하다. 이 시기 즈음에 김기홍의 관심사가 어디에 있었

---

91) 『寬谷集』上 卷3「富國租吟 壬申正月」.
92) 『寬谷集』上 卷3「採棗恨吟」.

는지를 보여준다. 김기홍이 직접 말을 타고 함경남도 함흥지역으로
내려와 새로운 벼 품종을 얻은 것을 작품화하였다. 본문의 '해도종(海
島種)'이란 바닷가나 섬 지역에서 해풍을 맞으면서도 잘 자라는 그런
기후적 조건에 적합한 벼의 품종을 가리키는 것으로 보인다. 이런 새
로운 품종의 벼를 얻자, 그의 마음은 벌써부터 가을에 대한 기대감으
로 가득하였다.

기실 함경북도 지역은 기후적 요인으로 인해 벼농사가 불가능한
지역으로 치부되었다. 그런데 김기홍 당시에 함경북도에서도 벼농사
가 시범적으로 실시되어 일정한 성과를 거두고 있었던 것으로 보인
다. 다음의 인용문을 보자.

> 북방에 옛날에는 논이 없었는데, 최생[崔輔國]이 개천을 내어 물을 끌
> 어다가 논을 만들고는 벼를 가꾸는 방법을 잘 터득하여 해마다 수백 석
> 을 수확하였다.93)

1688년 남구만이 경흥으로 유배되었을 때, 유배기간 내내 남구만
을 시종한 지역의 유생이 김기홍을 비롯하여 다섯 명이 있었다. 그해
12월 남구만은 해배되어 돌아가면서 자신을 시종한 다섯 사람에게
각각 시를 지어주었다. 위 인용문은 그 가운데 한 사람인 온성(穩城)
의 최보국(崔輔國)94)에 대해 남구만이 쓴 부가기록이다. 주목할 대목

---

93) 南九萬, 『藥泉集』, 「贈五生 幷小序」, 한국문집총간 131, 450면. 北方古無稻田, 崔生
穿渠引流作水田, 妙解其耕種收穫之法, 歲收數百斛.

94) 남구만이 최보국에게 지어준 시문은 다음과 같다. * 온성의 남간에서 시냇물 끌어오
니, 평야에 도랑과 밭이랑 비단무늬 섞여 있네. 어느 곳의 경치 좋은 산과 아름다운
물도, 그대가 누워서 누런 구름 보는 것만은 못하리라.[穩城南澗引渠分, 平野溝塍錯
繡紋. 何處佳山與美水, 總輸君臥玩黃雲.]

은 최보국이 한반도의 최북단 온성에서 처음으로 논을 만들고 벼농
사를 지어 상당량의 수확을 올리고 있었다는 점이다. 김기홍과 동시
대에 인근 고을의 동류가 벼농사에 성공하였다는 점은 상당히 고무
적인 일이었을 터, 이에 김기홍도 자신의 고을에서 직접 벼농사를 시
도하고자 했던 것으로 보인다. 그가 새로운 벼의 품종을 얻으려했던
것은 이러한 맥락에서 이해할 수 있다.

아울러 작품의 제목이 '부국조(富國租)'인 점도 눈여겨보아야 한다.
전체적인 내용은 단지 품종을 얻었다는 것이지만, 작품의 끝에서 화
자는 이미 풍성한 가을에 대한 기대감이 부풀대로 부풀어 있고, 더
나아가 제목에서는 자신의 행위가 장차 '나라의 조세를 부유하게 하
는' 일이라는 점을 적시하고 있다. 이는 김기홍이 벼의 품종을 얻으
면서, 벼농사에 성공할 수 있다는 확신을 은연중에 드러내는 것이라
하겠다.

②의 작품도 문집에 앞선 두 작품과 나란히 실려 있어 같은 시기에
지어진 작품으로 추정된다. 이 작품은 산에서 자라는 야생 대추나무
를 캐서 옮겨다가 자신의 집 뜨락에 심고 뿌리에 물을 주면서 지은
것으로, 대추나무가 추위에 얼어 죽지 않고 잘 생존하여 앞으로 가지
가득 많은 열매들을 맺어주기를 희망하고 있다. 추위를 견디며 생존
해야 하는 나무의 처지는 기실 자신을 비롯한 지역민의 모습에 다름
아니다. 추위와의 싸움을 통해 살아남는 것은 함경 지역민의 삶에 있
어서는 숙명과도 같은 것이다. 그러나 이런 시련을 잘 극복만 한다면
언젠가는 가지 가득 빨간 열매를 맺을 것이다. 이러한 종수(種樹) 행위
는 자신이 직접 시배를 하는 것으로 보인다. 한편, 김기홍의『관곡실
기』에는 <종도기(種桃記)>가 실려 있어 좋은 참조가 된다.

관곡에 복거한 이듬해 기미년(1679년) 가을, 나는 복숭아나무가 있는 사람의 집을 방문하였는데, 마침 복숭아가 한창 익어가고 있었다. 주인이 나에게 복숭아를 한 상자 주었는데, 복숭아를 다 먹고 나는 그 씨를 잘 간직하였다. 나는 또 주인집 하인들에게 마당에 복숭아씨를 줍게 하고 모아서 헤아려보니 그 수가 백 개 남짓하여 열 개쯤은 골라버렸다. 그해 10월에 땅을 고르고 씨를 심었더니 이듬해 봄이 되자 싹이 모두 솟아나왔다. 비가 내리는 날을 택하여 뜰에 줄맞춰 심었더니 가을이 되자 그 길이가 한척 남짓 되었고 가지도 모두 잘 뻗었다. 나는 틈틈이 뿌리도 북돋아 주고 가지를 쳐주기도 하였다.95)

김기홍이 여러 작물에 관심을 보인 것은 관곡으로 이주한 이후의 시기임을 알 수 있다. 실제 김기홍은 직접 농경에 종사하였기 때문에 윗글에서 보면 복숭아 씨를 구하고, 땅을 고르고, 씨를 심고, 옮겨 심고, 뿌리를 북돋아 주고, 가지를 쳐주기도 하는 일련의 과정이 구체적으로 기록되어 있다. 이 같은 여러 작물들에 대한 재배 시도는 결코 개인적인 기호에 의한 것이 아니다. 결국은 농업을 통해서만 개인은 물론 지역민의 삶의 질이 전반적으로 나아질 수 있기에, 농업 환경을 개선하려는 야심찬 시도로 보아야 한다.

이러한 작품에서 드러나는 목화 재배, 새로운 벼 품종의 획득, 대추나무 및 복숭아나무 심기 등의 면모와 아울러 앞서 살펴본 가사작품 <농부사>의 창작-향유는 김기홍이 단지 개인적인 궁핍 상황을 타개하기 위해서만 궁경가색을 행한 것이 아니라, 향반-유품으로서

---

95)『寬谷實紀』「種桃記」卜居寬谷之越明年, 己未秋, 余往于有桃者家, 桃方熟. 主人以一笥桃實饋之, 食訖懷其核, 且使主家僮拾庭中核, 聚而悉箪之, 厥數滿百而除十. 卽其歲之陽月, 鋤其土, 藝其核, 及春, 而苗者皆勃然而生, 擇陰雨, 方列植於園, 至秋而長可尺餘, 枝皆旁達. 余於間日, 培其根, 挹其條.

지역의 실정을 헤아려 공동체 전체의 생존 문제를 고민하였던 삶의
흔적으로 보아야 한다.

(2) 환난을 당한 이웃에 대한 연민(憐憫)

김기홍은 지역적 기반을 바탕으로 지역 사람들과 폭넓은 인맥을
형성하고 있었다. 자신은 신분적으로 향반–유품이었지만 일반 지역
민들의 삶에 대해서도 애정 어린 시선을 줄곧 유지하고 있었다. 앞서
살펴본 <채목화음(採木花吟)>은 이에 대한 좋은 사례에 해당한다. 또
한 지역민뿐만 아니라 함경 지역으로 유배를 온 사람들에 대해서도
이웃으로서 그들과 교유하면서 그들의 분울한 심정을 진심으로 위로
하고자 노력하였다.

<blockquote>

舉家爛額八人灾　　온 집안이 불에 타서 여덟 식구가 화를 입고

多少財藏一掬寒　　얼마간 모은 재물이 한 줌의 싸늘한 재로 변했네.

回祿由來因風散　　불씨가 바람을 타고 번진 것이니

盈虛消息等閑看　　영허(盈虛)와 소식(消息)을 우두커니 바라보네.[96]

</blockquote>

위 작품은 김기홍의 이웃집이 화재를 당한 것을 보고 지은 것이다.
이웃은 화재로 인해 모든 것을 잃었다. 집 전체가 잿더미로 변했고,
그간 열심히 일해서 얼마간 모아놓은 재물들도 함께 하나도 남김없
이 타버렸다. 전 재산이 화마(火魔)의 손아귀에 휩싸여 흔적만 남고
사라져 버린 것이다. 그뿐만이 아니다. 화재로 인해 사람들도 상해를
입었다. 1구의 '난액(爛額)'이 작품을 이해하는 중요한 단서가 된다.
이 말은 『한서(漢書)』 「곽광전(霍光傳)」에 전거를 둔 말[97]로, 아궁이

---

96) 『寬谷集』上 卷3 「火災」.

와 땔감이 너무 가까이 있어서 화재의 위험이 있음을 예지한 어떤 손님이 주인에게 "아궁이 위치를 돌리고 땔감을 멀리 옮겨 놓으라." 라고 충고했는데도, 주인이 말을 듣지 않다가 화재가 발생하였고, 또 이렇게 발생한 불을 끄느라 머리를 끄슬리고 이마를 데였음[燋頭爛額]을 가리키는 말이다. 이 시어를 통해 작품에서 화재가 왜 발생하게 되었는지, 또 그렇게 발생한 불을 끄기 위해 온 가족이 필사적으로 노력하였음을 알 수 있다. 그러나 끝내 그러한 노력에도 불구하고 불길은 잡을 수 없었고, 가족들에게는 화상의 쓰라린 상처만이 남은 채 여덟 식구는 길바닥에 나앉게 되었다. 3~4구에서는 불이 발생한 원인을 간단하게 서술하며 세상사의 차고 비는 이치[盈虛消息]를 담담한 시선으로 바라보고 있다. 돌이킬수 없는 최악의 환난을 당한 이웃에 대해서 무슨 말로도 위로하기 어려운 상황에서 김기홍이 할 수 있는 것은 작품화를 통해 마음으로나마 긍휼히 여기는 시선을 드러낼 수밖에 없었던 것이다.

①

憐公曾是五年囚	공의 오년 유배살이를 불쌍히 여겼으니
憔悴形容兩鬂秋	형용도 초췌하고 양쪽 귀밑머리도 희어졌네.
投汨三塊異屈子	멱라수에 몸을 던진 굴원(屈原)과는 다르고
過出萬里同雷州	만리 밖으로 쫓겨난 구준(寇準)과 같구나.
丹心已著封章日	단심은 이미 밝은 해처럼 드러나고
素養今看豆水陬	소양은 지금 두만강 가에서 볼 수 있구나.
更覺離亭別意苦	역정에서 헤어지며 이별의 고통을 새삼 깨달으니
雲天嶺路轉悠悠	구름 하늘 위로 난 산길 구불구불 아득하구나.[98]

97) 『漢書』 卷68 「霍光傳」 참조.

②

萬里邊城外	만리 변성 밖에
可憐楚澤臣	가엾어라, 쫓겨난 신하.
愁深賦鵬日	쫓겨남을 읊으니 시름이 깊어지고
淚落憶鄕人	고향 사람 생각하니 눈물이 떨어지네.
雪滿藍橋遠	멀리 남교(藍橋)에는 눈이 가득하고
天寒旅舘貧	가난한 여관살이에 날은 차갑네.
賜還將不久	해배의 날이 오래지 않으리니
努力自重珍	노력하며 스스로 진중하게나.[99]

위 두 작품은 귀양살이하는 이웃에게 준 시이다. ①은 직재(直齋) 이기주(李箕疇, ?~?)가 귀양살이를 마치고 돌아갈 무렵에 지어준 시의 일부분이다. 이기주는 송시열의 문인으로 1689년 5월 숙종에게 송시열에 대한 처결의 억울함을 주장하는 상소를 올렸다가 회령으로 유배를 당하였다.[100] 김기홍은 지난 5년간 타향에서 힘겹게 귀양살이를 하느라 형용도 수척해지고 머리도 하얗게 센 초라한 이기주의 모습을 측은한 시선으로 바라보고 있다. 4구의 구래공(寇萊公)과 관계된 전고를 인용한 것은 그가 잘못이 없는데도 주변의 모함으로 인해 유배를 오게 되었음을 말한 것이다. 그렇지만 이렇게 억울하게 오랫동안 귀양살이를 했지만 굴원처럼 자결이라는 극단적인 선택을 하지 않은 것이 참으로 대견했을 것이다. 이러한 태도에서 평소 그가 지니고 있던 충심과 소양을 알 수 있다. 김기홍은 귀양살이를 마치고 떠나가는 이기주를 역정(驛亭)까지 배웅하고 떠나가는 뒷모습을 멀

---

98) 『寬谷集』上 卷3 「別李直齋箕疇」.
99) 『寬谷集』上 卷3 「次洪掌令受疇謫居時韻 二首」.
100) 『肅宗實錄』 15年(1689, 己巳)5月30日(乙丑) 1번째 기사 참조.

리 바라보고 있다. 비록 귀양살이를 하러 온 사람이지만 지난 세월 동안 한 지역에서 지내며 이웃처럼 생활했던 정황을 읽어낼 수 있다. 그리고 이는 귀양살이를 하는 사람에게도 마음으로나마 큰 위안이 되었을 것이다.

②는 장령(掌令) 홍수주(洪受疇, 1642~1704)가 경흥으로 유배를 왔을 때 그의 시의 차운하여 쓴 시이다. 홍수주는 윤증(尹拯)을 비호하는 상소를 올렸다가 1685년 10월 함경도 경흥으로 유배를 당하였다.[101] 김기홍은 유배 온 홍수주를 '楚澤臣'이라 지칭하며 혼탁한 세상에서 홀로 바른 말을 하다가 쫓겨난 굴원(屈原)에 견주어 그를 진심으로 위로하고 있다. 아울러 머지않아 유배가 풀려 돌아갈 수 있을 테니 스스로 마음을 가라앉히고 진중한 자세를 견지하며 생활할 것을 당부하고 있다. 비록 유배를 온 것일지언정, 김기홍에게는 같은 지역에서 생활하는 이웃에 다름 아니었기에 이토록 진솔한 심정으로 그를 위로하고자 하였던 것이다.

한편, 김기홍은 친구의 부친인 이광택(李光宅)이라는 인물이 죽자, 만사(輓詞)를 지어 애도하기도 하였다.[102] 친구의 부친은 성현의 경전을 읽으면서 기난한 가운데에서도 그 즐거움을 고치지 않고 곤궁한 가운데에서도 의로운 것이 아니면 취하지 않는 등 올바른 도를 추구하며 세상을 살았다. 동시에 자식들에 대한 가르침에서도 손색이 없어서 다섯 아들이 모두 부친의 가르침을 입어 성현의 말씀을 존숭하는 삶의 태도를 갖추었음을 말하고 있다.[103] 이처럼 부친의

---

101) 『肅宗實錄』 11年(1685, 乙丑)10月9日(丙申) 2번째 기사 참조.

102) 『寬谷集』上 卷3「李公光宅輓」.

103) 嗚呼, 先尊曾讀聖經立定矩模, 貧而不改其樂, 窮而不取非義, 直道而處世, 敎子以

죽음으로 인해 슬픔에 잠긴 친구를 위해 부친의 학덕(學德)과 교자(敎子)를 언급하며 존경의 뜻을 밝히면서 위로하고자 하였다.

3) 교유인물에 대한 그리움과 내면적 고독(孤獨)

김기홍의 시가 작품 전반에 짙게 배어있는 정서 중에 하나는 고독감이라 할 수 있다. 앞서 살펴본 시조작품와 가사 <채미가>에서는 모두 1인칭 독백체를 택하고 있으며 작품 안에는 다른 타자가 등장하지 않는다. 게다가 그의 내면 지향도 굳이 외부 사람과 어울리려 하지 않고 홀로 산림에서 생활하며 독락(獨樂)을 추구하고 있다. 이는 일견 지역적 특성에 기인할 터, 지역 자체가 외진데다가 인구도 적었기 때문일 것이다.

하지만 그보다 더 중요한 이유는 자신과 대등한 신분적 위치에서 교유할 수 있는 인물들이 적었기 때문이다. 김기홍은 '향반-유품'으로서 지역 안에서 자신과 비슷한 신분의 지역 인사들과 교유관계를 형성하였는데, 문집 등의 기록을 통해 볼 때 친밀한 관계를 유지한 사람은 대략 7~8명에 지나지 않는다. 더 근본적으로는 김기홍이 교유하기를 희망했던 사람들이 적었기 때문이다. 그렇다면 그가 교유하기를 희망했던 사람들은 누구인가? 그것은 바로 중앙의 상층 문인들이었다. 김기홍이 본격적인 학문의 길로 접어든 이후에 함경 지역으로 부임하는 관찰사 및 수령에 대해서는 대부분 사승-교유관계를 형성하며 시문을 주고받는 등 적극적인 관계맺기에 나선다. 이러한 태도는 심지어 함경 지역으로 유배를 온 인물들에 대해서도 마찬가

義方, 是以五子顧湜垂訓, 尙慕先聖格言, 不有陳俗之令色, 其養之也純, 其敎之也善, 則是皆先君本心之所發, 而言之表行之著也.

지이다. 김기홍이 이렇게 관계를 맺는 사람은 대략 20여 명에 이른다. 이는 김기홍의 인간 관계에 대한 지향이 어디에 있었는가 하는 점을 단적으로 보여준다 하겠다. 그가 호형호제하며 지냈던 지역의 인사 학암 최신의 경우도 따지고 보면 ─물론 개인적인 친분이 전제되었겠지만─ 최신이 송시열에게 추천되고 도성으로 가서 그의 문하에서 수학하며 이후 관직에 오르는 등 중앙 학계-정계의 중심부 안에서 생활하고 있었기 때문이 아닐까 한다. 최신의 행보는 지역적 신분적 처지 등을 고려했을 때 김기홍이 마음속으로 갈망하였던 모습의 전형이었을 것이다. 이에 평생을 두고 서신과 시문을 주고받았던 것이라 생각된다. 결국 김기홍의 시가작품에서 드러나는 고독의 정서는 그의 신분적 처지와 내면지향에 기인하고 있는 것이다.

김기홍은 함경 지역으로 부임해 오는 관리들과 적극적인 사승·교유관계를 형성하였으나, 사실 이들은 일정 기간이 지나면 임기를 채우고 지역을 떠날 사람들이었다. 그리고 이것은 유배를 온 사람들의 경우도 마찬가지였다. 이렇게 김기홍의 주변 교유관계를 헤아려보면, 지역 인사들을 제외하고는 오랜 관계를 이어간 경우가 드물다. 이들이 함경 지역에 부임하였을 때 교유를 맺는 것은 김기홍에게는 영광스럽기도 하고 큰 기쁨이었겠으나, 이별한 이후에는 그만큼 그리움이나 아쉬움이 클 수밖에 없었다. 김기홍의 한시에는 이러한 정서의 작품들이 산견된다.

(1) 스승에 대한 그리움과 시적 표현

젊은 시절 김기홍이 학문의 길로 들어설 수 있도록 이끌어준 인물은 노봉 민정중과 약천 남구만이 대표적이라 할 수 있다. 앞의 생애에

서 언급하였듯이, 이들은 관찰사로 부임하여 서적의 인출, 교양관의
파견, 학령의 시행, 인재 등용, 양사(養士)를 위한 교육 등 학문을 일으
키고 유학을 진흥시키고자 많은 노력을 기울였다. 이들의 이러한 행
적을 살펴본다면 비단 김기홍 뿐만 아니라 함경 지역 유생들 모두에
게 가장 큰 영향력을 준 인물이었을 것이다. 이에 함경 지역의 서원(書
院)이나 사우(祠宇)에는 민정중과 남구만을 배향한 곳이 다수 발견되
는데,104) 그만큼 지역의 유생들에게 이들은 존숭의 대상이 되었다.

　김기홍은 스승이 관찰사 임기를 마치고 중앙 정계로 돌아간 이후
에도 그들을 잊지 못하고 그리운 마음이 가득하였던 것으로 보인다.
다음의 작품들이 그러한 단서들이다.

①

夢裏先生近	근래 꿈속에서 선생을 뵈었는데
完如舊日容	옛 얼굴 그대로였다네.
添園蝴蝶散	장자의 호접이 흩어지고 나니
難耐心憧憧	마음속의 그리움을 견디기 어렵네.105)

②

| 浮生聚散何須說 | 덧없는 인생 만나고 헤어짐을 말할 게 있겠습니까 |

---

104) 민정중은 함흥의 운전서원(雲田書院)과 함흥향사(咸興鄕祠), 종성의 종산서원(鍾
　　山書院), 문천의 문포서원(汶浦書院), 정평의 망덕서원(望德書院), 북청의 노덕서
　　원(老德書院), 단천의 복천서원(福川書院), 길주의 명천서원(溟川書院)에, 남구만
　　은 회령의 회령서원(會寧書院), 종성의 종산서원(鍾山書院), 무산의 약천사(藥泉
　　祠) 등에 배향되어 있다. * 관련 내용은 정해득, 「朝鮮後期 咸鏡道 儒林의 形成과
　　動向」, 단국대학교 석사학위논문, 1996; 강석화, 『조선후기 함경도와 북방영토의식』,
　　경세원, 2000. 참조.
105) 『寬谷集』上 卷3 「夢闌函丈」.

夢裏人間事事非	꿈 속 같은 세상사 하는 일마다 틀어집니다.
二十年前拚別後	이십 년 전에 전별한 후에
三千里外信書稀	삼천리 밖에서 소식도 없었습니다.
白巖海上頻回首	흰 바위 바닷가에서 종종 고개를 돌려
鴨綠江邊更攝衣	압록강 주변으로 다시 달려왔습니다.
霜鬢今朝還告別	흰 머리로 오늘 아침 다시 헤어짐을 고하니
不知何日更依歸	언제나 다시 찾아뵐지 모르겠습니다.106)

위 ①은 김기홍이 꿈속에서 민정중을 보고 지은 작품이다. 김기홍은 민정중과 헤어진 지 오래되었어도 그를 잊기 어려웠다. 김기홍은 앞서 민정중을 회상하면서 '그 은혜는 부모-자식과 같았고 의리상으로는 스승-학생의 관계였다.'고 말할 정도로, 민정중에 대한 존경의 마음은 절대적이었다. 그런데 이별 후 오랫동안 대면하지 못한 채 지냈는데, 근래 꿈속에서 다시 민정중을 만나본 것이다. 그러나 그도 잠시뿐, 꿈에서 깨자 가슴속에서 밀려오는 그리움을 감당하기 어려울 정도였다. 민정중에 대한 그리움이 어느 정도였는지 짐작하고도 남음이 있다.

②는 1692년 정월에 민정중에게 올린 시이다. 작품을 지을 당시 김기홍의 나이는 59세로 인생의 노년기를 보내고 있었다. 첫 부분에서는 자신의 최근 상황을 말하고 있다. 자신은 덧없는 인생으로 이렇게 저렇게 지내니 특별히 말할 게 없는 평범한 삶을 살고 있으며, 세상사의 일도 그리 잘 되는 것이 없다고 하였다. 뭔가 좋지 않은 상황에 놓여 있음을 짐작케 한다. 이어 20년 전에 헤어진 후 안부도 제대로 여쭙지 못함에 대해 미안한 마음을 전달하고 있다. 그렇지만 이는 단순한 미안함의 표시가 아니었다. 사실 민정중은 1689년 7월 기사

---

106) 『寬谷集』上 卷3 「呈閔先生 壬申正月」.

환국(己巳換局)으로 삭직된 뒤 평안도 벽동(碧潼)으로 위리안치(圍離安置) 되어 있었다.[107] 또 곧바로 해배되지 못하고 이 시를 짓던 1692년에도 여전히 유배생활을 계속하고 있었다. 작품의 5~6구에서는 이러한 소식을 접하고 김기홍이 몸소 민정중이 있던 압록강변의 배소로 달려갔던 것으로 보인다. 그렇지만 민정중은 위리안치 된 중죄인의 몸이었기 때문에 오랜 시간을 함께 하지도 못하고 단지 안부 정도만을 확인하고 아침 일찍 다시 이별을 고하면서 이 시를 써서 올렸던 것이다. 이제 이렇게 헤어지고 나면 언제 다시 뵐 수 있을지 기약을 할 수도 없었다. 당시 민정중도 65세의 늙은 몸이었기 때문이다. 즉 배소에서 생활하는 스승을 만나고 가면서, 유배중인 처지를 뭐라 위로하지도 못한 채 그저 슬픈 마음만을 애써 절제해가면서 이별을 고하여야 했던 것이다. 이별의 상황에서 김기홍은 스승의 건강과 해배를 염원하였겠으나, 그것이 민정중과의 마지막 만남이 되고 말았다. 결국 얼마 지나지 않아 그해 6월 민정중은 극중(棘中)에서 숨을 거두고 말았다.

이별 후 스승에 대한 그리움의 정서는 남구만에게서도 발견된다. 남구만이 관찰사의 임기가 끝나 도성으로 돌아갈 때, 사제관계는 그 것으로 끝날 것으로 예상되었으나, 남구만은 정치적 부침을 겪으면서 김기홍이 있는 경홍으로 다시 유배를 오게 된다. 이 때 제일 먼저 달려가 남구만을 배종하였던 것이 바로 김기홍이었다. 그런데 남구만은 4개월 뒤 다시 해배되어 돌아가게 되었고, 그렇게 스승 남구만을 떠나면서 지은 시가 바로 다음의 작품이다.

---

107) 『肅宗實錄』 15年(1689, 己巳) 7月 19日 (癸丑) 2번째 기사.

十年西望思悠悠	십 년 동안 서울을 바라보며 생각이 아득하였는데
豈意重臨北塞陬	북변에 거듭 오시리라고 어찌 생각이나 했겠나.
秋雨棘中看素養	처량한 유배지에서도 소양을 볼 수 있고
春風座上動淸休	온화한 가르침의 자리에서 청휴(淸休)를 발하시네.
賜還已感天恩大	유배에서 풀리니 임금의 큰 은혜에 감읍하고
歸國何嫌雪路修	도성으로 돌아가니 어찌 눈길 치우는 것을 꺼리겠는가.
猶恨白頭挤別後	오직 한스러운 건 내가 선생을 전별한 후에
不知何處更從遊	누구를 좇아 교유할지 모르겠다는 것이네.108)

김기홍은 지난 10여 년 간 도성을 바라보며 스승에 대한 생각이
아득하였는데, 뜻하지 않게 스승의 유배를 통해 다시금 만나게 되었
다. 스승을 다시 만난 것은 기쁜 일이나, 유배를 통해서 다시 만난
것인 만큼 마냥 기뻐할 수는 없는 일이었다. 하지만, 이를 통해 그간
끊어졌던 사승관계가 다시 이어지게 되었다. 남구만은 비록 유배 중
이었음에도 여유로운 태도를 보였으며 다시 제자들과 마주하여 가르
침을 베풀었다. 그러던 중 이내 유배가 풀려 돌아가게 되니, 스승의
앞길을 방해하는 눈을 치우는 정도는 기꺼이 감내할 수 있다. 그렇지
만, 이렇게 다시 스승이 돌아가고 나면 이제는 다시 누구를 좇아 교유
해야 하는지 망설여진다. 스승이 해배되어 돌아가는 건 분명 좋은 일
이었으나, 다시 이어진 사제관계는 이내 단절될 것이기에 아쉬운 마
음도 가득했을 것이다. 이런 마음을 작품을 통해 잘 드러내고 있다.

남구만이 유배를 살 당시 배종했던 사람은 김기홍 이외에도 네 사
람이 더 있었다.109) 이들은 모두 스승 남구만과 헤어지는 것이 몹시

---

108) 『寬谷集』上 卷3 「別南先生 幷序○戊辰十二月」.

109) 南九萬, 『藥泉集』, 「贈五生 幷小序」, 한국문집총간 131, 450면. 余戊辰八月八日到

아쉬워, 남구만이 돌아갈 때 경흥에서 종성(鍾城)까지 호종하였다. 이
에 남구만은 이들에게 거듭 감사하며 시를 지어 고마움을 표하였
다.110) 이렇듯 사제지간의 정이 매우 깊었으므로 서로 헤어져야만
하는 상황은 양측 모두 큰 아쉬움으로 남을 수밖에 없었다. 그리고
그러한 아쉬움은 이내 그리움으로 바뀌었을 것이다.

(2) 주변 인물들과의 이별로 인한 슬픔

김기홍이 생활한 관곡 지역은 이웃도 없고 사람들이 드문 지역이
었다. 이처럼 외진 지역에서 살아가면서 몇 안 되는 주변 사람들과
하나둘씩 헤어지는 것은 김기홍에게는 더욱 큰 아쉬움과 슬픔으로
다가왔을 것이다. 그만큼 이별 후에 그리움은 더욱 간절했을 것이다.

水遠山長路幾何　　물은 멀고 산은 높은데 길은 또 몇 리인가
一天明月照山家　　하늘에 밝은 달이 산가(山家)를 비춘다네.
松窓半夜獨無寐　　솔창에서 한밤중에 홀로 잠을 이루지 못하고
緬憶音容愁緖多　　목소리와 얼굴을 떠올리니 시름이 많아지는구나.111)

위 작품의 제목은 '친구에게 부치는 시[寄友人]'로 편지로서의 성격
도 지니고 있다. 작품을 보내는 대상이 누구인지는 알 수 없으나, 작

慶興, 十二月三日放還. 其間相守圍棘中, 終始者有五人, 慶源金生起泓, 蔡生宇杜,
　　鍾城朱生檜, 穩城崔生輔國, 慶源黃童子廷吉也. 臨別各贈一絶句, 記其居止, 以寓
　　他日相念之意云爾.
110) 南九萬, 『藥泉集』, 「五生皆送到鍾城 又作長律一首以謝之」, 한국문집총간 131,
　　450면. 相從圍棘五更筧, 多荷諸君不捨情, 寬谷老人談古事, 盤山學子誦心經. 沈潛
　　杜癖東林士, 薰襲班香南澗生. 江夏有童添作伴, 愧無勤誨久寒廳.
111) 『寬谷集』上 卷3「寄友人」.

품에 드러나는 전반적인 정서로 보아 과거 매우 친근한 관계를 형성
했던 인물이었을 것으로 추정할 수 있다. 문면에 묻어나는 간절함과
거리감으로 추정해보면 도성에 있던 학암 최신이 아니었을까 하는
생각이 든다. 그러나 이는 어디까지나 추정일 뿐이다. 1구에서는 김
기홍과 친구 사이의 물리적 거리감을 드러낸다. 이 둘 사이에는 먼
거리와 함께 긴 물과 높은 산으로 차단된 채 생활하고 있어서 쉽사
리 만날 수 없는 위치에 있음을 짐작할 수 있다. 하지만 이토록 멀리
떨어진 양자 사이의 거리를 좁혀주면서 공통의 연결고리가 되는 것
은 하늘에 높이 떠 있는 달이다. 달빛이 궁벽한 산골에 사는 자신을
비추듯 멀리 떨어진 상대방도 동시에 비춰줄 것이다. 김기홍은 이런
달을 바라보자 급속히 상대방에 대한 그리움이 간절해져 모두가 잠
든 한밤중에 홀로 잠을 이루지 못하고 뒤척이며 상대방에 대한 생각
에 빠져 있다. 이에 과거 그의 목소리와 얼굴을 하나하나 회상하고
떠올리자 보고 싶은 마음은 더더욱 간절해진다. 마치 남녀간의 연애
편지처럼 작품 안에서 상대방을 그리워하며 만나보고 싶어하는 무한
한 감정을 읽어낼 수 있다.

　이러한 정서는 함께 생활을 하다가 헤어지는 경우에서도 확인할
수 있는데, 다음의 작품이 그러한 예이다.

斷金淡若水	쇠를 자를 만하고 물처럼 담박한 사귐으로
依玉丹心知	친교를 맺어 진심을 서로 안다네.
如今分手處	지금 헤어짐에 처하여
佇立淚空垂	우두커니 서서 하염없이 눈물 흘리네.

完山是我貫   전주는 나의 관향인데
慣聽鄕關音   고향 사투리 익숙히 들어왔네.
此日離亭畔   이날 헤어지는 자리에서
難堪越烏吟   월조(越烏)의 울음 참기 어렵구나.112)

위 작품은 백봉(栢峰) 정상룡(鄭祥龍, 1643~1709)이 유배되어 돌아갈 때 지어준 작품이다. 정상룡은 전라도 익산 출신으로 1669년 식년시에 합격하여 진사가 되었다가, 1675년 2월 전라도와 충청도의 유생 70여 명과 함께 송시열(宋時烈)의 억울함을 호소하는 상소를 올렸다가 왕의 미움을 받아 함경도 경원(慶源)에 정배되었다.113) 이후 이곳에서만 3년 넘게 유배 생활을 하고 1678년 5월 특별 사면으로 유배에서 풀려났다.114) 이때 김기홍이 고향으로 돌아가는 그를 위해 지어준 것이다. 김기홍의 문집에는 정상룡의 시에 차운하여 그의 유배생활을 위로하는 다른 작품도 존재하는 바,115) 김기홍이 정상룡보다 9살이 많았으나, 3년여의 유배 시간 동안 두 사람은 서로 친구처럼 교유하며 서로의 마음을 이해하는 깊은 수준까지 이르렀던 것으로 보인다.

위 작품 첫수의 1~2구는 이러한 면모를 여실히 반영하고 있다. '斷金'은『주역(周易)』에 근거한 표현116)으로 두 사람이 마음을 함께 하

---

112)『寬谷集』上 卷3「送鄭進士祥龍還鄕韻 二首」.

113)『肅宗實錄』1年(1675, 乙卯)2月13日(辛丑) 2번째 기사 참조.

114)『肅宗實錄』4年(1678, 戊午)5月25日(甲子) 1번째 기사 참조.

115)『寬谷集』上 卷3「次鄭進士祥龍韻」관산(關山)에 봄이 들어 기러기가 끊어지고, 멀리 바라보니 고향 생각의 시름을 견디기 어렵구나. 높은 곳에 오르니 슬픔이 배가 되고, 누대 앞에는 학이 들판에 떠가는 것만 보이네.[春入關山征鴈斷, 騁望難耐故園愁. 登臨此日倍惆悵, 惟見樓前鶴野浮.]

116)『周易』「同人」二人同心, 其利斷金.

여 그 날카로움이 쇠[金]를 절단할 정도가 된다는 말이다. '淡若水'는 『장자(莊子)』에 근거한 표현117)으로 군자의 사귐은 물처럼 담박한데, 이러한 담박함 때문에 서로의 친분이 계속 이어진다는 말이다. 작품에서 김기홍은 두 사람의 교분이 매우 깊으며 서로의 진심을 이해하는 수준에까지 이르렀음을 드러내고 있다. 그러나 해배로 인한 기쁨보다 곧 그간의 교유가 단절될 것이기에 헤어져야 하는 현실로 인한 아쉬움과 슬픔이 더욱 커서 하염없이 눈물을 흘리고 있는 것이다.

　이러한 감정 상태는 둘째 수에서 두 사람이 지닌 공통 속성을 들어 잠시 추스려지는 듯하다. 그것은 다름 아닌 지연(地緣) 때문이다. 앞서 생애 부분에서 언급하였듯이, 김기홍의 6대조 김경의 고향은 전라도 전주였다. 정상룡의 고향은 인근 고을인 익산이었다. 그런데 김기홍은 선조에서 경원으로 전가사변을 당하여 이후 대대로 정착한 경우이고, 정상룡은 경원으로 유배를 와서 임시로 생활한 경우이다. 이것이 둘의 공통점이었다. 김기홍은 선조들로부터 익숙히 들어왔던, 그렇지만 자신에게는 무심히 잊혀가던, 전라도 지역의 사투리를 유배를 와 있던 정상룡을 통해 들을 수 있었기에 호감을 지니게 되었을 것이다. 이 점은 거꾸로 북변으로 유배를 온 정상룡의 경우도 마찬가지였을 것이다. 그런데 이 같은 공통점을 지니고 있던 절친한 친구가 돌아간다고 하니, 그 슬픔은 더더욱 배가 되었던 것이다. 하지만 그렇다고 해서 김기홍이 선조들의 고향인 전주를 그리워했거나 내면의식 속에 그곳을 지향하며 남도 출신으로서의 정체성을 표현하려고 했던 것은 아니다. 여기서는 정상룡과의 친분을 바탕으로 지역

---

117) 『莊子』 「山木」 君子之交淡若水, 小人之交甘若醴., 君子淡以親, 小人甘以絶.

적 공감대를 드러내기 위한 수사적 장치 정도로만 생각하는 것이 자연스럽다.[118] 또 전주는 조선왕조의 관향으로 태조의 어진(御眞)을 모시고 있는 지역이므로, 굳이 결부지어 설명한다면, 앞서 언급한 풍패적자(豊沛赤子)로서의 자긍심을 드러내는 연장선상의 발언 수준으로 이해된다. 마지막 4구의 '월조(越鳥)'는 한나라 때 무명씨의 고시(古詩) 한 구절, 즉 '북쪽 이민족의 말은 북풍에 귀를 기울이고, 남쪽 월나라의 새는 남쪽으로 난 가지에 둥지를 튼다.[胡馬依北風, 越鳥巢南枝.]'는 전고를 인용하고 있는데, 이를 통해 남쪽 고향으로 돌아가는 정상룡과의 이별을 슬퍼하는 정서를 심화시키고 있다.

> 空谷多年孤夢頻　빈 골짜기에서 다년간 자주 외로운 꿈꾸었는데
> 索居猶幸作芳隣　홀로 지내다가 다행히 좋은 이웃이 생겼다네.
> 如今別後山更寂　지금 이별하고 나면 산은 더욱 적막해지리니
> 遙望愁州恨未伸　멀리 수주(愁州)를 바라보니 안타까움 가시지 않네.[119]

이별로 인한 슬픔은 친구를 넘어 친척을 향해서도 나타난다. 위 작품은 김기홍의 외조카 문효석(文孝錫)이 관곡(寬谷)에 살다가 다시 종성(鍾城)으로 돌아감에 쓴 시이다. 문효석에 대해서는 김기홍과 혈연으로 맺어진 인물이라는 점 이외에 알 수 있는 정보가 없다. 위 작품에서 정황상 김기홍이 45세에 관곡으로 이주를 하였고 이후 관곡에 성공적으로 안착을 함에 따라, 조카 문효석도 관곡 지역으로 이주를

---

118) 장유승은 이 작품을 분석하면서 '김기홍이 본디 남부 출신임을 강조하여 함경도의 토착민과 자신을 차별화하려는 의도가 내포되어 있다.'고 하였으나, 이러한 작품 설명에는 동의하기 어렵다. * 장유승, 「寬谷 金起泓 文學 硏究 : 漢詩와 國文詩歌의 교섭 양상을 중심으로」, 『한문교육연구』 29, 한문교육학회, 2007, 389~390면 참조.
119) 『寬谷集』上 卷3 「外姪文孝錫居于寬谷還歸鍾城」.

시도하였던 것으로 보인다. 제목으로 추정해보건대 문효석은 본래
종성 지역에 살던 인물이었을 것이다. 2구의 '좋은 이웃이 되었다[作
芳隣]'는 표현은 문효석의 관곡 거주가 일시적인 방문이나 임시 거주
가 아니라, 김기홍과 같은 복거와 이주 차원이었음을 짐작하게 한다.
또한 이러한 결심을 하게 된 것은 먼저 자리를 잡고 있었던 외숙부
김기홍의 도움이 있었을 것이며, 적적함을 극복하고 상호간에 의지
처를 삼으려는 의도도 있었을 것이다. 김기홍의 관곡생활은 주변에
이웃이 없는 고요하고 적막한 생활의 연속이었다. 그러던 중 외조카
문효석의 이주로 인해 인척이 좋은 이웃이 되어 더불어 즐겁게 생활
하고자 하는 기대감도 있었을 것이다. 그러나 관곡생활은 문효석에
게는 여의치 않았던 것으로 보이며, 이에 따라 관곡을 떠나 다시 본
래 살던 종성으로 돌아가고자 하였던 것이다. 인척을 이웃으로 삼아
함께 생활하고자 했던 김기홍의 기대감은 3~4구에서 여지없이 무너
져 내린다. 이렇게 조카를 떠나보내고 나면 자신은 다시 홀로 생활을
해야 한다. 그렇다고 해서 아무런 방편 없이 무조건 외조카를 붙잡아
두기에도 어려웠을 터, 종성으로 떠나가는 문효석을 멀리 바라보며
그립고 아쉬운 마음을 드러낼 수밖에 없었다.

4) 산수자연(山水自然)의 유람과 안분적(安分的) 삶의 태도

김기홍의 삶의 터전인 경흥부 관곡 일대는 험준한 산과 두만강 하
구와 동해바다가 어우러진 곳으로, 속세와 일정한 거리를 유지하면
서 산림생활을 영위하던 공간이었다. 그곳은 산과 강과 바다가 모여
만들어내는 여러 승경(勝景)이 펼쳐지는 곳이었다. 김기홍은 곳곳을

유람하며 지역의 풍경을 작품화하고 있는데, 이는 지역의식에 기반
하여 지역의 아름다움을 발견해 나가는 행위이기도 하였다. 따라서
그의 한시 작품 중에는 이러한 승경 속에서 유유자적하는 삶의 모습
과 내면지향을 엿볼 수 있는 것들이 있다.

(1) 계절의 변화와 주변 승경(勝景)의 묘사

가장 먼저 눈에 띄는 것은 계절의 변화에 따른 거처 주변의 풍경
을 드러내는 작품들이다.

①

花明蝶舞舞	꽃이 활짝 피니 나비는 너울너울
柳綠鶯啼啼	버들이 푸르니 꾀꼬리는 꾀꼴꾀꼴.
紅白與靑赤	울긋불긋 알록달록한 꽃들이
渾然雨剪齊	모두 비를 맞고 있구나.[120]

②

白雲關山裏	흰 구름 떠가는 깊은 산 속
淸風水國秋	가을 수국(水國)에 바람이 맑네.
天空雲影滅	하늘이 공활하고 구름 그림자도 없는데
海濶孤帆浮	넓은 바다 위로 외로운 돛배 떠가네.[121]

위 작품들은 관곡 주변에서 생활하면서 계절의 변화에 따라 다르
게 펼쳐지는 주변 풍경을 작품화하고 있다. ①은 짧은 절구 형식을
이용하여 봄의 아름답고 생동감 넘치는 모습을 작품화하였다. 1~2

---

120) 『寬谷集』上 卷3 「春景」.
121) 『寬谷集』上 卷3 「卽事」.

구에서는 꽃밭을 날아다니며 춤추는 나비와 버드나무 가지를 넘나들
며 노래하는 꾀꼬리를 연계하여 봄의 정경을 펼치고 있다. 주변에는
형형색색의 꽃이 가득 핀 그야말로 백화난만(百花爛漫)이다. 그 위로
부슬부슬 봄비가 내리고 있는데, 이 비로 인해 꽃과 풀의 빛깔은 더
욱 예뻐질 것이다. 시인의 눈앞에 이러한 모든 정경이 포개지면서 봄
의 활기찬 모습이 가득하다.

②는 가을의 풍경을 즉흥적으로 펼쳐내었다. 산과 바다가 어우러
진 관곡에 가을이 왔다. 산에는 흰 구름이 두둥실 떠가는데, 하늘은
더 없이 공활하며 높고 구름 한 점 없다. 그 아래로는 멀리 드넓은
바다 위로 외로운 돛배만이 떠간다. 더 이상의 구구절절한 묘사는 군
더더기일 뿐, 산과 하늘과 바다가 어우러지는 멋진 모습을 마치 한
폭의 풍경화를 감상하는 것 같은 분위기를 연출하고 있다.

한편, 김기홍은 지역 일대로 시야를 넓혀 산수 유람을 다니면서 아
름다운 풍광을 작품화하기도 한다. 여기에는 홀로 다니면서 작품을
지은 것도 있고, 교유하던 인물과 함께 다니면서 작품화한 것도 있
다. 각각의 경우를 한 수씩 들어 살펴보기로 한다.

①
突兀蒼巖劈萬頃　　우뚝 솟은 창암(蒼巖)이 만경을 가르니
天光海色杳然間　　하늘빛과 바다색이 아득하구나.
噓氣掀天波沃日　　물안개 피어오르고 파도가 해를 적시니
漁舟到此待風還　　고깃배들은 이곳에 이르러 바람을 타고 돌아가네.122)

---

122) 『寬谷集』上 卷3 「卵島」.

②

長空萬里祥雲開	만 리의 넓은 하늘에 상서로운 구름이 열리고
千尺扶桑入望來	천척의 부상(扶桑)이 시야에 들어오네.
金鴉初上海天濶	태양이 떠올라 바다와 하늘이 트이니
水是珠宮山玉臺	물은 주궁(珠宮)이요, 산은 옥대(玉臺)로다.123)

위 ①의 작품은 김기홍이 홀로 난도(卵島)를 둘러보고 지은 것이다. 난도에 대해서는 앞서 시조 <寬谷八景 6>에서 백구와 더불어 노닐고 싶은 마음을 드러내기도 하였다. 한시에서는 난도의 풍경에 대한 시화에 초점을 맞추고 있다. 1~2구에서는 바다 한 가운데 홀로 솟아 있는 바위 가득한 섬의 전체적인 분위기를 드러낸다. 이어 서서히 물안개가 피어오르고 해가 수평선 너머로 기울기 시작하자 고깃배들이 배를 돌려 귀환하는 모습을 표현하였다. 특별한 의식은 자제하고 눈에 보이는 인상적인 모습들을 표현하고 있다.

②는 남구만과 함께 북청(北靑)의 명소인 시중대(侍中臺)에 올라 일출을 보고서 시를 지었다. 남구만이 지은 원시는 그의 문집『약천집(藥泉集)』에 실려 있다.124) 남구만의 문집에는 '癸丑'이라고 작품 창작의 시기가 표기되어 있어, 김기홍의 차운시도 같은 시기에 창작되었음을 알 수 있다. 이때는 1673년으로 남구만이 함경도관찰사로 부임해 있을 때이며, 당시 김기홍은 남구만의 문하에서 수학하고 있었다.

---

123) 『寬谷集』上 卷3 「次南台侍中臺韻」.

124) 南九萬, 『藥泉集』, 「城津觀日出 癸丑」, 한국문집총간 131, 429면. 報道東方赤暈來, 披衣急上最高臺. 紛綸乍覺神靈擁, 滉瀁翻驚天地開. 吐燄扶桑燒萬丈, 輾輪滄海洗千回. 長安較此應逾遠, 不見楓宸心自哀. * 김기홍의 시는 이 작품을 차운한 것으로 보이나, 운자를 정확하게 맞추고 있지는 못하다.

작품에서 김기홍은 1~3구를 통해 해가 떠오르는 정경을 묘사하고
있다. 멀리 하늘 끝에서 구름이 열리고 부상 위로 해가 떠올라 밝은
빛이 바다와 하늘을 감돌고 있다. 해돋이의 장관이 펼쳐지는 이곳은
마치 주궁(珠宮)과 옥대(玉臺)가 놓인 선계(仙界)로 인식되기에 이른
다. 김기홍은 이처럼 도내 곳곳에 산재해 있는 승경처를 유람하며 작
품을 남기고 있다.

(2) 산중 생활과 안분지족(安分知足)의 모습

　김기홍의 산림생활은 시가문학 전반의 창작 배경으로 기능하고
있다. 앞서 살펴본 국문시가에서는 산림처사로서의 자족적 흥취나
은자적 삶의 지향을 바탕으로 자연과 교융하려는 모습을 드러내었
다. 한시에서도 산림을 배경으로 한 작품들이 존재하는데, 한시에서
는 대체로 눈앞에 펼쳐지는 객관적 물상(物象)을 중점적으로 드러내
면서 거기에 수반되는 주관적 정지(情志)를 혼효시키는 의경(意境)을
창출해내고 있다.

數朶靑山一帶川	몇 개의 푸른 산을 하천이 감싸 도니
逍遙玩賞百年心	소요하고 완상하니 백년의 마음이라.
莫言幽谷客來罕	깊은 골짜기에 객이 적게 온다고 하지 말라
不盡淸光供我音	끝없는 맑은 풍광이 나의 완상을 제공해준다네.[125]

　위 작품에서 김기홍은 산과 강으로 둘러싸인 주변 모습을 드러내
면서 한평생 그 안에서 소요하며 풍광을 완상하려는 자신의 내면 의

---

125) 『寬谷集』上 卷3 「對山水偶吟」.

지를 표명한다. 혹자는 그런 시인의 모습을 보고서 홀로 지내는 것이
외롭고 쓸쓸하지 않으냐고 반문할 수도 있다. 그러나 김기홍은 자신
을 찾아오는 손님이 적어도 심지어 없어도 무방하다며, 다함이 없는
주변의 맑은 풍광이 자신에게 수많은 이야기를 들려주는 친구 같은
존재임을 드러내고 있다.

蒼山靡靡繞窓前　푸른 산이 가득 창문 앞을 감싸고
百鳥聲中忘世緣　온갖 새들이 지저귀는 중에 세상사를 잊었도다.
一臥滄江歲已晩　창강(滄江)에 누우니 한 해도 이미 저물어 가는데
閑依溪上醉雲烟　시냇가에 한가히 앉아 운연(雲烟)에 취하네.126)

위 작품은 스승인 이단하(李端夏)의 작품을 차운하여 지었다. 이단
하의 문집인 『외재집(畏齋集)』에는 원시가 실려 있지 않다. 작품에서
는 거처 주변의 모습을 드러내고 있다. 푸른 산으로 주변이 온통 둘
러싸인 곳, 인적은 드물고 새들의 울음소리만 들려온다. 그러나 화자
는 이런 곳에서 살면서 세상의 모든 인연들은 잊은 채 살아가고 있
다. 주변의 강가에 나가 노닐기도 하면서 이렇게 한해 한해를 흘려보
내다 보니 올해도 다 저물어 간다. 그러나 외부와의 단절로 인한 고
독감이나 덧없이 흘러가는 세월의 무상감을 느끼기는커녕, 화자는
시냇가에 한가롭게 앉아 노닐며 운연(雲烟)에 도취되어 있다.

① 金起弘,〈次橫渠土㙍韻〉.

草屋生涯自在樂　초가집에서의 생활도 나름대로 즐거움이 있으니

土盂粥飯盤中新　흙 그릇에 죽 밥이며 쟁반 위의 나물까지.
怡然淡泊曾知否　이렇게 담박한 맛 일찍이 왜 몰랐을까
長谷大山一散人　긴 계곡 큰 산에서 하나의 한가한 사람이로구나.127)

② 張載, 〈土牀〉.

土牀煙足紬衾暖　흙 침상에 연화(煙火) 족하고 명주 이불 따뜻하며,
瓦釜泉乾豆粥新　질솥에 물맛 좋고 팥죽도 끓여 먹네.
萬事不思溫飽外　등 따습고 배불리 먹는 외엔 아무 생각 없나니,
漫然淸世一閑人　맑은 세상에 하나의 한가한 사람일세.128)

위 ①의 작품은 ②의 송나라 유학자 장재(張載, 1020~1077)의 시 <토
상(土牀)>을 차운하여 지었다. 장재의 시는 안분의 생활 태도를 드러내
고 있다. 흙 침상에 불을 때고 명주 이불을 덮어 추위를 면하며, 샘물을
마시고 질솥에 팥죽을 끓여 먹으면서 목숨을 이어간다. 이처럼 등 따습
고 배불리 먹는 일이 관심사일 뿐 그 외의 모든 번다한 일들은 신경
쓰지 않고 한가한 사람으로 살아가겠다는 의지를 표명하고 있다. 김기
홍은 이 작품을 차운하면서 전체적인 분위기도 유사하게 표현해내었
다. 작고 누추한 초가집에서 생활하고 있지만 나름의 소소한 즐거움들
이 산재해 있고, 흙 그릇에 밥과 죽을 가리지 않고 나물을 반찬 삼아
먹는 삶도 그다지 나쁘지 않다. 자신은 이러한 담박한 맛을 느끼며
산속에서 여유 있는 삶을 살아가는 사람임을 표방하고 있다. 이는 선현
의 삶의 모습을 자신의 삶 속에서도 구현하고자 하는 의지에 다름
아니다. 다음의 작품에서도 이러한 모습을 발견할 수 있다.

---

127) 『寬谷集』上 卷3 「次橫渠土牀韻」.
128) 『張子全書』 卷13 「土牀」.

① 金起泓, 〈次朱文公觀書韻〉

竹牖松扉透迤開   대 창문 솔 사립이 살짝 열렸는데
風光月色共徘徊   풍광 월색이 함께 배회하는구나.
物外乾坤都在此   물외 건곤이 모두 여기에 있으니
獨對淸明自去來   홀로 청명(淸明)을 대하여 자유롭게 살리라.129)

② 朱熹, 〈觀書有感〉

半畝方塘一鑑開   반 묘의 각진 못이 거울처럼 트였는데,
天光雲影共徘徊   하늘 빛 구름 그림자 그 안에서 배회하네.
問渠那得共如許   묻거니 어이하여 그처럼 해맑을까,
爲有源頭活水來   근원에서 활수가 솟아나기 때문일레.130)

위 ①의 작품은 ②의 주희의 시 <관서유감(觀書有感)>을 차운하여
지었다. 주희의 작품은 자신의 심성의 상태를 자연물에 견주어 드러
낸 도학적(道學的)인 내용의 시이다. 즉 마음 전체가 고요한 연못처럼
밝고 맑은 상태가 되어 우주의 이법질서와 잘 조응하는 경지에 이르
렀음을 말한다. 이 작품에는 주희가 무이구곡에 은거한 후 벼슬길에
나아가지 않고 자신의 심성을 수양하며 살 것이라는 뜻을 내포하고
있다. 김기홍은 이러한 주희의 시를 차운하여, 자신의 삶이 자연의
질서와 잘 조응되고 있으며 홀로 청명(淸明)한 경지에서 노닐며 자유
롭게 살아가겠다고 선언한다. 이는 장재와 주희의 시를 차운하여 스
스로 안분한 삶의 태도로 자연과 더불어 심성을 수양하면서 살겠다
는 처세관을 드러내고 있는 것이라 하겠다.

---

129) 『寬谷集』上 卷3 「次朱文公觀書韻 二首」.
130) 『朱熹集』 卷2 「觀書有感 二首」.

4. 시가 작품의 기반과 미의식적 지향

지금까지 김기홍의 시조, 가사, 한시 작품을 살펴보았다. 이제 앞
에서 살펴본 작품들을 바탕으로 하여 김기홍 시가작품에 드러난 내
면의식과 미의식적 지향을 정리하여 살펴보기로 한다.

먼저 김기홍의 시가작품 전반의 창작 동인으로 작용한 시가에 대
한 태도와 취향 및 기호의 문제를 검토하는 것이 필요할 듯하다. 이
와 관련하여 김석회131)는 조선후기 향촌사대부 시가에 있어서 취향
의 문제를 다루면서, '취향'이 세계관이나 세계인식이 발현되는 특수
한 양태인 동시에 근저에서 그것들을 구성해가고 변용해가는 숨은
동인으로 작용하고 있음을 언급하고, ㉠모선(慕先) 취향, ㉡유람(遊
覽) 취향, ㉢영농(營農) 친화의 요소가 조선후기 향촌사대부 계층의
시가문학의 창작과 향유의 기저에서 작동하고 있다고 하였다. 이러
한 특성은 향촌사대부·향촌사족 일반에게 두루 적용될 수 있는 일
반 원리로, 김기홍의 시가작품을 검토하는 데도 매우 유효적절한 잣
대가 될 수 있으리라 생각한다. 김기홍의 작품 사례를 적용하여 관련
문제를 살펴보기로 한다.

첫째, 모선 취향은 자신들의 현재 신분적 위상을 지닐 수 있게 해
준 선조들에 대한 경모(敬慕)의 태도를 보이면서 그들이 남긴 유적(遺
跡)·구물(舊物)·유사(遺事)에 대해 드러내는 강한 애착을 말한다. 김
기홍의 선대는 함경도 이주 후에 대대로 향반-유품으로서의 명맥을
유지했을 뿐 뚜렷한 족적을 남긴 인물이 없었다. 따라서 자신의 선조

---

131) 김석회, 「조선후기 향촌사대부 시가와 취향의 문제」, 『조선후기 시가 연구』, 월인,
  2003, 253~255면.

에 대한 모선의 태도는 두드러지게 언표화된 것이 없다. 대신 김기홍은 자신이 거처하고 있는 함경도 지역이 조선 건국 4조의 사적이 집약되어 있는 곳임을 자각하고 이에 대한 애착을 보인다. 자신의 선조에 대한 경모가 없었던 것은 아니었겠으나, 지역을 대표하는 선현·인물에 대한 경모의 태도가 더 크게 발양된 것이다. 이에 본인이 직접 함경 지역에 산재되어 있는 능평(陵坪), 적도(赤島), 적지(赤池) 등의 유적지를 돌아보고 관련 4조와 관련된 일화를 정리하여 이에 대한 시문을 남기고 있다. 관련 내용은 「북관기(北關記)」를 편찬하면서 집약되었고, <관곡팔경> 및 한시를 창작하는 동인으로 작용하였다. 이 같은 태도와 취향은 자신을 '풍패적자(豊沛赤子)'·'풍패유민(豊沛遺民)'이라 지칭하면서 지역적 정체성을 확인하고 자긍심을 갖게 하는 요소로 작용하고 있다.

둘째, 유람 취향은 향촌사족들의 경우 인산(仁山)·지수(知水)의 관념을 가지고 관물적 상자연(賞自然)에 나서거나 시작(詩作)을 위한 취재행(取材行)으로 산천을 찾아나서는 것이 보편적 경향[132]이다. 여기에는 경화사족들이 주거처 이외에 별서(別墅)나 장수처(藏修處)를 경영하였던 것과는 달리, 오직 살림집에만 고착되는 현실에서 벗어나기 위한 향촌사족 계층의 욕구가 반영되어 있다. 김기홍의 경우 젊은 시절에는 궁핍한 현실에 의해 산수유람은 엄두도 내지 못할 상황이었으나, 관곡에서 산림생활을 시작한 이후부터 생활형편이 차츰 나아지면서 이러한 유람벽(遊覽癖)이 형성되기 시작한 것으로 보인다. 처음에는 자신의 거처 주변을 돌아다니고, 이후에는 지역 일대의 명소들로

---

132) 김석회, 앞의 논문, 263면.

점차 유람의 보폭을 넓혀 갔다. 김기홍은 그 유람 과정에서 오는 감흥
과 여운을 시가작품으로 창작하여 오래도록 반추하고자 하였는데, 한
시를 통해 주변의 풍광과 계절의 변화 등을 읊조리고, 특히 시조 <관
곡팔경>에서는 지역의 승경을 '팔경'이라는 형식으로 규범화하여 표
현하기도 하였다. 한역시조 <격양보>와 가사작품 <채미가>에서는
자신의 산림 은거를 중국의 역대 고사(高士)들에 견주기도 하고 자신
의 유람 행위를 마치 선유(仙遊)에 가까운 양상으로까지 표현해내고
있는데, 이는 그만큼 유람에서 오는 감회가 컸으며 이러한 감흥을 잊
지 않고 길이길이 되새기려는 의식의 소산이라 할 수 있다.

　마지막으로 영농 친화의 요소는 취미나 기호에서 오는 자발적인
선택의 문제가 아니라 궁경(躬耕)·독서(讀書)를 병행할 수밖에 없는
현실적 처지에서 오는 불가피한 문제였다고 할 수 있다. 여기에는 먹
고사는 경제적 문제를 넘어 필연적으로 양반과 평민 사이를 오락가락
하는 자신의 신분적 정체성을 분명하게 확립하는 문제가 발생하게
된다. 비록 경제적으로는 궁경을 하는 처지로 전락했다 하더라도 자
신의 양반으로서 유자다운 면모를 잃지 않기 위한 여러 노력이 필요
했다. 김기홍의 경우를 살펴보면, 가사작품 <농부사>가 그저 스스로
농사를 지으면서 안빈·자족하며 살아가는 생활 태도를 드러낸 것이
아니었다. 작품에서는 가문의 자제 및 후손들을 향해, 나아가 주변의
사람들을 향해 농업의 가치와 중요성을 설파하면서 이를 경세제민(經
世濟民)의 관점에서 입각하여 거론을 하고 있다. 이는 자신의 신분이
향반-유품으로서 지역 사회 안에서 나름의 위상을 지니고 있었기 때
문에 가능한 일이었다. 그의 한시작품 중에도 <채조근음(採棗根吟)>,
<부국조음(富國租吟)>, <채목화음(採木花吟)> 같은 작품들은 자신이

직접 농업 행위를 하는 과정에서 지었지만, 그 지향은 지역 공동체
전체의 생존과 삶의 질 향상에 있었음을 알 수 있다.

이상에서 살펴본 것처럼 모선(慕先) 취향, 유람(遊覽) 취향, 영농(營
農) 친화의 요소들은 조선후기 향촌사대부 일반에게 적용될 수 있는
문제이므로 다른 지역 향촌사족 계층의 시가문학의 창작과 향유를
견주어 살피기 위한 좋은 비교의 축이 된다. 향촌사족 계층의 신분적
위상은 지역에 따라 차이를 보일 수 있지만, 그들의 실존이라는 문제
차원에서 보면 상호간에 공통분모를 형성하는 지점이 드러나게 된
다. 김기홍에게서도 위의 요소들이 시가문학 창작과 향유의 주된 동
인으로 작용하고 있음은 그의 작품들을 넓은 범위의 17세기 향촌사
족층 작가의 범주에서 살필 수 있는 가능성을 열어준다.

김기홍의 시가작품이 지닌 미적 특질은 산림생활, 은자형상, 고절
(孤絶), 그리움 등의 어휘의 종합으로 구성될 수 있을 듯하다. 그렇다
고 해서 김기홍의 시가작품에 현실 세계에서의 고민이나 문제의식이
드러나지 않는 것은 아니다. 하지만 시가작품 전반에 드러나는 가장
두드러진 특징이라 칭할 수 있는 점은 위에 언급한 어휘들을 통해
정리될 수 있다.

김기홍이 관곡에서의 산림생활을 선택하는 데에는 여러 가지 원
인이 얽혀 있다. 개인적으로는 젊은 시절의 궁핍한 생활을 타개하려
는 의도가 있었고, 사회적으로는 병자호란의 여파와 대기근이라는
소요가 있었고, 지역적으로는 국토의 끝자락이라는 궁벽함과 열악한
기후환경이라는 난관도 있었다. 이러한 내외부적 상황에서는 속세에
서의 생활보다 산림에서의 생활이 오히려 안온함을 보장해주는 공간
이 될 수 있었다. 김기홍의 산림생활은 이렇듯 자신의 문제와 외부의

환경이 교직된 자의반 타의반 성격을 지닌 최선의 선택이었다.

김기홍은 산림생활을 시작하면서 궁경과 독서를 병행하는 생활을 한다. 따라서 일반적으로 사대부 시조·가사에서 보이는 산림에서의 음주가무를 동반한 유흥이나 심리적 흐트러짐은 보이지 않는다. 산림생활이 지속되어 점차 삶이 여유가 생기고 나아가 산수 유람을 하는 과정 속에서도 마찬가지다. 그보다는 산수자연 속에서 생활하면서 이따금 유람을 통해 승경을 감상하고 자연과의 교감을 이루는 것133)이 그가 보여준 모습이었다. 시조 <관곡팔경>은 이러한 산림생활과 승경·명소에 대한 유람을 바탕으로 흥취를 느끼고 자신의 삶의 방향을 자각하는 과정에서 지어졌다.

산림생활을 작품화히면서 드러나는 중요한 기법 가운데 하나는 자신의 모습을 산림에 은거한 중국의 역대 고사(高士)들의 모습에 견주고 있다는 점이다. 여기에 동원된 인물은 상산사호(商山四皓), 도연명(陶淵明), 허유(許由), 임포(林逋), 요(堯)임금 때 <격양가>를 부른 길거리 노인, 속세를 떠난 산승(山僧) 등이 있다. 또 구체적으로 적시할 수는 없지만 산림에 은거하여 고상한 모습을 간직하며 살아갔던 여러 은자들의 형상을 두루 차용하고 있기도 하다. 이러한 측면은 특히 한역시조 <격양보>에 집중되어 있고, 시조 <관곡팔경>과 가사 <채미가>에도 드러난다. 이러한 은자 형상을 통해 김기홍은 자연 친화, 무욕(無慾), 세속에서 벗어난 순수성 등의 내적 심리와 의식지향을 드러

---

133) 최재남은 사림(士林)들이 향촌생활에서 강학(講學)과 유식(遊息)이 함께 이루어지는 가운데, 산수의 자연 속에서 자연과의 교감을 통해 느끼는 미의식을 '내면적 풍류'로 정의한 바 있다. * 최재남, 「시조의 인식 기반과 미의식의 특성」, 『서정시가의 인식과 미학』, 보고사, 2003, 299면.

낸다. 나아가 물아일체(物我一體)의 경지에서 호젓하게 자족하기도 하
고 홀로 채산조수(採山釣水)하기도 한다. 이러한 면모는 산림생활을
작품화하면서 어떻게 표현하는 것이 자신의 신분적 위상이나 가치관
에 잘 부합하고 나아가 자신의 품위를 유지해 줄 수 있는가 하는 것에
대한 고민의 흔적이기도 하다.

　한편, 작품에 드러난 이러한 모습 속에는 외부의 화자가 등장하지
않는다. 오로지 김기홍이 작품의 화자이자 내적 주인공이 되어 홀로
산림처사로서 생활하는 고절(孤絶)[134]한 면모를 드러내고 있다. 김기
홍의 산림생활은 일반 사대부의 은거와는 다르다. 정치적 소외나 불
우(不遇)에서 온 것도 아니요, 어지러운 현실 속에서 독선기신(獨善其
身)을 택한 것도 아니요, 굴원(屈原)처럼 '온 세상이 혼탁한데 나만 홀
로 깨끗하고, 뭇 사람들이 취해 있는데 나만 홀로 깨어 있다'[135]는
자의식의 소산도 아니다. 그의 고절은 반쯤 자발적인 산림생활과 자
신의 신분적 위상에 입각하여 선택적인 교유관계에 기인하기 때문에
내면의 흔들림이 감지되지도 않고 심지어 편안하기까지 하다. 김기
홍은 자신과 신분이 비슷한 지역의 유자들이나 중앙의 문인들과 교
유하기를 희망했다. 하지만 김기홍과 지역의 유자라고 해봐야 몇 명
되지 않았고, 또 중앙의 문인들과 교유하는 것은 그리 쉬운 일이 아
니었다. 그가 사승-교유관계를 형성했던 중앙의 문인들은 대부분 함
경 지역으로 출사·임직·유배를 온 인물들로 일정한 시간이 지나면

---

134) 김홍규는 강호시가의 주역인 '어부(漁父)' 특성을 논하면서 인생에 대한 '달관'과
　　외부 세계에 대한 '고절'을 언급하였다. * 김홍규, 「강호시가와 서구 목가시의 유형
　　론적 비교」, 『민족문화연구』 43, 고려대학교 민족문화연구원, 2005. 참조.
135) 屈原, 「漁父辭」 擧世皆濁, 我獨淸, 衆人皆醉, 我獨醒.

다시 중앙으로 돌아가고, 그러면 그들의 관계는 이내 단절되는 것이
상례였다. 이러한 상황에서 김기홍은 굳이 많은 사람들과 억지로 어
울리는 길보다는 차라리 홀로 산림에서 생활하며 고상하게 지내는
편을 택하였다. 결국 그의 '고절'은 거주 공간적으로나 개인의 심리
적으로나 스스로 선택하고 결정한 행위였다.

하지만 김기홍 스스로 이러한 고절함을 견지하고 있으면서도, 자
신의 의식지향에 부합하는 인물들이 등장할 경우에는 적극적인 면모
를 띠고 현실 공간으로 나와서 사승-교유의 관계를 형성한다. 그리
고 이런 인물들과 만나고 교유하고 이별하고 떨어져 있는 상황에서
는 그리움의 정서가 가득 담긴 시가작품이 창작되었다. 대표적인 경
우가 그의 스승이었던 민정중, 남구만과 주고받은 한시, 유배되었다
가 돌아가는 정상룡(鄭祥龍), 이기주(李箕疇), 홍수주(洪受疇) 등의 인
물과 헤어질 때 지은 한시, 도성에 있는 학암 최신과 주고받은 시문
등이 그러한 예이다.

이처럼 김기홍의 시가문학에 드러나는 산림생활, 은자형상, 고절
(孤絶), 그리움 등의 이미지와 정서는 그의 작품 기저에 흐르면서 작
품의 창작을 추동하는 계기가 되었으며, 동시에 그의 작품을 관류하
는 미적 특질에 해당한다고 할 수 있다.

Ⅳ. 17세기 시가사와 김기홍 시가의 좌표

　지금까지 17세기 함경도 지역에 살았던 김기홍(金起泓)이라는 인물의 생애와 작품세계에 대한 탐색을 진행하였다. 이제 시가작가로서 김기홍과 그의 작품들이 지니는 위상과 의의를 평가하여 자리매김하는 소임이 남았는데, 이에 대하여 함경 지역 작가로서의 측면과 개별 작품들이 지니는 의의 및 이후 시가와의 영향관계 등을 중심으로 검토하기로 한다.

　시가사적 맥락에서 17세기 중·후반은 도학적 근본주의가 쇠퇴하면서 미의식이 다양하게 분화되는 가운데 국문시가의 작자층도 확대되고 그에 따라 작품의 주제적 경향이나 형식적 특성들도 다양화되는 추세를 보이던 시기였다.[1] 이러한 흐름과 관련하여 이 시기 시가사(詩歌史)에서는 사족 계층의 분화와 더불어 '향촌사족'이라는 새로운 작가층이 등장하고 이들의 구체적인 생활체험을 작품화한 시가작품들이 등장한다. 김기홍의 경우에도 이 같은 맥락에서의 위상 검토가 수반되어야 하리라 본다.

---

1) 김흥규, 「16, 17세기 江湖時調의 변모와 田家時調의 형성」, 『욕망과 형식의 시학』, 태학사, 1999; 이상원, 『17세기 시조사의 구도』, 월인, 2000.

　먼저 작가 김기홍과 그가 산출한 시가작품들은 함경도 지역에서 국문시가의 향유 양상을 실증할 수 있는 결정적인 단서를 제공해준다는 데 그 의의가 있다. 주지하듯이 경기체가·시조·가사 등 국문시가의 유행은 16세기로 접어들면서 점차 전국적인 현상으로 확대되었다. 하지만 서울과 근기 지역 및 영·호남과는 달리 함경도·평안도 지역에서의 국문시가 창작과 향유의 사례는 명확하게 입증해내기가 쉽지 않았다. 김기홍의 사례를 통해 함경도 지역으로의 국문시가의 전파, 그리고 지역민에 의한 작품의 창작을 실증해 낼 수 있다.

　김기홍이 17세기 시가사적 흐름에 편승하여 국문시가 작품을 창작·향유하였으리라는 것을 충분히 추정 가능한 일이다. 하지만 김기홍이 살았던 지역은 함경도 육진이라는 국토의 끝자락이었다. 중앙의 문화가 전파되기에는 너무도 멀었다. 실제로 김기홍 이전에 함경 지역민에 의해 산출된 국문시가 작품은 존재하지 않았다. 함경 지역민에 의한 국문시가 창작은 김기홍이 첫 사례에 해당한다. 아울러 이후 시기까지를 망라하더라도 함경 지역민에 의해 산출된 국문시가 작품은 그 사례가 흔하지 않다. 따라서 지역문학으로서의 대표성은 더욱 중요할 수밖에 없는 바, 함경 지역을 대표하는 시가작가로서 김기홍의 위상은 각별하다. 더욱이 그가 양식적으로 시조·가사·한시를 모두 겸하고 있음은 조선시대 전체를 살펴보더라도 많지 않은 사례에 해당하며, 특히 함경 지역 안에서는 유일한 경우라 할 수 있다.

　함경도 지역 사람이었던 김기홍이 국문시가를 지을 수 있었던 데에는 두 가지 큰 영향관계를 상정해볼 수 있다. 함경도 지역에서 산출된 국문시가 작품은 대체로 외부 작가에 의해 이 지역으로 출사·임직·유배 과정에서 산출된 작품들이 주류를 이루고 있지만, 그렇다 하더라도 이들에 의한 국문시가 창작이 의의가 없는 것은 아니다.
함경도 지역 안에서는 17세기 초반부터 국문시가를 창작·향유하는
일련의 흐름이 형성되고 있었다. 예컨대 박계숙, 박취문, 이항복, 윤
선도, 조우인 등의 작가들에 의해 시조와 가사 작품이 창작되고 있었
다. 외부자들에 의해 중앙의 문화 전파가 이루어지고 있었던 것이다.
이와 동시에 김기홍은 남구만, 이선, 임유후 등 17세기 중반 국문시
가와 관련된 인물들과 사승-교유관계를 형성하면서 직·간접적인
영향을 받기도 하였다. 김기홍의 경우에는 후자가 더 결정적인 역할
을 하였다. 결국 김기홍이 어느 경우의 영향을 받았든지 간에 함경도
지역으로의 국문시가 전파에 있어서는, 중앙으로부터 파견된, 높은
문화적 수준을 지니고 있던, 아울러 시가사에서 중요한 위치를 점하
고 있는 이들의 역할이 절대적이었다고 할 수 있다. 이를 통해서 문
화 전파가 가장 더뎠던 함경도 지역에서의 국문시가 창작과 향유가
적어도 17세기 초반부터 진행되고 있었음을 알 수 있는 바, 시가사적
맥락에서 시조 및 가사의 문학 현상은 17세기 초반에 이미 전국적인
현상이었음을 분명하게 실증할 수 있다.

　무엇보다 작가로서 차지하고 있는 지역적 위상과 관련하여, 김기
홍은 함경 지역 향반-유품으로서 삶의 모습과 그 안에서 오는 불안
한 실존의 문제를 체감하고 이를 작품화하고 있는 것에 큰 의의가
있다. 이는 동시대 다른 지역의 향촌사족의 문학과 비교를 가능하게
하는 대목이기도 하다. 그렇다면 함경 지역 안에서 김기홍이 지니고
있던 향반-유품 계층으로서의 불안한 실존에 대한 문제의식은 개인
적인 특수 사례에 국한되는 문제였는가, 아니면 지역 향반 일반의 문
제였는가. 또 이후 시기에는 이러한 문제가 해소가 되었는가. 이와

관련하여 다음 작품을 살펴보자.

> 우리 祖上 南中 兩班 進仕及第 連綿ᄒ여
> 金章 玉佩 빗기 ᄎ고 侍從臣을 ᄃ니다가
> 猜忌人의 참소 입어 全家徙邊 ᄒ온 후의
> 國內 極邊 이 ᄯᅡ의서 七八代을 스ᄅ오니
> 先蔭 이어 ᄒ난 일이 邑中 구실 첫지로ᄃ
> ᄃ러ᄀ면 座首 別監 나ᄀ셔는 風憲 監官
> 有司 掌儀 치지ᄂ면 톄면 보아 ᄉ양터니
> 애슬푸다 내 시절의 怨讎人의 謀害로서
> 軍士降定 되단말가 내 ᄒ몸이 허러나니
> 左右前後 數多一家 次次 充軍 되거고야

위 작품은 18세기 후반의 가사작품 <갑민가(甲民歌)>[2]로, 작자는
미상이나 작품의 내용에 근거하면 자신을 양반(兩班)의 후예라고 칭
한 함경도 갑산민이다. 고순희[3]는 <갑민가>의 작자에 대해 "조선후
기 향촌사회 변화 속에서 소외계층으로 형성되었던 '지방하층사족층'
으로 추정되며 이들은 기본적으로 향촌에 거주하는 지식인이었다"고
하였다. 김용찬[4]은 '몰락양반층'이라고 하였다. 하지만 이들 선행연구
에서 갑산민에 대한 신분 규정은 실질을 꿰뚫고 있지 못하다. 갑산민

---

2) <갑민가>와 관련하여 다음의 연구 성과가 참조가 된다. * 고순희, 「<甲民歌>의
   작가의식」, 『이화어문논집』 10, 이화어문학회, 1988; 김일렬, 「<갑민가>의 성격과 가
   치」, 『한국고전시가작품론』 2, 집문당, 1992; 김용찬, 「<갑민가> 주제에 대한 재검토」,
   『어문논집』 33, 민족어문학회, 1994.

3) 고순희, 「<甲民歌>의 작가의식」, 『이화어문논집』 10, 이화어문학회, 1988; 고순희,
   「19세기 현실비판가사 연구」, 이화여자대학교 박사학위논문, 1990.

4) 김용찬, 「<갑민가> 주제에 대한 재검토」, 『어문논집』 33, 민족어문학회, 1994, 335면.

은 김기홍의 사례와 마찬가지로 향반-유품이다. 함경도 지역에는 상층사족이 존재하지 않았기 때문에, 사족 계층을 상하층으로 구분할 수도 없거니와, 작품에서는 기실 경제적 몰락을 읽어낼 만한 대목도 없다. 선행연구에서 갑산민의 신분규정은 모두 조선후기 양반 계층의 신분 변동에 대한 사학계 일반의 논의에 근거한 것이었다. <갑민가>에서 갑산민의 발언은 김기홍의 사례처럼 함경도 지역의 '향반-유품'으로서 지니고 있던 불안한 실존의 문제를 토로하고 있는 대목으로 이해하여야 한다.

　<갑민가>는 김기홍의 국문시가보다 약 100여 년 뒤의 작품으로 산출시기가 다르지만5) <갑민가> 정도만이 김기홍의 경우처럼 함경 지역민에 의해 창작된 국문시가작품의 사례로 대등하게 논의될 수 있을 것이다. 무엇보다 작가가 지니고 있는 신분적 위치에 있어서 <갑민가>는 김기홍의 경우와 대등한 위상을 지니고 있다. <갑민가>에서는 화자가 자신을 소개하면서, 남쪽 지역 양반의 후예로 선대에 전가사변(全家徙邊)을 통해 함경도 지역으로 이주를 해왔고, 그렇게 지역 안에서 7~8대를 이어 살면서 향반-유품의 신분을 유지한 채 이런 저런 향임(鄕任)을 맡기도 하였지만 이제는 강정(降定)되어 충군(充軍)될 처지에 놓였음을 탄식한다. 나아가 자신과 신분적 처지가 유

---

5) <갑민가>의 창작시기는 1792년으로 비정되는데, 고순희는 '작품이 독자와 만나 실현화되고, 그것이 향유되는 과정에서는 독자의 공감이 문제되고, 그 공감은 공통된 삶을 기반으로 한다'는 점을 들어 '<갑민가>는 19세기적 상황이 보다 문제시 된다'고 논하며, <거창가> 등 일련의 가사들과 함께 19세기 현실비판가사로 분류하였다.(*고순희, 「19세기 현실비판가사 연구」, 이화여자대학교 박사학위논문, 1990.) 그러나 작품의 창작시기가 18세기 후반이며, 작품 속에 반영된 현실은 창작시기보다도 이전의 상황을 반영하고 있다는 점을 고려한다면 응당 18세기 후반의 작품으로 논의하는 것이 바람직할 것이다.

사한 동류들도 모두 같은 전철을 밟아갈 것임을 예견하고 있다.

향반~유품에서 평민의 지위로 강등되는 것에 대한 신분적 위협과 불안을 느끼며 살아가던 지역 향반으로서의 모습은 앞서 김기홍의 생애에서 드러난 측면과 매우 유사하다. 이는 17~18세기 함경도 지역의 향반~유품들이 지니고 있었던 공통된 면모임을 알 수 있으며, 시간의 흘러도 이 같은 불안한 실존의 문제는 해소되지 않았다. 결국 양자의 시가작품은 세대는 달리하지만 같은 지역에서 동일한 신분적 위상에서 나오는 공통된 문제의식의 상이한 발로였던 것이라 할 수 있다. 김기홍의 경우는 이러한 문제에 대해 현실에서는 지역의 유자들과 협력하여 소(疏)·장(狀)을 올리면서 적극적으로 대처를 하면서도 시가작품 안에서는 불안한 심리를 감추고 절제하여 외부로 드러내지 않으면서 품위를 지키고 있다. 반면에 <갑민가>에서는 신변탄식에 가까운 어조로 자신의 고충을 토로하고 있는 것이 차이라 할 수 있다.

이처럼 김기홍은 작가 측면에서 함경 지역의 대표성을 지니면서, 공시적으로는 17세기 다른 지역의 향촌사족들과 비교가 가능하고, 통시적으로는 18~19세기 함경 지역의 문인들과 좋은 비교의 대상이 된다.6) 아울러 그가 지역 작가로서 보여준 삶의 모습과 지니고 있던 문제의식은 지역문학 고유의 주제적 특성을 드러낸다 하겠다.

---

6) 함경 지역 출신 작가의 작품으로 18세기 운암(芸菴) 한석지(韓錫地, 1709~1803)의 <길몽가(吉夢歌)>(1759년)를 주목할 만하다. 이 작품은 18세기 중반 함경지역의 사상적 동향에 대응하는 지역 유자로서의 인식의 일단을 보여준다. * 이와 관련하여서는 정익섭, 「芸庵의 吉夢歌 考察」, 『시문학』 9, 한국어문학회, 1963; 안혜진, 「<길몽가>를 통해 본 18세기 향촌사족 가사의 한 단면」, 『한국고전연구』 8, 한국고전연구학회, 2002; 최은숙, 「몽유가사의 "꿈" 모티프 변주 양상과 <길몽가>의 의미」, 『한국시가연구』 31, 한국시가학회, 2011. 참조.

17세기 시가 작가의 측면 이외에도, 장르별 작품들이 지닌 의의도 함께 검토가 이루어져야 하리라 본다. 이를 시조와 가사로 나누어 살펴보기로 한다. 시조사적 구도에서 김흥규[7]는 17세기로 접어들면서 도학적 근본주의가 퇴색되고 이전 16세기 강호시가의 전형적 특질들이 약화 및 동요를 보이고 있음을 논증하였다. 그 구체적인 양상은 ㉠ 이분법적 세계관이 쇠퇴하여 현실정치에 대한 거부·비판의식의 농도가 엷어지고, ㉡ 즉물적 자연인식의 시선이 떠오르면서 강호 한거(閑居)의 드높은 감흥과 풍류적 즐거움을 적극적으로 표출하는 태도에까지 연결되며, ㉢ 탈생활적(脫生活的) 관조성 또한 전반적으로 약화되면서 전원생활의 구체성이 새로운 시적 관심사로 대두하는 것으로 나타난다고 하였다. 김흥규에 의해서 제시된 이러한 변화의 지표들은 이후 이상원,[8] 권순회[9]에 의해 17세기 시조 전반을 검토하는 단계로 접어들면서 더욱 구체화되어, '향촌사족'이라 칭할 수 있는 작가군에게서 이러한 경향이 두드러지게 나타나며 관료문인의 작가들에서도 예외는 아니었음이 논증되었다.

시조사의 흐름 속에서 17세기 후반에 산출된 김기홍의 시조작품인 <관곡팔경>과 <격양보>는 이러한 시조사의 주제적 변화에 잘 조응된다. '향반'이자 '유자'라는 작가의 신분적 위상을 바탕으로, 그의 작품 속에서는 산림생활을 통해 산림처사로서의 일지(逸志)를 발양하는 한편 궁경(躬耕)·채지(採芝)·채미(採薇)·조어(釣魚) 등의 다양한 일상

---

7) 관련 내용은 김흥규, 「16, 17세기 江湖時調의 변모와 田家時調의 형성」, 『욕망과 형식의 시학』, 태학사, 1999, 183~192면. 참조.

8) 이상원, 「17世紀 時調 硏究」, 고려대학교 박사학위논문, 1999; 이상원, 『17세기 시조사의 구도』, 월인, 2000.

9) 권순회, 「田家時調의 美的 特質과 史的 展開 樣相」, 고려대학교 박사학위논문, 2000.

생활의 면모들이 드러난다.

이와 더불어 김기홍 시조작품의 형식적 특성에도 주목을 요한다. 15~16세기 이래로 시조사에서 연시조라 부를 수 있는, 예컨대 사시가(四時歌), 오륜가(五倫歌), 육가(六歌) 계열의 시조작품들이 지속적으로 창작되었다.10) 여기에 더하여 16세기 후반~17세기 초로 이어지면서 팔경가(八景歌), 구곡가(九曲歌) 계열 등의 새로운 연시조 전범 형식들도 연이어 등장하였다. 이는 시조사의 흐름에서 다양한 작품의 형식이 등장하고 있음을 의미한다.

김기홍의 시조작품 중에 <관곡팔경>은 팔경을 전범으로 작품화한 사례로, 이는 16세기 이후백(李後白, 1520~1578)의 <소상팔경(瀟湘八景)>과 함께 시조로 창작된 특별한 경우라 하겠다. 이후백의 <소상팔경가>는 중국의 소상강 유역에 대한 추체험적 서정의 필치로 심상공간을 형상화해 낸 작품인데 비하여, 김기홍의 <관곡팔경>은 실제 자신이 거처하는 함경도 경흥부 관곡 일대의 지역에 대한 실경을 바탕으로 산출된 작품이라는 점에서 차별화된다. 현재로서는 시조작품 중에 한국의 실경을 팔경으로 작품화 한 사례는 김기홍의 <관곡팔경>이 유일하다고 할 수 있다. 따라서 김기홍의 <관곡팔경>은 연시조 형식의 다양화되고 있던 17세기 시조사의 흐름에게 창작된 것이며, 한시와 국문시가를 아우르는 '팔경시가'의 사적 맥락에서도 매우 중요한 위치를 차지한다고 할 수 있다. 이러한 점은 한

---

10) 이와 관련된 대표적인 연구 성과는 다음과 같다. * 박규홍, 「朝鮮前期 聯時調 硏究」, 영남대학교 석사학위논문, 1983; 임주탁, 「연시조의 발생과 특성에 관한 연구 : <어부가>, <오륜가>, <도산육곡> 계열 연시조를 중심으로」, 서울대학교 석사학위논문, 1990; 김상진, 「朝鮮中期 연시조의 硏究 : 四時歌系, 五倫歌系, 六歌系 作品을 中心으로」, 한양대학교 박사학위논문, 1996.

역시조 <격양보>의 경우도 마찬가지이다. 격양보는 전체 10수로 이루어진 연시조의 한역이다. 한역의 형태로만 전하지만, 연시조의 맥락에서 함께 이해할 수 있다.

가사작품의 <채미가>는 분량, 형식, 구조, 표현, 주제적 지향의 측면에서 16세기 사대부 가사의 맥을 이으면서 17세기 강호시가의 변모양상을 잘 담지하고 있다. 이러한 측면은 김기홍의 신분적 위상과도 결부지어 해석할 수 있다. 이와 관련하여 김대행11)은 가사문학의 향유 주체에 유의함으로서 그 문화적 의의를 규명하고자 하였는데 논자의 시각을 참조할 만하다. 논자는 가사가 다른 장르와는 형태적으로 다르고 향유방식 또한 다르다는 고유성으로 자기 정체성을 지니면서, 그 향유가 사회 상층인 양반에 의해서 이루어진 데서 상층인의 표상이 된다고 하였다. 또 이러한 표상이 함축하는 의미는 상층인다운 삶의 표방이자 선비적 삶과 우리말 노래의 통합이라고 하였다. 즉 가창 및 음영의 방식으로 향유된 가사문학은 상층인적 정체성을 확보하기 위한 표지였다는 측면에서 문화적 의미를 확보하고 있다는 것이다. 이러한 견지에서 김기홍이 남긴 가사작품을 살펴본다면 민정중, 남구만 등 상층의 사대부문인들과 교유하면서 자신의 신분적 위상과 정체성을 확인시켜주는 문화적 행위의 일환이었던 것이라 할 수 있다.

또 다른 가사작품 <농부사>는 '농부가류 가사'라 칭할 수 있는 작품군에서 시기적으로 가장 앞선 시기에 해당하는 작품이다. 따라서 농부가류 가사 작품군의 단초를 보여준다는 측면에서 위상이 남다르

---

11) 김대행, 「歌辭 樣式의 文化的 意味」, 『한국시가연구』 3, 한국시가학회, 1998, 405~406면.

다. 이에 관련 선행연구에서도 이러한 점들이 주목되었다.[12] 김기홍
의 <농부사>는 향반-유품의 신분적 위상을 지닌 화자가 지역사회
의 실정에 대한 이해를 바탕으로 자신을 포함한 지역민 모두의 삶의
문제에 대해 논의하고 있다. 작자가 머물고 있는 공간은 객관적 관찰
의 대상이나 관념의 매개체가 아니라 생활의 현장이며 작가가 직접
관계를 맺고 살아가는 현실세계이다. 작품에서 초지일관 드러나는
화자로서의 목소리는 권위적이거나 위압적이지도 않고 일방적인 교
화나 훈계를 지향하지 않는다. 주변인들과 더불어 함께 살아가는 지
역인의 입장에서 당위의 문제를 제기하고 있는 것이다. 이는 그의 시
가작품이 단순히 개인적인 차원이 아니라 집단의 영역으로, 일상적
경험의 세계로 확산되어가고 있음을 보여주는 것이라 하겠다. 이처
럼 현실문제에 대해서도 외면하지 않고 자신이 살아가는 지역과 사
회에 대한 역할을 보여준다는 점에서 그 의의를 더할 수 있다.

　17세기 김기홍의 <농부사> 이후에 산출된 농부가류 가사작품 중
대표적인 작품들로 18세기 김익(金瀷, 1746~1809)의 <권농가(勸農歌)>,
작자미상의 <부농가(富農歌)>, 19세기 정학유(丁學游, 1786~1855)의 <농
가월령가(農家月令歌)>, 이기원(李基遠, 1809~1890)의 <농가월령(農家
月令)>, 윤우병(尹禹炳, 1853~1920)의 <농부가(農夫歌)> 등이 있다. 농
부가류 가사작품은 연구자들에 따라 다르지만 최대 20여 편에 달한
다. 그간 선행연구에서는 농부가류 가사작품의 형식이나 작가층에만

---

12) 길진숙, 「朝鮮後期 農夫歌類 歌辭 硏究」, 이화여자대학교 석사학위논문, 1990; 조
　　해숙, 「농부가에 나타난 후기가사의 창작의식과 장르적 성격 변화」, 서울대학교 석사
　　학위논문, 1991; 김창원, 「朝鮮後期 士族創作 農夫歌類 歌辭의 作家意識 硏究」, 고
　　려대학교 석사학위논문, 1993; 류속영, 「김기홍 <농부사>의 창작배경과 작가의식」,
　　『문창어문논집』 38, 문창어문학회, 2001.

주목을 했을 뿐, 17세기부터 19세기까지 이르는 사적 전개 양상이나, 지역별 차이 등의 문제는 고려되지 않았다. 이러한 점에서 농부가류 가사에 대한 연구는 새로운 관점을 요하며, 김기홍의 <농부사>는 역사적 맥락, 산출 지역, 작가 등의 측면에서 연구의 기준이 될 만한 충분한 자격이 있다.

　이상 살펴본 것처럼 김기홍은 17세기 함경도 지역의 작가로서의 대표성과 위상을 지니면서 넓은 의미의 17세기 '향촌사족'의 범주에서 논의가 가능하리라 본다. 그는 동시대 다른 지역의 향촌사족들의 경우와 마찬가지로 지역적 기반을 바탕으로 한 개체적 삶의 문제를 고민하며 살아간 '문학 행위자'[13]이다. 이러한 점들은 김기홍에 대한 연구가 비단 17세기 당대에 국한되지 않고, 향후 18~19세기 다른 지역 향촌사족 계층과의 비교를 가능하게 해 주는 새로운 기반으로 작용하리라 생각한다.

---

13) 김흥규는 한국문화 연구의 긴요한 과제로서 '행위자들의 귀환'을 제안하였다. 논자는 "문화행위자인 인간을 자신이 엮어낸 의미의 그물들에 걸려 있는 존재라 한다면, 우리는 그 그물이 어떠한 환경에서 특정한 종류의 지지물(支持物)들을 자원으로 삼으면서 어떤 방식으로 엮었으며 무엇을 포획하려 했는지 파악하는 데에 좀 더 많은 관심을 기울여야 한다."고 역설하였다. 이는 문학 작가들의 개별적인 입지, 동기, 선택, 의미 구축 등의 문제에 주목하는 것이 중요하다는 결론으로 귀결된다. 작가 연구를 진행함에 있어 반드시 유념해야 할 명제이다. * 김흥규, 「특권적 근대의 서사와 한국문화 연구」, 『근대의 특권화를 넘어서』, 창비, 2013, 235~238면.

V. 결론

본고는 17세기 중·후반 함경도(咸鏡道) 지역의 문인인 관곡(寬谷) 김기홍(金起泓)의 생애와 시가문학의 특질을 구명하는 것을 목적으로 하여, 17세기라는 시기적 특성과 함경도라는 지역적 특성에 기반하여 향반(鄕班)이자 유자(儒者)로서 생활한 작가의 삶과 시가문학 세계를 살펴보았다. 논의 결과를 집약하고 요청되는 과제를 밝혀 결론으로 삼고자 한다.

본고에서 김기홍과 그의 문학작품에 주목한 것은 문학사의 주변부에 있던 한 작가에 대한 분석과 평가를 통해 문학사 안에서 그의 위상을 온전하게 자리매김을 하는 동시에 나아가 문학사의 지평을 확장시키려는 목적에서였다. 이에 김기홍에 대한 생애와 주요활동 양상을 검토하고, 개별 갈래에 따라서 그의 작품세계의 실질을 탐색하였으며, 이를 통해 17세기 시가사의 흐름 속에서 작가와 작품이 지닌 위상을 살펴보았다.

김기홍은 선대에 전가사변을 통해 함경도로 이주하여 정착한 향반의 삶을 잘 보여주는 사례이다. 그는 지역 사회 안에서 향반-유품으로 명맥과 지위는 유지하였으나, 자신의 대에 이르러 여러 재앙이 겹치면서 가세가 급격히 기울었고, 이에 따라 온 가족이 함께 궁경가색(躬耕稼穡)하며 살아갔다. 그는 신분적으로 향반의 지위를 계속 유지하느냐 아니면 평민의 지위로 전락하느냐 하는 실존 문제를 고민하던 함경 지역 유품의 삶을 대변한다. 하지만 김기홍은 자신이 향반이자 유자라는 것을 잊지 않았고, 지역사회에서 오히려 그의 위상을 적극적으로 확립하려고 애썼다. 향반으로서 상중에 군역의 의무를 빼달라고 요청을 하고, 유자로서 학문에 전념하기 위해 서원에 대한 사액을 청하기도 하고, 지역 유생들을 대표하여 고강(考講)의 규정을 조정해달라고 청원을 하는 등, 자신의 신분적 지위와 위상을 지키고자 적극 노력하였다. 이렇듯 김기홍은 함경 지역의 향반으로서 실존의 문제를 고민하며 살아간 인물이다.

김기홍은 학문의 길만이 자신의 신분적 위상을 유지할 수 있는 유일한 방도임을 자각하고, 유자로서 학문의 길을 고수하였다. 그러나 함경도 지역에서는 유생들을 계도해 줄 수준 높은 학자가 드물었던 까닭에, 지역으로 부임해오는 수령들에게 나아가 배움을 청하였다. 때를 같이 하여 지역에 부임한 관찰사 민정중, 남구만 등의 적극적인 학술 장려 정책에 힘입어 김기홍은 그들과 사승관계를 형성하며 학문에 매진할 수 있었다. 함경 지역의 교육 여건이 그다지 좋지 않은 상황에서, 게다가 개인적으로는 가족들이 지극히 곤궁한 생활을 하고 있던 중이었음에도 불구하고 김기홍은 학문의 길을 결코 포기하지 않았다.

한편, 신분이나 위상은 사회적으로 공인되는 것이므로, 김기홍은 함경지역으로 임직·출사·유배 오는 중앙의 문인들과 적극적으로 관계를 형성함은 물론 지역의 유자들과도 교유-협력을 이어갔다. 김기홍은 이들과 교유하면서 한시를 주고받았는데, 이는 자신의 문학적 수준을 드러내고 문사들과의 교류를 부각시키고자 한 의도가 내재되어 있었다. 이렇듯 김기홍은 자신의 신분적 위상을 굳건히 유지하는 데 고심한 흔적이 보인다.

김기홍은 함경도에 거주하면서 지역민으로서의 정체성 및 지역에 대한 자부심을 지니고 있었다. 그가 편찬한 「북관기(北關記)」는 비록 사찬(私撰)이기는 하지만 함경북도 지역에 대한 인문지리서로서의 특성을 지니고 있다. 그는 「북관기」 편찬을 통해 지역에 산재한 조선 왕조 4조의 행적 및 고사를 적극 부각시킴으로서 지역적 위상을 높이고 지역민들에게는 '풍패적자'로서의 자긍심을 고취하고자 하였다. 또한 함경도 지역이 17세기 이래 유학의 교화를 입어 풍속이 개량되고 예속이 행해지는 살 만한 지역임을 드러내고자 하였다. 그가 지은 여러 전(傳)은 실제로 지역민들이 충(忠)·효(孝)·열(烈) 이념에 입각하여 살아가고 있음을 보이고자 한 것이다. 이러한 점들은 모두 함경도 지역에 대한 편견과 부정적 인식을 불식시키려는 노력의 일환이었다. 그만큼 김기홍은 함경도에 대한 지역 의식이 투철하였음을 알 수 있다. 이러한 점은 그의 문학세계의 기반으로 작용하고 있다.

김기홍의 시가 작품은 시조 21수, 가사 2편, 한시 100수가 전한다. 본고에서는 갈래별로 나누어 작품세계를 살펴보았다. 시조에서는 산림생활에 기반한 개인적인 삶과 처세관 등 내면의 문제를 주로 다루고 있었으며, 한시에서는 현실생활에 기반한 지역의 문제나 교유 관계 등 외부적 관계의 측면을 더 고려하고 있었다. 가사에서는 이 양자의 문제를 함께 다루고 있는 경향이 있었다.

시조 <관곡팔경>은 경흥부 관곡지역에 복거를 행하고 그곳에서 산림생활을 지속하는 자신의 모습을 작품화한 것인데, 여기에는 김 기홍의 인생 후반기 삶에 대한 낙관적 전망과 즐거움이 관류하고 있 었다. 이에 거처 주변과 지역의 승경을 유람하면서 산림처사로서의 자족적 흥취를 표현하였다. 작품에 드러나는 모습과 자신의 호를 '관 곡'이라 칭한 것을 결부지어 생각해보면, 관곡 일대가 자신이 살아가 야 하는 장소임을 자각하면서 자신의 삶을 지역의 환경에 안착시키 려는 의도가 있었던 것이 아닌가 한다.

한역시조 <격양보>는 김기홍이 스스로 자신이 살던 시대를 태평 세월이라 인식하고 그러한 시대를 살아가는 자신의 모습을 과거 여 러 은자(隱者)들의 형상에 빗대어 노래한 작품이다. 이는 17세기 시 가의 주제사적 변모 양상과 관련하여 태고(太古)에 대한 동경과 자신 들의 삶의 전범으로 은자 형상을 활용하는 경향과도 잘 조응한다. 작 품에서는 산림생활에서 오는 유한(幽閑)과 흥취를 만끽하면서 자연 과 교융(交融)하려는 의식지향을 드러내고 있다.

시조 <관곡팔경>과 한역시조 <격양보>에서 보이는 작가의 세계 관 및 지향은 가사작품 <채미가>에서 더욱 구체화된다. 작품에서 화 자는 연하고질(烟霞痼疾)과 천석고황(泉石膏肓)을 몸에 지닌 채 산림에 서 고절(孤絶)한 태도로 살아가는 모습을 드러낸다. 산수유람을 통해 춘경을 완상할 뿐만 아니라 채산(採山)·조수(釣水)를 곁들여 한중진락 (閑中眞樂)을 누리는 모습이 부각되어 있다.

가사작품 <농부사>는 김기홍이 지니고 있던 또 다른 문제의식의 일단을 보여준다. 그것은 함경도 지역의 척박한 현실에서 오는 지역 공동체 전체의 생존 문제를 고심한 흔적이다. 김기홍은 몇몇 한시작 품을 통해 목화 재배, 새로운 벼 품종의 획득, 대추나무 및 복숭아나무 심기 등의 보습을 보여주었다. 이는 김기홍이 단지 개인적인 궁핍 상황을 타개하기 위해서 시도한 것이 아니라, 향반-유품으로서 지역 의 실정을 헤아려 공동체 전체의 생존 문제를 고민하였음을 보여주 는 사례이다. <농부사>는 이러한 문제의식의 연장선상에서 가문의 후손들과 나아가 지역의 지인·이웃들에게 농업의 본질과 중요성을 강조하면서 농업의 성패가 개인은 물론 공동체의 운명과 직결되는 문제임을 일깨우는 작품이다.

김기홍이 지은 한시작품이 지닌 형식적 특징은 절반가량이 차운 시라는 점이다. 차운한 대상은 대부분 함경 지역으로 부임한 관찰사, 수령 및 지역으로 유배를 온 유배객과 지역의 유자들이었다. 이는 김 기홍이 당대 문인들과 대등하게 시문을 주고받을 수 있는 정도의 문 학적 수준과 교양을 갖추고 있었음을 나타낸다. 한시 창작은 유자로 서의 명성과 품위를 유지해줄 뿐만 아니라, 더욱이 차운 행위는 교유 -사승-친분관계 등 자신을 둘러싼 인적관계망을 부각시킴으로써 자 신이 지역 및 중앙 문사들과 폭넓게 교유하고 있음을 과시하기 위한 의도도 내재되어 있는 것으로 보인다. 결국 한시 창작은 변방 지역의 유자였던 그의 신분적 위상을 공고히 하려는 의식과도 맞닿아 있다.

김기홍 한시의 주제적 경향은 그의 현실적 삶의 모습을 보여준다. 그는 젊은 시절부터 배움에 대한 강렬한 열망을 지녔으나 집안의 경 제적 상황에 줄곧 발목을 잡혀 학문에 매진하지 못하고 결국은 특별 한 성과 없이 늙어버린 자신의 모습을 되돌아보며 후회하는 심리가 포착된다. 이러한 모습은 시조작품에서 시종일관 여유와 안온함을 보이고 있는 것과는 대조가 된다. 또한 주변 이웃이 당한 환난에 대 해 애정 어린 시선을 보이기도 하고, 지역으로 유배를 온 인물들과 교유하면서 그들의 분울한 심정을 위로하기도 하였다. 특히 교유하던 인물들과 헤어짐에서 오는 내면의 슬픔과 그리움을 표현한 작품들이 있는데, 그 가운데서도 자신의 스승이었던 민정중과 남구만에 대해서는 매우 각별한 마음을 드러내고 있다.

김기홍의 시조·가사·한시 창작의 기반에는 조선후기 향촌사대부 일반에게서 공통적으로 관찰되는 모선(慕先) 취향, 유람(遊覽) 취향, 영농(營農) 친화의 요소가 있어서 동시대 다른 지역의 향촌사족 계층 시가문학의 창작과 향유를 견주어 살필 수 있는 가능성을 열어준다. 또한 김기홍의 시가문학에 드러나는 산림생활, 은자형상, 고절(孤絶), 그리움 등의 이미지와 정서는 그의 작품을 관류하는 미적 특질에 해당한다고 할 수 있는데, 이러한 미적 특질도 시가사적인 측면에서 의미를 부여받을 수 있다.

시가사적 맥락에서 김기홍과 그가 산출한 시가작품들은 함경도 지역에서 국문시가의 향유 양상을 실증할 수 있는 단서를 제공해준다는 데 의의가 있다. 김기홍 이전에는 함경 지역민에 의해 산출된 국문시가 작품은 존재하지 않았다. 함경 지역민에 의한 국문시가 창작은 김기홍이 첫 사례에 해당한다. 아울러 이후 시기까지를 망라하더라도 함경 지역민에 의해 산출된 국문시가작품은 그 사례가 흔하지 않다. 함경 지역을 대표하는 시가작가로서 김기홍의 위상은 각별하다. 더욱이 그가 양식적으로 시조·가사·한시를 모두 겸하고 있음은 조선시대 전체를 살펴보더라도 많지 않은 사례에 해당하며, 특히 함경 지역 안에서는 유일한 경우이다.

무엇보다 작가로서 차지하고 있는 지역적 위상과 관련하여, 김기홍은 함경 지역 향반-유품으로서 삶의 모습과 그 안에서 오는 불안한 실존의 문제를 체감하고 이를 작품화하고 있는 측면에 주목을 요한다. 이는 17~18세기 함경도 지역의 향반-유품들이 지니고 있었던 공통된 면모에 해당한다. 향반-유품에서 평민의 지위로 강등되는 것에 대한 신분적 위협과 불안을 느끼며 살아가던 지역 향반으로서의 모습은 18세기 가사작품 <갑민가>에서도 지속된다.

이상 살펴본 것처럼 김기홍은 17세기 함경도 지역의 문인으로서, 동시대 다른 지역의 향촌사족들의 경우와 마찬가지로 지역적 기반을 바탕으로 한 개체적 삶의 문제를 고민하며 살아간 인물이다. 이러한 문제의식이 그의 작품 세계의 기반으로 작용하고 있다. 이러한 점은 향후 동시대는 물론, 18~19세기 다른 지역 향촌사족 계층과의 비교를 가능하게 해준다.

이상에서 본고의 논의를 개략적으로 정리하였다. 이제 이 글에서 미처 다루지 못한 미결의 과제와 보완의 방향을 제시하면서 글을 마무리하고자 한다. 본고는 함경도 지역 문학 연구의 사례로서 의의가 있다. 하지만 대상 작가가 김기홍 한 사람에 집중되어 있다. 향후 함경도 지역의 여러 문인들에 대한 후속 연구가 이루어져야 거시적 차원에서 함경도 문학의 특질이 보다 명확하게 규명될 수 있을 것이다. 이와 관련하여 몇몇 문인들이 중요하게 다루어져야 하는데, 예컨대 빈교(貧郊) 이지온(李之蘊, 1603~1671), 학암(鶴巖) 최신(崔愼, 1642~1709), 송암(松巖) 이재형(李載亨, 1665~1741) 등이 그러한 예이다. 이들은 김기홍과 동시대를 살아가며 함경도 지역에서 문인으로서의 위상을 지니고 있었으며, 모두 문집을 남기고 있어서 충분히 연구가 가능하다. 이에 대해서는 후속 연구를 통해 검토의 과제로 삼고자 한다.

‖ 부록 ‖

1. 관곡 김기홍 연보(年譜)

1634년 (1세)   함경도(咸鏡道) 경원부(慶源府)에서 출생.

1636년 (3세)   [비고] 병자호란(丙子胡亂) 발발.

1648년 (15세)   염병으로 인해 아버지, 할아버지, 할머니를 차례
로 여읨. 김기홍은 연이어 상을 치르느라 몸에 병
이 들고 가산도 급격히 줄어듦.

1651년 (18세)   첫째 부인 청풍 김씨(淸風金氏)와 혼인.

1652년 (19세)   홍수 피해를 겪으면서 한해 농사를 망치고 곤궁한
생활을 하게 됨.

1653년 (20세)   연이은 홍수 피해를 겪으면서 경제적으로 더욱 어
려운 처지에 놓임.

1654년 (21세)   궁핍한 생활을 타개하고자 경원부 공수평(公須坪)
으로 첫 번째 이주를 감행함.

1656년 (23세)   최신(崔愼)과 서신[1]을 주고받음.(4월)

1658년 (25세)   [비고] 임유후(任有後)가 종성부사(鍾城府使)로 부
임. 재임시절 수항루를 배경으로 시조를 창작함.

1662년 (29세) [비고] 서원리(徐元履)가 함경도관찰사로 부임.(9월)
서원리에게 나아가 가르침을 받은 것으로 추정됨.
그러나 서원리는 부임 후 1년도 못 되어 임지에서
사망함.

1664년 (31세) [비고] 민정중(閔鼎重)이 함경도관찰사로 부임.(6월)
[비고] 이단하(李端夏)가 함경북도병마평사로 경성
에 부임.(6월)
관찰사 민정중의 적극적인 유학 진흥 정책에 힘입
어 민정중·이단하에게 나아가 가르침을 받으며
본격적인 학문의 길로 접어듦.
김수항(金壽恒)이 함경북도 시관(試官)이 되어 내려
오자 맞이하여 함께 길주(吉州)에서 개장(開場)함.(8월)
개선되지 않는 집안 형편으로 인해 경원부 판교
(板橋)로 두 번째 이주를 감행함.

1665년 (32세) [비고] 민정중의 주청으로 함경도에 교양관이 설
치되고, 이에 유하(柳賀)가 첫 교양관으로 경원에
파견되어 옴.
스승 이단하의 『북관지』 완성을 도운 것으로 추정됨.

1666년 (33세) 최신(崔愼)과 서신②를 주고받음.(12월)

1667년 (34세) 교양관 유하가 민정중의 명으로 학령(學令)을 완
성하자 이에 대한 서문을 지음.<學令序>(1월)

1668년 (35세) 최신(崔愼)과 서신③을 주고받음.(4월)
[비고] 홍주국(洪柱國)이 함경북도병마평사로 경성
에 부임.

1669년 (36세)   <請本府改東門狀>(7월)

[비고] 이선(李選)이 함경북도 병마평사로 경성에 부임.

* 이선과 교유하는 과정에서 국문시가의 영향을 받은 것으로 추정됨.

1670년 (37세)   <向釋王寺>(6월6일), <先達山雨中作 二首>(6월14일), <思鄉吟 二首>(6월14일)

1671년 (38세)   [비고] 남구만(南九萬)이 함경도관찰사로 부임.(7월)

* 남구만에게 나아가 가르침을 받음. 아울러 남구만을 통해 국문시가의 영향을 받은 것으로 추정됨. 첫째 부인 청풍 김씨(淸風金氏)가 사망.

1672년 (39세)   둘째 부인 방씨(方氏)와 혼인. 첫째 부인의 기일을 맞아 제문을 지음. <祭亡室金氏文>(11월)

1673년 (40세)   <祭德山全先生文>(2월)

남구만을 따라 북청의 명소인 시중대(侍中臺)에 올라 남구만의 시를 차운함.<次南台侍中臺韻>

[비고] 이유(李袖)가 경원부사(慶源府使)로 부임.(3월)

1674년 (41세)   남구만을 따라 종성에 있는 동건산성(童巾山城)에 올라 남구만의 시를 차운함. <登童巾山城次南監司韻>(1월) <次南監司贐行韻>(5월)

1675년 (42세)   [비고] 정상룡(鄭祥龍)이 경원(慶源)으로 유배되어 옴.(2월) <防江水標銘>(1월)

어머니의 상을 당한 것으로 추정됨.(11월)

1677년 (44세)   수령으로부터 특별히 교임(校任)을 받게 됨.(12월)

1678년 (45세) 모친의 담사(禪祀)를 겨우 끝마치고, 또 길제(吉祭)
를 앞두고 있으며, 외가에 두역(痘疫)이 발생함을
이유로 교임을 사양하는 청원을 올림. <吉祭前辭
免校任狀>(1월)

경흥부 관곡(寬谷)으로 세 번째 이주를 감행함.(3월)
* 이후 관곡생활을 하면서 시조작품 <관곡팔경>,
<격양보> 등을 창작한 것으로 추정.

1679년 (46세) [비고] 조근(趙根)이 경흥으로 유배되어 옴.(3월)
<種桃記>(가을)

1680년 (47세) [비고] 경신대출척(庚申大黜陟)으로 서인 집권.

1681년 (48세) 둘째 부인 방씨(方氏)가 사망. 셋째 부인 이씨(李
氏)와 혼인.

1683년 (50세) 둘째 부인의 기일을 맞아 제문을 지음.<祭小室方
氏文>(1월)

1685년 (52세) [비고] 김창협(金昌協)이 함경북도병마평사로 경성
에 부임.

향인 김정창(金鼎昌) 등과 함께 부계서원에 대한 사
액을 청하는 소를 올림.<請涪溪書院賜額疏>(10월)
<次洪掌令受疇謫居時韻 二首>(10월)

김창협·승려[岸上人]와 함께 백악산에서 교유하며
시문을 주고받음. <次金評事昌協白岳詩韻>(10월)
[비고] 홍수주(洪受疇)가 경흥으로 유배되어 옴.(10월)
종산서원(鍾山書院)에 민정중을 배향하기를 청하는
소(疏)를 올림.<請鍾山書院追配閔老峯疏>(12월)

1686년 (53세)　최신(崔愼)과 서신④를 주고받음.(11월)

1688년 (55세)　* 가사작품 <채미가>를 지은 것으로 추정.

[비고] 남구만이 경흥으로 유배되어 옴.(8월) 유배
기간 내내 남구만을 시종함. 남구만은 12월에 해
배되어 돌아가고, 이 과정에서 김기홍에게 시문을
지어주니 여기에 답하는 시를 지음. <別南先生 幷
序>(12월), <次南藥泉先生韻>

[비고] 이화진(李華鎭)이 경흥부사(慶興府使)로 부임.

1689년 (56세)　[비고] 기사환국(己巳換局)으로 남인이 집권.

[비고] 이단하가 사망함.(3월)

[비고] 이기주(李箕疇)가 회령으로 유배되어 옴.(5월)

[비고] 송시열(宋時烈) 제주도 유배 도중 사사됨.(6월)

[비고] 민정중이 평안도 벽동(碧潼)에 위리안치 됨.(7월)

* 이후「北關記」를 편찬한 것으로 추정.

1690년 (57세)　<次慶興倅李公華鎭韻>(2월)

1691년 (58세)　<魚川舘贈主人 二首>(2월), <次金處士嗣業韻>(12월)

1692년 (59세)　벽동에 유배 중인 스승 민정중을 찾아뵙고 시문을
지어서 올림.<呈閔先生>(1월)

<富國租吟>(1월), <採棗根吟>, <採木花吟>(3월),
<次李寒泉東郁贈李進士昌元韻>(4월)

[비고] 민정중이 극중(棘中)에서 사망함.(6월)

1693년 (60세)　셋째 부인 이씨(李氏)가 사망.

<族譜序>(겨울), <僉使崔公行狀>(겨울)

* 가사작품 <농부사>를 지은 것으로 추정.

1694년 (61세)	[비고] 갑술환국(甲戌換局)으로 소론과 노론이 재집권.
1695년 (62세)	지역 유생들을 대표하여 조정에 소(疏)를 올려 인근 평안도 지역 고을의 경우처럼 고강에서 세 차례 불통을 받은 뒤에 태정·강정되게 하는 법을 시행해 줄 것을 아룀.<六鎭儒生三不定軍疏>(4월)
1697년 (64세)	최신(崔愼)과 서신⑤를 주고받음.(11월)
1701년 (68세)	생애 마감.
1825년 (사후125년)	현손 김종원(金種遠)이 김기홍의 문집을 간행하고자 민치주(閔致周), 박종희(朴宗喜), 이선연(李善淵)에게 서문을 구하기까지 했으나 끝내 문집을 간행하지 못함.
1895년 (사후195년)	길주·명천 거주 김기홍의 후손들이 함께 돈을 모으고, 관찰사 이규원(李奎遠)의 서문을 구하여 『관곡집』을 간행함.

2. 관곡 김기홍 시가작품

1) 시조

<관곡팔경(寬谷八景)>

1.

寬谷 너븐 뜰히 北海롤 벼여 이셔

天地 삼긴 후에 몃 사롬 둔녀간고

이제 와 卜居焉ᄒ니 百年 사가 ᄒ노라.　　　右 寬谷卜居

寬谷平郊枕湖水, 自天地開闢了, 有幾人更跼躅, 伊今卜地, 庶幾乎百年可居.

2.

巖上 松栢들히 草木과 섯거디여

饕風虐雪의 속절업시 늙거 간다

우리도 太平烟月의 늙는 주룰 모르리라.　　右 巖上松栢

巖上松柏長, 草木雜生長, 饕風虐雪空自老, 今余太平烟月, 不知老將至.

3.

杜鵑花 어제 디고 躑躅이 오늘 피니

山中繁華ㅣ야 이 밧긔 쏘 이실가

힝호나 流水에 흘러 消息 알가 ᄒ노라.　　右 山頭躑躅

杜鵑花已開落, 躑躅了繼發, 山中春色, 孰與汝比, 祇恐浮流水傳消息.

4.

白岳의 올나 안자 蒼海롤 도라보니

구롬이 노피 개고 漁舟만 줌겨 잇다

두어라 落霞孤鶩을 닐러 무슴 ᄒ리오.　　　右 白岳玩景

登白岳, 回看蒼海, 雲高捲, 漁舟沉, 誰知道落霞孤鶩比並此了.

5.

赤島에 비룰 민고 陶穴을 츠자 보니

當時 遺跡이 完然도 흐뎌이고

우리도 豊沛赤子로 沒世不忘ᄒ리.　　　右 赤島懷古

艤舟乎赤島, 探討其陶穴, 當時遺跡尙完然, 我亦豊沛遺民, 自謂沒世不忘.

6.

卵島에 올나 안자 蒼海롤 구버보니

믈결이 자잔노더 넘노ᄂ니 白鷗 ㅣ 로다

뉘라셔 네 알을 줏관더 몯내 슬허ᄒᄂ라.　　右 卵島取卵

登卵島, 俯視蒼海, 水波粼粼, 白鷗兮翩翩飛, 不知何人取那卵, 哀哀鳥聲悲.

7.

松山裏 碧溪邊의 절로 ᄌ란 고사리롤

일 업시 노날며셔 것고 것고 다시 것거

朝夕에 비브로 먹으니 주릴 주리 이시랴.　　右 採蕨療飢

松山裏碧溪邊, 和露生軟蕨香, 采采又采采, 供朝夕腹, 果然奈何餓死了.

8.

낫대롤 두러메고 夕陽을 씌여 가니

釣臺 노픈 고디 白鷗만 모다 잇다

白鷗야 놀나디 마라 네 벗 되려 ᄒ노라.　　　右 釣臺盟鷗

荷釣竿, 帶夕陽, 臨釣臺高處, 白鷗集, 鷗兮鷗兮不復驚, 與汝盟有期.

<격양보(擊壤譜)> * 한역시조

1.

朝出耕數畝田, 暮歸讀古人書, 誰知道山人無事, 虛度山中歲月了.

아침에 들에 나가 몇 이랑의 밭을 갈고

저녁에 들어와서 古人의 책을 읽네

뉘라서 아무 일 없이 세월 보냄을 알리오.

2.

日出攬衣作, 日入就枕息, 耕田得粟, 鑿井飮, 不知今日太平否, 帝力於我何
有哉.

해 뜨면 일어나고 해 지면 잠을 자며

밭 갈아 곡식 얻고 우물 파서 물 마시니

지금이 太平이런가 帝力이 무슨 소용이랴.

3.

水國春廻, 山間一番新了, 鬱鬱佳氣, 翠浮田中, 對牧童逍遙風景裏.

水國에 봄이 드니 山間이 새로워라

鬱鬱한 佳氣는 田中에 떠 있거늘
저 멀리 牧童을 대하니 풍경 속에 노닐도다.

4.

泉石之癖, 烟霞之痼, 人間萬事於吾何, 洗耳遺風, 今如許要求, 紅塵消息奈
若何.
泉石의 홍겨움과 烟霞의 고질병에
人間 萬事를 내 어찌 관계하리
이제는 許由처럼 紅塵 소식 잊으리.

5.

入山採芝, 曄曄可療飢, 臨水釣魚, 鱗鱗養吾口, 鼎鼎百年能幾何, 仰不愧俯
不怍, 要學善歸造化.
採芝하여 療飢하고 고기 낚아 養口하니
덧없는 백 년 인생 그 얼마나 되느뇨
仰不愧 俯不怍하니 善歸造化 배우리라.

6.

靑山高白雲深, 生不逢唐與虞, 弊衣蔬食老已至, 抱犢養鷄從幽谷, 谷裏陽
春何時發.
산 높고 구름 깊어 唐虞를 못 만나고
弊衣蔬食으로 어느덧 늙었도다
幽谷에 抱犢養鷄하니 陽春 언제 오리오.

7.

窓外種菊, 菊下釀酒, 酒方釀菊將開, 酒已釀菊已開, 有朋自遠方來, 其樂奈
何可掬.

창밖에 국화 심고 꽃으로 술을 빚어

익거니 피거니 술 익고 국화 폈네

벗들이 멀리서 오니 즐거움이 어떠한가.

8.

江湖有約十年, 末契白鷺盟不寒, 西湖舊主人, 爾不負人, 人何負爾, 鷺兮鷺
兮, 如此偕老不相離.

강호에 살자하고 白鷺와 맹약하니

네 아니 잊는다면 西湖主人 널 잊으랴

백로야 偕老하며 헤어지지 마로리.

9.

屋上靑山在, 鹿豕與之爲群, 庭前楊柳新, 烏鵲參其盡情, 瞻前顧後物吾與,
誰謂吾廬幽.

집 뒤의 靑山에서 鹿豕와 무리 짓고

뜰 앞의 楊柳에는 烏鵲이 지저귀네

만물이 나와 더부니 뉘 적막타 하리오.

10.

山中犬吠山村深, 人孰至樹陰, 婆娑春鳥聲兮, 童子候門否, 逍遙俗客如問
我, 白雲深處採藥去.

깊은 산속 개 짖으니 그 누가 찾아오리

春鳥도 婆娑한데 童子야 게 있느냐
俗客이 날 찾거든 採藥 갔다 하거라.

<행로난(行路難)>·<마천령(磨天嶺)>
·<과송림(過松林)> *逸失 시조

<행로난(行路難)>·<마천령(磨天嶺)>·<과송림(過松林)> 세 노래는
언문으로 쓰여 있다. 그러므로 빼버렸다. [行路難·磨天嶺·過松林三歌,
諺書, 故闕.]

2) 가사

<채미가(採薇歌)>

烟霞의 올안 病이 泉石을 벋으 삼아
芳草 小溪邊의 數椽茅屋 지어 두고
朝暮의 듣는 솔이 새울음쑌이로다
詩書룰 지혀 누워 柴門을 다다시니
溪山이 새로온더 雲烟만 좀겨 잇다
落落흔 플솔온 늘글 주룰 몰ᄋ거눌
涓涓흔 시냇믈은 晝夜룰 홀너간다
靑蘿 기픈 고더 ᄎᄌ 리 뉘 이시며

風雨 人間의 聞達을 내 몰내라
和風이 건득 불어 山中의 봄이 드니
온갓 곳 盛히 피고 蝴蝶이 넘놀 저긔
景物이 無窮ᄒ야 눈아퓌 벌어시니
허다히 듣는 솔이 반가이 보는 비츨
닐온들 다 닐으며 뉘라셔 글여내리
大山 長谷의 굴에 버슨 몸이 되여
花朝月夕의 슬토록 노니다가
丹崖 굴움 속의 이슬 겨휘 줄안 고살
일 업시 노닐며셔 아춤 나조 키여다가
丹鼎의 닉괴 술마 朝夕을 療飢ᄒ니
鱸蓴이 ᄒᆞᆫ 마시라 八珍味 아롬곧가
壺中天地여 逸興을 몯 이긔여
白雲 기픈 고디 幽蘭을 헤혀 가니
郁郁ᄒᆞᆫ 향긔는 골골이 ᄌᆞᆷ겨 잇다
靑松을 盤桓ᄒ니 麋鹿의 버디런가
江海여 ᄂᆞ려가면 白鷗의 무리로다
蓂莢이 몃 니피며 旬朔이 언제런고
甲子룰 모르거든 古今을 엇디 알리
花開 葉落ᄒ야 歲月이 절로 가니
紅塵 物外여 紫芝歌ᄲᆞᆫ이로다
富貴룰 다 니즈니 平生의 홀 일 업서
靑藜杖 손의 들고 石逕의 逍遙ᄒ니
楊柳의 ᄇᆞ람 불고 松栢의 돌 비췰 제
心中 淡然ᄒ니 害馬도 간 듸 업다
鳶飛魚躍을 時時로 술펴보니

秋月春風이 가디록 흥이로다
簞食瓢飮을 머그나 몯 머그나
冬裘夏葛을 니브나 몯 니브나
빈 업슨 淸風明月과 百年偕老호리라

<농부사(農夫詞)>

乾坤이 열긴 후에 萬物을 다 삼기되
百穀이 種子 업서 몃 히롤 몯 시믄고
盤古王 나시며셔 燧人氏여 니르도록
禽獸의 피 마시고 나모 여름 머글 제사
일홈이 飮食인들 므슴 마슬 알라시리
神農氏 님금 되여 밧 갈기롤 ᄀᆞ르치니
飮食의 됴흔 마슬 이제야 처엄 아라
時時로 졔ᄉᆞ흔들 恩惠롤 다 가풀가
天下의 살옴들홀 四民에 ᄂᆞ화시니
學問을 홀쟉시면 立身揚名ᄒᆞ려니와
農事ᄂᆞᆫ 本業이라 仰事俯育ᄒᆞ리로다
人命이 지듕ᄒᆞ고 하늘히 삼겨시니
天民이 되여 나셔 本業을 아니ᄒᆞ랴
뜰혜 봄이 들고 和風이 훈덥거든
耒耜롤 손소 들고 黍稷을 골히 심거
和氣여 숨을 타셔 雨露에 줄아거든
일 닐러 호미 메고 南畝에 도라가셔
잡플을 다 골히여 渤然히 흥셩커든

秋成을 기두려서 뛔며 이며 지여다가
거두어 빠하 두고 斗斛으로 짐쟉ᄒᆞ야
水碓에 담아 두고 晝夜롤 홀니 셔혀
시내여 조히 시서 浮浮히 실레 뼈셔
淸酒롤 묵긔 빗고 粢盛을 ᄀᆞ촌 후에
先祖끠 祭祀ᄒᆞ며 婦子롤 거ᄂᆞ리고
朝夕의 분별업시 비브로 머그리라
내 몸에 辱이 업고 늠의 밥을 아니 빌면
人間의 나왓다가 홀홀이 도라간들
俯仰 天地間의 므슴 恨이 ᄯᅩ 이시리
녜브터 聖賢니도 農業을 몬져 ᄒᆞ니
大舜은 聖人으로 歷山의 가 바틀 갈고
后稷은 農師ㅣ 되여 耕種을 힘쓰시니
莘野 伊尹이와 南陽 諸葛亮이
한가히 녀름지여 農桑을 일삼으니
世上의 重ᄒᆞᆫ 일이 이 밧끠 ᄯᅩ 이실가
金銀이 貴ᄒᆞ야도 飢渴을 몯 살르고
玉帛이 보비라도 凶年에 ᄡᆞᆯ 디 업다
恒産이 업슨 휘면 善心인들 엇디 나리
稼穡의 艱難을 글 마다 널러시되
周公의 七月詩ᄂᆞᆫ 그 듕의 근졀ᄒᆞ니
으프며 노래 블러 뉘 아니 감동ᄒᆞ리
어와 아희들하 ᄌᆞ셔히 드러스라
聖人도 뎌러ᄒᆞ니 그 아니 어려오냐
愚夫도 다 알거든 그 아니 쉬올소냐
아춤의 바틀 갈고 밤이어든 그롤 넑어

忠孝를 本을 삼고 九族이 和睦거든
月朔의 會飮ᄒ며 樂歲로 누리다가
功名을 몬 일올디라도 擊壤歌로 늘글이라.

<발문(跋文)>

　시는 뜻을 말한 것이요, 노래는 말을 길게 한 것이다. 시가 아니면 그 뜻을 드러낼 수 없고, 노래가 아니면 그 말을 펼쳐놓을 수 없다. 그러나 뜻을 드러내는 것은 시에 뛰어난 사람만이 할 수 있으며, 말을 늘어놓는 것은 음률에 맞출 수 있는 사람만이 할 수 있다. 나는 음률에 어두우니, 어찌 나의 뜻을 드러내고 나의 말을 펼쳐서 길고 짧고 느리고 빠른 노래를 읊조리는 데 조금이나마 맞출 수 있겠는가.

다만 나는 빈 골짜기에서 이웃이 없기에 사슴을 쫓아 벗으로 삼고, 나무나 바위와 함께 거처하여 고송(孤松)을 어루만지며 방황한다. 산에서 먹을 만한 나물을 뜯지만 누구와 더불어 고사리를 먹을 것이며, 밭을 갈아 배를 채우지만 누구와 더불어 씨 뿌리고 거둘 것인가. 나물을 뜯어 광주리에 담을 적에 흐뭇한 즐거움이 뭉클뭉클 일어나고, 한가로이 쟁기를 놓고 쉴 적에 자족하는 마음이 절로 솟아난다. 이에 비리(鄙俚)한 말을 모아 두어 곡의 노래를 만들었다. 한번 읊조리고 노래함에 또한 그윽한 회포를 펼칠 수 있었으니 어찌 음악이라 하는 것과 나란히 놓을 수 있겠는가.

태평한 이 세상에서 나는 비록 변변치 못한 사람이지만 애오라지 소를 타고 읊조려본다. 이어서 스스로 시를 읊어 본다.

인세에서 허둥지둥하느라 나이는 이미 많고	草草人間歲已晚
젊던 얼굴 헛되이 늙어 꽃 질 때라네.	紅顔虛老落花時
밭 갈고 또 향긋한 고사리 꺾건만	耕田且復採香蕨
드높은 노랫소리 누가 알겠는가.	浩浩歌聲誰得知

盖詩言志, 歌永言, 非詩則無以發其志, 非歌則無以泄其言. 然發其志, 惟長
於詩者能之, 泄其言, 惟和於律者得之. 顧余膚未昧於音律, 何足以發吾志
舒吾言, 以補諷詠長短疎數之萬一乎. 第以空谷無鄰, 而追麇鹿爲友, 木石
與居, 而撫孤松盤桓, 探於山美可茹者, 孰與乎薇蕨, 耕于田腹果然者, 孰與
乎稼穡. 采采傾筐之餘, 陶陶之樂, 油然感發, 于于釋耒之暇, 囂囂之心, 犁
然而自出. 乃蒐輯鄙俚之辭, 製爲數譜之闋, 一吟一咏, 亦足以暢舒幽懷, 寧
可與樂云者比竝乎. 太平斯世, 雖甚不武, 聊將騎牛而誦之, 仍自浪吟曰, 草
草人間歲已晚, 紅顔虛老落花時, 耕田且復採香蕨, 浩浩歌聲誰得知.

3) 한시

01. 평사(評事) 이선(李選)[1]이 만호(萬戶) 최정원(崔挺元)에게 준 시를 차운하다

次李評事選贈崔萬戶挺元韻

嗟我遠方人	나는 먼 지방 사람인데
幸蒙君子親	요행히 군자와 친해질 수 있었네.
一添靑雲路	한 번 벼슬길에 올랐다가
再還碧海垠	거듭 푸른 바다 끝으로 돌아와
今夕郵亭畔	오늘 저녁 역참(驛站) 부근에서
更逢舊角巾	다시 옛날 친구를 만나니
樽前不盡意	술을 앞에 두고 다할 수 없는 마음을
付與蒼波津	창파진(蒼波津)에서 전해 본다네.

02. 방산(防山) 농가의 벽에 쓰다

題防山農家壁上

防山松栢鄕	방산(防山)은 송백(松栢)의 마을
茅屋石田庄	떳집에서 돌밭을 일구네.
地僻客來罕	후미진 지역이라 찾는 손님도 드물고
林深溪水冷	깊은 숲속이라 시냇물은 차갑기만 하구나.
鷄鳴綠樹裏	푸른 숲속에서는 닭이 울고

---

1) 이선(李選) : 조선 후기 문신으로 자는 택지(擇之), 호는 지호(芝湖)이다. 송시열의 문하에서 수학하고 1664년 과거에 급제하여 1669년부터 이듬해인 1670년까지 함경북도병마평사를 지내며 경성(鏡城)에 있었다. 송강(松江) 정철(鄭澈)의 가사와 시조를 모아 책으로 간행하고 자신이 직접 발문을 작성하기도 하였다. 저서로는 『지호집』이 있다.

犬吠白雲崗	흰 구름 걸린 산에서는 개가 짖네.
老少務畊種	노소(老少)가 밭 갈고 씨 뿌리는 데 힘쓰니
生涯不暫閑	생애가 잠시도 한가할 틈이 없구나.

03. 우암 송선생(尤菴宋先生)2)의 시를 차운하다 2수
次尤菴宋先生韻 二首

昔在東林野	옛날 동림(東林) 들판에 살 때는
常思溪樹深	늘 깊은 숲속의 냇물을 그리워했는데
今來寬谷裏	지금 관곡(寬谷)으로 와 보니
寥寂無人尋	적막하여 찾는 사람도 없다네.
鶯語閑中戲	꾀꼬리 노래는 한가함 속의 놀이요,
松聲屋上音	소나무 소리는 집 밖의 노랫소리라네.
靑山重復重	푸른 산은 깊고 깊은 속에서
獨坐費詩吟	홀로 앉아 시를 읊조리며 소일한다네.

土沃樹扶踈	땅이 비옥하여 나무가 우거지고
露輕山欲涼	이슬이 가벼이 내려 산이 서늘하네.
繁陰雨後滑	짙은 그늘은 비온 뒤라 깨끗하고
柳色風前蒼	버들 빛은 바람 앞에서 푸르구나.
澗送雲烟影	시냇물은 구름 그림자를 흘려보내고
嶺含歲月忙	산봉우리는 세월의 흐름을 머금고 있네.
巷深人不到	산길이 깊어 사람들 이르지 않으니
惟見草生長	오직 초목이 자라는 것만 보이는구나.

---

2) 우암 송선생(尤菴宋先生) : 송시열(宋時烈)을 가리킨다.

04. 평사 홍주국(洪柱國)3)이 함경도 유생들에게 준 시를 차운하다
次洪評事柱國贈北儒韻

覃被菁莪化	선생님들께 가르침을 입으며
生長北海濱	북해 바닷가에서 생장하였네.
嘐嘐追古訓	떠들썩하게 옛 가르침을 따르고자 노력하였으나
靡靡同今人	보잘 것 없이 지금 사람과 같아지고자 말았네.
謾懷三省志	세 가지로 살피라는 뜻을 품었으나
虛擲百年辰	백년 한 평생을 허투루 보냈구나.
希聖更何望	성인을 바랐으나 어찌 가망이 있으리오
深慚士子身	선비의 몸으로 살아온 게 심히 부끄럽다네.

05. 상국(相國) 김수항(金壽恒)이 쓴 성진(城津) 현판의 시를 차운하다
次金相國壽恒城津板上韻

斗星壓大荒	북두성이 넓은 바다를 누르고
陟入層波間	층층의 파도 사이를 뛰어 들어오네.
渺渺萬里闊	맑은 물은 만 리에 펼쳐져 있고
落落一孤山	우뚝 한 외로운 산 솟아 있구나.
雲盡靈鰲背	구름이 사라지니 영오(靈鰲)4)가 등 돌리고
風高彩鷁還	바람이 높으니 채익(彩鷁)5)이 돌아간다.
日月雙懸堞	해와 달이 함께 성가퀴에 걸렸는데
朝霞縷縷斑	아침 노을 올올이 어려 있구나.

---

3) 홍주국(洪柱國) : 조선 후기 문신으로 자는 국경(國卿), 호는 범옹(泛翁)·죽리(竹里)
이다. 1662년 문과에 급제하여, 1668년에 평사로 함경도에 부임했다. 저서로는 『범옹
집』이 있다.
4) 영오(靈鰲) : 봉래산(蓬萊山)을 등에 지고 있다는 전설 속의 큰 자라를 가리킨다.
5) 채익(彩鷁) : 화려하게 꾸민 배를 가리킨다. 익(鷁)이라는 물새가 풍파를 잘 견디므
로 뱃머리에 이 새의 모양을 그려 넣었다 한다.

06. 도사(都事) 조근(趙根)6)의 적지(赤池)7) 시에 차운하다
次趙都事根赤池韻

朔南一隅坼	북쪽 남쪽으로 한 모퉁이에서 갈라져
滉漾千頃開	넘실거리는 넓은 연못이 펼쳐졌구나.
乍覺洞庭闊	동정호처럼 드넓은 줄을 순간 깨닫고
翻驚河漢回	황하와 한수처럼 굽이침에 거듭 놀라네.
池赤認龍血	연못이 붉으니 용의 피로 오인하고
浦臨完去來	포구에 임하니 흘러감이 완연하구나.
金鱗竟物躍	금린어가 마침내 뛰어오르니
疑是周靈臺	주나라 영대(靈臺)인가 하노라.8)

07. 새장 속 기러기
籠鴈

霜泠關塞夜	서리 내린 북쪽 변방의 밤
鴈陣衡陽初	기러기 떼는 형양(衡陽)으로 돌아가건만
天下失羣侶	하늘 아래서 무리를 잃고
人間作伴余	인간에서 나와 짝이 되었구나.

---

6) 조근(趙根) : 조선 후기 문신으로 자는 복형(復亨), 호는 손암(損庵)이다. 송시열(宋時烈)의 문인으로 1666년 문과에 급제하여 사간원 정언, 홍문관교리 등을 거쳐 강서현령(江西縣令), 충청도도사 등을 지냈다. 2차 예송논쟁으로 1679년 함경도 경흥에 유배되었다. 시문에 뛰어났으며 저서로 『손암집』이 있다.

7) 적지(赤池) : 함경북도 경흥부에 있는 연못으로, 도조(度祖)가 꿈에 백룡(白龍)이 자신과 다투는 흑룡(黑龍)을 활로 쏘아 달라는 부탁을 받고 흑룡을 활로 쏘아 맞춰 죽였다는 고사가 전하는 연못이다.

8) 금린어가……하노라 : 『詩經』「大雅」<靈臺>에 "왕이 영소에 계시니, 아 고기들이 가득히 뛰놀도다.[王在靈沼, 於牣魚躍.]"라는 말에서 나온 것이다. 이는 주나라 문왕(文王)이 선정(善政)을 베풀자 백성들이 문왕의 못을 영소(靈沼)라 하고 그 못의 물고기까지 찬미한 것이다.

徘徊寒月影　　　차가운 달그림자를 배회하며
惆悵楚囚如　　　초수(楚囚)[9]처럼 슬퍼하누나.
離索山窓下　　　나도 친구들 떠나 산창 아래에서
玩賞慵看書　　　완상하며 느긋이 책을 본다네.

08. 국화
菊

籬邊數叢菊　　　울타리 주변 몇 송이 국화
孤節慰此生　　　외로운 절개가 이 내 삶을 위로하네.
歲暮草堂下　　　한 해 저물어가는 초당 아래에서
喚香栗里情　　　도연명(陶淵明)의 마음을 불러일으키네.

09. 즉흥시
卽事

白雲關山裏　　　흰 구름 덮인 관산(關山) 속
淸風水國秋　　　맑은 바람 부는 수국(水國)의 가을
天空雲影滅　　　하늘이 공활하고 구름 그림자도 없는데
海闊孤帆浮　　　넓은 바다 위로 외로운 돛배 떠가네.

---

9) 초수(楚囚) : 진(晉)나라에 포로로 잡혀가서 거문고로 초나라 음악을 연주하며 고향을 그리워했던 종의(鍾儀)를 가리킨다. 인하여 나라가 위태한 상황에서 더 이상 어찌할 수 없이 군박한 처지에 빠져 있는 사람을 지칭하는 말로 쓰인다.

10. 어부에게 장난삼아 주다
戲贈漁夫

家住鳴沙岸	명사 해안에 거주하며
寄生碧海中	푸른 바다에 붙어살고 있구나.
高低欸乃曲	높고 낮은 애내성 노랫소리
斷續石尤風	석우풍10)에 끊어졌다 이어졌다 하네.

11. 고향으로 돌아가는 진사 정상룡(鄭祥龍)11)을 전송하다 2수
送鄭進士祥龍還鄉韻 二首

斷金淡若水	쇠를 자를 만하고 물처럼 담박한 사귐으로
依玉丹心知	친교를 맺어 진심을 서로 안다네.
如今分手處	지금 헤어짐에 처하여
佇立淚空垂	우두커니 서서 하염없이 눈물 흘리네.

完山是我貫	전주는 나의 관향인데
慣聽鄉關音	고향 사투리 익숙히 들어왔네.
此日離亭畔	이날 헤어지는 자리에서
難堪越鳥吟	월조(越鳥)의 울음12) 참기 어렵구나.

---

10) 석우풍(石尤風): 고대 전설에서 유래한 바람의 이름으로 역풍을 뜻한다. 옛날 상인 우씨(尤氏)가 석씨(石氏)에게 장가들어 금슬이 매우 좋았는데 우씨가 장사하러 멀리 떠나 돌아오지 않자 석씨는 큰 병이 들었다. 석씨는 죽음에 이르러 자신이 남편을 가지 못하도록 말리지 못한 것을 후회하면서 자신이 죽어 큰바람이 되어 장사치 부인들을 위해 떠나는 장사치의 배들을 막겠다고 말하였다 한다.

11) 정상룡(鄭祥龍): 조선 후기 문신으로 자는 인서(麟瑞), 호는 백봉(栢峰)이다. 전라도 익산 출신으로 1669년 식년시에 합격하여 진사가 되었다가, 1675년 2월 전라도와 충청도의 유생 70여 명과 함께 송시열(宋時烈)의 억울함을 호소하는 상소를 올렸다가 왕의 미움을 받아 함경도 경원(慶源)에 정배되었다. 이후 이곳에서만 3년 넘게 유배 생활을 하고 1678년 5월 특별 사면으로 유배에서 풀려났다.

12. 남추강(南秋江)13)의 시에 차운하다
次南秋江韻

鶯啼樹綠綠	꾀꼬리는 무성한 나무에서 울고
蝶舞花深深	나비는 꽃밭에서 춤을 추네.
閑情聯汝托	한가로운 마음을 너에게 맡기나
未契百年心	평생의 마음을 아직 정하지 못하였네.

13. 뜰의 잡초를 뽑지 않다
庭草不除

方長惜不絶	자라나는 잡초를 애석하여 뽑지 못하니
仁者自然心	어진 자의 자연스런 마음이라네.
緬思周庭草	뜨락 여기저기 돋은 풀을 생각하니
天地一般心	천지도 같은 마음이겠지.

14. 월식
月蝕

月御虧中逵	달이 이지러져 반쯤 되고
明光亦已衰	밝은 빛도 이미 쇠하였다네.

---

12) 월조(越鳥)의 울음 : 고향을 그리워하면서도 가지 못하는 슬픔을 뜻이다. 무명씨(無名氏)의 <고시(古詩)>에 "호지의 말은 북풍에 몸을 의지하고, 월지의 새는 남쪽 가지에 둥지를 짓네.[胡馬依北風, 越鳥巢南枝.]"라고 한 데서 온 말이다.

13) 남추강(南秋江) : 남효온(南孝溫). 조선 전기 생육신의 일원으로 자는 백공(伯恭). 호는 최락당(最樂堂)·추강(秋江)이다. 세조 때 소릉(昭陵)의 복위를 상소하였으나 뜻을 이루지 못하자, 실의에 빠져 각지를 유랑하다 병사하였다. 저서에 『추강냉화(秋江冷話)』, 『사우록(師友錄)』 등이 있다.

| 更來痕不住 | 다시금 흔적이 사라지니 |
| 君子改過時 | 군자가 허물을 고쳤을 때와 같도다. |

15. 가난하고 천함에 처하여14)
素貧賤

壁是相如壁	벽은 상여(相如)의 벽15)과 같고
貧同原憲貧	가난은 원헌(原憲)16)의 가난과 같도다.
營營何所求	아등바등 구할 것이 무엇이리오.
臥起學安身	누우나 서나 안신(安身)을 배우리라.

16. 스스로 탄식하다
自歎

悔我昧前訓	내가 예전의 가르침에 어두웠음이 후회되니
慚爲伎倆人	기량인(伎倆人)이 되고 만 게 부끄럽구나.
光陰忽已謝	세월만 어느덧 훌쩍 지나버려
虛送百年身	한 평생을 허송한 몸이로구나.

---

14) 가난하고 천함에 처하여 : 군자(君子)는 현재 자신이 처한 상황에 맞추어 행해야 함을 이른 것이다. 이 구절은 『中庸章句』 제14장에 "군자는 현재의 상황에 맞추어 행하고 그 밖의 것은 바라지 않는다. 부귀에 처해서는 부귀한 대로 행하며, 빈천에 처해서는 빈천한 대로 행한다.[君子素其位而行, 不願乎其外, 素富貴, 行乎富貴, 素貧賤, 行乎貧賤.]"라고 한 데서 보인다.

15) 상여(相如)의 벽 : 한(漢)나라 사마상여(司馬相如)가 임공(臨邛) 고을의 갑부인 탁왕손(卓王孫)의 딸 문군(文君)과 야합하여 함께 성도(成都)로 도망가서 살 때 매우 가난하여 집안에 네 벽이 텅 빈 채 살림살이라고는 아무것도 없었다 한다.

16) 원헌(原憲) : 춘추 시대 노나라 사람으로 자는 원사(原思)이며 공자의 제자이다. 그는 너무 가난하여 토담집에 거적을 치고 깨진 독으로 구멍을 내서 바라지 문으로 삼았는데, 지붕이 새어 축축한 방에서 바르게 앉아 금슬(琴瑟)을 연주하였다 한다.

17. 스스로를 검속하다 3수

自檢 三首

爰采三珠樹	삼주수(三珠樹)17)를 꺾어다가
灑漑一間屋	한 칸 집을 청소하려네.
日月當窓明	해와 달이 창가를 훤히 비추니
天君更正肅	천군(天君)이 다시 바르고 숙연해지네.

流走坐忘日	좌망(坐忘)18)에 내달리는 날
怳然不自知	황홀하여 스스로를 알지 못하네.
天君出入處	천군(天君)이 드나드는 곳
意馬往來時	의마(意馬)19)가 왕래하는 때.

心是主人翁	마음은 주인옹(主人翁)20)이요
身爲一部屋	몸은 한 오두막이라.
鬼門常不遠	귀문(鬼門)이 늘 멀지 않거늘
風入荒凉屋	바람이 황량한 집으로 들어오는구나.

---

17) 삼주수(三珠樹) : 염화(厭火)의 북쪽 적수(赤水)의 위에서 자란다는 신선 세계의 나무로, 잣나무와 비슷한데 잎이 전부 구슬로 이루어졌다 한다.

18) 앉아서 잊는 경지 : 좌망(坐忘)은 『莊子』「大宗師」에 나오는 말로, 주객(主客)이 분리되지 않은 상태에서 도(道)와 합일된 정신의 경지를 뜻하는데, 불가(佛家)의 삼매(三昧)와 비슷한 의미를 지니고 있다.

19) 의마(意馬) : 심신이 산란하여 제어하기 어려운 형세를 가리킬 때 쓰는 말이다. 당나라 석두화상(石頭和尙)의 『參同契』에 '마음은 원숭이처럼 안정되지 못하고 뜻은 말처럼 사방으로 달린다.[心猿不定, 意馬四馳.]'라고 하였다.

20) 주인옹(主人翁) : 몸의 주인인 마음을 의인화한 표현이다. 당(唐)나라 때 서암(瑞巖)이란 승려가 매일 스스로 자문자답(自問自答)하기를, "주인옹아! 깨어 있느냐?" "깨어 있노라." 하였다 한다.

18. 창가에서
題窓

紗窓明似鏡	사창이 거울처럼 밝아
照我座中人	방안에 앉은 나를 비추네.
開閉風來去	창문을 여닫으니 바람 드나들고
昏明十二辰	어둡고 밝음이 열두 시진이로다.

19. 백악산(白岳山)[21] 암자에서
題白岳菴

菴依靑靄靄	암자는 자욱한 푸른 구름에 의지하고
路轉碧層層	길은 층층이 푸른 산에 구불구불하도다.
白石分高下	흰 돌이 높고 낮음을 나누고
淸泉列斗升	맑은 샘물이 옹기종기 벌여 있네.
山寂鳥聲碎	산의 적막함은 새 소리가 깨고
林深露色凝	숲이 깊어 이슬 빛이 엉겨있도다.
蕭然松栢裏	호젓한 소나무·잣나무 속에
獨有禮雲僧	홀로 예불하는 구름 속 승려가 있구나.

---

21) 백악산(白岳山) : 경흥부의 서남쪽에 있는 산으로, 정상 부위에 암석이 우뚝 솟아 있어서 그 이름이 연유하였다. 기이한 것은 정상에 돌 틈에서 물이 솟아올라 생긴 돌우물[石井]이 있는데, 가물 때에도 마르지 않고 비가 와도 넘치지 않으며, 특히 가물 적에 비가 오게 해달라고 빌면 효과가 있다고 할 정도로 지역의 명소였다.

20. 성주(城主) 이유(李裕)[22]가 낙방생에게 준 시를 차운하다
    次李城主裕贈落榜詩韻

落魄三秋日   실의에 빠진 삼추 가을날
叨陪五馬行   외람되이 오마(五馬)[23]를 모시고 가네.
綠柳周行上   푸른 버들 둘러싼 길 가로
飄揚清道旌   행차 길에 깃발이 나부끼네.

21. 민함장(閔函丈)[24] 꿈을 꾸다
    夢閔函丈

夢裏先生近   근래 꿈속에서 선생을 뵈었는데
完如舊日容   옛 얼굴 그대로였다네.
漆園蝴蝶散   칠원(漆園)의 호접(胡蝶)[25] 흩어지고 나니
難耐心憧憧   마음속의 그리움을 견디기 어렵네.

---

22) 이유(李裕) : 조선 후기 문신으로 본관은 덕수(德水), 자는 군실(君實)이다. 1646년
    생원시에 합격하고 1662년 문과에 급제하여 사간원 정언, 호조정랑 등을 지내고 재령
    군수, 양주목사 등을 거쳐 1673년 경원부사로 부임하였다.

23) 오마(五馬) : 태수의 행차를 말한다. 옛날 태수의 수레를 다섯 필의 말이 끌었던 데
    서 연유한다.

24) 민함장(閔函丈) : 민정중(閔鼎重). 조선 후기 문신으로 자는 대수(大受), 호는 노봉
    (老峯)이다. 1649년 문과에 급제하여 1664년 6월 함경도관찰사로 부임, 함경도 지역
    에 유학을 진흥시키고 유생들에 대한 교육을 강화하고자 많은 노력을 기울였다. 김기
    홍은 이때 민정중의 문하에 나아가 직접 가르침을 받게 된다.

25) 칠원(漆園)의 호접(胡蝶) : 꿈을 말한다. 칠원은 칠원의 관리를 지낸 장자(莊子)를,
    호접은 호접몽으로 장자가 꿈에 호랑나비가 되어 훨훨 날아다녔다는 각각 의미한다.

22. 봄 풍경
春景

花明蝶舞舞	꽃이 활짝 피니 나비는 너울너울
柳綠鶯啼啼	버들이 푸르니 꾀꼬리는 꾀꼴꾀꼴
紅白與靑赤	울긋불긋 알록달록한 꽃들이
渾然雨剪齊	모두 비를 맞고 있구나.

23. 꿈을 기록하다 [記夢] 꿈에 어떤 사람이 몇 종의 쌀을 가지고 구휼을 했는데, 얼마 후에 관아에서 조미(糶米) 6곡을 풀었다. 그러므로 이를 기록한다.
有人以數種米周急, 未久, 自官蕩糶米六斛, 故記之.

過客黃粱四十春	과객의 황량몽(黃粱夢)[26] 40년
魚窮涸轍幾多辰	패인 웅덩이에서 헐떡이는 물고기[27] 얼마나 살리오
分明溢甑枕邊飽	분명 밥 증기 이는 베갯머리에서 배불리 먹었으니
如在邯鄲夢裏身	마치 한단몽(邯鄲夢) 속에 있는 몸 같다네.

---

26) 황량몽(黃粱夢) : 한단몽(邯鄲夢)과 같은 말이다. 당나라 개원(開元) 연간에 도사(道士) 여옹(呂翁)이 한단(邯鄲)에서 소년 노생(盧生)을 만났는데, 노생이 여옹에게 자기 신세를 한탄하자, 여옹은 노생에게 베개를 주면서 "이것을 베면 부귀영화를 뜻대로 누릴 것이다." 하였다. 그리고 나서 여옹은 기장[粱]으로 밥을 짓고, 노생은 베개를 베고 잠이 들었는데, 꿈속에서 일평생의 부귀영화를 실컷 누리고 그 꿈을 깨어 보니 아직 기장밥이 익지 않았다고 한다.

27) 패인 웅덩이에서 헐떡이는 물고기 : 곤경에 처해서 다급하게 구원을 요청할 때 쓰는 표현이다. 『莊子』 「外物」에, 수레바퀴에 패인 웅덩이 속에서 헐떡이는 물고기가 한 되나 한 말의 물이라도 우선 얻어 목숨을 부지하려고 한다는 '학철부어(涸轍鮒魚)'의 이야기에서 연유한다.

24. 김포음(金圃陰)[28]의 <청심루(淸心樓)[29]>에 차운하다
次金圃陰淸心樓韻

樓前樓後繞長江　누대 앞뒤로 긴 강이 돌아 흐르고
天近滄浪浪入窓　하늘이 창랑과 가까워 물결이 창으로 들어오네.
玲瓏色象浩無限　영롱한 색상 끝없이 펼쳐져 있으니
蕭灑元龍景不雙　깨끗하고 높다란 누대[30]의 풍경 비길 데 없다네.

25. 진사 정상룡의 시에 차운하다
次鄭進士祥龍韻

春入關山征鴈斷　관산(關山)에 봄이 들어 기러기마저 끊기고
騁望難耐故園愁　멀리 바라보니 고향 시름을 견디기 어렵구나.
登臨此日倍惆悵　오늘 높은 곳에 올라 슬픔이 배가 되니
惟見樓前鶴野浮　오직 보이는 건 누대 앞 들판을 가로지르는 학들뿐.

---

28) 김포음(金圃陰): 김창즙(金昌緝). 조선 후기의 문신·학자로 자는 경명(敬明), 호는 포음(圃陰)이다. 영의정 김수항(金壽恒)의 아들로 여섯 형제가 모두 문장의 대가라 하여 '육창(六昌)'이라 불렸다. 1664년 8월 김수항이 함경북도 시관(試官)으로 차임되어 내려와 길주(吉州)에서 개장(開場)하였을 적에 그의 아들인 김창즙도 함께 배종하여 왔다. 이때 김창즙과 김기홍이 서로 시를 주고 받았던 것으로 보인다.

29) 청심루(淸心樓): 여주(驪州)의 객관(客館) 북쪽 여강(驪江) 가에 자리 잡았던 누각으로, 지금은 터만 남아 있다.

30) 높다란 누대: 원문의 '元龍'은 위진시대 진등(陳登)의 자이다. 어느 날 허사(許汜)가 진등을 찾아갔을 때 진등이 한마디 대화도 하지 않고 자기는 침상에 눕고 허사는 침상 아래에 눕게 하였다. 이에 대해 유비(劉備)가 말하기를, "그대가 만약 소인이었다면 원룡이 자기는 백 척의 누대 위에 눕고 그대는 땅에 눕게 하였을 것이다." 하였다. 높다란 누대는 여기에서 유래된 말이다.

26. 정도전(鄭道傳)이 소나무 숲에서 지은 시[31]를 차운하다
次鄭道傳題松上韻

落落蒼髥閱幾冬　낙락한 소나무 몇 번의 겨울을 보냈나
貞貞淸節自珍重　꼿꼿하고 맑은 절개 스스로 진중하다네.
赤松仙子今何在　적송자(赤松子)는 지금 어디에 있는가
哀壑無光留陳蹤　스산한 골짝에 빛을 잃고 묵은 자취만 남아있네.

27. 남대감[32]의 <시중대(侍中臺)[33]> 시에 차운하다
次南台侍中臺韻

長空萬里祥雲開　만 리의 넓은 하늘에 상서로운 구름이 열리고
千尺扶桑入望來　천척의 부상(扶桑)이 시야에 들어오네.
金鴉初上海天濶　태양이 떠올라 바다와 하늘이 트이니
水是珠宮山玉臺　물은 주궁(珠宮)이요, 산은 옥대(玉臺)로다.

---

31) 소나무 숲에서 지은 시 : 정도전의『三峯集』卷2에 <함경도 감영 소나무 숲에서[題
　　咸營松樹]>라는 시가 있는데, '우리 태조를 따라서 동북면에 왔을 때 지었다'는 부가
　　기록도 함께 보인다. 김기홍은 이 시를 차운한 것이다.

32) 남대감 : 남구만(南九萬). 조선 후기 문신으로 자는 운로(雲路), 호는 약천(藥泉)이
　　다. 1656년 문과에 급제하여 1671년 7월 함경도관찰사가 되어 부임하자, 김기홍은
　　남구만에게 나아가 가르침을 청하는 한편, 그를 배종하여 함경도 지역을 둘러보기도
　　하였다. 이후 1688년 남구만이 경흥으로 유배를 오자, 유배 기간 내내 시종하기도
　　하였다.

33) 시중대(侍中臺) : 함경도 북청(北靑)에 있는 누대로, 고려 때 윤관(尹瓘)이 북쪽을
　　정벌할 적에 머물렀던 곳이다.

28. 난도(卵島)[34]에서
卵島

突兀蒼巖劈萬頃	우뚝 솟은 창암(蒼巖)이 만경을 가르니
天光海色杳然間	하늘빛과 바다색이 아득하구나.
噓氣掀天波沃日	물안개 피어오르고 파도가 해를 적시니
漁舟到此待風還	고깃배들 이곳에 이르러 바람 타고 돌아가네.

29. 이웃집 화재
火災

擧家爛額八人灾	온 집안이 불에 타서 여덟 식구가 화를 입고
多少財藏一掬寒	얼마간 모은 재물이 한 줌의 싸늘한 재로 변했네.
回祿由來因風散	불씨가 바람을 타고 번진 것이니
盈虛消息等閑看	영허(盈虛)와 소식(消息)을 우두커니 바라보네.

30. 산수를 보고 문득 짓다
對山水偶吟

數朶靑山一帶川	몇 개의 푸른 산을 하천이 감싸 도니
逍遙玩賞百年心	소요하고 완상하니 백년의 마음이라.
莫言幽谷客來罕	깊은 골짜기에 객이 적게 온다고 하지 말라
不盡淸光供我音	끝없는 맑은 풍광이 나의 완상을 제공해준다네.

---

34) 난도(卵島) : 경흥부의 남쪽 70리 되는 바다에 있는 둘레가 13리 정도 되는 작은 섬이다. 난도는 사면으로 석벽이 깎아 서고 서쪽의 한 길만이 바닷가로 통하며 그 물가에는 겨우 고깃배 하나 정도만을 댈 수 있는 지형적 특성을 지니고 있다. 해마다 3, 4월이 되면 바다의 새들이 떼를 지어 모여들어 알을 부화하고 기르기 때문에 이렇게 이름한 것이다.

31. 외재(畏齋) 이선생(李先生)[35]의 시를 차운하다
次李畏齋先生韻

蒼山靡靡繞窓前　푸른 산이 가득 창문 앞을 감싸고
百鳥聲中忘世緣　온갖 새들이 지저귀는 중에 세상사를 잊었도다.
一臥滄江歲已晩　창강(滄江)에 누우니 한 해도 이미 저물어 가는데
閑依溪上醉雲烟　시냇가에 한가히 앉아 운연(雲烟)에 취하네.

32. 가을날
秋日

桑麻掩暎夕陽村　뽕나무 삼대가 해질녘 마을의 햇빛을 가리고
荊扉惟聞鷄犬喧　사립짝엔 오직 닭 울고 개 짖는 소리만 들리네.
蠶婦織成衣不薄　누에치는 아내는 옷감 짜느라 여념이 없는데
田夫曾飮擧瓢樽　밭 갈던 남편은 표주박 들고 술을 마시네.

33. 감사(監司) 서원리(徐元履)[36]가 함경도 유생들에게 준 시를 차운하다
次徐監司元履贈北儒韻

沐浴菁莪今幾年　가르침의 세례를 입은 것이 올해가 몇 년째인가

---

35) 외재(畏齋) 이선생(李先生) : 이단하(李端夏). 조선 후기 문신으로 자는 계주(季周) 이다. 호는 외재(畏齋)이다. 1662년 문과에 급제하여 1664년 6월 함경북도병마평사로 경성에 부임하였을 때 김기홍이 그에게 나아가 배움을 청하였다.
36) 서원리(徐元履) : 조선 중기 문신으로 자는 덕기(德基), 호는 화곡(華谷)이다. 1662 년 9월 함경도관찰사로 부임하였는데, 당시 29였던 김기홍이 처음으로 배움을 청하고 그를 스승으로 섬긴 것으로 보인다. 하지만 서원리는 부임 후 채 1년도 지나지 않아서 이듬해 임지인 함흥에서 병에 걸려 죽고 만다.

詩書莫學祇堪憐　시(詩)·서(書)를 배우지 못한 게 참으로 안타깝네.
山南竹括是誰力　산의 남쪽에 대나무 모인 것이 누구의 힘이었던가
教化由來若自然　교화의 유래가 자연스러운 듯하다네.

34. 순풍에 배를 띄우다
順風舟行

清風遠引吹長竿　맑은 바람 멀리서 불어와 긴 돛대를 날리고
點波白浪萬頃灘　만경 여울엔 방울 파도와 흰 물결 이네.
舟人閑臥蓬窓下　뱃사공은 봉창 아래에 한가로이 누웠으니
水路坦然去不難　물길이 순탄하여 나아가기 어렵지 않다네.

35. 권판관(權判官)이 주생(朱生)·채생(蔡生)에게 준 시를 차운하다
次權判官贈朱蔡生韻

平生所願學孔周　평소의 소원이 공자·주공을 배우는 것
數墨尋行今幾秋　여러 책을 찾아 읽은 것이 몇 년이런가
旅舘今朝奉前後　객관에서 오늘 아침 모셔 선 이후엔
不知何處更淹留　어느 곳에 다시 처박혀 있을지 알지 못한다네.

36. 송구봉(宋龜峯)37)이 월간상인(月澗上人)에게 준 시를 차운하다
  次宋龜峯贈月澗上人韻

  寂寂雲菴日月遲　고요한 구름 암자엔 세월이 더뎌
  繽紛世事摠無知　어지러운 세상사 모두 알지 못하네.
  風泉蕭灑滿淸聽　바람 샘물 깨끗하여 맑은 소리 가득한데
  聞對千峯落葉時　일천 봉우리 대하여 들으니 낙엽 지는 때로구나.

37. 『추강냉화(秋江冷話)』 소재 쌀을 구걸하는 노인의 시38)를 차
  운하다
  次秋江贈乞米老人韻

  壺中天地斜陽遲　호중천지(壺中天地)에 비낀 햇살 더딘데
  長對靑山改舊時　오래 청산을 대하니 옛 모습 바뀌었네.
  竹林深處人空老　대숲 깊은 곳에선 사람이 헛되이 늙어가건만
  可惜明珠世莫知　애석해라 세상에서 명주를 알아보지 못함이.

---

37) 송구봉(宋龜峯) : 송익필(宋翼弼). 조선 중기 학자로 자는 운장(雲長), 호는 구봉(龜
  峯)이다. 출신이 미천하여 과거를 단념하고 학문에 몰두하여 명성이 높았다. 이이(李
  珥)·성혼(成渾)과 함께 성리학의 깊은 이치를 논변하였다. 특히 예학(禮學)에 밝아
  김장생(金長生)에게 큰 영향을 주었다. 또 정치적 감각이 뛰어나 서인 세력의 막후실
  력자가 되기도 하였다.
38) 쌀을 구걸하는 노인의 시 : 남효온의 『추강냉화(秋江冷話)』에 다음의 기록이 전한
  다. 성화(成化)·홍치(弘治) 연간에 한씨(韓氏) 성을 가진 한 서생이 영안(永安)의
  도산사(道山寺)에서 글을 읽고 있었는데, 남빛 옷을 입은 한 늙은이가 마을로 쌀을
  구걸하러 다니다가 서생을 만나 말하기를, "선비는 무슨 책을 애써 읽고 있소. 나는
  평생을 걸식으로 만족하는 사람이오." 하고는 다음의 절구 한 수를 썼다고 한다. '하
  염없이 사창에 기대 있으니 봄날이 더디고, 홍안은 속절없이 늙어 꽃 지는 시절이로
  다. 세상 만사가 모두 이와 같은데, 피리 불며 노래 부른들 그 누가 알리.[懶倚紗窓春
  日遲, 紅顔空老落花時. 世間萬事皆如此, 叩角謳歌誰得知.]' 김기홍의 작품은 이 시
  를 차운한 것이다.

38. 『추강냉화』 소재 박위겸(朴撝謙)[39]의 시를 차운하다
    次秋江贈朴撝謙韻

　　一陣飄風動戍樓　한바탕 회오리바람이 수루(戍樓)를 흔드니
　　三軍難耐雪凋裘　갖옷을 얼리는 추위 삼군(三軍)이 견디기 어렵네.
　　鼓角寒聲吹不盡　고각(鼓角)같이 세찬 바람 끝없이 부는데
　　夜來更覺玉關愁　밤이 되자 다시금 변방의 근심을 느끼네.

39. 영사(詠史) 기산(箕山)[40]을 차운하다
    次詠史箕山韻

　　潁水冷冷閱幾秋　영수(潁水)는 냉랭하게 몇 년을 지냈는가
　　箕山靡靡鎖林頭　기산(箕山)은 아스라이 숲 입구를 닫아걸었네.
　　清波洗耳完如昨　맑은 물에 귀를 씻던 일이 완연히 어제 같거늘
　　高士遺蹤誰復由　고사의 남은 자취 누가 다시 따르리오.

---

39) 박위겸(朴撝謙) : 조선 전기 세조 때 생원으로서 무과에 급제하고 낭장(郎將)을 지
   낸 인물이다. 『추강냉화』에 다음과 같은 기록이 전한다. 경진년(1460년)에 북쪽의 여
   진족을 정벌할 때에 문충공 신숙주(申叔舟)가 상장(上將)이 되었는데, 하루는 막료
   들을 모아놓고 잔치를 베풀 때에 신숙주가 말하기를, "여러 사람 가운데 시로써 오늘
   의 뜻을 잘 표현할 수 있는 사람은 내가 뽑아서 상객으로 대접할 것이다." 하였더니,
   별시위(別侍衛) 박위겸(朴撝謙)이 '10만 정병이 수루를 에워싸고, 달 밝은 변경의 밤
   에 여우 갖옷이 싸늘하구나. 한 마디 긴 피리 소리 어디에서 들려오는고, 정부의 시름
   을 불어서다하는구나.[十萬貔貅擁戍樓, 夜深邊月冷狐裘. 一聲長笛來何處, 吹盡征
   夫万里愁.]'라고 읊었다. 문충공은 기뻐하여 그를 뽑아서 상객으로 삼았다. 김기홍의
   작품은 박위겸의 시를 차운한 것이다.

40) 기산(箕山) : 허유(許由)·소보(巢父)가 기산(箕山) 영수(潁水)에 숨어 살았는데, 요
   (堯)임금이 제위를 맡기려 하자 허유가 이를 거절하고서 더러운 말을 들었다면서 귀
   를 씻으니, 이 말을 들은 소보가 귀를 씻은 더러운 물을 자기 소에게 마시게 할 수
   없다고 하며 소를 끌고 상류로 올라갔다는 전설이 전한다.

40. 영사(詠史) 도산(塗山)41)을 차운하다
次塗山韻

萬國會同御座開 만국이 회동하여 어좌가 펼쳐지니
玉佩交錯動天雷 옥패가 서로 부딪혀 하늘에 우레가 치는 듯하네.
遠夷荒服爭先後 황복(荒服)의 먼 오랑캐까지 앞 다투어 오니
何事方風不卽來 무슨 일이든 풍동되어 곧장 이르지 않으랴.

41. 하담(荷潭)42)의 시를 차운하다
次荷潭韻

山中春入山中淸 산 속에 봄이 들어 산 속이 맑아지니
佳氣蔥蔥月又明 아름다운 기운 가득하고 달도 밝구나.
柳色靑靑鶯語滑 버들빛은 푸릇푸릇 꾀꼬리는 곱게 울고
花光灼灼蝶飛輕 온갖 꽃은 울긋불긋 나비는 가벼이 나네.
沙邊惟見白鷺舞 백사장 주변에는 백로 춤추는 모습 보이고
門外且聞靑猿聲 문 밖에는 푸른 원숭이 우는 소리 들리네.
獨立斜陽吟不盡 사양에 홀로 서서 끊임없이 읊조리니
閑然身世已忘情 한가한 신세 이미 모든 일을 잊었다네.

---

41) 도산(塗山) : 황제가 제후를 불러서 접견하는 회합을 말한다. 하(夏)나라 우(禹)임금
이 도산에 제후를 불러 모았을 때, 옥백(玉帛)을 가지고 참석한 나라가 만국(萬國)이
나 되었다는 고사에서 나온 것이다.

42) 하담(荷潭) : 김시양(金時讓). 조선 후기 문신으로 자는 자중(子仲), 호는 하담(荷潭)
이다. 1605년 문과에 급제하였는데, 1611년에 전라도 도사로서 향시(鄕試)를 주관할
적에 시제(試題)가 왕의 실정을 비유한 것이라 하여 함경도 종성(鍾城)에 유배되었
다. 인조반정 후에 풀려났다.

42. 교관(敎官) 유하(柳賀)⁴³⁾의 시를 차운하다 2수
次柳敎官賀韻 二首

萬水江流分北南　　두만강의 물결은 남과 북을 가르고
白頭山路連千三　　백두산의 길은 천삼백 리를 이어졌네.
狼烟只隔盈盈外　　낭연(狼烟)⁴⁴⁾으로 막힌 그 너머에서
感慨書生寧不慚　　감개한 서생이 어찌 부끄럽지 않으리오.

北方丈敎異湖南　　북방 어른들의 가르침은 호남과 달랐으니
誰使童蒙日省三　　누가 아이들에게 하루에 세 가지로 반성하라 했던가.
稷下遺風今幸見　　직하(稷下)의 유풍을 이제나마 다행히 보게 되니
邊城自此庶無慚　　이제부터는 변성에서도 부끄러움이 없으리라.

43. 장횡거(張橫渠)의 <토상(土牀)>⁴⁵⁾에 차운하다
次橫渠土牀韻

草屋生涯自在樂　　초가집에서의 생활도 나름대로 즐거움이 있으니
土盂粥飯盤中新　　흙 그릇에 죽 밥이며 쟁반 위의 나물까지.
怡然淡泊曾知否　　이렇게 담박한 맛 일찍이 왜 몰랐을까
長谷大山一散人　　긴 계곡 큰 산에서 일개 한가한 사람이라에.

---

43) 유하(柳賀) : 본관은 진주(晉州), 자는 길보(吉甫). 함흥 출신의 인사이다. 1682년
　　사마시에 합격하고 준원전참봉, 순릉참봉, 의릉참봉, 경원 교양관 등을 역임하였다.
44) 낭연(狼煙) : 이리 똥을 태워서 일으키는 연기로 군사(軍事)상의 경보(警報) 신호로
　　쓰인다. 여기서는 전란의 위협이 상존하는 변방지역을 의미한다.
45) 토상(土牀) : 송나라 유학자 장재(張載)의 시로 본문은 다음과 같다. "흙 침상에 연
　　화(煙火) 족하고 명주 이불 따뜻하며, 질그릇 솥에 물맛 좋고 팥죽도 끓여 먹네. 등
　　다습고 배불리 먹는 외엔 아무 생각 없나니, 맑은 세상에 완전히 하나의 한가한 사람
　　일세.[土牀煙足紬衾暖, 瓦釜泉乾豆粥新, 萬事不思溫飽外, 漫然淸世一閑人.]"

44. 훈장 주시량(朱時亮)의 시를 차운하다
次朱訓長時亮韻

山中寥落夢相牽 산 중의 쓸쓸함에도 꿈이 서로를 당기니
窓外雲烟隔世情 창밖의 구름 안개 세대를 넘은 정이로다.
靑眼重逢寒日暮 추운 날 해질녘에 반갑게 다시 만나
論文不覺到天明 글을 논하다 보니 날이 새는 것도 몰랐네.

45. 주문공(朱文公)의 <관서유감(觀書有感)>[46]에 차운하다 2수
次朱文公觀書韻 二首

竹牖松扉透迤開 대 창문 솔 사립이 살짝 열렸는데
風光月色共徘徊 풍광 월색이 함께 배회하는구나.
物外乾坤都在此 물외 건곤이 모두 여기에 있으니
獨對淸明自去來 홀로 청명(淸明)을 대하여 자유롭게 살리라.

暮春三月惠風生 늦봄 삼월에 화사한 바람이 일어
萬里烟波一葉輕 만 리의 풍경 속에 나뭇잎 날리네.
山南山北浩無極 산남 산북은 끝없이 아득한데
河水湛湛凝不行 담담한 강물은 엉겨서 흐르지 않는구나.

---

46) 관서유감(觀書有感) : 송나라 주희(朱熹)의 시로 본문은 다음과 같다. "반 묘의 각진 못이 거울처럼 트였는데, 하늘 빛 구름 그림자 그 안에서 배회하네. 묻거니 어이하여 그처럼 해맑을까, 근원에서 활수가 솟아나기 때문일레.[半畝方塘一鑑開, 天光雲影共徘徊, 問渠那得共如許, 爲有源頭活水來.] 어젯밤 강가에 봄물이 불어나니, 크나큰 군함이 한 터럭인 양 가볍구나. 여태까지 노 젓는 힘을 헛되이 들였더니 허비했더니, 이날에야 강 가운데서 자유자재로 가누나.[昨夜江邊春水生, 艨衝巨艦一毛輕, 向來枉費推移力, 此日中流自在行.]"

46. 장령(掌令) 홍수주(洪受疇)[47]가 귀양살이 할 때 쓴 시를 차운하다 2수

次洪掌令受疇謫居時韻 二首

萬里邊城外	만 리 변성 밖에
可憐楚澤臣	가엾어라, 쫓겨난 신하.
愁深賦鵩日	쫓겨남을 읊으니[48] 시름이 깊어지고
淚落憶鄕人	고향 사람 생각하니 눈물이 떨어지네.
雪滿藍橋遠	멀리 남교(藍橋)에는 눈이 가득하고
天寒旅舘貧	가난한 여관살이에 날은 차갑네.
賜還將不久	해배의 날이 오래지 않으리니
努力自重珍	노력하며 스스로 진중하게나.
相思不可見	그리워해도 볼 수가 없어
夜夜伴孤燈	밤마다 외로운 등불과 짝하였네.
昔時違黍約	지난날 만나자던 약속을 어겼으니
何日接高明	어느 날에나 고명한 그대를 만나리오.
節序三春暮	계절은 춘삼월이 지나는데
邊雲萬里凝	변방 구름은 만 리에 엉기네.
遙望川路隔	멀리 바라보니 냇가도 길도 모두 막혀
却向戍樓登	다시금 수루(戍樓)에 올라보네.

---

47) 홍수주(洪受疇) : 조선 후기 문신으로 자는 구언(九言), 호는 호은(壺隱)·호곡(壺谷)이다. 1682년 문과에 급제하여 충청도관찰사·대사간·예조참의에 이르렀다. 홍수주는 윤증(尹拯)을 비호하는 상소를 올렸다가 1685년 10월 함경도 경흥으로 유배를 당하였다.

48) 쫓겨남을 읊으니 : 원문의 '賦鵩日'은 한나라 때 가의(賈誼)가 장사(長沙)로 좌천되었을 때 스스로 불우함을 탄식하며 <복조부(鵩鳥賦)>를 지은 것에 빗대어, 유배객의 처지를 슬퍼하며 시를 읊조림을 말한다.

47. 무산(茂山)을 지나는 길에 짓다
茂山途中作

奇巖曲又曲	기이한 암석에 길은 구불구불한데
處處開田庄	곳곳에 전장(田庄)이 펼쳐져 있네.
土沃家多粟	땅이 비옥하니 집집마다 곡식이 많고
林深風不揚	숲이 깊으니 바람도 일지 않는구나.
長江分兩界	긴 강은 양쪽 경계를 나누고
細路轉千崗	가는 길은 천길 산등성이를 돌아나가네.
飽食閑無事	배불리 먹고 한가하여 일이 없으니
農談對夕暘	농사 이야기하며 석양을 맞이하네.

48. 무계촌(茂溪村)⁴⁹⁾에 이르다
到茂溪村

平野明如鏡	평평한 들판은 거울처럼 맑고
芳村八九家	아름다운 마을엔 여덟아홉 집이 산다네.
丹巖屋後壁	붉은 바위는 집 뒤의 벽이요
黃葉檻前花	누런 잎은 난간 앞의 꽃이로다.
地僻行人少	지역이 후미져 다니는 사람이 적지만
田肥收粟多	땅은 비옥하여 거두는 곡식이 많다네.
風塵元不入	속세의 먼지는 원래부터 들지 않았고
松栢暮年華	소나무·잣나무 속에서 한 해가 저무네.

---

49) 무계촌(茂溪村) : 경성부(鏡城府) 남쪽 100리 지점의 마을로, 무계호(茂溪湖)라는
호수가 있어서 마을 이름이 연유하였다. 임진왜란 때 의사(義士) 이붕수(李鵬壽)가
평사(評事) 정문부(鄭文孚)를 맞이하여 의병을 일으킨 곳이기도 하다. 이 마을은 사
면의 여러 산이 깎아 세운 듯하여 채색 병풍을 둘러친 듯하고, 그 가운데는 평평하고
둥근 호수를 이루고 있는 승경을 지닌 곳이다.

49. 훈장 채동귀(蔡東龜)의 농가 벽에 쓰다
題蔡訓長東龜農家壁上

數椽草屋自淸閑　서까래 몇 개의 초가집이 깨끗하고 한가하며
十里長江開戶間　열린 대문 사이로 십리의 긴 강이 흐르네.
野水黃雲望不極　들판의 물과 누런 들녘은 아득히 보이는데
氤氳香氣自來還　은은한 향기가 저절로 맴도는구나.

50. 스스로 조롱하다
自嘲

自笑年高衰謝客　우습구나, 나이 많고 쇠약한 내가
讀書上寺將何爲　절에 올라 책을 읽은들 장차 무엇하리오.
朝聞夕死平生志　평생의 뜻은 아침에 도를 들으면 저녁에 죽어도
　　　　　　　　좋다는 것
世上功名我不知　세상 공명은 내 알 바 아니로다.

51. 친구에게 보내다
寄友人

水遠山長路幾何　물은 멀고 산은 높은데 길은 또 몇 리인가
一天明月照山家　하늘에 밝은 달이 산가(山家)를 비춘다네.
松窓半夜獨無寐　솔창에서 한밤중에 홀로 잠을 이루지 못하고
緬憶音容愁緖多　목소리와 얼굴 떠올리니 시름이 많아지네.

52. 외질 문효석(文孝錫)이 관곡(寬谷)에 살다가 종성(鐘城)으로 다시 돌아가다
外姪文孝錫居于寬谷還歸鐘城

空谷多年孤夢頻　빈 골짜기에서 다년간 자주 외로운 꿈꾸었는데
索居猶幸作芳隣　홀로 지내다가 다행히 좋은 이웃이 생겼다네.
如今別後山更寂　지금 이별하고 나면 산은 더욱 적막해지리니
遙望愁州恨未伸　멀리 수주(愁州)를 바라보니 안타까움 가시지 않네.

53. 우연히 읊다 2수
偶吟 二首

獨臥靑山二十春　홀로 청산에 누운 지 이십 년
人間名利散風塵　세상 명리는 풍진 속으로 흩어졌네.
晴窓日與對禽語　밝은 창가에서 해를 맞고 새들과 이야기하니
直箇恰如橘中人　마치 귤 속의 사람[50] 같다네.

紅花白酒草堂裏　홍화 백주로 초당 안에서
獨向春風睡正酣　홀로 봄바람 쐬며 낮잠을 달게 자네.
鶴天明月來相照　하늘에 밝은 달이 떠서 비추면
無限淸光當戶南　무한한 맑은 빛이 대문 앞으로 쏟아진다네.

---

50) 귤 속의 사람 : 별세계에서 노니는 사람이란 뜻이다. 옛날 파공(巴邛) 사람의 집 뜰
에 귤(橘)나무가 있어서 서리가 온 뒤에 수확하는 데 유독 큰 귤 두 개가 있었다.
따서 쪼개보니 귤마다 흰 수염에 살결이 발그레하고 헌칠한 두 노인이 장기를 두며
즐거이 웃고 있었다. 한 노인이 말하기를 "귤 속의 즐거움이 상산(商山)에 뒤지지
않으나, 다만 뿌리가 깊지 못하고 꼭지가 튼튼하지 못한 탓으로 어리석은 사람이 따
게 되었다."라고 하며 네 노인이 용을 타고 하늘로 올라갔다고 한다.

54. 가을바람에 읊조리다
對秋風口占

泉石逍遙人已老　자연에서 소요하느라 이미 늙었지만
素心未有靑雲期　본래 마음 청운의 꿈을 기약한 적이 없다네.
庭前松栢參天碧　뜰 앞에 소나무·잣나무 푸른 하늘과 어우러져
對此都忘宋玉悲　이를 마주하니 송옥(宋玉)의 슬픔51) 모두 잊혀지네.

55. 제비
鷰

社日東風玄鳥來　사일(社日)52) 봄바람 타고 제비가 날아와
喜逢舊主舞差池　옛 주인 만남을 기뻐하며 오르락내리락 춤을 추네.
去來每逐春秋節　매양 봄가을 따라 오가니
這裏陰陽自可知　이처럼 음양의 이치를 절로 안다네.

---

51) 송옥(宋玉)의 슬픔 : 송옥은 굴원(屈原)을 이은 초사의 대가(大家)로, 그의 <구변(九辯)> 중 "슬프다, 가을의 기운이여. 쓸쓸하여라, 초목은 낙엽이 져서 쇠하였도다. 구슬퍼라, 흡사 타향에 있는 듯하도다.[悲哉, 秋之爲氣也. 蕭瑟兮, 草木搖落而變衰, 憭慄兮, 若在遠行.]"로 시작하여 가을의 서글픈 정서를 잘 노래하였다.

52) 사일(社日) : 입춘이나 입추가 지난 뒤 각각 다섯째의 무일(戊日). 입춘 뒤를 춘사(春社), 입추 뒤를 추사(秋社)라 하는데, 제비는 춘사일에 왔다가 추사일에 떠난다.

56. 약천(藥泉) 남선생(南先生)의 시53)를 차운하다
次南藥泉先生韻

自愧愚蒙久隱淪	어리석고 우매함이 부끄러워 숨어 지낸 지 오랜데,
明時誰作老風塵	밝은 세상에 누가 늙어 풍진객이 되리오.
回首漁磯性已癖	낚시터로 향하는 것이 이미 내 습성이 되었으니,
一竿猶帶太平春	낚싯대에 오히려 태평시절의 봄기운이 감도네.

57. 홍성주(洪城主)가 귀양살이할 때 주인 김세헌(金世憲)에게 준 시를 차운하다
次洪城主贈謫居時主人金世憲韻

年來幾到望南天	근년에 몇 번 남쪽 하늘을 바라보았건만
萬里關雲隔杳然	만 리 구름에 가려 아득하구나.
却憶金鷄放昔日	금계(金鷄)54)로 옛날에 방면되리라 생각했으나
那知玉節到今年	옥절(玉節)이 금년에야 이를 줄 어찌 알았는가.
無情歲月丸中速	무정한 세월은 탄환처럼 빠르고
有限人間夢裏遷	유한한 인간세상은 꿈속같이 흘렀네.
世事浮雲良可歎	뜬 구름 같은 세상사 실로 한탄할 만하니
白楊影外月孤懸	백양숲 그림자 너머로 달만 외로이 걸렸구나.

---

53) 약천(藥泉) 남선생(南先生)의 시 : 1688년 남구만이 경흥으로 유배를 왔다가 해배되어 돌아가면서 김기홍에게 준 시를 말한다. 이 시는 『약천집(藥泉集)』 卷2에 실려 있는데, 본문은 다음과 같다. "관곡선생은 은둔을 좋아하니, 띳집이 깨끗하여 풍진의 모습 전혀 없다네. 한가로운 가운데 참된 즐거움을 아는 이 없거늘, 한 곡조로 고사리 뜯는 봄을 소리 높여 노래하였네. [寬谷先生好隱淪, 茅齋瀟洒絶風塵, 閒中眞樂無人識, 一曲高歌薇蕨春.]"

54) 금계(金鷄) : 사면 조서를 반포하는 날 간두(竿頭)에 설치하는 금(金)으로 장식한 닭을 말한 것으로, 왕의 사면(赦命)을 뜻한다.

58. 한천(寒泉) 이동욱(李東郁)[55]이 진사 이창원(李昌元)[56]에게
  준 시를 차운하다 임신 4월
  次李寒泉東郁贈李進士昌元韻 壬申四月

  曾聞豪傑自耕鋤　　호걸이 몸소 밭 갈고 김맨다는 소문을 들었는데
  豈若江村老樵漁　　어찌 강촌에서 나무하고 고기 낚으며 늙어 가는가.
  常佩靑囊久未試　　늘 청낭(靑囊)[57] 차고서도 오랫동안 쓰지 않았으니
  長吟白雪和難如　　길게 백설가(白雪歌)[58] 노래해도 화답하기 어렵다네.
  天荒射破千年後　　천황(天荒)이 천 년 지나 깨졌으니[59]
  地望增高六鎭閭　　지위와 명망이 육진(六鎭) 여문 중에 더욱 높구나.
  賀客爭來須不問　　하객들이 다투어 와서 묻지도 않고는
  況今雀躍最先余　　지금 나보다 먼저 환호작약한다네.

---

55) 이동욱(李東郁) : 조선 후기 문신으로 자는 자문(子文), 호는 한천(寒泉)이다. 1676년
  문과에 급제하여 정언·장령을 거쳐 1689년에 종성부사가 되어 혜정(惠政)을 베풀었
  으며, 1697년 함경도관찰사로 부임하기도 하였다.
56) 이창원(李昌元) : 본관은 통진(通津), 자는 원백(元伯)으로 경원(慶源) 출신의 인사
  이다. 1689년 증광시에 합격하였다.
57) 청낭(靑囊) : 뛰어난 능력을 펼칠 수 있는 비법을 말한다. 옛날 진나라 곽박(郭璞)이
  곽공(郭公)에게서 청낭서(靑囊書)라는 비서(秘書)를 받은 다음부터 오행(五行)·천
  문(天文)·복서(卜筮)를 환하게 알게 되었다고 한다.
58) 백설가(白雪歌) : 너무도 고상해서 따라 부르기 힘든 노래를 말한다. 춘추 시대 초
  (楚)나라의 대중가요인 <하리(下里)>와 <파인(巴人)>은 수천 명이 따라 부르더니,
  고상한 <백설(白雪)>과 <양춘(陽春)>의 노래는 너무 어려워서 겨우 수십 명밖에
  따라 부르지 못하였다고 한다.
59) 천황(天荒)이 천 년 지나 깨졌으니 : 예전에 볼 수 없었던 일이 처음으로 출현한
  것을 말한다. 형주(荊州)에서 해마다 향시(鄕試)에 합격한 공생(貢生)을 서울로 보냈
  어도 대과(大科)에 급제한 사람이 나오지 않았으므로 천황(天荒)이라고 불렀는데,
  유세(劉蛻) 사인(舍人)이 급제를 하자 천황을 깨뜨렸다는 의미에서 파천황이라고 일
  컬었다. 여기서는 오랜만에 육진 지역에서 과거 급제자가 나왔음을 의미하는 말이다.

59. 홍성주(洪城主)가 체직될 때 지은 시를 차운하다
次洪城主遞改韻

玩揭流光已白頭	어영부영 세월이 흘러 머리가 희어진 채
閑依海上隨烟洲	바닷가에서 한가로이 지내며 안개 낀 물가 거니네.
無端榮利到蓬蓽	영화와 이익에 뜻이 없어 가난함에 이르니
自愧山中猿鶴遊	산중에서 원숭이 학과 노닒을 스스로 부끄러워하네.

60. 참의(參議) 이유(李秞)의 <오억동(吳憶洞)[60]>에 차운하다
次李參議秞吳憶洞韻

聞道當時玉洞鄕	당시 옥동향(玉洞鄕)에서 도를 듣고
重嗟異代不同庄	세대가 달라 함께 살지 못함을 거듭 탄식하였네.
古木蒼藤偏索漠	고목과 등나무 넝쿨 엉켜 삭막한데
烏鴉啼散半山陽	까마귀 울며 흩어지니 석양은 산 중턱에 걸렸네.

61. 평사(評事) 김창협(金昌協)의 <백악시(白岳詩)[61]>에 차운하다 을축 10월
次金評事昌協白岳詩韻 乙丑陽月

積翠芙蓉裏	푸른빛 머금은 연꽃 속에
貞貞立一標	꼿꼿이 한 줄기 서 있구나.

---

60) 오억동(吳憶洞) : 종성부(鍾城府) 부계(涪溪)에 있는 지명으로, 이곳에는 선술(仙術)닦는 사람들이 많았다고 한다.

61) 백악시(白岳詩) : 김창협이 경흥부 백악산 암자에 올라 지은 시를 말한다. '無限胡山裏, 危峰獨建標, 松柏自古今, 風雲不崇朝. 客路攀躋倦, 仙臺眺望遙. 虛菴一僧住, 憐爾絶寥寥.' 이 작품은 김기홍 문집에 실려 있으며, 참고로 김창협의 문집 『농암집(農巖集)』에는 수록되어 있지 않다.

天低星落落　　하늘 아래로는 별이 스러지고
海近雲朝朝　　바다 가까이에는 구름이 피어오르네.
風前金井動　　바람 앞엔 오동나무 흔들리고
雪後玉臺遙　　눈 온 뒤라 산이 멀어 보이네.
飛錫仙何在　　석장 날린 신선은 어디에 있는가
虛巖長寂寥　　빈 암자는 오래도록 적막하구나.

62. 백두산(白頭山)에서 낙강생(落講生)을 대신하여 짓다
白頭山代落講生走筆

朔方有一峯　　북방에 한 봉우리 있으니
其名白頭山　　그 이름 백두산이라네.
萬里豆江源　　만 여리 두만강의 발원지요
九官建界外　　아홉 고을을 경계 밖에 세웠네.

高揷雲霄間　　구름과 하늘 사이에 높이 솟아올라
盛夏雪未消　　한 여름에도 눈이 녹지 않는다네.
誰能上上頭　　누가 그 꼭대기에 놀라서
一洗胸中煩　　마음속의 번뇌를 모두 씻어낼 수 있을까.

山色同今古　　산 빛은 예나 지금이나 같은데
人才有優劣　　인재에는 우열이 있다네.
就中落講漠　　이 가운데 낙강생은 말이 없고
沉吟頭盡白　　내가 대신 시를 읊으니 머리가 모두 희어지려네.

63. 승려에게 주다 5수

贈岸上人 五首

簷日遲遲下短墻	처마 끝 해가 뉘엿뉘엿 짧은 담 아래로 내려오고
晚來寒籟入虛堂	저물녘 찬바람 불 적에 빈 집으로 찾아왔네.
逢僧却話前生說	중을 만나 문득 전생설(前生說)을 이야기하니
隔案烟消一炷香	책상을 사이에 두고 한 줄기 향에 인연이 사라지네.

寺在龍門第幾層	절이 용문(龍門) 제 몇 층에 있어
紅塵來去水雲蹤	세상을 오가며 물과 구름을 따르네.
瓶錫飄然還告別	승려가 훌쩍 돌아가겠다고 기별하는데
亂山歸路夕陽鍾	험한 산 귀로에 해지고 종 울리네.

白雲深處洞日幽	흰 구름 깊은 곳 햇빛도 어둑한데
人倚靑冥十二樓	사람이 푸른 하늘 높은 누각에 의지해있네.
半世塵寰何事業	세상에서 반평생 무슨 일을 하였나
此生湖海最風流	이승의 강호생활 풍류가 제일이네.

仙蹤曾逐白雲閑	백운 사이에서 신선의 자취를 따랐기에
東國風烟指顧間	동국의 풍연은 잠깐 사이라.
同榻數霄還告別	같은 책상에서 여러 날 함께하다 이별을 알리니
月明飛錫宿何山	달 밝은 밤 지팡이 날려 어느 산에서 묵으려는가.

風雲護擁神仙窟	바람과 구름이 신선의 동굴을 에워싸고
洞裏春深日月長	골짜기에 봄이 깊으니 해와 달이 길구나.
盡日逢僧談妙緖	하루 종일 중을 만나 묘(妙)의 실마리 이야기하니
茫茫塵劫若爲忙	길고 긴 기간이 급히 지나간 듯하구나.

64. 세월을 한탄하다 이상은 일지(日誌) 끝에 있던 것이다. ○ 3수
歎光陰 以上在日誌末 ○三首

竹馬同行幾箇人　죽마 타고 함께 놀던 친구 몇 명이었나
半爲白髮半爲神　반은 백발이 되고 반은 귀신이 되었네.
閱來生受塵間日　그간 속세에 사는 동안
鬢上光陰夢裏春　귀밑머리 센 세월들 일장춘몽이로구나.

三千里外邊城人　삼천리 밖 변방 고을 사람
五十年前陋巷身　오십오 년 누항의 신세.
畊鑿不知聖主渥　밭 갈고 우물 파면서도 임금의 은혜 모르니
一竿猶帶太平春　낚싯대 드리우고 태평한 세월이구나.

山間明月秋增明　산간의 밝은 달 가을이라 더욱 밝고
江上淸風夜益淸　강가의 맑은 바람 밤이라 더욱 맑구나.
淸光一任閑舒捲　맑은 빛은 한가로움 속에 모두 맡겨둔 채
吟詠獨慚康樂聲　시를 읊조림이 홀로 강락(康樂)에 부끄럽구나.62)

---

62) 홀로 강락(康樂)에 부끄럽구나 : 좋은 분위기 속에서 훌륭한 시문을 짓지 못함을
부끄러워하는 말이다. 당나라 이백(李白)의 <춘야연도리원서(春夜宴桃李園序)>에
"복사꽃과 오얏꽃이 핀 아름다운 동산에 모여 천륜(天倫)의 즐거운 일을 펴니 준수한
여러 아우들은 모두 사혜련(謝惠連)이 되었는데 나의 읊고 노래함은 홀로 강락(康樂)
에 부끄럽다.[會桃李之芳園, 序天倫之樂事, 群季俊秀, 皆爲惠連, 吾人詠歌, 獨慚康
樂.]"고 한 데서 연유한다.

65. 석왕사(釋王寺)63)를 향하다 경술 6월 6일
向釋王寺 庚戌六月六日

日月同天下	세월은 천하와 같건만
山川異北邊	산천은 북변과 다르구나.
間關千里道	천리 길을 넘고 넘어
更向釋王前	다시금 석왕사로 향하네.

66. 선달산(先達山)64) 빗속에서 짓다 경술 6월 14일 ○ 2수
先達山雨中作 庚戌六月十四日 ○二首

亂山隔鬱鬱	험한 산은 울창하게 막혔는데
潦水自泱泱	빗물은 절로 넘치고 넘치는구나.
回首鄕關路	고개 돌려 고향 길 바라보니
白雲夢裏長	흰 구름이 꿈속처럼 멀구나.

跋涉簑衣濕	산을 넘으니 도롱이도 다 젖고
身心未得伸	몸과 마음도 편안치 않네.
旅窓三日雨	여행 중 삼일우를 만나고
飢餒亦多辛	굶주림 또한 심하구나.

---

63) 석왕사(釋王寺) : 함경남도 안변군 석왕사면 사기리 설봉산(雪峯山)에 있는 절. 이
절은 조선 태조 이성계(李成桂)가 나라를 세우기 전에 무학대사(無學大師)의 해몽을
듣고 왕이 될 것을 기도하기 위해 지었다고 전해진다.

64) 선달산(先達山) : 천달산(天達山)의 오기로 보인다. 천달산은 함경남도 문천군(文川
郡)에 있는 산이다.

67. 동건산성(童巾山城)65)에 올라 남감사(南監司)의 시에 차운하다 갑인 정월
登童巾山城次南監司韻 甲寅正月

一點靑山自作城   한 줄기 푸른 산이 절로 성을 이루고
兩淵錯石綠苔成   두 연못에 돌이 섞여 푸른 이끼 가득하네.
當年遺跡今猶在   당시의 유적이 지금도 남아있는가
慢向江流憶遠情   느긋하게 흐르는 강물에서 옛 생각에 잠기네.

68. 남감사의 <신행(贐行)>에 차운하다 갑인 5월
次南監司贐行韻 甲寅五月

蜉蝣身勢惜流年   하루살이 같은 신세로 세월만 보냄을 애석해하다가
親炙高明思躍淵   고명한 가르침을 받고 출사까지 생각했었지.
自歎計拙無衣食   계책이 못나 의식(衣食)도 없음을 스스로 한탄하니
釋耒何會詠古篇   쟁기를 내려놓고 언제나 옛 글을 읽을까.

69. 남선생(南先生)과 이별하다 병서(并序) ○ 무진 12월
別南先生 并序 ○戊辰十二月

내가 가난하고 한미한 자질로 초야에 묻혀 살고 있었는데, 갑인년 (1674년)에 선생의 문하에 나아가 은혜를 받음이 과분하여 기쁘게 선생의 가르침을 얻었다. 그러던 중 어버이의 병환 때문에 선생님 곁을 떠나 이천여 리 먼 거리를 15년간 헤어져 있었다. 그런데 누가 선생이 밝은 시대에 쫓겨나 귀양살이를 하리라 생각했겠는가. 선생은 처한 상황을

---

65) 동건산성(童巾山城) : 함경북도 종성군에 있는 산성으로 고려 후기에 쌓은 것으로 추정되며 지역의 방어를 위한 요충지이다.

순리대로 받아들이고 곤궁함에 처하여도 태평하였다. 그리하여 내가 백수 여생으로 다시 봄바람 같은 가르침의 자리에 앉을 수 있었다. 지금 멀리 떠나가심에 암담하게 혼을 녹여 내니 이에 시구를 읊어 가시는 길 앞에 바친다. [余以白屋寒姿, 蟄伏草野, 歲在甲寅, 摳衣門下, 受恩過望, 喜得親炙. 適以親瘝, 拜違敎席, 二千餘里, 十五年別, 誰意明時, 奄見竄逐. 素位而行, 處困猶亨, 白首餘生, 更坐春風. 今當遠離, 黯然銷魂, 遂吟拙句, 仰呈行軒.]

十年西望思悠悠	십 년 동안 서울을 바라보며 생각이 아득하였는데
豈意重臨北塞陬	북변에 거듭 오시리라고 어찌 생각이나 했겠나.
秋雨棘中看素養	처량한 유배지에서도 소양을 볼 수 있고
春風座上動淸休	온화한 가르침의 자리에서 청휴(淸休)를 발하시네.
賜還已感天恩大	유배에서 풀리니 임금의 큰 은혜에 감읍하고
歸國何嫌雪路修	도성으로 돌아가니 어찌 눈길 치우는 것을 꺼리겠는가.
猶恨白頭抃別後	오직 한스러운 건 내가 선생을 전별한 후에
不知何處更從遊	누구를 좇아 교유할지 모르겠다는 것이네.

70. 경흥부사(慶興府使) 이화진(李華鎭)[66]의 시를 차운하다 경오 2월
次慶興倅李公華鎭韻 庚午二月

寒蹤本是躬耕人	한미한 나는 본래 몸소 밭가는 사람으로
半世行裝北海濱	반평생을 북쪽 바닷가에서 살았네.
林中好卜三椽屋	숲속 좋은 곳에 작은 집을 지었으니
塞上今爲一老身	이제는 변방의 한낱 늙은이가 되었네.

---

66) 이화진(李華鎭) : 조선 후기 문신으로 자는 자서(子西), 호는 묵졸재(默拙齋)이다. 1673년 문과에 급제하여, 대사간·대사헌을 역임하고 병조참의를 거쳐 우부승지에 이르렀다. 1688년 경흥부사로 있을 때는 <북로편의십사조(北路便宜十四條)>를 상소하는 등 재임 기간 동안 선정을 베풀었다.

龍門何幸識韓面　　용문에서 어찌 한형주(韓荊州) 만나기[67]를 바랐겠나
陋巷元來忘憲貧　　누항에서 원헌(原憲)처럼 가난을 잊고 지낼 뿐.
雲山別後更珍重　　운산을 떠나온 후엔 더욱 진중하게
佇見薇垣奉玉編　　고을원[68] 바라보며 훌륭한 말씀을 받든다네.

71. 오진렴(吳振濂)이 벽동(碧潼)[69]으로 나를 전송하며 쓴 시에 차운하다
次吳振濂送余碧潼韻

征衫獨拂北風程　　북풍에 나그네 옷깃 떨치며 길을 떠나
白雪關山催日行　　흰 눈 쌓인 관산(關山)에서 일정을 재촉하네.
楚澤遙望何處是　　초택을 멀리 바라보니 어느 곳이 그곳인가
歸心已逐雪城汀　　돌아가는 마음은 이미 눈 덮인 성의 물가를 달리네.

72. 어천관(魚川舘)[70]에서 주인에게 주다 신미 12월 ○2수
魚川舘贈主人 辛未十二月 ○二首

住馬魚川程　　　　어천(魚川)에서 말을 멈추니

---

67) 한형주(韓荊州) 만나기 : 상대방을 만나보기를 바란다는 말이다. 이백(李白)의 <여한형주서(與韓荊州書)>에 "이 세상에 태어나서 만호후에 봉해지기보다는 그저 한형주를 한번 알기만을 바랄 뿐이다.[生不用封萬戶侯 但願一識韓荊州]"라는 말이 나온다.

68) 고을원 : 원문의 미원(薇垣)은 사간원의 별칭이다. 이화진이 대사간을 역임하고 경흥부사로 자리를 옮겼으므로 상대방을 이렇게 지칭한 것이다.

69) 벽동(碧潼) : 평안도 벽동군을 말한다. 이 작품은 1689년 7월 기사환국으로 인해 민정중이 벽동에 위리안치 되었을 때, 그 소식을 듣고 김기홍이 벽동으로 찾아가면서 쓴 시로 추정된다.

70) 어천관(魚川舘) : 평안도 영변부 어천역(魚川驛)의 객관이다.

東江十里平　　강 동쪽으로 십 리가 평평하구나.
邂逅完山戚　　완산(完山)의 친척을 만나니
旅窓眼忽靑　　나그네 여정에서 매우 반갑구나.

衝寒跋涉三千里　추위를 무릅쓰고 삼천리를 걷고 넘어
忽到寧邊江水東　홀연 영변(寧邊)의 강 동쪽에 당도하였네.
男兒隨處開心目　남아로서 가는 곳마다 마음과 눈을 열게 하니
夢裏人間事事同　꿈속 같은 인간세상 매사가 같구나.

73. 처사 김사업(金嗣業)의 시에 차운하다 신미 12월
　　　次金處士嗣業韻 辛未十二月

三江縹緲遠含情　삼강은 아스라이 멀리 정을 머금고
十里仙庄鏡裏明　십리의 선장(仙庄)은 거울 속처럼 환하네.
寒燈挑盡論心事　한등이 다 타도록 심사를 논하다보니
忘却天涯一劍行　하늘 끝에서 검 들고 가는 줄 잊었구나.

74. 민선생(閔先生)[71]께 올리다 임신 정월
　　　呈閔先生 壬申正月

浮生聚散何須說　덧없는 인생 만나고 헤어짐을 말할 게 있겠습니까
夢裏人間事事非　꿈 속 같은 세상사 하는 일마다 틀어집니다.
二十年前抔別後　이십 년 전에 전별한 후에
三千里外信書稀　삼천리 밖에서 소식도 없었습니다.
白巖海上頻回首　흰 바위 바닷가에서 종종 고개를 돌려
鴨綠江邊更攝衣　압록강 주변으로 다시 달려왔습니다.

---

71) 민선생(閔先生) : 민정중(閔鼎重)을 가리킨다.

霜鬢今朝還告別　흰 머리로 오늘 아침 다시 헤어짐을 고하니
不知何日更依歸　언제나 다시 찾아뵐지 모르겠습니다.

75. 나라의 조세를 부유케 하길 바라며 읊다 임신 정월
富國租吟 壬申正月

征鞭暫住咸關中　말을 타고 가다 함관(咸關)에서 잠시 머무를 적에
客裏相逢一小童　나그네 길에 한 어린아이를 만났네.
遺我初來海島種　처음 해도로 들어온 품종을 나에게 주니
慇懃此意待秋風　은근히 이러한 마음으로 가을바람을 기다리네.

76. 대추나무를 옮겨 심으며 읊다
採棗根吟

山中瑣細雜生橡　산속에서 보잘 것 없이 도토리와 섞여 자라며
浪紫浮紅虛盛衰　자줏빛과 붉은빛으로 허투루 익고 떨어지는구나.
漑根却怕秋霜早　뿌리에 물을 주며 가을 서리 이를까 염려하니
園上何年子滿枝　뜨락에서 어느 해에나 가지에 열매 가득할까.

77. 목화를 따며 읊다 임신 3월
採木花吟 壬申三月

綿絮元非東土産　솜은 본래 우리나라에서 나던 것이 아니니
邊城自古布衣寒　변방 사람들은 예로부터 베옷 입고 떨었다네.
我將始播幽閑處　내 장차 그윽한 곳에 씨를 뿌리려 하니
須敎兒童不怕寒　아이들이 추위에 떨지 않았으면 하네.

78. 직재(直齋) 이기주(李箕疇)[72]를 전별하다
別李直齋箕疇

憐公曾是五年囚	공의 오년 유배살이를 불쌍히 여겼으니
憔悴形容兩鬢秋	형용도 초췌하고 양쪽 귀밑머리도 희어졌네.
投汨三塊異屈子	멱라수에 몸을 던진 굴원(屈原)과는 다르고
過出萬里同雷州	만리 밖으로 쫓겨난 구준(寇準)[73]과 같구나.
丹心已著封章日	단심은 이미 밝은 해처럼 드러나고
素養今看豆水隅	소양은 지금 두만강 가에서 볼 수 있구나.
更覺離亭別意苦	역정에서 헤어지며 이별의 고통을 새삼 깨달으니
雲天嶺路轉悠悠	구름 하늘 위로 난 산길 구불구불 아득하구나.

79. 고향을 그리워하며 읊다 경술 6월14일 ○2수
思鄕吟 庚戌六月十四日 ○二首

細雨三更夜	가랑비 내리는 삼경의 밤
難堪草虫鳴	풀벌레 울음소리 견디기 어렵네.
皎皎雲邊月	희고 흰 구름 주변의 달
團團向我明	둥실 떠서 나를 비춰주누나.

長天一片月	넓은 하늘의 한 조각 달
彼此照相同	저와 내가 서로 비추는구나.

---

72) 이기주(李箕疇) : 송시열의 문인으로 1689년 5월 숙종에게 송시열에 대한 처결의 억울함을 주장하는 상소를 올렸다가 회령으로 유배를 당하였다.

73) 만리 밖으로 쫓겨난 구준(寇準) : 원문의 '雷州'는 송(宋)나라 때 명신 구준(寇準)과 관계된 말이다. 구준은 거란의 침입 때 많은 공을 세워 내국공(萊國公)에 봉해져 흔히 구래공(寇萊公)이라고 부른다. 구준이 간신의 모함을 입어 도주 사마(道州司馬)로 좌천되었다가 다시 뇌주(雷州) 사호 참군(司戶參軍)으로 좌천된 일이 있다.

鄕關多少思　　고향 북관을 얼마나 생각했는가
遡向北來風　　북쪽을 향하니 북풍이 불어오누나.

80. 참봉 김정창(金鼎昌)[74] 수주백(愁州伯) 김익겸(金益謙)이 <채
　　미가>에 화답한 시[75]를 차운하다
　　次金參奉鼎昌愁州伯金益謙和採薇歌

憶曾燁燁紫芝歌　　옛날 읊조리던 <자지가(紫芝歌)>를 생각하니
餘響至今商嶺阿　　그 여향(餘響) 지금도 상산(商山) 언덕에 남아있겠지.
採薇遠想首陽曲　　고사리 뜯으며 멀리 <수양곡(首陽曲)>을 생각하고
皷腹細和擊壤哦　　배를 두드리며 <격양가(擊壤歌)>에 화답하네.
世態空隨流水去　　세태는 부질없이 흐르는 물처럼 지나가니
閑情已逐浮雲多　　한정은 이미 떠가는 구름을 따르네.
采采傾筐供日夕　　나물을 뜯어 바구니에 담아 아침저녁거리로 삼고
有時濯足白鷗波　　이따금 백구 노니는 물가에서 탁족도 한다네.

81. 참봉 김정창 수주백 김익겸이 <농부사>에 화답한 시[76]를 차
　　운하다
　　次金參奉鼎昌愁州伯金益謙和農夫詞

野翁自作農夫詞　　야옹(野翁)이 스스로 <농부사>를 지어

---

74) 김정창(金鼎昌) : 함경북도 종성(鍾城)의 유자로서 김기홍과 교유하면서 지역의 현
　 안 문제를 함께 해결하기도 하는 등의 긴밀한 관계를 유지하였다.
75) <채미가>에 화답한 시 : 두 사람이 화답한 시는 길어서 싣지 않는다. 앞부분 논문의
　 Ⅲ장 2.1.에 두 사람의 작품 전문과 번역이 수록되어 있으니 참조 바람.
76) <농부사>에 화답한 시 : 두 사람이 화답한 시는 길어서 싣지 않는다. 앞부분 논문의
　 Ⅲ장 2.2.에 두 사람의 작품 전문과 번역이 수록되어 있으니 참조 바람.

牛背長吟甯戚辭　소 등에 앉아 영척(甯戚)의 노래 길게 읊조리네.
谷口形容憐獨老　골짜기에 처박혀 살며 홀로 늙어감은 가련하나
人間利祿莫相思　인간세상의 이록(利祿)은 그리워하지 말지어다.
靑門且追邵平業　청문(靑門) 밖에서 소평(邵平)의 일을 따를 뿐이나
白屋誰知處士悲　백옥(白屋)의 처사 슬픔 그 누가 알아주리오.
願與同胞務稼穡　바라건대 동포들과 함께 농사에 힘써
朝晡饘粥不爲飢　아침저녁 죽이라도 먹으며 굶지 않았으면.

82. <채미가>·<농부사>에 이어 읊다
續採薇農夫歌詞浪吟

草草人間歲已晩　인세에서 허둥지둥하느라 나이는 이미 많고
紅顔虛老落花時　젊던 얼굴 헛되이 늙어 꽃 질 때라네.
耕田且復採香蕨　밭 갈고 또 향긋한 고사리 꺾건만
浩浩歌聲誰得知　드높은 노랫소리 누가 알겠는가.

참고문헌

[자료] ···

『寬谷先生文集』5권 2책, 목판본, 연세대학교 도서관 소장.
『寬谷先生文集』5권 2책, 필사본, 서울대학교 규장각한국학연구원 소장.
『寬谷先生實紀』1책, 필사본, 국사편찬위원회 소장.
『寬谷野乘』1책, 필사본, 국사편찬위원회 소장.

『太宗實錄』.
『世宗實錄』.
『世祖實錄』.
『成宗實錄』.
『顯宗實錄』.
『肅宗實錄』.
『英祖實錄』.
『龍飛御天歌』.
『新增東國輿地勝覽』.
李肯翊,『燃藜室記述』.
李重煥,『擇里志』.
http://sillok.history.go.kr 조선왕조실록 검색 시스템, 국사편찬위원회.
http://sjw.history.go.kr 승정원일기 검색 시스템, 국사편찬위원회.
http://www.itkc.or.kr 한국문집총간 검색 시스템, 한국고전번역원.

『論語』, 『孟子』, 『大學』, 『中庸』.
『詩經』, 『書經』, 『周易』.
『老子』, 『莊子』.

『史記』, 『漢書』, 『晉書』.

『全唐詩』.

『太平御覽』.

『呂氏春秋』.

陶淵明, 『陶淵明集』.

張　載, 『張子全書』.

朱　熹, 『朱熹集』.

權　近, 『陽村集』, 한국문집총간 7.

金宗直, 『佔畢齋集』, 한국문집총간 12.

南九萬, 『藥泉集』, 한국문집총간 131.

李光胤, 『瀼西集』, 한국문집총간 속집 13.

閔鼎重, 『老峯集』, 한국문집총간 129.

徐居正, 『四佳集』, 한국문집총간 10.

宋時烈, 『宋子大全』, 한국문집총간 111.

俞　棨, 『市南集』, 한국문집총간 117.

李　珥, 『栗谷全書』, 한국문집총간 45.

李　滉, 『退溪集』, 한국문집총간 29.

李奎遠, 『晩隱公遺事』, 국립제주박물관 위탁 소장 자료.

李端夏, 『畏齋集』, 한국문집총간 125.

李時發, 『碧梧遺稿』, 한국문집총간 74.

李賢輔, 『聾巖集』, 한국문집총간 17.

李衡祥, 『瓶窩集』, 한국문집총간 164.

李衡祥, 『瓶窩集』, 한국문집총간 164.

李後白, 『靑蓮集』, 한국문집총간 속집 3. 연세대학교 도서관 소장본.

張經世, 『沙村集』, 한국문집총간 속집 6.

鄭經世, 『愚伏集』, 한국문집총간 68.

趙　根, 『損菴集』, 한국문집총간 속집 40.

崔　愼, 『鶴庵集』, 한국문집총간 151.

洪柱國, 『泛翁集』, 한국문집총간 속집 36.

김흥규·이형대·이상원·김용찬·권순회·신경숙·박규홍 편저, 『고시조대전』, 고
　　려대학교 민족문화연구원, 2012.

신경숙·이상원·권순회·김용찬·박규홍·이형대, 『고시조 문헌 해제』, 고려대학교

민족문화연구원, 2012.
임기중, 『한국역대가사문학집성』, 누리미디어, 2005.

[저서 및 논문] ··

강석화, 『조선후기 함경도와 북방영토의식』, 경세원, 2000.
권석환 외, 『한중 팔경구곡과 산수문화』, 이회, 2004.
김덕진, 『대기근, 조선을 뒤덮다』, 푸른역사, 2008.
김석회, 『조선후기 시가 연구』, 월인, 2003.
_____, 『조선후기 향촌사회와 시가문학』, 월인, 2009.
_____, 『존재 위백규 문학 연구』, 이회문화사, 1995.
김홍규, 『근대의 특권화를 넘어서』, 창비, 2013.
_____, 『욕망과 형식의 시학』, 태학사, 1999.
_____, 『조선후기 시경론과 시의식』, 고려대학교 민족문화연구소, 1982.
_____, 『한국문학의 이해』, 민음사, 1986.
민족문학사연구소 고전문학분과, 『한국고전문학작가론』, 소명출판, 1998.
서복관, 권덕주 외 옮김, 『중국예술정신』, 동문선, 2000.
에드워드 렐프, 김덕현·김현주·심승희 옮김, 『장소와 장소상실』, 논형, 2005.
오수창, 『조선후기 평안도 사회발전 연구』, 일조각, 2002.
오전루, 유병례 역, 『중국 시학의 이해』, 태학사, 2003.
이동영, 『조선조 영남시가의 연구』, 형설출판사, 1984.
이상원, 『17세기 시조사의 구도』, 월인, 2000.
_____, 『조선시대 시가사의 구도와 시각』, 보고사, 2004.
이푸 투안, 구동회·심승희 옮김, 『공간과 장소』, 도서출판 대윤, 2011.
이형대, 『한국 고전시가와 인물형상의 동아시아적 변전』, 소명출판, 2002.
임기중 편, 『歷代歌辭文學全集』, 아세아문화사, 1999.
임덕순, 『문화지리학』, 법문사, 1996.
정익섭, 『개고 호남가단연구』, 민문고, 1989.
_____, 『호남가단연구』, 진명문화사, 1975.
정홍모, 『조선후기 사대부 시조의 세계인식』, 월인, 2001.
조동일, 『지방문학사』, 서울대학교 출판부, 2004.
_____, 『한국문학통사』제2판, 지식산업사, 1983.

조해숙, 『조선후기 시조한역과 시조사』, 보고사, 2005.

최재남, 『사림의 향촌생활과 시가문학』, 국학자료원, 1997.

_____, 『서정시가의 인식과 미학』, 보고사, 2003.

최진원, 『국문학과 자연』, 성균관대학교 출판부, 1977.

한국사연구회 저, 『조선은 지방을 어떻게 지배했는가』, 아카넷, 2003.

강경호, 「정훈 詩歌에 반영된 현실 인식과 문학적 형상 재고」, 『한민족어문학』 49, 한민족어문학회, 2006.

姜大敏, 「朝鮮朝 咸鏡道地方의 養士廳에 관한 考察」, 『釜大史學』 17, 부산대사학회, 1993.

강석화, 「英・正祖代의 咸鏡道 地域開發과 位相强化」, 『奎章閣』 18, 규장각한국학연구원, 1995.

강전섭, 「<청계가사> 중의 단가 86수에 대하여」, 『한국시가문학연구』, 대왕사, 1986.

고순희, 「<甲民歌>의 작가의식」, 『이화어문논집』 10, 이화어문학회, 1988.

_____, 「19세기 현실비판가사 연구」, 이화여자대학교 박사학위논문, 1990.

고승희, 「조선후기 함경도지역의 상업 연구」, 이화여자대학교 박사학위논문, 2001.

구본현, 「畏齋 李端夏의 文學觀과 漢詩」, 『漢詩作家研究』 12, 한국한시학회, 2008.

권순회, 「田家時調의 美的 特質과 史的 展開 樣相」, 고려대학교 박사학위논문, 2000.

길진숙, 「朝鮮後期 農夫歌類 歌辭 研究」, 이화여자대학교 석사학위논문, 1990.

김기탁, 「<농가월령가>에 대한 고찰」, 『영남어문학』 2, 한민족어문학회, 1975.

김기현, 「李後白과 그의 時調」, 『시조학논총』 2, 한국시조학회, 1986.

김대행, 「歌辭 樣式의 文化的 意味」, 『한국시가연구』 3, 한국시가학회, 1998.

김동하, 「靑蓮 李後白의 詩文學 研究」, 연세대학교 박사학위논문, 1999.

김문기・김명순, 「朝鮮朝 漢譯詩歌의 類型的 特徵과 展開樣相 研究(1)-유형적 특징을 중심으로」, 『대동한문학』 7, 대동한문학회, 1995.

_____, 「朝鮮朝 漢譯詩歌의 類型的 特徵과 展開樣相 研究(2)-漢譯技法과 展開樣相을 中心으로」, 『어문학』 58, 한국어문학회, 1996.

김상진, 「朝鮮中期 연시조의 研究 : 四時歌系, 五倫歌系, 六歌系 作品을 中心으로」, 한양대학교 박사학위논문, 1996.

김석회, 「<農家月令歌>와 <月餘農歌>의 대비 고찰」, 『국어국문학』 137, 국어국문학회, 2004.

_____, 「조선후기 향촌사대부 시가와 취향의 문제」, 『조선후기 시가 연구』, 월인, 2003.

_____, 「存齋 魏伯珪의 生活詩에 관한 연구」, 서울대학교 박사학위논문, 1992.

김신중, 「瀟湘八景歌의 관습시적 성격」, 『고시가연구』 5, 한국고시가문학회, 1998.

김용숙, 「훈가사」, 『청파문학』 10, 숙명여자대학교, 1971.

金容稷, 「葛峰 金得研의 作品과 生涯」, 『창작과비평』 23, 창작과비평사, 1972.

김용찬, 「<갑민가> 주제에 대한 재검토」, 『어문논집』 33, 민족어문학회, 1994.

김일렬, 「<갑민가>의 성격과 가치」, 『한국고전시가작품론』 2, 집문당, 1992.

김지수, 「朝鮮朝 全家徙邊律에 관한 硏究」, 서울대학교 석사학위논문, 1987.

_____, 「朝鮮朝 全家徙邊律의 歷史와 法的 成格」, 『법사학연구』 32, 한국법사학회, 2006.

김창원, 「김득연의 국문시가 : 17세기 한 재지사족의 역사적 초상」, 『어문논집』 41, 안암어문학회, 2000.

_____, 「朝鮮後期 士族創作 農夫歌類 歌辭의 作家意識 硏究」, 고려대학교 석사학위논문, 1993.

김흥규, 「16, 17세기 江湖時調의 변모와 田家時調의 형성」, 『욕망과 형식의 시학』, 태학사, 1999.

_____, 「강호시가와 서구 목가시의 유형론적 비교」, 『민족문화연구』 43, 고려대학교 민족문화연구원, 2005.

_____, 「특권적 근대의 서사와 한국문화 연구」, 『근대의 특권화를 넘어서』, 창비, 2013.

나정순, 「17세기 초의 사상적 전개와 정훈의 시조」, 『시조학논총』 27, 한국시조학회, 2007.

남정희, 「18세기 사대부 시조 연구」, 이화여자대학교 석사학위논문, 1994.

류속영, 「김기홍 <농부사>의 창작배경과 작가의식」, 『문창어문논집』 38, 문창어문학회, 2001.

박규홍, 「朝鮮前期 聯時調 硏究」, 영남대학교 석사학위논문, 1983.

박길남, 「강복중 시조에 나타난 갈등과 한계상황」, 『순천향어문논집』 7, 순천향어문학연구회, 2001.

박수진, 「長興地域 歌辭文學의 文化地理學的 硏究」, 한양대학교 박사학위논문, 2010.

박요순, 「鄭勳과 그의 詩歌 攷」, 『숭전어문학』 2, 숭전대학교 국어국문학회, 1973.

박이정, 「이중경의 노래에 대한 의식 및 시가 창작의 양상과 그 의미」, 『한국시가연구』 22, 한국시가학회, 2007.

백순철, 「淸溪 姜復中 時調 硏究」, 『한국시가연구』 12, 한국시가학회, 2002.

손찬식, 「頤齋 黃胤錫의 時調漢譯의 性格과 意味」, 『어문연구』 30, 어문연구학회, 1998.

宋政憲, 「葛峰時調考」, 『조선전기 언어와 문학』, 형설출판사, 1977.

신성환, 「조선후기 농촌공동체의 운영과 農夫歌類 歌辭」, 『우리어문연구』 44, 우리어문학회, 2012.

신재은, 「토포필리아로서의 글쓰기」, 『한국문학이론과 비평』 20, 한국문학이론과 비평학회, 2003.

심경호, 「관서·관북 지역의 인문지리학적 의의와 문학」, 『한국고전연구』 24, 한국고전연구학회, 2011.

안장리, 「韓國八景詩 硏究」, 한국정신문화연구원 박사학위논문, 1996.

안혜진, 「<길몽가>를 통해 본 18세기 향촌사족 가사의 한 단면」, 『한국고전연구』 8, 한국고전연구학회, 2002.

_____, 「18세기 향촌사족 가사 연구」, 이화여자대학교 박사학위논문, 2005.

오수창, 「17, 18세기 平安道 儒生·武士層 성장의 사회경제적 배경」, 『규장각』 18, 1995.

위홍환, 「存齋 魏伯珪의 詩歌 硏究」, 조선대학교 석사학위논문, 2001.

유정선, 「18·19세기 기행가사의 작품 세계와 시대적 변모 양상」, 이화여자대학교 박사학위논문, 1999.

이구의, 「葛峯 金得妍의 문학 세계」, 『퇴계학과 유교문화』 30, 경북대학교 퇴계학연구소, 2001.

이남면, 「鄭斗卿 漢詩 硏究」, 고려대학교 박사학위논문, 2012.

_____, 「정두경의 <行路難 19首> 연구」, 『한국어문학 국제학술포럼 제5차 국제학술대회 자료집』, 고려대학교 BK21 한국어문학교육연구단, 2008.

이상동, 「壽軒 李重慶의 詩世界」, 『大東漢文學』 30, 대동한문학회, 2009.

이상원, 「16세기말-17세기초 사회 동향과 김득연의 시조」, 『어문논집』 31, 안암어문학회, 1992.

_____, 「17世紀 時調 硏究」, 고려대학교 박사학위논문, 1999.

_____, 「강복중 시조 연구」, 『한국시가연구』 1, 한국시가학회, 1997.

_____, 「정훈 시조 연구」, 『우리어문연구』 11, 우리어문학회, 1997.

이숭원, 「<농가월령가>에 나타난 자연·인간·사회」, 『국어국문학』 137, 국어국문학회, 2004.

이형대, 『어부형상의 시가사적 전개와 세계인식』, 고려대학교 박사학위논문, 1997.

임영정, 「寬谷先生文集과 諺文歌詞·時調」, 『도서관』 27-3, 국립중앙도서관, 1974.

임주탁, 「연시조의 발생과 특성에 관한 연구 : <어부가>, <오륜가>, <도산육곡> 계열 연시조를 중심으로」, 서울대학교 석사학위논문, 1990.

임치균, 「<농가월령가> 일 고찰」, 『한국고전시가작품론』, 集文堂, 1992.

임형택, 「민족문학의 개념과 그 사적 전개」, 『민족문학사 강좌』 上, 창작과비평사, 1995.

임화신, 「<木州雜歌>의 창작배경과 시적 인식」, 고려대학교 석사학위논문, 2013.

장유승, 「寬谷 金起泓 文學 硏究 : 漢詩와 國文詩歌의 교섭 양상을 중심으로」, 『한문교육연구』 29, 한문교육학회, 2007.

_____, 「서북 지역 한문학 연구의 현황과 과제」, 『한국고전연구』 24, 한국고전연구학회, 2011.

_____, 「朝鮮後期 西北地域 文人 硏究」, 서울대학교 박사학위논문, 2010.

장인진, 「새로 발굴된 이중경의 오대어부가」, 『도서관학』 10, 한국도서관학회, 1983.

전경목, 「朝鮮後期 所志類에 나타나는 '化民'에 대하여」, 『고문서연구』 6, 한국고문서학회, 1994.

_____, 「조선후기 品官과 그들의 생활상」, 『인문콘텐츠』 창간호, 인문콘텐츠학회, 2003.

전재강, 「황윤석 시조의 교술적 성격과 작가 의식」, 『시조학논총』 19, 한국시조학회, 2003.

정운채, 「瀟湘八景을 노래한 시조와 한시에서의 景의 성격」, 『국어교육』 79, 한국국어교육연구회, 1992.

_____, 「윤선도의 시조와 한시-그 인물 형상화에 나타난 시적 자아의 분화에 대하여」, 『先淸語文』 20, 서울대학교 국어교육과, 1992.

_____, 「尹善道의 한시와 시조에 나타난 '興'의 성격」, 『고시가연구』 1, 한국고시가문학회, 1993.

정익섭, 「16세기의 호남가단 연구」, 『시조학논총』 34, 1987.

_____, 「芸庵의 吉夢歌 考察」, 『시문학』 9, 한국어문학회, 1963.

정해득, 「朝鮮後期 咸鏡道 儒林의 形成과 動向」, 단국대학교 석사학위논문, 1996.

조윤제, 「퇴계를 중심으로 한 영남 가단」, 『논문집』 8, 청구대학, 1965.

조지형, 「17~18世紀 九曲歌 系列 詩歌文學의 展開 樣相」, 고려대학교 석사학위논문, 2008.

조해숙, 「농부가에 나타난 후기가사의 창작의식과 장르적 성격 변화」, 서울대학교 석사학위논문, 1991.

최강현, 「시조 작가로서의 黃胤錫을 살핌」, 『홍익어문』 9, 홍익어문연구회, 1990.

_____, 「훈가이담」, 『가사문학록』, 새문사, 1986.

최은숙, 「몽유가사의 "꿈" 모티프 변주 양상과 <길몽가>의 의미」, 『한국시가연구』 31, 한국시가학회, 2011.

최재남, 「관서·관북 지역의 시가 향유 양상」, 『한국고전연구』 24, 한국고전연구학회, 2011.

_____, 「시조의 인식 기반과 미의식의 특성」, 『서정시가의 인식과 미학』, 보고사, 2003,

최현재, 「박인로 시가의 현실적 기반과 문학적 지향 연구」, 서울대학교 박사학위논문, 2004.

최호석, 「<오대어부가>를 통해 본 17세기 강호시가의 한 양상」, 『어문논집』 36, 안암어문학회, 1997.

한창훈, 「강복중의 가사와 향반 의식」, 『한국가사문학연구』, 태학사, 1996.

_____, 「박인로·정훈 시가의 현실 인식과 지향」, 고려대학교 석사학위논문, 1993.

찾아보기

조지형(趙志衡)

인하대학교 국어교육과를 졸업하고, 고려대학교 대학원 국어국문학과에서 석사, 박사학위를 받았다. 태동고전연구소[芝谷書堂], 한국고전번역원, 국사편찬위원회에서 한문고전 및 고문서 등을 공부했다. 고려대학교 민족문화연구원 시조DB팀 연구원을 거쳐 경희대, 인하대, 인천가톨릭대 등에서 강의해 왔으며 현재 인하대학교 한국학연구소 박사후연구원으로 있다.

주요논저로 「京山 李漢鎭의 생애와 문예활동」, 「18세기 시조사의 흐름과 浣巖 鄭來僑의 위상」, 『황중윤 한문소설』(2015 대한민국학술원 우수학술도서) 등이 있다.

이메일 : kaisercho@empas.com

한국시가문학연구총서 22

함경도의 문화적 특성과 관곡 김기홍의 문학

2015년 8월 28일 초판 1쇄 펴냄

저 자 조지형
발행인 김흥국
발행처 도서출판 보고사

등록 1990년 12월 13일 제6-0429호
주소 서울특별시 성북구 보문동7가 11번지 2층
전화 922-5120~1(편집), 922-2246(영업)
팩스 922-6990
메일 kanapub3@naver.com
http://www.bogosabooks.co.kr

ISBN 979-11-5516-442-6 93810
ⓒ 조지형, 2015

정가 18,000원
사전 동의 없는 무단 전재 및 복제를 금합니다.
잘못 만들어진 책은 바꾸어 드립니다.

이 도서의 국립중앙도서관 출판예정도서목록(CIP)은 서지정보유통지원시스템 홈페이지(http://seoji.nl.go.kr)와 국가자료공동목록시스템(http://www.nl.go.kr/kolisnet)에서 이용하실 수 있습니다. (CIP제어번호 : CIP2015021600)